国史探微

谭徐锋 主编

本书系国家社科基金项目“‘孤岛’时期文学期刊译介活动与国民教育互动研究（1937-1941）”（项目批准号：19CWW017）阶段性成果之一。

“孤岛”时期的《西风》翻译研究

（1937—1941）

胡晨飞 著

当代中国出版社

图书在版编目(CIP)数据

“孤岛”时期的《西风》翻译研究：1937—1941 /
胡晨飞著. -- 北京：当代中国出版社，2023.9
ISBN 978-7-5154-1285-6

Ⅰ.①孤… Ⅱ.①胡… Ⅲ.①文学翻译—研究 Ⅳ.
①I046

中国国家版本馆 CIP 数据核字(2023)第 158688 号

出 版 人 王 茵
责任编辑 靳振国 沈秋彤
责任校对 贾云华 康 莹
印刷监制 刘艳平
封面设计 鲁 娟
出版发行 当代中国出版社
地　　址 北京市地安门西大街旌勇里 8 号
网　　址 http://www.ddzg.net
邮政编码 100009
编 辑 部 (010)66572156
市 场 部 (010)66572281 66572157
印　　刷 中国电影出版社印刷厂
开　　本 880 毫米×1230 毫米 1/32
印　　张 10 印张 3 插页 249 千字
版　　次 2023 年 9 月第 1 版
印　　次 2023 年 9 月第 1 次印刷
定　　价 68.00 元

目　录

绪　论

> 据我们所知，在西洋各国，理论文字固然也有，可是同时还有许多直接谈论怎样做人的通俗文章，却不大有人加以介绍。我们以为这是一种很大的缺憾，因此抱定主意，要尽我们的微力，来做一点这种下层工作，我们认定这是颇值一做的工作。①

审视抗战时期（1931.9.18—1945.8.15）的翻译史研究，② 首先面临“写法”的难题。如何把握观察视角以及如何确立书写对象，这一学界表面看似已有共识的问题，背后实则挑战重重。将翻译实践置于战时的主流政治话语中加以叙述与阐释，这一大历史的必然，却不尽然为抗战翻译史研究的全部。诚然，任何时期的翻译史研究都无从规避历史的主线脉络，本书也充分尊重宏大家国叙事的权威性与其背后的史学观。不过，笔者认为，在抵御外族、建构

---

①《西风》编者：《“心理·教育”特辑引言》，载《西风》1938年第17期。

② “抗战时期的翻译史研究”，此短语有两方面意指。其一，是指身处抗战时期的学人，对翻译史研究方面的着力。在此维度上，它是一个内部的共时概念，强调抗战这一时间段内所生成的翻译史相关研究。其二，是指以抗战时期为研究范畴所进行的相关翻译史研究。在此维度上，它是一个外部的历时概念，关注不同时期、不同理论视域下，以抗战时期为研究范畴的翻译史研究的发展与流变。本书中所出现的“抗战时期的翻译史研究”及“抗战翻译史研究”均指第二种意涵。

国家的想象中，始终将翻译视作一个不起眼的脚注，发明一种统一而理想化的意识形态模型，并将这种单向度的权力结构当作翻译的必然生成机制以及翻译与复杂社会网络间种种暧昧与纠葛的唯一解释，这一理据充分的论证逻辑背后，实则突显了翻译史研究视野的失衡。而企图用战争的革命叙事统摄抗战翻译史研究之全部的倾向性尝试，正是这一失衡的开端。

有鉴于此，本书尝试跳脱传统研究中战争与革命的叙事框架与分析视角，以上海"孤岛"时期（1937—1941 年）的一份翻译文学期刊《西风》为研究对象，借用情绪史（the history of emotions）研究中"情绪政体"（emotional regimes）的概念与分析方法，在"孤岛"语境中探讨编/译者、读者、翻译、观念、情绪及文本流动间的连结关系，即探究西洋各式杂志文中围绕个体情感经验与私人生活的新知识和新术语，如何通过《西风》的翻译渠道进入"孤岛"的大众精神生活领域，并在此过程中又如何被改造、挪用，进而在瓦解本土文化中传统情绪政体的同时，建构了有关情绪的新的规则、典范及言说方式。

以《西风》在"孤岛"时期的翻译实践为切入点，本书尤其着力于两个方面。第一，作为编/译者的知识分子，如何"向下"在普通民众中引领情绪的新风尚。"如果以舞台为譬喻，他们是跨文化场域中具有自觉的演员，而非剧中的角色——角色的身体可比拟为跨文化场域本身。对于自身所处的跨文化网络的运作逻辑，剧中角色可能浑然不觉；相对地，演员虽与角色共同经历跨文化的过程，却对自身的表演有高度自觉。"（彭小妍，6）[①] 笔者所要强调的，正是编/译者此种文化层面的能动性自觉。在"孤岛"场域中，

① "彭小妍"为所引文献作者名，"6"为所引文献中的具体页码；文献题目详见参考文献部分，全书余同。

作为外来的文学形式、自然科学、心理学、精神医学等，与本土的文学范式、中医观念、儒家思想等的联结点和中转站，编/译者在翻译过程中的创造性转化能力，从根本上决定了公众能否对新的情绪政体产生共情，并接受其潜移默化的影响、改造与规训。

第二，借助情绪史的相关概念及理论框架，开展翻译研究。这是一个有趣的视角，尽管国内的翻译史学界对此并不关注。“‘情’可以指代相对有理性的‘事情’或‘情形’，其对于被视作社会理性秩序根基的‘人情’这一概念也很重要。同时，‘情’也指‘感情’和‘情绪’。因此，中文里的‘情’挑战了西方认识论中把理性与情感作为相对两极的这一假设。”[①] 关注《西风》翻译实践中“情”如何规范“情绪”，并藉此批判、挑战与重建本土社会伦理结构这一问题，给笔者的研究提供了一个反思西方认识论过于强调理性的有力发轫点，即如果本书在第一章中将“孤岛”定义为公共领域的论述成立，那么，参与社会批判的公众一定是理性的吗？理性的公众是否会转变为情绪化的公众，而情绪化的公众在何种条件下能够参与到社会批判当中？

以下，将从学术缘起、学术史回顾及方法问题对全书的深入展开做一总体铺陈。

一、学术缘起

以下，将围绕“孤岛”的学术史意义、《西风》作为一份翻译期刊的历史意涵以及情绪史研究的跨学科发展等，展开本书缘起及价值的阐述。

1937 年 12 月 14 日上海《大公报》刊发《暂别上海读者》一

① 林郁沁、陈利：《从微观史到微观全球史——哥伦比亚大学林郁沁教授访谈录》，载微信公众号“云里阅天下”，2021 年 1 月 17 日访问。

文，在这篇宣布《大公报》即日于沪上停刊的社论当中，"孤岛"一说首次出现，[①]"从此'孤岛时期'成为上海在抗战期间特定的历史名词。"（柯灵，40）事实上，"孤岛"是一个时间与空间的双重概念。其所代表的时间段，是从1937年11月12日（"八一三"淞沪战役结束，国民党军队撤离沪西阵地）到1941年12月8日（太平洋战争正式爆发，日军占领上海租界），大概持续有四年零一个月；而其所代表的空间段，具体而言，国民党军队撤离后，上海的华界以及公共租界位于苏州河以北的地区（即虹口和杨浦的"日租界"）沦陷，然而苏州河以南的公共租界以及法租界尚未被日军占领，这一处于日军包围之中、尚未被日军占领的租界地区，即为"孤岛"，具体范围为"东至黄浦江，西达法华路（今新华路）、大西路（今延安西路），南抵民国路（今人民路），北临苏州河"（熊月之、周武，412）。

有关"孤岛"文学，诚如有论者所指出的，其早已成为"有些国家的研究对象……我国反而瞠乎其后"（柯灵，2）。柯灵在20世纪80年代对"孤岛"文学研究境况的描述，依然适用于今天。相较于异彩纷呈的上海文学研究各时段，"孤岛"时期则显得尤为寂寥；特别是在上海文学研究持续关注的重点领域——报刊、文学社团、作家作品，"孤岛"一直以来都是一个近乎缺席的存在。

而在这一缺席的罅隙中，"孤岛"不孤，[②]构成传统"孤岛"

---

① 在论及淞沪战役后的上海时，该社论称："国军退出后的上海，完全成了一个孤岛，我们在这孤岛上又撑持了三十多天。……上海现在已成孤岛了，在孤岛上的中国人们，我们都要学持汉节吞冷雪的苏武，切莫做委身事敌的李陵。只要我们重行相见时人人不曾失掉中国人的灵魂，我们中国自然也必完整的复兴。"（"暂别上海读者"，41—42）

② 蒋天佐在其《上海"孤岛"时期文学工作回忆片断》一文中，提出"'孤岛'不孤"的概念。他认为："'孤岛'不孤。上海在任何时候也没有成为真正的孤岛。它与别的地方，无论是广大的敌占区，无论是乱哄哄的蒋管区，无论是英美的远东前哨香港以至南洋，都有着数不清的实质的和精神的联系。经济上如此，政治上如此，文化上也如此。"（蒋天佐，1）

（翻译）文学研究的关键词。在这一经典性论述框架之下，其一，“孤岛”的政治不孤；其二，“孤岛”的文学不孤。也就是说，“尽管‘孤岛’被包围在沦陷区，却与国统区、解放区等坚持抗战的前线及大后方乃至敌后根据地，在文化上血脉相连并且同仇敌忾，共同构成抗战文艺的一部分”（妥佳宁，2）。于是，在上述研究视角下，（翻译）文学往往仅仅关注“孤岛”逼仄压抑的政治环境，国家与政治仿佛成了（翻译）文学史唯一的注解，社会空间、文化空间以及生存于其中的人的空间完全被消解。由此，一方面，丰富而立体的“孤岛”（翻译）文学史被挤压成了单调而扁平的线性叙述；另一方面，“孤岛”也不再具有其独特的研究意义，而是沦为战争与革命的附庸。

事实上，“孤岛”并非不孤，“孤岛”的独特性，恰恰正体现在于其“孤”。[①] 首先，尽管“孤岛”不可避免地裹挟于抗战的社会大环境中，然而由于租界本身的特殊性，政治以何种姿态影响“孤岛”（翻译）文学，影响的程度有多深，以及影响最终以何种方式呈现等问题，均值得商榷。诚如当时身在国统区的丰子恺所言，“上海言论尚称自由，至可欣慰”（丰子恺、何家槐，57）。言论尚称自由，至少从一个侧面说明，政治绝不是管控“孤岛”（翻译）文学生产的唯一要素。相反地，“它的‘三国四方’行政划分和人口流动性极强的‘五方杂处’等特点”（忻平，1023），使（翻译）文学拥有了一个相对独立自由且丰富多样的生存与发展空间。

其次，尽管抗战文艺占据了当时的文坛主流，但是“孤岛”文

---

① 有关“孤岛”之“孤”与“不孤”的探讨，可参见妥佳宁：《“孤岛”何以孤，又何以不孤——上海“孤岛”文化空间的多样呈现》，载《中国现代文学研究丛刊》2020年第8期。

坛在多大程度上从属于主流文坛，主流文学是否对其产生足够大的影响，主流之外是否存在其他的文学表现形式，这些文学所产生的力量又是否可与主流相抗衡等，同样值得商榷。事实上，独特的政治生态，加之租界当局对此所采取的放任自流的态度，[①] 使得无论是国统区的抗战文艺，还是解放区的新民主主义文艺，都无法对"孤岛"的社会文化形成绝对的影响与控制。由此，上海在战前所形成的二元统治格局，逐步"让位于一种新的制衡结构"（王鹏飞，3）。这一结构一方面打乱了旧有的文学秩序，另一方面使各种文学力量的升腾与重构成为可能。而恰恰正是在新旧交替、各方文学力量的博弈中，"孤岛"为我们言说（翻译）文学与中国社会之间极尽复杂的关系提供了绝妙的时间际遇与空间平台。

可以说，无论是从政治的角度，还是从文学的角度，"孤岛"都是异于大时代环境的孤立存在。很显然，传统研究普遍认为"孤岛"在政治舆论与文化导向上均与抗战文艺一脉相承，进而武断地得出"孤岛"不孤这一论断，这一方面"遮蔽了其与抗战期间主流文坛较为不同的生态环境"（妥佳宁，4），另一方面忽视了"孤岛"（翻译）文学对于中国社会（文化）变革所可能产生的重要影响。而对于文学期刊，尤其是《西风》及其翻译活动的探讨，则恰恰可以成为解说"孤岛"之孤的最有效切入点之一。

第一，作为现代文学期刊的发源地，"上海历来是文学期刊最集中的创刊城市"（刘增人，164），"孤岛"时期亦不例外。1939年，杨真在回顾一年来的上海出版界时就曾指出："上海的定期刊物，现在为数之多，怕是'八一三'后所仅见的。"（杨真，314）根据笔者目前所掌握的资料，"孤岛"四年间新创刊的文学期刊大

① 参见裘柱常：《追忆〈大陆〉》，载上海社会科学院文学研究所编：《上海"孤岛"文学回忆录》（上），中国社会科学出版社1984年版，第134—139页。

约在 274 种，相较同时期全国 783 种新创刊刊物，大约占了 1/3。[①]而在新创刊的 274 种刊物中，除了少数几种明显具有“左翼”背景的刊物外，更大多数的刊物已不再作为彻底的政治言说工具而存在。诚如王鹏飞的观察，“孤岛”之上的文学期刊繁杂多样，既有包含了文学作品在内的综合类期刊，也有不合流俗的纯文艺刊物，同时还有杂糅了文学与娱乐的商业刊物，而它们，才是建构“孤岛”文学空间的主导与决定力量。[②] 同时，存续时间短（2/3 以上的刊物发行不超过 10 期）是“孤岛”文学期刊发行的显著特点之一，抗战文艺期刊中像《文艺阵地》（1938. 4—1940. 4）和《文艺新潮》（1938. 10—1940. 9）等能够坚持两年并具有持续影响力的，已属凤毛麟角。反倒是更接近于纯文艺性质的一众刊物，诸如“西风”系刊物［《西风》（1936. 9—1949. 5）、《西风副刊》（1938. 9—1942. 1）、《宇宙风（乙刊）》（1939. 3—1941. 12）］，以及《杂志》（1938. 5—1945. 8）、《永安月刊》（1939. 5—1949. 3）、《小说月报》（1940. 10—1944. 11）、《万象》（1941. 7—1945. 6）等，无论在存续时间还是影响力上，均显示了更为真实的“孤岛”文学风貌。可以说，“孤岛”之孤所带来的自由空气，使“孤岛”初现了一个相对繁盛的文学场域。

第二，“孤岛”由于特殊的地缘政治与独特的租界生态，相较于抗战时期的中国其他地区，是“翻译文学的一块特殊阵地”（孟昭毅、李载道，213）；而这一块“特殊阵地”，亦活跃于文学期刊之上。以“孤岛”创刊刊物为例，根据笔者目前的统计，274 种刊物中有 173 种与翻译相关（包括登载有译作、译论、翻译专栏等的

---

① 有关“孤岛”时期文学期刊的创刊等具体情况，详见第二章。

② 参见王鹏飞：《“孤岛”文学期刊研究》，社会科学文献出版社 2013 年版，第 17 页。

刊物以及纯翻译刊物），其中纯翻译刊物 30 种。[①] 这种量上的巨大优势，至少部分地说明了翻译在“孤岛”社会文化生活中所扮演的角色不容小觑。正如有论者所言：“现代文艺期刊的文学译作负载着繁富的接受信息，不可忽略。”（王建开，135）

第三，《西风》作为一份自由文人创办的翻译刊物，[②] 在“孤岛”文坛书写了“风景这边独好”的时代篇章。该刊物至少有下述几点值得注意。

其一，从刊物的存续时间上看，《西风》创刊于 1936 年 9 月 1 日，1937 年 8 月 1 日刊行第 12 期后，因为“八一三事变”即淞沪会战停刊，期间出版《逸经 · 宇宙风 · 西风非常时期联合旬刊》，直至 1937 年 11 月 1 日复刊出版第 13 期，1942 年 1 月发行第 65 期后因太平洋战争休刊，1944 年 7 月在重庆复刊，刊期续前，1945 年 12 月第 81 期迁回上海，至 1949 年 5 月终刊。从创刊到终刊，《西风》前后历时 13 年凡 118 期，其中在“孤岛”发行 52 期，[③] 连续地贯穿了整个“孤岛”阶段的始末，这在同时代的刊物中，实属不易，甚至可说是独一份的。

其二，就刊物的销量而言，“孤岛”杂志界有一个特点，即“同人杂志很多，而且销路能突过二千份的极少”（杨真，314）。由此可见，《西风》“创刊号印了 2000 册，不胫而走，销路看好，不久又再版 1000 册……以后《西风》每期销量激增，到 1941 年太平洋战争爆发前夕，销路超过 20000 份，这个数字在当时的刊物中

① 有关“孤岛”时期翻译文学期刊的创刊等具体情况，详见第二章。

② 《西风》的相关创办情况，详见第二章，此处不作赘述。

③ 如果严格按照出版时间及出版地计算，此处应为 51 期，即从第 14 期（1937 年 11 月 16 日出版）至第 64 期（1941 年 12 月 1 日出版）。然而，考虑到第 13 期复刊号出版于 1937 年 11 月 1 日，基本已可纳入“孤岛”范畴，故将其一并算入。但是，第 65 期休刊号出版于 1943 年 1 月 1 日，且出版地为桂林，因此无论是根据时间还是空间，都不应再纳入“孤岛”范畴。

是比较高的”（邹振环，217）。并且，《西风》不断地出版、再版合订本，足见其销量之巨，绝非20000这一数字可囊括。[①] 甚至“孤岛”抗战文艺先锋《鲁迅风》的主编金性尧在回忆“孤岛”的出版境况时，也对“自设发行网”（金性尧，128）的《西风》艳羡不已，《西风》的销量由此可见一斑。

其三，销量可观，亦即表明刊物的读者众、影响大。事实上，“到孤岛时期，《西风》已作为西洋杂志文最具势力的代表，在战时海上文坛地位显赫”（张济顺，198）。甚至，这股“西风”已刮过“孤岛”，风及全国，乃至海外。以至于“当《西风》停刊后，香港曾有人冒用黄嘉历先生的名，[②] 仿《西风》的款式在港出版‘西风杂志’，造成一种假象，似乎《西风》只在大陆停刊，而改在香港续办”（陈震宇，74）。

其四，也是最为重要的一点，就其翻译活动的能量密度而言，《西风》为我们观察翻译行为与时代社会之间的生动互文关系提供了绝佳的窗口与切入点。可以说，主编兼主要译者的黄氏兄弟二人借助“孤岛”之孤，以《西风》为实验场，经由翻译的斡旋之力，展开了个人抱负与时代环境之间的博弈，书写了属于他们的精彩故事。然而，遗憾的是，待“西风”散尽，这份在历史语境中有着相当分量的刊物，却没有能够在（翻译）文学史上留下它应有的一抹

---

① 《西风》在第6期（1937.2.1）出版之后，因为销量一路激增，此后便以每6期为一集，持续出版合订本。截止到1941年11月太平洋战争爆发前夕，第一集已出6版，第二集已出5版，第三集已出4版，第四集已出3版，第五集至第七集各出2版，第八集至第九集各出1版，第十集即将出版。参见西风社：《西风合订本一集至九集全部出齐》，载《西风》1941年第63期。

② 黄嘉历为黄氏子弟之一。黄氏兄弟的父亲黄沧海牧师曾有过两位太太，分别是郑氏和蓝氏。黄沧海与郑氏育有1女，与蓝氏育有5男3女。其中，兄弟五人按照长幼次序为：黄嘉惠、黄嘉历、黄嘉谟、黄嘉德、黄嘉音；姐妹四人按照长幼次序为：黄玛惜（郑氏生）、黄仁爱、黄仁慈、黄仁华。

色彩。① 偶有论者提及，也多为史料的一般性梳理，抑或将其作为"论语派"的附庸，令人耳目一新之著，可谓凤毛麟角。特别是，《西风》作为一份全面的翻译刊物，其翻译的属性却鲜少为研究者们所关注。② 也正因为此，才有了本书的缘起与一系列追问：如何触摸"孤岛"的真实语境以进入《西风》；如何在历史的当下重新审视《西风》翻译实践及其背后的编/译者群体；如何从《西风》

---

① 《西风》的无人问津，大概与解放初期将其划分为资本主义反动刊物并彻底否定与打倒的社会走向与文化环境息息相关。1951 年，黄嘉音在其与妻子朱绮合办的杂志《家》上发表了《我对美帝文化侵略的体验》一文，他在该文中指出："我从大学四年级起，就开始编辑《西风》，自以为是中立，自以为是客观，然而实在是无原则无立场地胡乱介绍一些所谓'西洋文化'和'美国的生活方式'，事实上是不自觉地在为帝国主义（特别是美帝国主义）服务。出学校以后，我一直在新闻出版界做事。然而现在我回顾上海解放前的那十三个年头，我实在汗颜。想到我的笔下曾经无意识地影响了多少中国青年，使他们在不知不觉中产生了亲美，崇美，恐美的奴化思想，我实在无地自容。我对不起我的祖国和人民。"（黄嘉音，95，75）紧随其后的 1952 年，黄嘉德在《文史哲》上发表长文《彻底清除我反动的买办思想——并对我编辑〈西风〉作初步检讨》，承认"我常常把《西风》的出版当作一桩光荣的事，现在看来，乃是一种危害中国人民的可耻的行为……它的十足的买办性格，使它成为资产阶级腐朽思想的宣传工具"。（黄嘉德，26）文章刊出后，同年 7 月 11 日，《光明日报》旋即以《批判我办〈西风〉杂志替美帝国主义作宣传工具的反动买办思想》为题全文转载，并加编者按。编者按中明确指出："《西风》杂志是解放前宣传美帝国主义腐朽的'生活方式'、颓废的人生观、反动的唯武器论最力的一个刊物。……它对沿海一带大中城市里的资产阶级和小资产阶级知识分子的崇美、恐美思想是有相当影响的。"（编者，85）随后，同年 7 月 16 日、17 日，《文汇报》又分上下两篇全文转载。如果说，黄氏兄弟二人的检讨还仅仅是个体层面的自我反省；那么《光明日报》编者按中的公开批判以及《文汇报》的转载，则从国家政治与文化的双重层面将《西风》立为反面典型的靶心，彻底否定、碾碎甚至消解抹去了有关《西风》的一切。

② 此一研究面向的缺失，笔者认为大抵有两方面原因。一方面，"孤岛"（期刊）翻译文学史的研究本身尚处于起步阶段，尽管文献史料丰富，但是因疏于系统性整理而呈离散状分布状态，甚至许多重要期刊文献均有待更进一步地阅读与挖掘，因此造成《西风》等实际具有时代代表性刊物的被遮蔽也就不足为奇。另一方面，目前对《西风》有所探讨的学者，基本不出自翻译学学科领域，他们或从性别史、或从医疗史、抑或从文化史等学科视角进入研究。就上述研究者而言，翻译仅仅是《西风》的庞大文化背景之一，其行为本身并不构成他们的研究主体，因而也就更加不会深入观察与探究翻译如何在主体文化内部运作等一系列复杂而重要的问题。

的翻译个案中捕捉超越时代且相对普适的翻译史研究结论；如何从他学科的视角纵深思考翻译与其背后的时代复杂性；等等。

面对以上追问，笔者认为，情绪史研究的路径与方法，恰恰为本书以《西风》翻译实践为个案的研究，提供了微观史学的具体切入点以及跨学科的视角与理论关照。

作为一个相对新兴的研究领域，情绪史研究所要回答的首要问题，即何为情绪？诸如它“是生物性抑或文化性的、是普世的抑或建构的、是表达抑或经验”（刘峻，222）。对于这一问题的研究发轫于心理学，早期的心理学家普遍从人的生物性出发，将情绪与人的生理机能相关联，认为通过对心率、面部表情等生理指标变化的仪器监测和数据分析，即可勾画出人的基本情绪面貌与特征。不过，伴随认知心理学的发展，情绪是人的“生物性预编码反应”（biologically pre-programmed responses）（Reddy，54）的传统认知，逐渐为情绪是“过度学习的认知习惯”（overlearned cognitive habits）（Reddy，54）的新共识所取代。

心理学研究之外，人类学家与历史学家则普遍从人的社会性出发，认为情绪是文化建构的结果。1985 年，斯特恩斯夫妇（Peter N. Stearns and Carol Z. Stearns）提出“情绪学”（emotionology）的术语，以此强调影响情绪表达的社会与文化因素的重要性。[①] 之后，经过 20 余年的发展，历史学研究在西方学界迎来“情绪转向”（emotional turn），这一转向在对情绪是文化建构结果的观点进行反思的同时，也将此一观点的相关理论建构与分析实践推至高潮。2012 年，《美国历史评论》（*American Historical Review*）第 5 期邀请了 6 位情绪史研究方面的杰出学者针对“情绪史研究”（the

① 参见 Stearns，Peter N. and Carol Z. Stearns，“Emotionology：Clarifying the History of Emotions and Emotional Standards”，*American Historical Review* 4（1985）：813-836.

Historical Study of Emotions）进行了专题讨论，更是将“情绪转向”的高潮推上顶峰。6位学者普遍以文化建构的思路考察情绪，认为情绪由社会规范所形塑。①

从情绪史研究的发展脉络看，对于情绪的界定始终在先天与后天的二元对立中摇摆，且迄今无法就其内涵达成一致。笔者认为，从文化建构的角度分析，情绪有两层含义。首先，情绪指涉一种概念。例如，考察何为“愤怒”，必然要追溯这一概念在不同文化所建构的不同话语体系中如何被界定，以及与此概念相关联的情绪的特殊表征方式。其次，情绪同时也指涉一种概念的模糊性。由于情绪的主观化特征，它并不是一个常常可以为客观语言所描述的概念。而情绪研究的特殊性也正在于此，即单一情绪可能并不为单一概念所表征。同样以“愤怒”为例，此一情绪可能由特定文化中的历时概念所形构，也有可能由共时的文化立场、心理结构、社会氛围等决定。

情绪的此一确定性与不确定性共存的特征，尽管为客观的描述研究带来挑战，但也为言说情绪机制的生成与影响提供了可纵深的话语空间。根据金雯对“情绪”一词的溯源，中文的“情绪”至少可对应英文中的“affect”“emotion”“feeling”“passion”等词。其中，从文学与文化研究的角度考察，“affect”与“emotion”形成双向对立，“affect”是指“未经意识整合或意识过滤的主观感受”，而“emotion”则指“已经转化为概念的感受”。（金雯，146）本书所言之“情绪”，取自英文的emotion，是指一种可被言说的、概念化了的感受。此外，本书所关注的“情绪”问题，主要在翻译社会

---

① 参见Plamper，Jan，“The History of Emotions：An Interview with William Reddy，Barbara Rosenwein，and Peter Stearns”，*History and Theory* 2（2010）：237 - 265. Schneider，Robert A.（ed.），“AHR Conversation：The Historical Study of Emotions”，*American Historical Review* 5（2012）：1487-1531.

学与文化研究的脉络下进行。

在这一概念化的研究框架中，保罗·艾克曼（Paul Ekman）发表于20世纪70年代的论著可谓从社会文化角度切入情绪研究的先声。在其先驱性论著中，艾克曼将快乐、伤心、愤怒、恐惧、厌恶与惊讶定义为六种普世的“基本情绪”，并认为文化形塑与管控了情绪如何被表达的过程，即文化通过定义规则，对个体的情绪立场与情绪表达方式加以规范和制约。①

随后，社会学家也开始从文化与社会结构的角度，考察与定义情绪。在这一视角的影响下，情绪被视作文化的产物。②一方面，它由社会所形塑；另一方面，它也依据文化期待而形塑社会。③

此外，受到社会史、女性研究、新文化史等研究领域的影响，历史学家也开始尝试通过历史研究的范式与路径解读人们在生活中的情绪经验，并将其目光聚焦于情绪经验与情绪表达之间的落差揭示了何种权力结构关系的问题。诚如尤斯塔斯（Nicole Eustace）所言，“由谁来表达情绪、何时表达情绪以及向谁表达情绪的模式的不停转变，是理解与衡量社会中权力的关键指标。每一种情绪表达都构成社会交流与政治协商。诚然，个人利益是政治性的”。④

最后，在理解历史与文化脉络中之情绪的过程中，一些重要的分析工具应运而生。有鉴于情绪经验的难以把握性，此类分析工具

---

① 参见 Ekman，Paul，Wallace V. Friesen and Phoebe Ellsworth（eds.），*Emotion in the Human Face：Guide-Lines for Research and an Integration of Findings*，New York：Pergamon Press Inc.，1972；Ekman，Paul and Richard J. Davidson（eds.），*The Nature of Emotion：Fundamental Questions*，Oxford：Oxford University Press，1994。

② 参见 Geertz，Clifford，*Interpretation of Cultures：Selected Essays*，New York：Basic Books，Inc.，1973。

③ 参见 Lutz，Catherine and Geoffrey M. White“The Anthropology of Emotions”，*Annual Review of Anthropology* 1（1986）：405-436。

④ 参见 Schneider，Robert A.（ed.），AHR Conversation：The Historical Study of Emotions，*American Historical Review* 5（2012）：1487-1531。

基本都指向对于社会情绪标准的分析，即检视某个社会“如何以及为何提倡或压制某些情绪，而对其他情绪则保持中立或漠不关心”（Stearns，813）。

奠基于此，情绪史研究领域的先驱学者之一威廉·瑞迪（William M. Reddy）提出“情绪政体”（emotional regime）的概念，意指“一整套规范性的情绪，以及用以表达与灌输此套规范性情绪的官方程序、惯例和话语表达方式”（Stearns，129）。简而言之，情绪政体是一套有关于情绪的规范性要求。

根据瑞迪的论述，人类的情绪经验深受文化影响。情绪既非身与心的中介，也非与理性截然对立，而是“一系列松散联结且常常被同时激活的思想材料的聚合物，同时这一聚合物由于容量过大而无法在短时内转化为行动或言语”（Stearns，111）。其中，针对聚合物的激活过程，即为情绪表达的过程。在瑞迪看来，“情绪表达可以被认为是一种话语，旨在简要描述超出了当前注意力所及范围之外的、正在被激活的思想材料的状态”（Stearns，111）。这一表达情绪的话语体系，被瑞迪界定为“衔情话语”（emotives）。其认为衔情话语具备“描述性话语的外观，建立关系的意愿，以及自我探索和自我改变的效应”（Stearns，111）。

衔情话语是分析情绪政体的核心指标之一，同时，对于衔情话语的使用，也再次申明了情绪政体这一概念当中的情绪，绝非自然的生成物，情绪包含复杂多维的激活，它是文化与社会的建构产物。诚如弗贝·艾尔斯沃思（Phoebe C. Ellsworth）所言，“当情绪被表达之时，毫无疑问，它也同时经历了或简化、或明晰的改变”（Stearns，193）。可以说，衔情话语本身，就是“直接改变、建构、隐藏或强化情绪的工具”（Reddy，105）。

衔情话语以外，“情绪导航”（emotional navigation）和“情绪庇护所”（emotional refuge）是情绪政体的另外两个重要分析指标。

一方面，由于情绪是多变的，其内部充满多重目标之间的张力，因此为了确保被表达的情绪与社会的情绪政体相协调，即衔情话语的恰当使用，对于情绪的“导航”在所难免。“导航”，是指“一系列广泛的情绪变化”在“一套固定目标下，发挥衔情话语的自我改变效应”（Reddy，122）。简而言之，“情绪导航”就是针对特定情绪目标而进行的情绪管理的过程。因为“导航”一词的应用，“可以表达行程的完全改变，也可能意味在既定航线上的持续校正”（Reddy，122），所以“情绪导航”在瑞迪看来，是情绪生活普遍的、基本的特征，它既可以建构、也可以解构整个社会的情绪政体。

另一方面，情绪政体并不是一个凝固的概念，它具有可流动性。瑞迪用频谱排列的方式描述情绪政体，认为根据情绪政体对情绪导航的管理及规训程度，可以将其从严苛到宽松逐级排列。严苛政体（strict regimes）要求表达高度规范化的情绪，势必以牺牲衔情话语的自我探索效应及情绪导航空间为代价；而宽松政体（loose regimes）则为情绪导航提供了可能性空间，允许多重导航目标的同时存在。显然，情绪政体越宽松，则越能够为非规范化情绪的存在提供庇护。由此，瑞迪提出“情绪庇护所”的概念，意指“能够帮助个体从普遍的情绪规范中解脱出来的一段关系、一种仪式，或一个组织（无论正式与否）”（Reddy，129）。要言之，情绪庇护所就是指能够为个人情绪安全提供支持的任何组织。“它们可能会使当前的社会秩序在某些时候对某些人更显舒适，而在另一些时候则为其他人提供竞争、冲突或转型所发生的场所”（Reddy，128）。因此，其对情绪政体的影响是多元的，既可能提供支撑，也可能构成威胁。

在瑞迪对情绪政体及其核心分析指标所作的阐释中，对于“自我”或说“个体”概念的论述值得注意。瑞迪将情绪与话语的关系，视作一种翻译关系（a relationship of translation），认为"后者必然构成对前者表达的翻译"（Reddy，80）。由此，瑞迪主张，首先，"个体是信息以多种不同语言或符码汇聚的站点，一些信息在此被成功翻译为其他符码，另一些则未能被翻译"（Reddy，80）。其次，由于个体内部记忆痕迹、感知技巧、目标层级的不同步，以及个体外部习惯和语境的差异等，导致情绪从激活到被表达的翻译过程总是不充分的，所以自我成为一个"'分裂的'自我"（disaggregated self）。最后，因为分裂的自我不具有内在统一性，所以"自我是一种集体建构，在此意义上，自我整合的实现总是暂时的，且建基于社会互动和学习的基础之上"（Reddy，95）。瑞迪对于"自我"概念及其构成要素的分析与阐释，为本书的立论，即"私情"与重构社会秩序之间的张力关系，提供了重要的思考与言说方向。

可以说，瑞迪有关情绪政体及其相关概念的论述，使我们看到将情绪史"作为一种手段，把情绪范畴整合到社会史、文化史和政治史研究当中"（Plamper，237）的可能性与可行性，而这一多学科的整合路径也为将情绪史方法引入翻译史研究提供了启发与借鉴。一方面，从翻译实践的内部看，译者的主体性地位不可动摇。而人作为一种情绪的动物，决定了译者的思维惯性与行为模式必然受制于其自身情绪的影响。另一方面，从翻译活动的外部考察，其实践策略、行为目标、接受规范等，往往构成对社会情绪政体的反抗或顺应。由此，翻译史与情绪史不可分离。

基于以上论述，本书尝试从情绪史的角度切入，借助情绪政体的概念及其所附带的分析指标，以上海"孤岛"时期的《西风》翻译实践为个案，探讨作为一种建构力量的翻译与情绪之间的种种张力。同时，本书也期望借助此一将情绪史方法运用于期刊翻译研究的个案尝试，管窥翻译史研究与其他学科交叉互融的可能性以及向微观史学取经，由小历史补充与增益抗战时期（期刊）翻译史研究大历史的学理意义。

二、学术史回顾

由巴彦所撰写的《上海“孤岛”时期的几个文学刊物》[①]，是笔者目前搜集到的资料中最早针对“孤岛”文学期刊的专门性研究。[②] 巴彦在这篇文章中分别对《文艺》《戏剧杂志》《鲁迅风》《文艺新潮》《绿洲》《宇宙风乙刊》《红茶》《译林》《西洋文学》《涛声》十份刊物做了存档式扫描，开启了“孤岛”文学期刊的宏观综述式研究。此后黄志雄（1993 年），唐文晶、张宝珍（1993 年），刘勇（1993 年），梅丽红（1996 年），陈江（1997 年），郑连根（2005 年）以及吕亚平（2012 年）的相关论文，均属此方面的史料综述型研究。[③] 其中，朱敏彦的系列论文，尽管仍属综述性

---

① 巴彦：《上海“孤岛”时期的几个文学刊物》，载《徐州师范学院学报（哲学社会科学版）》1983 年第 3 期。

② 早在“孤岛”时期，就已有一些综述性文章涉及文学期刊，例如周而复：《孤岛上的文化》，载《文艺突击》1938 年第 1 期；白屋：《一年来上海文化界的总检讨》，载《译报周刊》1939 年第 12—13 期；杨真：《一年来的上海出版界》，载《译报周刊》1939 年第 12—13 期；伊人：《一年来的上海出版界》，载《中美周刊》1939 年第 15 期；岳昭：《一年来的上海文艺界》，载《戏剧与文学》1940 年第 1 期；捣峰：《一年来的上海文艺界》，载《上海周报》1940 年第 10 期；等等。但是，以上对于“孤岛”文学期刊的论述，均为几行式的零星表述或散论，不构成实质性的研究。上海全面沦陷后，“孤岛”文学研究整体随之式微，更遑论专门性的文学期刊研究。新中国成立后，由于政治意识形态的影响，“孤岛”文学（期刊）研究依然几无立身之地，直到 20 世纪 80 年代，这一情况才有所松动与好转。

③ 黄志雄：《上海“孤岛”文艺期刊》，载《抚州师专学报》1993 年第 1 期；唐文晶、张宝珍：《介绍几种上海“孤岛”时期的进步刊物》，载《徐州师范学院学报（哲学社会科学版）》1993 年第 4 期；刘勇：《上海“孤岛文学”》，载《文艺理论与批评》1993 年第 5 期；梅丽红：《“孤岛”时期上海的“洋旗报”》，载《档案与史学》1996 年第 5 期；陈江：《抗战时期的上海期刊》，载《编辑学刊》1997 年第 5 期；郑连根：《抗日报刊“孤岛”求生记》，载《炎黄春秋》2005 年第 10 期；吕亚平：《抗战时期上海“孤岛”的报刊与图书出版活动》，载《图书馆杂志》2012 年第 2 期。

质，但在资料的翔实程度上，略胜一筹。① 而由上海社会科学院文学研究所现代文学研究室和上海图书馆特藏部文献组联合编订的《上海“孤岛”时期文学报刊编目》（上海社会科学院出版社 1986 年版），则是唯一一部以专著形式呈现的、针对“孤岛”文学期刊所作的索引式综述。该书按照报纸副刊和期刊、丛刊的分类，收集整理了 24 种报纸副刊与 72 种期刊、丛刊的刊行目录，加之书后附录中应国靖的两篇长文《“孤岛”时期报纸文艺副刊概述》及《“孤岛”时期文学刊物出版概况》，为“孤岛”文学期刊研究提供了宝贵的文献资料。不过，在今天看来，该书仅仅收录了 96 种刊物，实在无法对“孤岛”文学期刊的繁盛作出全景式扫描。此外，在曹正文和张国瀛二人所编纂的《旧上海报刊史话》（华东师范大学出版社 1991 年版）一书中也有“孤岛时期的文学刊物”一节，不过该节只对《呐喊》《文艺》《文献》《文艺新潮》《鲁迅风》《文艺新闻》《杂文丛刊》《高射炮》及《行列》作了简单的背景式回顾。

除综述型研究之外，“孤岛”文学期刊的另一主要研究路径为个案研究，主要包括回忆录式的史料罗列与深入探索型的研究论文两类。由上海社会科学院文学研究所选编的《上海“孤岛”文学回忆录》（上、下）（中国社会科学出版社 1984/1985 年版）是前一类研究的集大成者。回忆录上、下两册共收录了近百篇亲历“孤岛”之学人的文章，主要记述他们在“孤岛”的文学活动，其中

---

① 《“孤岛”上的几份青年学生刊物》，载《上海青运史研究》1998 年第 4 期；《上海：“孤岛”时期的抗日爱国报刊》，载《空军政治学院学报》1987 年第 4 期；《抗战时期上海主要进步报刊》，载《上海党史资料通讯》1987 年第 8 期；《“孤岛”时期的上海抗日报刊及其主要特点》，载《编辑学刊》1993 年第 2 期；《“孤岛”时期的上海抗日进步报刊》，载《抗日战争研究》1993 年第 2 期。

不乏对于文学期刊的回忆与记录。[①] 不过遗憾的是，该回忆录的叙述者全部由“左翼”文人构成，所述难免不够全面。除回忆录以外，另有一些期刊个案的单篇综述，主要包括：邓夏（1985 年），楼适夷（1985 年），沈栖（1991 年），王欣荣（1993 年），王国绶（2005 年），张厉冰（2005 年），陈继华（2006 年），杨菁、杨树标（2014 年）以及李文平、蔺玉娇（2018 年）等。[②]

21 世纪以来，“孤岛”文学期刊研究的新趋势是开始出现真正文学研究意义上的深入个案探讨，这一研究趋势集中体现于一批硕士学位论文的选题与撰写。[③] 例如，杨丽梅的《〈鲁迅风〉研究》（天津师范大学 2005 年）分析论述了《鲁迅风》杂文的流派特征；

---

① 主要包括巴人的《〈鲁迅风〉话旧》，金性尧的《〈鲁迅风〉掇忆》《关于〈萧萧〉》，裘柱常的《追忆〈大陆〉》，吴岩的《朝花夕拾——记一个冲破“孤岛”沉寂的文艺刊物》，何为的《关于〈野火〉、〈燎原〉和〈每周文艺〉日记摘抄》，徐达的《回忆〈学习〉杂志》，郑逸梅的《别树一帜的〈永安月刊〉》，钱金昔、钱朴、杨幼生的《重振“孤岛”杂文——记〈杂文丛刊〉》，吴双生、钱朴、葛正德的《姚溱和“孤岛”群众文艺——并忆〈知识与生活〉创办始末》，吴礽六的《〈万人小说〉琐谈》，叶夫的《忆上海“孤岛”时期文艺青年活动片段——关于海燕社、海燕书屋和〈文艺生活〉》和舒岱的《一个笔名的消失——“孤岛”〈文艺〉回忆》。

② 邓夏：《“孤岛”上的〈战声〉三日刊》，载《图书馆杂志》1985 年第 3 期；楼适夷：《记〈奔流丛刊〉与〈奔流新集〉》，载《新文学史料》1985 年第 4 期；沈栖：《记〈文艺新潮〉月刊》，载《新文学史料》1991 年第 3 期；王欣荣：《“孤岛”上海的〈鲁迅风〉》，载《东岳论丛》1993 年第 4 期；王国绶：《〈鲁迅风〉的风骨》，载《中国现代文学研究丛刊》2005 年第 4 期；张厉冰：《关于前期〈万象〉的考察》，载《中国现代文学研究丛刊》2005 年第 4 期；陈继华：《试论〈奔流文艺丛刊〉的内容特色》，载《南京师范高等专科学校学报》2006 年第 4 期；杨菁、杨树标：《“孤岛”时期的〈译报周刊〉》，载《浙江档案》2014 年第 1 期；李文平、蔺玉娇：《上海“孤岛”抗战文艺的先导——全面抗战前期上海〈孤岛〉周刊研究》，载《重庆师范大学学报（社会科学版）》2018 年第 1 期。

③ 除硕士论文以外，也有一些单篇的论文对此有较深入研究。例如，王京芳：《邵洵美与文艺抗战——以〈自由谭〉为例》，载《新文学史料》2009 年第 2 期；黄昊：《〈民族公论〉与中国共产党在上海“孤岛”的舆论宣传》，载《湖南科技学院学报》2011 年第 5 期；赵伟：《“抗战”时期各地抗敌戏剧运动管窥——以〈文献〉为窗口》，载《戏剧》2015 年第 2 期；等等。

李应霞的《〈文艺阵地〉研究》（重庆师范大学 2010 年）辟出专章探讨《文艺阵地》在“孤岛”的文学走向；周利霞的《永安月刊与民国后期上海都市文化述略》（上海师范大学 2010 年）以专门章节分析透过《永安月刊》所呈现的“孤岛”都市繁华景象；陆燕丽的《〈上海生活〉杂志研究》（华东师范大学 2014 年）旨在通过对刊物的考察，还原生活方式与娱乐消费模式等“孤岛”大众生活景象；周毛的《〈上海妇女〉杂志研究》（湘潭大学 2016 年）讨论了该刊物对于“孤岛”妇女在思想与智识方面的积极影响；章颖的《上海孤岛时期〈文献〉杂志研究》（上海师范大学 2017 年）主要针对《文献》抗日救亡的主旋律展开讨论；王萌的《“孤岛”时期中国知识分子的日本认识——基于〈文艺阵地〉的考察》（东北师范大学 2017 年）从《文艺阵地》的刊文特色出发探讨中国知识分子在特殊时期的日本认知；蒋文琴的《〈鲁迅风〉研究：论争、杂志与同人》（华东师范大学 2018 年）同样辟出专章探讨《鲁迅风》的办刊环境、办刊理念及刊物内容，并由此辐射到对于《鲁迅风》论争的相关讨论；等等。

真正从学理意义上全面系统地描述了“孤岛”文学期刊的，是王鹏飞的博士论文《“孤岛”时期文学期刊研究》（华东师范大学 2006 年）。[①] 论文在大量翔实的一手文献资料基础之上，将“孤岛”文学期刊从整体上划分为救亡、启蒙、消闲三种价值取向，跳出“孤岛”不孤的叙述框架，第一次较为细致地探讨了自由文人所创办的“西风系”刊物及《宇宙风乙刊》；同时将研究视角深入通俗文学的代表性刊物《小说月报》，并借此考察战时上海通俗文学中

---

① 2013 年该博士论文被放入由社会科学文献出版社出版的“明伦出版学研究书系”，书名为《“孤岛”文学期刊研究》。

心的形成。[①] 此外，我国台湾地区学者连玲玲的论文《战争阴影下的妇女文化：孤岛上海的妇女期刊初探》，在对“孤岛”时期的妇女期刊作出整体述评的基础之上，深入探讨了战争气氛下妇女文化的建构过程[②]，是“孤岛”文学期刊研究中的翘楚之作。

然而，尽管“专门的翻译类报刊的出现，是孤岛翻译界出现的重要变化”（郭刚，84），“孤岛”文学期刊研究中针对翻译文学期刊的专项研究却几近空白。1989 年，《中国翻译文学史稿》一书出版，该书成为“中国第一部正式出版的完整的标明‘中国翻译文学史’的著作”（邹振环，240）。《中国翻译文学史稿》的第四编设有专章介绍“上海‘孤岛’时期的文学翻译活动”，但是对于期刊翻译，通篇只用一句话带过：“‘孤岛’时期出版的一些一般性的文艺刊物，也经常发表翻译文学作品。”（陈玉刚，298）此后的翻译文学史书写，对于“孤岛”时期的文学翻译活动基本着墨不多，更遑论专门性的文学期刊译介研究。

刘树森在《重新认识中国近代的外国文学翻译》一文中指出，尽管无论从数量、发行量，还是影响的层面，译著与期刊译文均难决雌雄；然而，长期以来，学界重视译著而忽视期刊译文的研究现状，也是不争的事实。[③] 在《五四以来我国英美文学作品译介史（1919—1949）》一书的第四章“现代文艺期刊对译介的推进”

① 游溪的博士论文《“孤岛”气候与海派气质——“孤岛”时期艺术期刊研究（1937—1941）》（上海大学 2015 年）是“孤岛”期刊研究的另一重要文献，尽管论文不直接关涉文学期刊，但对“孤岛”文学期刊的研究亦有参考价值。2018 年，该论文由中国社会科学出版社出版，书名仍为《“孤岛”气候与海派气质——“孤岛”时期艺术期刊研究（1937—1941）》。

② 参见连玲玲：《战争阴影下的妇女文化：孤岛上海的妇女期刊初探》，载《近代中国妇女史研究》2012 年第 20 期。

③ 参见刘树森：《重新认识中国近代的外国文学翻译》，载《中国翻译》1997 年第 5 期。

中，王建开也表达了相类似的观点，认为相较于文学期刊的蓬勃发展之势，"与此不相称的是，翻译文学研究习惯上只把目光投向出版机构的单行本译著，文艺期刊的情况则常有忽略，形成人为的欠缺"（王建开，133）。遗憾的是，十几年后的今天，这一翻译研究上的偏颇甚至盲点，依然醒目地存在，且尤以"孤岛"时期为重。

而"孤岛"翻译文学期刊专项研究缺失的原因，笔者认为大致有二。其一，研究资料的不充足与不完备。一方面，回溯至距今近一个世纪的"孤岛"爬梳史料本就兼具难度，加之这一时期的翻译期刊尽管勃兴却普遍存续时间较短，此外战乱也加剧了期刊保存与延续的困难，凡此种种都可能在史料层面遮蔽了此专项研究的可行性；另一方面，文学资料的编纂者们大多对期刊上的译文不予收录，人为地阻碍了期刊资料的获取，同时也遮蔽了此项研究的重要性。例如，"20年代末的《汉译东西洋文学作品编目》声明，所收译本以单行本为主，'但有几种长篇名著，只登载于杂志上，而未刊单行本者，亦附入。至于杂志所载短篇则一概不录。'几十年过后的《民国时期总书目·外国文学》（1911—1949），其'凡例'注明不收3类出版物，第1类即'期刊'"（王建开，133—134）。其二，研究思路的狭隘与研究视角的单一。一方面，传统研究往往以抗战政治意识形态为旨归；另一方面，研究往往指向期刊背后的文学社团。而无论是意识形态研究，还是社团流派研究，翻译行为都仅仅是其研究幕布上的一点点背景装饰，无法凸显翻译与非翻译文学期刊的本质区别，从而也就消弭了专门性研究的独立意义与学术价值。

陈青生的《抗战时期上海的外国文学译介》① 一文，首次较为全面地评述了上海"孤岛"的外国文学译介情况，间有谈及文学期

① 陈青生：《抗战时期上海的外国文学译介》，载《新文学史料》1997年第4期。

刊的译介活动。陈青生之后，鲜有关于“孤岛”文学（期刊）译介情况的研究。不过这一情况在近年逐渐有所改观，出现了几方面的研究。第一类是围绕《西行漫记》的相关翻译研究，包括：梁志芳（2010年），李娜、邢建榕（2011年），阳鲲（2018年）以及郭刚（2017年、2018年）。[①] 前三篇文章从翻译机构的角度探讨《西行漫记》的翻译出版，后两篇由郭刚所撰写的论文则主要考察《西行漫记》翻译活动对于“孤岛”文学创作与生产的影响。不过，上述篇目均未涉及文学期刊的翻译探讨。第二类是从目的论视角探讨活跃于“孤岛”的翻译家，包括史小平（2011年）以及刘杰（2016年），[②] 不过以上两篇同样未对文学期刊的翻译有所涉及。第三类是宏观的整体性研究，包括刘维维（2013年），邹素（2016年）和邱芳（2017年）。[③] 上述论文在对“孤岛”翻译文学作出总体描述的基础之上，也对文学期刊的翻译活动有所关照。

在针对“孤岛”文学期刊翻译活动的研究中，有两篇专论值得特别关注。一为郭刚的《翻译与政治：对上海孤岛时期文学翻译的考察》，论文从译作数量、国别翻译以及热点翻译三个方面，全面阐述了“孤岛”文学翻译的繁荣局面，同时深入考察了对包括译者

---

① 梁志芳：《翻译·文化·复兴——记上海“孤岛”时期的一个特殊翻译机构“复社”》，载《上海翻译》2010年第1期；李娜、邢建榕：《复社：孤岛时期的秘密出版机构》，载《都会遗踪》2011年第2期；阳鲲：《复社译本〈西行漫记〉的翻译学解读》，载《广东外语外贸大学学报》2018年第2期；郭刚：《〈西行漫记〉与上海孤岛时期的报告文学翻译热》，载《北方文学》2017年第29期；郭刚：《〈西行漫记〉与孤岛上海文学翻译的转型》，载《新文学史料》2018年第2期。

② 史小平：《从目的论来看20世纪三四十年代上海“孤岛”时期的翻译活动》，载《当代教育理论与实践》2011年第7期；刘杰：《目的论视角下上海“孤岛”时期的翻译活动》，载《求知导刊》2016年第12期。

③ 刘维维：《上海“孤岛”时期翻译文学研究》，上海师范大学2013年硕士学位论文；邹素：《上海“孤岛”时期翻译文学特点及原因探究》，载《外文研究》2016年第1期；邱芳：《多重赞助人模式下的上海孤岛时期翻译活动探讨》，上海外国语大学2017年硕士学位论文。

队伍、翻译类型和翻译方式在内的"孤岛"翻译生产机制所发生的变化及原因，是一篇有相当分量的"孤岛"文学翻译研究。[①] 但是，诚然郭刚在论文的结尾处对"孤岛"文学翻译研究的方式与方法有着精彩的总结，认为唯有在传播媒介、文体形态、译者关系网络、历史文化语境等"翻译研究的'外部问题'中"（郭刚，41），才能实质性地推动"孤岛"翻译文学研究的纵深发展；然而，其本人未能在政治叙述以外探索到与"孤岛"文学翻译更为契合的社会语境，因而也就自然地过滤掉了更为丰富的翻译活动、翻译现象与翻译影响。另一篇"孤岛"文学翻译研究方面的力作是熊兵娇的《上海"孤岛"时期文学翻译的发生与建构——以〈西洋文学〉杂志为讨论对象》[②]。论文以创办于"孤岛"的纯文学翻译杂志《西洋文学》为考察对象，通过对刊物价值取向、译介主题与译介重点的分析，深入探讨了"孤岛"政治与文学话语秩序影响下文学翻译的生产、流通与接受特点，是"孤岛"翻译文学期刊个案研究的扛鼎之作。

目前，"孤岛"文学期刊研究中，针对《西风》的探讨更是凤毛麟角。范泉在其主编的《中国现代文学社团流派辞典》（上海书店出版社1993年版）中对西风社的主要刊物《西风》与《西风副刊》作了概要式述评，陈震宇的《黄嘉音与〈西风〉二三事》[③]、邹振环和王纯的《西风社及其主持人黄嘉德》[④] 以及季淑凤的《译

---

① 郭刚：《翻译与政治：对上海"孤岛"时期文学翻译的考察》，载《中国翻译》2016年第4期。

② 熊兵娇：《上海"孤岛"时期文学翻译的发生与建构——以〈西洋文学〉杂志为讨论对象》，载《安徽大学学报（哲学社会科学版）》2014年第3期。

③ 陈震宇：《黄嘉音与〈西风〉二三事》，载《出版广角》1997年第3期。

④ 邹振环、王纯：《西风社及其主持人黄嘉德》，载《民国春秋》2000年第2期。

述西洋，介绍欧美：〈西风〉月刊研究（1936—1949）》[①] 同样属于综述型文章。孔令云的两篇论文《杂志文：1940 年代散文的另类形态》[②] 和《论现代媒体与散文文体的共生共长》[③]，主要从杂志文的角度回溯了《西风》的译介活动。

王鹏飞的博士学位论文《“孤岛”时期文学期刊研究》（华东师范大学 2006 年）就推进西洋杂志文运动的角度，从翻译、创作、征文三个层面，第一次较为系统而深入地探讨了《西风》的时代功用与社会影响。不过，尽管该论文将《西风》及《西风副刊》的西洋杂志文运动定位为现代散文的文体革命，其论述中却未对此种现象作出针对性的详细论述。之后其出版的《“孤岛”文学期刊研究》一书中增加了一节对此作专门论述，然而《西风》的西洋杂志文运动是否仅仅指向散文体革命，却是一个值得商榷的问题。[④] 妥佳宁的硕士学位论文《“孤岛”的自由——以西风社及徐訏小说为个案》（北京师范大学 2011 年）明确以“自由”为关键词探讨“孤岛”环境及《西风》活动，论文认为“文学的自由并不完全依赖于政治气候，即便是在意识形态环境极度紧张的时代，还是可以找到思想上的自由斗士。‘孤岛’特例的意义，或许正在于有限度

① 季淑凤：《译述西洋，介绍欧美：〈西风〉7 月刊研究（1936—1949）》，载《荆楚理工学院学报》2019 年第 1 期。

② 孔令云：《杂志文：1940 年代散文的另类形态》，载《江苏社会科学》2010 年第 1 期。

③ 孔令云：《论现代媒体与散文文体的共生共长》，载《传媒观察》2012 年第 7 期。

④ 除博士论文与专著之外，王鹏飞针对《西风》的研究也曾以单篇论文的形式发表，主要包括《〈西风〉：“论语派”后期的新变动》，载《郑州轻工业学院学报（社会科学版）》2005 年第 5 期；《孤岛时期“论语派”的文学活动及其意义》，载《学术探索》2005 年第 6 期；《〈西风〉与西洋杂志文的兴起》，载《新文学史料》2010 年第 2 期；《传播学视野下的新文学征文》，载《淮阴师范学院学报（哲学社会科学版）》2013 年第 4 期。

的自由中，斗士以外其他丰富的文学思想活动”（妥佳宁，47），对于“孤岛”文学研究具有多重启发意义。而谢江灿的硕士学位论文《20世纪30年代〈西风〉月刊与现代市民趣味培养研究》（集美大学2020年）则以现代市民社会及市民趣味为导向，围绕《西风》对以美国为首的西洋社会形象的建构，探讨《西风》编/作者群体对培养公众的现代市民趣味所作的尝试与努力。另一在政治之外对《西风》作出深入研究的，是华东师范大学张济顺教授的系列论文，主要包括：《美国强势文化下的〈西风〉与好莱坞》[①]、《性与性别：一群文化人的社会关怀——以〈西风〉为中心的考察》[②]、《约园内外：大变局中的黄氏兄弟（1930—1960）》[③]，以及《小刊物之大关怀：〈西风〉〈家〉与性教育及心理卫生普及》[④]。此外，王文基的论文《心理的“下层工作”：〈西风〉与1930—1940年代大众心理卫生论述》（载《科技、医疗与社会》2011年第13期），以及Geoffrey Blowers、Shelley Wang Xuelai的合著论文Gone with the West Wind：The Emergence and Disappearance of Psychotherapeutic Culture in China，1936-1968（In Chiang，Howard ed，*Psychiatry and Chinese History*，Pickering & Chatto，2014 p. 143-160），则从心理学与精神医学的角度打开了《西风》研究的另一面向。

真正从翻译学的角度对《西风》做出考察的研究论文，目前笔

---

① 张济顺：《美国强势文化下的〈西风〉与好莱坞》，载张济顺：《中国知识分子的美国观（1943—1953）》，复旦大学出版社1999年版，第115—139页。

② 张济顺：《性与性别：一群文化人的社会关怀——以〈西风〉为中心的考察》，载姜进主编：《都市文化中的现代中国》，华东师范大学出版社2007年版，第89—109页。

③ 张济顺：《约园内外：大变局中的黄氏兄弟（1930—1960）》，载张济顺：《远去的都市：1950年代的上海》，社会科学文献出版社2015年版，第191—262页。

④ 张济顺：《小刊物之大关怀：〈西风〉〈家〉与性教育及心理卫生普及》，载《历史教学（下半月刊）》2019年第3期。

者所见到的仅有邹振环的述评《西风社的翻译文学》[1]，以及胡晨飞的硕士学位论文《“孤岛”翻译文学对中国文学与文化的影响研究——以〈西风〉译介活动为例》（四川外国语大学 2011 年）。

邹振环的《西风社的翻译文学》一文主要追踪了西风社的翻译出版活动，对《西风》的出版背景、译稿内容、译者组成等作了概要式述评。该篇论文在史料层面扩展了研究者对于《西风》翻译活动的认知，但并未对其翻译行为本身作出任何实质性的深入探讨，因而也未能突显《西风》翻译活动在战时语境下的特殊时代意义。胡晨飞的硕士学位论文主要探讨“孤岛”《西风》的“西洋杂志文”译介活动与散文体革命之间的互文关系。然而，事实上，《西风》所译介并倡导的“西洋杂志文”并不仅仅指向文体革命一个维度，也并不仅仅在“孤岛”空间发生作用，其译介活动在观念建构与新知识青年教育的多个层面都发挥了积极的作用，并产生了实际的影响。

最后，就笔者目前所掌握的资料，海外中国学与上海学研究中，并无与本书直接相关的任何专著或单篇论文。[2] 部分关涉本书研究或对本书颇具启发意义的论著主要包括：耿德华（Edward

---

① 邹振环：《西风社的翻译文学》，载邹振环：《20 世纪上海翻译出版与文化变迁》，广西教育出版社 2001 年版，第 215—220 页。

② 笔者目前的海外文献收集范围主要包括：中国国家图书馆（http：//www. nlc. cn/）、北京大学图书馆（http：//www. lib. pku. edu. cn/portal/）、美国国会图书馆（https：//www. loc. gov/）、哈佛大学图书馆（https：//library. harvard. edu/）、加州大学伯克利分校图书馆（http：//www. lib. berkeley. edu/）、英国国家图书馆（https：//www. bl. uk/）、剑桥大学图书馆（http：//www. lib. cam. ac. uk/）、新加坡国家图书馆（https：//www. nlb. gov. sg/）、南洋理工大学图书馆（http：//www. ntu. edu. sg/library/Pages/default. aspx）、香港中文大学图书馆（http：//www. lib. cuhk. edu. hk/）、台湾大学图书馆（http：//www. lib. ntu. edu. tw/）、《海外中国研究丛书书目》（由刘东主编、江苏人民出版社出版，目前已出版 176 部海外学者的论著）、《上海：通往世界之桥》（上、下）（由上海地方志办公室编、上海社会科学院出版社于 1989 年出版，该书收入海外学者的上海史研究论文）等。

Gunn）的《被冷落的缪斯：中国沦陷区文学史（1937—1945）》（*Unwelcome Muse*：*Chinese Literature in Shanghai and Peking 1937－1945*，Columbia University Press，1980）。[①] 此书是西方学术界对于沦陷区上海文学界在学术上的初次论述（费正清、费维恺，1030）。该书从文学批评的角度对"孤岛文学"以及上海的散文作家进行论述，同时对"西风系"刊物兼有涉及，不过由于该书的研究视角并不围绕翻译文学展开，加之其成书年代久远，因而更多是在史料与研究方法的层面对本书有所助益。傅葆石（Poshek Fu）的博士论文《灰色上海，1937—1945：中国文人的退隐、反抗与合作》（*Passivity*，*Resistance*，*and Collaboration*：*Intellectual Choices in Occupied Shanghai*，*1937－1945*，Stanford University，1989）[②] 否定了传统的二元道德对立观，以退隐、反抗与合作三个关键词重塑了战时文人的生存处境、心灵困境以及个人抉择。不过，正如柯灵在与傅葆石的通信中所指出的，"因为人事错杂，情况各不相同"（柯灵，287），退隐、反抗与合作是否能够完全覆盖与反映战时文人的复杂境遇，似乎存疑。而这一疑惑，正构成了本书的一个基本出发点。无论是退隐、反抗还是合作，似乎都不能够代表"西风系"刊物的编者、译者与庞大读者群体的价值取向。那么，通过选择文本、翻译文本与阅读文本，他们的目标又是什么呢？是否只有在个人价值取向的灰色地带，翻译的社会功用才可能被发挥得更加淋漓尽致？另一关注上海报刊与都市文化的专著是李欧梵（Leo Ou-Fan Lee）的《上海摩登——一种新都市文化在中国（1930—

① 该书已出版中译本，即［美］耿德华：《被冷落的缪斯：中国沦陷区文学史（1937—1945）》，张泉译，新星出版社2006年版。

② 1993年，该论文由斯坦福大学出版社（Stanford University Press）出版。2012年，生活·读书·新知三联书店出版由张霖翻译、刘辉校对的中译本《灰色上海，1937—1945：中国文人的退隐、反抗与合作》。

1945）》（*Shanghai Modern*：*The Flowering of a New Urban Culture in China*，*1930-1945*，Harvard University Press，1999），[①] 书中关于《现代》杂志上翻译作为文化斡旋的精彩论述，为本书的架构提供了多维的思考面向。

此外，魏斐德（Frederic Wakeman，Jr.）的专著《上海歹土——战时恐怖活动与城市犯罪，1937—1941》（*The Shanghai Badlands*：*Wartime Terrorism and Urban Crime*，*1937 - 1941*，Cambridge University Press，1996）[②] 以及贺麦晓（Michel Hockx）的专著《文体问题——现代中国的文学社团和文学杂志（1911—1937）》（*Questions of Style*：*Literary Societies and Literary Journals in Modern China*，*1911-1937*，Brill，2003）[③] 尽管并不直接与本书相关，但是前者中有大量出自租界当局、南京政府以及美国政府的一手档案资料，中立而翔实地还原了"孤岛"的政治与社会生态环境，在史料层面为本书的开展提供了助益；而后者是一部问题意识极强的论著，书中关于文体与文学杂志概念的阐释以及关于文学杂志阅读与研究方法的说明，对本书的写作大有裨益。同时，林郁沁（Eugenia Lean）的专著《施剑翘复仇案：民国时期公众同情的兴起与影响》（*Public Passions*：*The Trial of Shi Jianqiao and the Rise of Popular Sympathy in Republican China*，University of California Press，2007）[④] 中对于民国时期公众同情的兴起与影响的精彩论述，则从

---

① 该书已出版中译本，即［美］李欧梵：《上海摩登——一种新都市文化在中国（1930—1945）》，毛尖译，北京大学出版社2001年版。

② 该书已出版中译本，即［美］魏斐德：《上海歹土——战时恐怖活动与城市犯罪，1937—1941》，芮传明译，上海古籍出版社2003年版。

③ 该书已出版中译本，即［荷］贺麦晓：《文体问题——现代中国的文学社团和文学杂志（1911—1937）》，陈太胜译，北京大学出版社2016年版。

④ 该书已出版中译本，即［美］林郁沁：《施剑翘复仇案：民国时期公众同情的兴起与影响》，陈湘静译，江苏人民出版社2011年版。

根本上影响了本书的视角与方法。

综上所述，“‘孤岛’历史是一个有待开发的重要课题。不论是更全面了解抗战的意义，或是深入探讨上海近百年的文化思想变迁的过程，又或是检讨现代中国知识分子的思想心态，‘孤岛’研究无疑是一个绝佳的角度”（傅葆石，296—297）。然而，此一“绝佳的角度”直到目前为止，仍未得以延展与充分阐释。笔者认为，相关研究至少可以在以下四个维度着力与纵深。

第一，在研究方法的维度，拓展文献统计学方法的应用与纵深。伴随语料库技术的发展，数据库资源的线上开放，学术网络共享平台的普及与深化，以及数字人文等交叉学科的兴起，民国期刊及相关一手文献的可获取程度，较之以往有大幅提升。不过，针对期刊史料的系统性整理工作，仍待进一步加强。以“孤岛”翻译文学期刊为例，从期刊的发行数量、内容、性质到期刊的背景、归类、影响等一系列基础性问题，目前仍鲜见充分立足于史料的扎实研究。翻译史研究的根基在于史料，无史料则无以立论、亦无从言说。如何对史料进行去伪存真的有效爬梳，如何于史料的细微处发现问题，以及如何从多学科的视角丰富史料的言说空间等，均需从文献统计学的渠道进行深入探索，以史之口、述史之事。

第二，在研究主体的维度，拓展本体论层面的思考与探索。何为（翻译）文学期刊？在“孤岛”的特殊场域中，如何界定刊物的性质、划分刊物的类群？看似简单的问题背后，事实上牵涉概念溯源、期刊社会属性，以及“孤岛”的话语空间等本体论维度的复杂因素。例如，目前研究中存在的一个通病是，研究者多将文学期刊与报纸副刊混为一谈，既模糊了二者之间的边界，也遮蔽了文学期刊相较于报纸副刊的独特性。一方面，文学期刊比报纸副刊的“容量要大得多”，因此可以将围绕期刊译文的译者、编者、发行人、读者等，串联成“一个文学的‘场’”。（吴福辉，1—2）这是研究“孤岛”文学生态的绝佳标本。另一方面，“杂志是一国文化进步的最佳标志……杂志的荣枯，多数和文学史上的运动息息相关”（林语堂，155），[①] 因此，只有追踪历史语境中的文学期刊，也才可能触及最真实的“孤岛”公共空间。

第三，在研究对象的维度，加强对“左翼”以外刊物的关注与考察。1941 年巴人（王任叔）在《四年来上海文艺》一文中提出了上海文艺的两个发展方向，一为“政治的批评”，二为“血的斗争的真实的描写”。（巴人，215）作为“孤岛”“左翼”文学的领军人物，巴人的话语中所折射与强调的文学观——唯抗战文艺独尊、创作观——对血的斗争的真实描写以及社会观——与“孤岛”之外的抗战力量紧密团结，直至今日似乎依然盘踞在“孤岛”翻译文学期刊研究的上空。其一，既有研究大多仅仅关注中共与“左翼”领导下的若干刊物，轻视甚至忽视“孤岛”文艺园地中抗战文学之外的“青草”与“老爷们的帮闲”。诚如巴彦在 20 世纪 80 年代所申明的，进步刊物是“‘孤岛’文学的主流”（巴彦，69）。其二，既有研究往往从“孤岛”不孤的政治性出发，依然认为，政治是“孤岛”翻译活动的“最核心的驱动力”（郭刚，41）。于是，在传统研究范式的束缚下，“孤岛”这座翻译文学期刊研究的富矿，便只能因袭扁平的单一路径，开采出干瘪而单调的资源与成果。然而，事实上，逼仄的环境中也可能透出自由的罅隙，“青草”在阳光下依然可以摇曳生辉，而“那些老爷们的帮闲”也并非一个“闲”字所能够道尽。

---

① 1936 年，林语堂用英文写作的《中国新闻舆论史》（*A History of the Press and Public Opinion in China*）在上海由英商凯利和威尔士有限公司（别发洋行）（Kelly and Walsh，LIMITED）出版，同年在美国又由芝加哥大学出版社（University of Chicago Press）出版。2008 年，该书的两个中译本同时问世。一个是上海人民出版社的刘小磊译本，另一个是中国人民大学出版社的王海和何洪亮译本，两译本在措辞与语体风格等上均差异明显。此处所引为刘小磊译本，王海和何洪亮译本如下：“期刊是一个国家文化进步的最好体现……许多期刊的兴衰与文学史上各次运动密切相关。”（第 125 页）

第四，在研究视角的维度，积极尝试与探索立足微观史学的个案研究。大处着眼，小处着手。对于"孤岛"文学期刊的翻译研究，既要从大处高屋建瓴，关注研究范式、研究路径、社会生态、翻译史书写等重大问题；也要从小处见微知著，关注个案及其背后的翻译学动因。正如孔慧怡在谈到翻译研究的纵深面向时所提出的两个维度，"第一是主体文化的规范和环境，第二是翻译活动与主体文化在很长一段时间里产生的相互影响"（孔慧怡，3）。透过具体个案考察主体文化的生成机制、如何被规约以及发生何种流变，同时从个案着手探讨翻译实践与译入语文化之间的碰撞、融合与裂变，是"孤岛"文学期刊翻译研究可纵深拓展的一个重要维度。然而，现有研究在个案的维度上，显然力有不逮。特别是，如何通过史料的自我言说，融合他学科的理论视角与研究范式，挖掘翻译文学期刊在"孤岛"主体文化内的生产机制、流通模式、读者受众、社会影响，以及文学期刊翻译活动与"孤岛"话语空间的互文关系等，均不失为有趣的话题。

总体而论，"孤岛"文学期刊译介研究，尚有许多可持续深入的重要面向。如何用新的方法探寻与挖掘封尘于历史的期刊文献、如何用新的史料重构翻译文学史的想象与书写、如何用新的思路开启相关研究的不同维度，以上问题正是本书的思考路径与研究兴趣之所在。

三、方法问题

本书期望透过"情"的视角，管窥《西风》翻译实践与"私情"之重构间的张力关系，并尝试在对此一张力关系的论证过程中，从以下三个方面对既往研究有所突破。

首先，研究视角的下移。以往的"孤岛"文学期刊译介研究，往往关注翻译的上层工作。"上层工作"意指有二：其一，强调期刊翻译实践与抗战强国、建构民族国家之间的绝对关联；其二，过分关注大型出版机构、文学社团及精英知识分子群体的办刊实践。此一上层的视角，导致"孤岛"文学期刊译介研究难以脱离期刊的抗战史研究之范畴，欠缺以翻译为主体的思考，翻译的主体性地位被遮蔽，不自觉地沦为战争与革命的简单附庸。而本书强调翻译的下层工作，所谓"下层工作"：第一，期刊翻译实践显示了"深入'下层社会'的努力"（章清，929）。期刊如何透过翻译的管道，解构传统以改造普通民众的观念形态，是为翻译的下层工作之一。第二，抗日救亡的历史叙事与大众生活的历史事实之间存在普遍张力。建构民族国家作为一种精英的翻译策略，其策略在构想的上层与接受的下层之间，似乎多有抵牾。因此，笔者主张更多关注处于一般知识阶层中译者的翻译抉择及其背后的时代动因，而非符码化的精英阶层，是为翻译的下层工作之二。

其次，提出新观点。例如，本书认为"孤岛"是民国时期的最后一方公共领域，公共领域内公众批判的形成并不必然以公众理性为基础；《西风》的西洋杂志文翻译实践表面指向林语堂所提倡的散文体革命，实则指向解构儒家伦理秩序的努力，它与"孤岛"社会"私我"（个体）与"私情"（个体情绪）的启蒙休戚相关；《西风》围绕新女性，特别是性议题的翻译实践并非简单地科普大众，更有重构"私情"的深层动因；等等。而本书对以上观点的提出与论证，均基于对第一手史料的深入阅读与详细爬梳。

最后，研究方法的跨学科尝试。情绪研究在"整个东亚史领域才刚起步"（刘峻，222），鲜有学者涉足此一研究领域。① 本书借

---

① 此领域极富洞见的研究，包括 Matsumoto，David，*Unmasking Japan*：*Myths and Realities about the Emotions of the Japanese*，Stanford：Stanford University Press，1996；Perry，Elizabeth J.，"Moving the Masses：Emotion Work in the Chinese Revolution"，*Mobilization* 2（2002）：111 - 128；Eugenia，Lean，*Public Passions*：*The Trial of Shi Jianqiao and the Rise of Popular Sympathy in Republican China*，Berkeley，University of California Press，2007 等。

用情绪政体的概念与分析方法，探讨《西风》翻译实践的社会文化意义，不失为情绪史方法运用于翻译研究的有益尝试。

不过，此一跨学科的尝试本身，即构成本书的写作难点。何为情绪？诸如它究竟是"生物性抑或文化性的，是普世的抑或建构的，是表达抑或经验"？（刘峻，222）以及如何透过史料感知真实的情绪经验等，有关情绪本体论的争议与困惑依然存在。一方面，情绪指涉主观感受；另一方面，情绪又是可概念化的。情绪的复杂维度对其言说本身构成挑战，如何用相对固定的衡量标准与相对客观的语言，分析诗化且捉摸不定的情绪，是本书写作的最突出困境。不过，挑战也带来研究的契机与张力，本书期望在"情"的中国谱系中，挖掘《西风》翻译实践与个人内在秩序与家国外在秩序重构间的种种可能性，同时也反思"何为情绪"的本体论问题。

本书在"孤岛"语域内，以"情"为切入点，透过《西风》的个案，检视翻译与社会情绪标准的生产及规范之间的张力。

本书的基本论证逻辑在于以下三个方面。首先，情绪是社会与文化的产物。它在很大程度上（但非完全）是习得的，情绪可以（也经常）被管理。"我们能够诱发原本并不存在的情绪，也可以压制已然存在的情绪。我们能够——并且也在不断地尝试——建构或重构情绪以适应社会内部的文化规则。"（Hoch-schild，9）因此，"情绪管理的过程本身，亦即部分地情绪建构的过程"（Hochschild，11）。情绪在何时、如何以及为何被管理，其背后逻辑均指向特定社会情境中的一整套情绪政体。

其次，有别于中国传统文化中对于情绪的理解，笔者承袭李海燕（Haiyan Lee）在《心灵革命（1900—1950）：现代中国爱情的谱系》（*Revolution of the Heart：A Genealogy of Love in China，1900-1950*）一书中的观点，认为情绪具备作为一种社会秩序的合法性基础，同时，情绪经验可能产生形式化的社会影响。

最后，文化翻译并非简单将其他文化的观念平行复制、移植到本土文化的线性过程。比较文学研究者提出“翻译地带”（the translation zone）[①] 的概念——此一地带具有各种各样诠释、引申、挪用等的可操控性——以提醒我们，在其他文化元素的本土同质进程中，“对等关系的成立是长远且复杂、反复、迂回、曲折的历史过程，牵涉译者与读者的双重诠释”（黄克武，53）。

具体而言，本书第一章首先从公共领域形成的四个条件，论证“孤岛”是民国时期存在的最后一方公共领域。其次，在此视角下检视文学期刊翻译实践及其作为社会批判渠道的有效性，并主张此一有效性主要在为市民社会营造“新国民”与“新国家”的想象中发挥作用。本书认为，公共领域的多元包容性为修正抗战时期翻译史研究视野的不平衡提供了契机，同时也构成后续章节的立论基础。

第二章以史料为基础，从概念、数量、内容、分类、影响等维度，对“孤岛”（翻译）文学期刊展开系统性全面梳理；同时，从刊物宗旨、内容选材、翻译缘起、编辑人等侧面，对《西风》进行了概要式考察。该章的史料梳理，为后面两章的深入论述铺陈了起点。同时，较之现有研究，该章首次在概念上，对“孤岛”文学期刊和“孤岛”翻译文学期刊作出明确界定，同时按照刊物的性质与内容，对“孤岛”翻译文学期刊进行了重新分类。

第三章聚焦《西风》西洋杂志文翻译实践对中国本土传统情绪政体的解构。该章从考察“情”在中国社会的历史谱系入手，认为父权制的儒家情感结构是传统中国社会情绪政体的底色。这一情感结构强调“情”之“公情”的一面，而压抑与之相对的“私情”；

---

① Apter, Emily, *The Translation Zone: A New Comparative Literature*, Princeton and Oxford: Princeton University Press, 2006.

同时，作为集体道德力量的"情"被无限放大，成为建构以等级制度为核心的儒家社会伦理秩序的中坚，而作为个人情感/情绪表达的"情"则被忽视或遭遇放逐。在此基础上，该章认为，传统儒家社会重"理"抑"情"与对父权及家庭伦常的强调，形成一整套压抑且无"我"的情绪规则，反映在散文创作上即表现为议事大于抒情、主题与现实生活的疏离、日常生活和私人情感的缺失，等等；与之相较，西洋杂志文对个人情感表达的鼓励与强调，构成对中国传统散文创作观的巨大挑战。《西风》对西洋杂志文的大规模翻译，并辅以长时段的持续征文，在整个"孤岛"社会形成以强调个体及个人情感为核心目标的情绪导航。在此意义上，《西风》文体革命的成功，既是对无"我"之情绪政体的颠覆，也是对"我"之私人情感/情绪的启蒙。

第四章借由社会对新女性的普遍焦虑，将《西风》翻译实践与个人情感/情绪重构之间的逻辑，向前推进，并主要论证了《西风》如何透过翻译，将中国本土文化中私密且躁动不安的"性"转变为一整套科学的观念体系，进而将"情"与社会的关系加以调试，使之成为建构家国秩序的重要力量。该章首先借助库博中文独立语料库的数据分析工具，观察《西风》新女性翻译的内容走向，并得出"性"与（婚恋）关系是其两大翻译着力点的结论。其次该章重点聚焦《西风》的"性"翻译实践，并认为《西风》通过翻译向公众输入的一整套全新的性观念价值体系以及由"西风信箱"所提供的情绪庇护所，是对关于"性"的情绪生成机制的重新配置，而这一全新配置，最终指向"私我"的形塑。自我意识与自我认同开始削弱深植于家庭和集体的情绪连结；而"关系"与"性"的同频出现则表明《西风》敏锐地捕捉到了上述以儒家伦理为纽带的情绪连结的失效，并期望借由翻译打造一个全新的"我"，以调整"情"与社会的关系，使个体情感拥有建构之力，从而建立一个具有内在私我深度的新国家。

结语再次重申本书的主旨：翻译是在混乱中寻找建立稳定秩序的一种可能且有效的途径。在众声喧哗的“孤岛”之上，《西风》通过以西洋杂志文为核心、围绕“性”问题的翻译实践，在对本土无“我”之传统情绪政体构成解构的同时，以个体之“情”为纽带，尝试重构一个具有内在深度的新国家的实践，即为明证。此外，结语部分尝试以《西风》翻译个案为契机，探讨抗战时期的翻译史研究如何走出“重大事件”与“重要人物”的视野局限与方法论困境的问题。相对于革命的宏大家国叙事，本书所秉持的研究理念是：微观史学之复数的小历史。

第一章

上海“孤岛”：公共领域的生成与翻译文学期刊的勃兴

> 公共领域首先是社会生活的一个领域，在此领域当中，公众舆论得以形成。原则上，公共领域向所有市民开放。公共领域的一部分建基于交谈，在人际交谈中，作为私人的个体聚合在一起，成为公众。公众既不扮演经营私人事务的商务人士或专业人士的角色，也不充当服从国家官僚体制下法律规章的相关法律主体。市民作为公众就一般权益问题展开论争而不受政治影响；在此过程中，公众可以自由集散、自由表达观点。(Habermas，105)

由于鸦片战争（1840—1842 年）后一系列不平等条约的签订，近代上海被划分为公共租界、法租界和华界三个部分。1937 年 11 月，淞沪战役后上海的华界及公共租界内的日本人聚居区（虹口“小东京”）彻底沦陷，日本人从虹口和老城区对公共租界及法租界形成封锁，这一面积上 16 平方千米左右的租界虽宛若“孤岛”，却为无法逃离上海的中国人提供了一个避风港。有资料显示，淞沪战役后难民大量涌入，“‘孤岛’人口在几周内从150万激增至400万，每户平均31人”（Wakeman，7）。

关于此时期的上海，有论者认为它是“争讼的战场”，并进一步分析指出：

> 这场争讼包括六个方面：第一，西方列强与日本对于他们在中国的未来利益的争论，英、美竭力避免给予日本入侵租界的借口，如天津那样。第二，列强与中国政权（起初是国民党政府，后来则是伪政府）关于帝国主义者们的治外法权的争论。第三，日本与公共租界内英、美居民围绕工部局权力的斗争。第四，日本军队与国民党游击队组织对于上海郊区的争夺。第五，上海黑社会与新来的台湾、高丽帮会为控制本市流氓而起的争斗。第六，国民政府特工与伪政府特工对于银行、报纸、法庭等控制权的角逐。（魏斐德，2）

也有论者认为它的复杂性，“复杂到难以想象的地步”：

> 你可以说它是黑色的染缸，我可以说它是红色的摇篮；你可以说它是帝国主义侵略中国的桥头堡，我可以说它是中华民族反对帝国主义的大本营；你可以说它摩登，我可以说它传统；你可以列出一百条理由说它是罪恶之渊薮，我也可以列出一百条理由说它是文明之窗口。红与黑、善与恶、美与丑、进步与反动、世界性与地方性……几乎任何两极对立的判断，对上海来说都能成立。只有一种判断不会招致反驳，这就是：极其复杂。（熊月之，4）

同时，研究也普遍认为，彼时的上海生活，“对大多数人而言是灾难，但对少数人则是狂欢”（Fu，125）。钱锺书在其讽刺小说《围城》中对这一矛盾有过极为精彩的表述：

> 拥挤里的孤寂，热闹里的凄凉，使他像许多住在这孤岛上的人，心灵也仿佛一个无凑畔的孤岛。这一年的上海跟去年大不相同了。欧洲的局势急转直下，日本人因此在两大租界里一天天的放肆。后来跟中国“并肩作战”的英美两国，那时候只想保守中立；中既然不中，立也根本立不住，结果这“中立”变成只求在中国有个立足之地，此外全盘让日本人去蹂躏。……生存竞争渐渐脱去文饰和面具，露出原始的狠毒。廉耻并不廉，许多人维持它不起。发国难财和破国难产的人同时增加，各不相犯；因为穷人只在大街闹市行乞，不会到财主的幽静住宅区去，只会跟着步行的人要钱，财主坐的流线型汽车是赶不上的。贫民区逐渐蔓延，像市容上生的一块癣。政治性的恐怖事件，几乎天天发生。有志之士被压迫得慢慢像西洋大都市的交通路线，向地下发展，地底下原有的那些阴毒暧昧的人形爬虫，攀附了他们自增声价。鼓吹“中日和平”的报纸每天发表新参加的同志名单，而这些“和奸”往往同时在另外的报纸上声明“不问政治”。（钱锺书，705—706）

可以说，1937—1941 年间的上海，特别是由公共租界和法租界构成的“孤岛”，形成了意大利作家普里莫·莱维（Primo Levi，

1919—1987）笔下的“灰色地带”（the gray zone）。[①] 所谓灰色地带，莱维将其简单定义为“与主/客两个阵营都有所联系又有所区别的一个地带”，并认为“灰色地带拥有极为复杂的内部结构和内容，让我们难以对它做出正/邪的判断”。（莱维，27）

如果从灰色地带的视角展开，“孤岛”事实上正是一个有趣的研究对象。因为灰色地带对于不确定性的伸张，使得“孤岛”看似紧张的政治、社会及文学空间出现了伸缩的可能，也有了重新被言说的意义。本章聚焦上海“孤岛”的空间政治结构，透过灰色地带的特殊视角追踪以下问题：如果说，城市是“历史现代性的标志性产物”（董洪川、王庆，160），近代上海则无疑脱胎于现代性。那么，公共领域作为现代性的一个重要标志，是否在近代上海有所表征？特别是，“孤岛”独有的社会结构是否可能向公共领域开放？如果可能，“孤岛”语境下的公共领域与哈贝马斯所谓“具有划时代意义”（哈贝马斯，1）的资产阶级公共领域有何异同？以及，此一身处灰色地带的公共领域，相较于同时代的中国其他地区，为翻译提供了怎样的可发挥空间？

第一节　何为“公共领域”？——公共领域形成的四个条件

1962 年，尤尔根·哈贝马斯（Jürgen Habermas）在《公共领域的结构转型》（*Strukturwandel der Öffentlichkeit*）一书中，将“公

① 傅葆石（Poshek Fu）*Passivity, Resistance, and Collaboration: Intellectual Choices in Occupied Shanghai, 1937-1945*（Stanford University Press，1993）一书的中译本书名即取作《灰色上海，1937—1945：中国文人的隐退、反抗与合作》（张霖译，刘辉校，生活·读书·新知三联书店 2012 年版）。

共领域”[1] 详细概念化。尽管哈贝马斯并非“公共领域”一词的首创者，然而经由其对“资产阶级公共领域”（bürgerliche Öffentlichkeit）的阐释，特别是 1989 年其著作英译本 *The Structural Transformation of the Public Sphere* 的问世，“公共领域”逐渐构成西方主流政治话语的重要部分。

在《公共领域的结构转型》一书中，哈氏从“18 至 19 世纪初英、法、德三国的历史语境中，推衍出资产阶级公共领域的理想类型”（Habermas，422）。根据其描述，公共领域理论是一套与现代性休戚相关的民主社会运行机制。在欧洲封建制度走向瓦解的社会转捩期，启蒙价值观（Enlightenment values）所催生的现代性（modernity）意识分裂了君主与国家的一体性；“国家是无实体的、抽象的，因此所有民众都可能参与对其的建构”（McKee，8）。公共领域的诞生契合了民众参与建构国家的现代性诉求，它为公众舆论（Öffentliche Meinung）的形成与凝聚提供了时空契机与实践平台。可以说，公共领域的出现为打破以王权为绝对权威的封建等级制政治结构提供了可能，它是欧洲社会得以步入现代的关键性要素；同时，它也为我们提供了解析民主社会运行机制的理论视角与方法论基础。

那么，何为“公共领域”？根据哈贝马斯的论述，“公共领域”

---

① 德语“Öffentlichkeit”一词，取英文的“public sphere”对译，汉语普遍将其译作“公共领域”或“公共空间”。根据《大辞海》的释义，“领域”意指：“（1）一个国家行使主权的区域。（2）学术思想或社会活动的范围。如：思想领域；生活领域；在自然科学领域内，数学是最重要的基础（大辞海，2147）；而“空间”意指：“（1）在哲学上，与‘时间’一起构成运动着的物质存在的两种基本形式。空间指物质存在的广延性；时间指物质运动过程的持续性和顺序性。空间和时间具有客观性，同运动着的物质不可分割。（2）一定的范围。如：活动空间很大；屋子里东西多，剩下的空间很小。（大辞海，1902）显然，作范围解释，“领域”多指称抽象概念，而“空间”则多指称实体概念。鉴于哈贝马斯的“Öffentlichkeit”是一“隐喻概念，用以描述公众产生交互影响的虚拟空间”（Mckee，4），因而笔者选用“公共领域”对译“Öffentlichkeit”。

可作如下定义：

> 公共领域首先可以被理解为一个由私人领域汇聚而成的公众的领域；其次，私人要求受制于上层的公共领域转而反对公共权力机关本身，以使私人能够在基本已私有化、但仍具公共属性的商品交换与社会劳动领域中，就一般交换规则等问题，与公共权力机关展开讨论。……政治公共领域脱胎于文学公共领域；它以公众舆论为媒介，使国家与社会需求发生联结。（Habermas，27、30—31）

也就是说，首先，公共领域是区别于国家和私人之外，介于国家和社会之间的第三方领域，拥有自身的运行规则以及价值规范；其次，公共领域是将私人意见汇聚，进而转化为公众舆论的场所，个体的诉求在公共领域中碰撞、发酵，最终凝结为代表集体诉求的公众舆论。最后，对抗国家机器是公共领域的重要功能属性，公众舆论具有不受制于政治权力的相对独立性。

基于公共领域理论的上述要点，有学者提出，公共领域的出现，必须同时满足以下三个条件：

> 首先，要区分公共领域和私人领域，特别是那些既在家庭事务以外，又不属于国家范围的新领域，并在观念上能明确意识到这一领域的存在（以下简称为“条件一”）。其次，主导这个新领域的价值和规范（公共理性）必须与私领域不同（以下简称为“条件二”）。最后，必须承认私人领域的正当性和相应价值（以下简称为“条件三”）。（金观涛、刘青峰，74）

金观涛与刘青峰的观点，主要着眼于观念层面，即公共领域的出现，一方面要求公众在具备公共意识的同时（条件一），也具备认同“私”的合法性的基本价值判断（条件三）；另一方面要求社会形成脱离于私领域的独立的价值体系及运行准则（条件二）。

不过，根据哈贝马斯的论述，笔者认为上述观念层面的三个条件，仅构成公共领域出现的必要条件；要形成充要条件，则必须将公众舆论纳入讨论范畴。在哈贝马斯的概念定义中，“公众舆论”指“批评的功能；以及定期选举期间，公众对运作有序的国家权力机关正式或非正式地操控”（Habermas，105）。

> 舆论（被认为是文化、规范信条、集体偏见以及判断的一部分）在作为一种历史沉积物的准自然结构层面，似乎从来未曾改变；而公众舆论，就其概念本身而言，唯有当参与理性讨论的公众存在时，才能形成。（Habermas，105—106）

换言之，并非一切舆论都可以称为公众舆论。舆论作为一个集体概念，因为受制于意识形态，明显具有从众的缺陷及软弱性。不同于舆论，公众舆论特指“拥有判断能力的公众所进行的批判性反思活动”（Habermas，90）。可以说，公众舆论是经过反思的舆论，其自身具有批判的结构功能。而这一批判的属性，笔者认为恰恰构成公共领域出现的第四个条件（以下简称为“条件四”）。公共领域在本质上就是批判的领域，公众以公众舆论的方式，将社会诉求传达给国家；国家权力和私人权益之间，通过公众舆论的批判性影响达成平衡。一旦公众舆论消失，则表明舆论与批判之间的张力消弭，亦意味着公共领域出现附庸于社会或消解于国家的趋势。而无论是沦为“社会化的国家领域”，还是“国家化的社会领域”（哈贝马斯，201)，独立批判性的缺失，都标志着公共领域的瓦解。

通过哈贝马斯的论述本身，我们得以确定公共领域出现的充要条件。那么，要探讨近代上海，特别是“孤岛”是否存在公共领域，则势必考察彼时的历史现场是否存在生成公共领域的上述四个条件。

一、中国传统社会中的“公”字解

条件一要求针对身处社会由传统向现代转型期的中国民众是否具有公共意识的问题作出解答。公共意识的核心在于“公”，因此厘清中国文化中“公”的含义及其所指，自然成为回答上述问题的关键。《说文解字》对“公”的解释为：“平分也。从八从厶。八犹背也。韩非曰，背厶为公。”“厶”即“私”，“公”即是对“私”的否定。那么，何为“私”？《说文解字》将“私”定义为：“姦衺也……韩非曰，仓颉作字，自营为厶。凡厶之属，皆从厶。”[①]《大辞海》中“私”的主要释义如下：

> 1. 个人的；自己的。如：私事；私有。引申为私人的财产。如：家私。《诗·小雅·大田》：“雨我公田，遂及我私。”又《周颂·噫嘻》：“骏发尔私。”毛传：“私，民田也。”2. 利己。如：自私自利。《书·周官》：“以公灭私。”《宋史·杜范传》：“同心为国，岂容以私而害公。”3. 偏爱。《楚辞·离骚》：“皇天无私阿兮。”王逸注：“窃爱为私。”4. 秘密；不公开。如：阴私；私下。《汉书·霍光传》：“私使乳医淳于衍行毒药杀许后。”引

① 此处所引版本为：《说文解字》，中华书局1963年版，第28、189页。引文中断句与标点均为笔者所加。

申为暧昧、不合法的。如：私通；走私；私货。（《大辞海》，3276）

其一，“私”指个体所独立拥有的财产、物品、田地等。《诗经·小雅·大田》云：“雨我公田，遂及我私。”私田与公田的分离，表明私产与公产、私领域与公领域的区分，在中国古已有之。其二，“私”指私利、私心等，与个体利益相关。《宋史·杜范传》有云：“同心为国，岂容以私而害公。”私人利益与国家利益的冲突，证明集合了私人利益的私领域与代表了国家利益的公领域之间，天然存在相互抵牾与抗衡的空间。其三，“私”指个体行为的私密性。

对照《大辞海》中“公”的主要释义：

1. 公平；公正。与“私”相对。如：大公无私；公允；公买公卖；秉公办理。《新书·道术》：“兼覆无私谓之公，反公为私。”韩愈《进学解》：“行患不能成，无患有司之不公。”2. 属于国家或集体的。如：公款；公房；公事公办。公物。王谠《唐语林·补遗一》：“海州南有沟水，上通楚、淮、公私漕运之路也”。3. 公务。如：办公。《诗·召南·采蘩》：“夙夜在公。”亦指办公的地方。《诗·召南·羔羊》：“退食自公。”毛传：“公，公门也。”4. 公共；共同。如：公理；公约。《礼记·礼运》：“大道之行也，天下为公。”《荀子·解蔽》：“此心术之公患也。”5. 公开；公然。如：公布；公之于众。《汉书·吴王濞传》：“［吴王］乃益骄资，公即山铸钱。”颜师古注：“公，谓显然为之也。”（《大辞海》，1113）

作为“私”的否定面，“公”的核心内涵可以作如下阐释：首先，“公”代表一种价值判断，“无私谓之公”，“公”意味着公平、公正、公允等等。其次，“公”代表一种与私人所有相对的国家或集体所有，即一种公共属性。最后，“大道之行也，天下为公”，“公”代表一种与个体特殊性相对的普遍性。

及至近代，康有为（1858—1927）在《实理公法全书》一文中，对“公”也作出了相类似的阐述：

> 有公众之公。如此书乃公众之书是也，以其非一人之书也。……有几何公理之公。一、二、四、八、十六、三十二是也。所谓一定之法也。……有公推之公。盖天下之制度，多有几何公理所不能逮。无几何公理所出之法，而必凭人立之法者，本无一定，则惟推一最有益于人道者，以为公法而已。然众共推之，故谓为公推也。（康有为，3）

“公众之公”彰显了“公”的公共性；而“公理之公”与“公推之公”，则包孕了“公”的普遍性。可以说，从“公”字的内涵推断，中国文化内部对“公”与“私”、“公领域”与“私领域”的建构，古已有之且从未断裂。公共性与普遍性作为“公”的核心要义，一方面证明了公共意识在中国社会内部长期存在，另一方面也为公共领域的现代生成提供了观念上的先决条件。

既然“公”代表一种正面的价值判断，那么作为其否定面的“私”的内容与价值，在多大程度上能够为社会所接受呢？“私”的存在在中国社会是否具备其自身的正当性？对于上述问题的探讨，涉及公共领域出现的第三个条件，即公众是否具备认同“私”的合法性的基本价值判断。

二、公私对立及“私”观念的演变

根据上文《大辞海》的释义，公与私早在《诗经》中就已出现。不过，“西周时期的公、私基本是社会身份为主，大体在具象范围内”（刘泽华，3），不存在明显的价值取向。及至春秋战国时期，随着土地私有化程度的不断加剧，中国社会进入空前的大变革阶段。王夫之（1619—1692）在《读通鉴论·卷末·叙论四》当中总结称：“战国者。古今一大变革之会也。侯王分土。各自为政。而皆以放恣渔猎为情。听耕战刑名殃民之说。与尚书孔子之言。背道而驰。”① 王夫之所说的变革，事实上即为公与私之变，“公”“私”的“社会实体”意义以及“公”“私”“关系的性质”，均在此“古今一大变革”中发生变化。②而这种变化的最集中体现，就是对于“私”的彻底否定与摒弃。

以《荀子》为例，荀子（约公元前313—公元前238）“是儒家先师里使用‘公私’概念最多的一人”（刘畅，72）。《荀子·修身篇》中对公私问题有专门的论述：

> 君子贫穷而志广。富贵而体恭。安燕而血气不惰。劳倦而容貌不枯。怒不过夺。喜不过予。君子贫穷而志广。隆仁也。富贵而体恭。杀埶也。安燕而血气不惰。柬理也。劳倦而容貌不枯。好交也。怒不过夺。喜不过予。是法胜私也。书曰。无有作好。遵王之道。无有作恶。遵王之路。此言君子之能以公义胜私欲也。③

---

① 此处所引版本为：《读通鉴论》，世界书局1936年版，第667页。

② 参见刘宝才、王长坤：《儒法公私观简论》，载刘泽华主编：《公私观念与中国社会》，中国人民大学出版社2003年，第40—54页。

③ 此处所引版本为《荀子》，扫叶山房1920年版，第8页。

无论是“法胜私也”，还是“以公义胜私欲也”，都显示了公与私的对立以及崇公抑私的思想伏线。如果说《荀子》中的公私对立关系尚不紧张，那么《吕氏春秋》的言论则已充分显示了公私之间的对峙。《吕氏春秋·孟春纪》有《贵公》《去私》两篇，一贵一去，公与私之高下立现。其中，《贵公》篇有云：

昔先圣王之治天下也，必先公。公则天下平矣。平得于公。尝试观于上志，有得天下者众矣，其得之以公，其失之必以偏。凡主之立也，生于公。……天下，非一人之天下也，天下之天下也。阴阳之和，不长一类；甘露时雨，不私一物；万民之主，不阿一人。……天地大矣，生而弗子，成而弗有，万物皆被其泽、得其利，而莫知其所由始。此三皇五帝之德也。

《去私》篇则指出：

天无私覆也，地无私载也，日月无私烛也，四时无私行也。行其德而万物得遂长焉。……尧有子十人，不与其子而授舜；舜有子九人，不与其子而授禹；至公也。……孔子闻之曰：“善哉！祁黄羊之论也，外举不避仇，内举不避子。祁黄羊可谓公矣。”……子，人之所私也。忍所私以行大义，钜子可谓公矣。……庖人调和而弗敢食，故可以为庖；若使庖人调和而食之，则不可以为庖矣。王伯之君亦然。诛暴而不私，以封天下之贤者，故可以为王伯；若使王伯之君诛暴而私之，则亦不可以为王伯矣。①

---

① 此处所引版本为《吕氏春秋》，莲池书社1921年版，第7—8页。引文中断句与标点，均为笔者所加。

至此，“私”（以个人/家庭/家族为核心）作为私欲、私利以及私心等的代名词，与公平和公正的“公”（以天下为核心）形成内在的紧张对抗。由于公是圣王治理天下之道、是王权的基础，而对私的强调必然动摇对公的坚守、进而削弱王权的根基，所以“立公灭私”的观念被逐步建构并牢牢占据了整个封建集权统治的中心。可以说，从战国后期到明末清初之际的两千多年间，尽管私观念偶有抬头，“尚公”绝对是中国社会伦理观念的主导，而私并不具备在正统社会立足的合法性。①

不过，伴随贸易与商品经济的发展，特别是19世纪末20世纪初中国社会结构的根本性改变以及革命的风起云涌，王权的覆灭彻底消解了公私对立的内在张力，私也在时代变局中逐渐拥有了正向的解读。

例如，龚自珍（1792—1841）在其名篇《论私》中，以天道的根源为“私”正名：

> 问曰：敢问私者，何所始也？告之曰：天有闰月，以处赢缩之度；气盈朔虚，夏有凉风，冬有燠日，天有私也。地有畸零华离，为附庸闲田，地有私也，日月不照人牀闼之内，日月有私也。圣帝哲后，明诏大号，劬劳于在原，咨嗟于在庙，史臣书之，究其所谓之实，亦不过曰：庇我子孙，保我国家而已……由斯以谭，孟子车氏其言，天下之私言也。乃曰：人人亲其亲，长其长，而天下平。……若人则必有孰薄孰厚之气谊，因有过从谳游，相

① 例如，明清之际社会剧变所引发的对于私的“伸张”。(可参见王中江：《中国哲学中的“公私之辨”》，载《中州学刊》1995年第6期；王中江：《明清之际“私”观念的兴起及其社会史关联》，载《湖南社会科学》2003年第4期。

援相引，款曲燕私之事矣。今日大公无私，则人耶，则禽耶？（龚自珍，139）

在龚氏看来，天地日月、帝王将相、凡夫俗子皆有“私”，私是人性的自然表征。那么，既然作为万物本源的天地尚存个别性与特殊性，一味强调大公无私则无异于悖反天道；换言之，私的观念理应在社会伦理结构中获得其合法身份。

康有为在《论语注》中也表达了相类似的观点。在评价“我不欲人之加诸我也，吾亦欲无加诸人”（《论语·公冶长》）一句时，康氏认为：“子赣不欲人之加诸我，自立自由也；无加诸人，不侵犯人之自立自由也。人为天之生，人人直隶于天，人人自立自由……人各有界，若侵犯人之界，是压人之自立自由，悖天定之公理，尤不可也”（康有为，61）。“人各有界”一方面肯定了私领域的存在及其正当性，另一方面也暗示了私权是人权的基本构成要素，“侵犯人之界”无异于“悖天定之公理”。

《论语注》成书于维新变法（1898 年）失败后康有为流亡海外的 1902 年，后 1917 年由上海广智书局刊刻出版。[①] 从上述时间节点看，改良社会的内在动因与西学冲击的外在压力迫使新知识分子对崇公抑私的主流社会伦理价值做出重新思考，传统社会中一再被压制的私的观念也开始有了复苏的迹象。

1918 年，胡适（1891—1962）在《新青年》第 4 卷第 6 期上发表《易卜生主义》一文，文中谈到易卜生向友人白兰戴（George Brandes）所描述的“个人主义”：

---

① 康有为在《论语注·序》末有言：“孔子生二千四百五十三年，即光绪二十八年，癸卯春三月十七日，康有为序于哲孟雄国之大吉岭大吉山馆”；又云：“孔子二千四百六十八年丁己秋校刊于京师美使馆之美森院蒙难居幽时。”

> 我所最期望于你的是一种真正纯粹的为我主义。要使你有时觉得天下只有关于我的事最要紧，其余的都算不得什么。……你要想有益于社会，最好的法子莫如把你自己这块材料铸造成器……有的时候我真觉得全世界都像海上撞沉了船，最要紧的还是救出自己。（胡适，502—503）

之后的1930年，胡适在《介绍我自己的思想》一文中，认为“易卜生最可代表十九世纪欧洲的个人主义的精华”，并评价《易卜生主义》“只写得一种健全的个人主义的人生观”，而其在民国的流行与被推崇，正是因为它是其时社会“最新鲜又最需要的一针注射”（胡适，6）。社会与个人的问题，即公与私的问题，胡适旗帜鲜明地支持并倡导“救出自己”的个人主义，间接地为其背后之“私”提供了合理性阐释。而显然，经由新文化运动的洗礼与发酵，对于私的认同与伸张也已不再仅仅局限于少数精英知识分子阶层，私的观念在不同社会群体中起到了“最大的兴奋作用和解放作用”。

要言之，尽管“立公”始终未曾脱离中国传统社会伦理规范的主流，但是私与天地、公理的联结，尤其是进入革命的20世纪后个人主义对于私的再度阐释，无疑在“灭私”的磐石上砸开了一条裂缝，私观念随之落地生根，整个社会空间对于私的体认与接纳均有所松动，即私的合理性在观念层面拥有了合法的一席之地。

综上所述，在形成公共领域的四个条件中，20世纪前中期的中国社会，一方面拥有具备了公共意识的公众（满足条件一），另一方面也为私观念的存在提供了良性的思想土壤（满足条件三）。于是，判断此一时期是否有公共领域的生成，问题就集中在了对于社会运行准则（条件二）以及批判性公众舆论（条件四）的讨论。而对以上两个条件的考察，则需落实到近代上海，特别是“孤岛”的具体社会语境中。

三、忠孝同构的生成与断裂

“孤岛”之上，华洋杂处、鱼龙混杂，东学与西学并进、传统与现代交融，加之商品经济异常发达，同时地处租界，特殊的地缘政治使其在当时成为全中国独一无二的“飞地”。政治的复杂性与文化的丰富性塑造了多元而立体的“孤岛”社会，它既容许各式保守主义者的存在，又是商业冒险家的乐园、文学与文化改良派的试验田、社会活动家的头号阵地、青年们的游乐场以及革命者的熔炉。如果要在20世纪前中期、处于社会结构现代转型期的中国找一块最适合孕育公共领域的土壤，复调的“孤岛”无疑是最具潜力的候选地。

那么，判断“孤岛”是否可能形成公共领域所要回答的首要问题是，“孤岛”社会是否具备脱离私领域的独立的价值体系及运行准则（条件二）。葛兆光先生在《古代中国文化讲义》一书中认为，无论是西方语境还是日本语境中，“国家”一词“都没有‘家’的意思，……只有中国，才把‘国’与‘家’连在一起说”（葛兆光，38—39）。国是放大的家，家是缩小的国，家国一体的儒学政治观最突出的实践表现，就是汉以来忠孝同构社会秩序的形成与不断巩固。

孝悌是儒家伦理观的根本，《论语·学而》有云：“有子曰：其为人也孝弟，而好犯上者，鲜矣；不好犯上，而好作乱者，未之有也。君子务本，本立而道生。孝弟也者，其为仁之本与。”[①] 意为，一个人如果向内能够在家中孝敬父母、顺从兄长，那么向外就会忠于国家、不犯上作乱。孝是忠的前提与基础，而忠则是孝的目

---

① 此处所引版本为《字典四书·论语》（卷1—5），成文信1900年版，第1—2页。引文中断句与标点，均为笔者所加。

的与意义。

及至汉代，孝与忠的一体两面性被发展到了顶峰。一方面，董仲舒（公元前 179—公元前 104）在《春秋繁露 · 基义》中提出“三纲”并加以阐释：

> 阴者，阳之合，妻者，夫之合，子者，父之合，臣者，君之合，物莫无合，而合各相阴阳。阳兼于阴，阴兼于阳，夫兼于妻，妻兼于夫，父兼于子，子兼于父，君兼于臣，臣兼于君，君臣、父子、夫妇之义，皆取诸阴阳之道。君为阳，臣为阴，父为阳，子为阴，夫为阳，妻为阴，阴道无所独行，其始也不得专起，其终也不得分功，有所兼之义。是故臣兼功于君，子兼功于父，妻兼功于夫，阴兼功于阳，地兼功于天……而见天之亲阳而疏阴，任德而不任刑也……是故仁义制度之数，尽取之天，天为君而覆露之，地为臣而持载之，阳为夫而生之，阴为妇而助之，春为父而生之，夏为子而养之，秋为死而棺之，冬为痛而丧之，王道之三纲，可求于天。①

在董氏看来，君臣关系、父子关系以及夫妇关系是人伦关系的根本，它们均为天定的、亘古不变的主从关系，即君为臣纲、父为子纲、夫为妻纲。其中，父为子纲是社会伦理结构的基础，其核心为孝；而君为臣纲是天道的最高伦理，其核心则为忠。至此，作为家庭伦理的父子、夫妻关系，与作为国家伦理的君臣关系，实现了天道层面的统一与联结。

---

① 此处所引版本为《春秋繁露》，上海中华书局 1936 年版，第 6—7 页。引文中断句与标点，均为笔者所加。

除此以外，汉代素来被认为"以孝治天下"，其重要标志之一，"是《孝经》经学地位的确立。武帝时立五经博士，以后增《论语》为六经，再增《孝经》为七经。'孝'的思想通过《孝经》立为经典而成为汉代的指导思想之一"（刘修明，39）。《孝经》中有言：

> 身体发肤，受之父母，不敢毁伤，孝之始也。立身行道，扬名于后世，以显父母，孝之终也。夫孝，始于事亲，中于事君，终于立身。（《孝经·开宗明义章》）
>
> 资于事父以事母，而爱同；资于事父以事君，而敬同。故母取其爱，而君取其敬，兼之者父也。故以孝事君则忠，以敬事长则顺。忠顺不失，以事其上，然后能保其禄位，而守其祭祀。盖士之孝也。（《孝经·士章》）
>
> 子曰：君子之事亲孝，故忠可移于君。事兄悌，故顺可移于长。居家理，故治可移于官。是以行成于内，而名立于后世矣。（《孝经·广扬名章》）①

通过"以孝事君则忠""君子之事亲孝，故忠可移于君"等言说，《孝经》将家族内部私领域的伦理"孝"与家族外部公领域的伦理"忠"贯通，并最终实现且固定了中国传统社会忠孝同构的伦理秩序。汉代以降，尽管朝代更迭、制度变迁，但是这一基本的伦理观念从未改变，忠孝同构的秩序原则始终牢牢把控整个社会的运行机制。可以说，在家国一体、忠孝同构的儒学社会，被贯通的公、私领域之间并不存在两套独立的运作体系，二者除了空间范畴

① 此处所引版本为《孝经一卷》，第2—3、7页，商务印书馆1936年版。引文中断句与标点，均为笔者所加。

的不同，无论是在价值体系还是运行规则上，均全然贯通。

忠孝同构是传统中国社会的伦理基础与最高价值规范，对于忠孝同构的质疑与挑战，也就是对于整个社会运行机制以及最高权力的质疑与挑战。因此，在儒家思想盘踞意识形态中心的千余年间，忠孝同构在家国伦理秩序中的地位无疑是不可撼动的。唯有近代以降，时代观念的剧变以及社会结构的根本性改变，催生了家国一体、忠孝同构观念自内部的持续性瓦解与永久性断裂。

一方面，西方的坚船利炮砸开了中国的国门，也迫使中国的知识阶层“开眼看世界”。提倡民主、自由、个人主义的西方文化，尤其在社会伦理层面对中国造成了前所未有的思想冲击，张君劢（1887—1969）在《新道德之基础》一文的开篇即指出：

> 五四以后，国内有所谓打倒孔家店运动，就是打倒吃人的礼教，打倒旧道德。说到中国的礼教，实在是一个极为复杂的问题。就理论方面来说，有所谓父慈子孝，兄爱弟敬，或者说君为臣纲，父为子纲，夫为妻纲。就实用方面来说，有丧礼、婚礼、祭祀、乃至所谓女子的贞操，军人的大节。自从我们与西方文化接触以后，看见西洋政体是民主的，自然对君为臣纲之说不能满意；我们又见现代教育对下一代的体魄、智识非常注意，好像一家之内，几乎以子女为中心，自然对父为子纲之说不能满意；现代的婚姻男女平等，双方于认识后，先成朋友，后来结成夫妇，自然对夫为妻纲之说不能满意。（张君劢，2）

西式新道德的生成严重动摇了以“三纲”为首的封建大家族式旧道德，自由平等的人权观念引发了社会对于孝的范畴与尺度的重新思考，而帝制的崩塌以及民主概念的生成则破坏了“移孝为忠”

的社会基础。

另一方面，在实践层面，“农村经济面临的困境、都市生活的兴起、太平天国的文化冲击、清政府的新政改革、民国的社会建设等等，都深刻地影响了家国同构的规范作用与适应性。特别是都市化的扩大、城乡社会的隔断，导致了人们生活方式的变化，使得家国同构伦理难以适应新的都市生活”（石伟杰，25）。于是，在这一空前的经济、社会与文化的大变革当中，尽管维持私领域伦理秩序的“孝”依然具有效力，然而“忠”的运行机制已然不复存在，孝的价值规范也不再适用于日新月异的公领域。

1912 年 1 月，中华民国正式建立；1912 年 3 月 11 日，中华民国临时政府（南京）颁布《中华民国临时约法》（以下简称《临时约法》）。在这部具有宪法性质的《临时约法》中，有如下规定：

> 第一条　中华民国由中华人民组织。
>
> 第二条　中华民国之主权属于国民全体。
>
> ……
>
> 第四条　中华民国以参议院、临时大总统、国务员、法院行使其统治权。
>
> 第五条　中华民国人民一律平等，无种族、阶级、宗教之区别。
>
> ……
>
> 第二十二条　参议院议决事件咨由临时大总统公布施行。
>
> 第二十三条　临时大总统对于参议院议决事件，如否认时，得于咨达后十日内声明理由，咨院覆议。但参议院对于覆议事件，如有到会参议院三分二以上仍执前议时，仍照第二十二条办理。

……

第三十条　临时大总统代表临时政府，总揽政务，公布法律。

第三十一条　临时大总统为执行法律或基于法律之委任，得发布命令并得使发布之。

……

从上述法条可以判断，首先，社会的顶层设计在权力机制上发生了根本性变化，皇权制为内阁议会制所取代；其次，社会的中心枢纽在组织方式上产生了彻底性转变，封建家族制为个人的自由与权利意识所拆散。正如有论者对于《临时约法》历史意义的总结：第一，其以“根本法的形式”，推翻了君主专制制度，并建立资产阶级民主共和国；第二，它在广泛的社会层面，促进了“民主共和的思想深入人心”。（邱远猷、张希坡，373）

由是而论，及至民国，伴随家国一体、忠孝同构社会关系的解体，原本被贯通的公、私领域之间有了各自独立运作的可能与空间。引申到上海“孤岛”时期，因为租界的特殊地缘政治环境：

第一，作为商品经济异常发达的繁华大都市，加之相对有序的外部环境，大量底层民众、青壮年劳力、男女学生、文人政客、资本家以及难民等，纷纷涌入“孤岛”。“据统计，1936 年上海租界人口为 167 万，到 1938 年下半年，人口总数达到 450 万。”（熊月之、周武，413）复杂的人口构成，一方面意味着传统大家庭在新都市的解体，个体意识支配下的核心家庭成为社会层级结构中的主流，而在都市中成长起来的新一代无论在情感上还是实际联结上都与古老乡村的大家族渐行渐远；而大家族逐步解体的另一面，也意味着私领域内孝的伦理可适范畴日益缩小，个体之间由于经济因素而产生的关系规则越来越多样且普世。

第二，从政治格局看，表面上“孤岛”仅隶属于公共租界工部局以及法租界公董局的管辖，然而实际上，共产党方面、重庆国民政府、日伪势力等，均通过各自的渠道与方式对“孤岛”政局产生影响。而这一独特的政治局面，也必然要求其内部公领域具备一套完整且自恰的价值守则与运行规范，借以牵制各方政治势力，维持经济繁荣及社会稳定。

因此，伴随公私观念的变化、家庭关系的重构、个人与社会关系的变革、西学的介入、经济结构的变迁、政体与政局的动荡等，“孤岛”社会在不断地自我调适中，打造了其公领域内独立且特殊的价值体系及运作规则。换言之，“孤岛”社会满足了公共领域形成所要求的条件之二。

四、公众舆论的话语博弈场

能否形成公共领域的最后一环，在于判断社会是否向公众舆论开放（条件四）。而“孤岛”，无疑为上述论题提供了一个绝佳的观察平台和阐释空间。

首先，从政治的角度看，鉴于复杂的国际形势，淞沪战役后的 1937 年 11 月 13 日，“公共租界工部局总董樊克令代表租界当局宣称，在中日战争中租界实行中立，不偏袒任何一方，对交战双方在租界内的权益一视同仁”（熊月之、周武，412）。由于租界当局在政治上的暧昧态度与“不动声色”的姿态，使得“孤岛”无疑成为各方势力争夺舆论话语权的焦点之地，权力交战风起云涌。

日本方面，由于“孤岛”是其取得对上海完全控制权的最后一块绊脚石，所以日方惯常性地假借各种事由向租界工部局发起挑衅甚至攻击。例如，1937 年 12 月 3 日，日军就治安问题向租界提出严重交涉，并签订备忘录如下：

一、日本军队今后在其认为有必要的时候，可以在不通知工部局的情况下自由地出入租界。二、工部局应当提起充分的注意，以防今后再次发生类似本日的不祥事件。三、如果再发生如同本日的不祥事件的话，日本军队将会认为工部局缺乏维持治安的能力，并采取独立自主的行动。四、在认定工部局对抗日恐怖活动取缔不力而令日本方面感到失望时，日本军队可以在适当的时候独自采取诸如搜查检索等措施。(转引自甘慧杰，42)

任意出入租界、以维持和平与治安的名义采取独立军事行动、暴力干涉与巡查租界等，是日军长久以来妄图占领租界区域的外化行为，同时在“孤岛”存在的四年零一个月的时间里，诸如以上的类似事件也层出不穷。正如1938年《华文大阪每日》在其《创刊词》中所言：

溯自卢沟桥事变勃发以还，蒋政权穷兵黩武，一掷河山几尽焦土，致四万万民众苦于水火，而犹罔知悔悟，……而今以同室之弟兄做阋墙之争，究何戴天之仇遂以干戈相见乎？

吾人默察现状与夫过去，成隙之由，虽远且久，但追厥本源，要基于两国民众彼此意识之未能沟通，国交未克亲睦故也，苟两国民众能深知互谅，则虽蒋政权欲采取容共抗日之策，恐亦无可施其伎俩矣。

虽然现在“往者虽不可谏，来者尚犹可追。”武汉之沦陷既迫，港粤之动脉已断，一世枭雄之蒋，大陆霸权丧失殆尽。一面临时维新两府，行将代之而号令全国同时在新政权旗帜之下，中华大众正当以亲日防共为目标，以致

力于东亚之建设。至于共党之害而今更不待烦言矣。(《华文大阪每日》编者，2)

彼时的日本政府，一方面妄图借助或制造各种事端对抗租界工部局，以实现其渗透及控制“孤岛”政局的战略目的；另一方面希冀利用“孤岛”的舞台向外发声，扶持“中华民国维新政府”，宣扬所谓的“大东亚共荣圈”，以此为自己的侵略行径穿上伪善的外衣。

而重庆国民政府与中国共产党方面，伴随第二次国共合作的正式形成，尽管两党在许多问题上仍存争执，但抗日的目标是统一的。租界当局承认重庆国民政府的合法身份，进而对任何背景的抗日组织及抗日活动均保持一种“不作为”的默许态度。

此种情势下，“孤岛”内公开的抗日活动此起彼伏，同时排日报刊依然被允许发行，引导并借助公众舆论对日本的侵华行径大加斥责与讨伐。例如，创刊于1938年的《译报周刊》在第2期发表社论文章《日本对华的政治阴谋》，开篇即指出：

中国抗战的坚决性，使得日本帝国主义发抖，但他却始终没有放弃他的政治阴谋，……然而中国的人民不是可以欺骗的，……日本军阀愈以“反蒋”为号召，他们就愈觉得这一民族抗战的领导者可尊可敬，……这个天才地领导者存在一日，中国民族的抗战力量必然更加发挥和壮大。同时，日本军阀愈把“反共”的口号喊得震天价响，中国人民就愈重视中国共产党在抗战中的努力，……共产党的存在，无疑地强化了抗战的机能。(守康，34)

由于租界当局模糊的“中立”态度，无论是抗日的、亲日的，还是反蒋的、反共的，抑或是支持国民政府的、支持共产主义的政党、组织以及个人，都可以在“孤岛”找到各自的发声渠道，并在一定范围内形成或支持或批判的回音。

其次，从文化的角度看，上海自1843年开埠伊始，向来是中国接受新思想最快速、最集中的核心区域。进入20世纪，伴随商品经济的发展以及社会结构的变迁，上海也成为传统与现代文化，中学与西学思想，保守与革新势力共存、碰撞与交锋的话语场。

以文化的一个重要侧面——文学的发展为例，1939年6月27日，尚卿（胡山源，1897—1988）在《申报·自由谈》发表《最中性的杂志》一文，开篇即言：

> 现在上海的杂志，似乎可以归纳起来，分为三类：一类是积极的，不畏难，不畏险，竭力推动着抗战运动；一类是消极的，只谈风花雪月，供人酒后茶余的消遣，说不定还含一些麻醉人的毒素在内；另一类则专谈一般的社会问题，各种修养或学问，介绍一些普通的科学知识，如果是文艺的，则登些唯美主义的以及身边琐事的文章，既不触及抗战大事，也不妄登无聊恶札，这就是我所说的中性的杂志。（胡山源，58）

杂志既是公众舆论的集聚地，也是反映文学与文化走势的重要风向标之一，“孤岛”时期亦如是。根据胡山源的观察及分类，上海“孤岛”的杂志以政治属性论可分为抗战、非抗战和中立三种类别。同时，辅以各类刊物的发行数量：

> 积极的杂志，吾无间然，除了希望他们苦干下去，没有别的话。可惜这类的杂志，为数很少，现在更有日渐凋

零之感，这是使我着急的，因此我更希望他们在数量上会增加起来。消极的杂志，那不容说，自然希望他们愈少愈好，一本不出为最好。所可惜的是，事实上这类杂志似乎正占着最多数，我们应该怎样来对付他们，这里来不及讲，只好留待后来。惟有中性的杂志，为数也不少，他们处在可以积极或消极之间，因此我就不能不本着我的赤忱来勗勉他们一些。（胡山源，58—59）

由是观之，其一，尽管数量不多，且有日渐凋零之势，但是以“左翼”为主力的抗战/革命文学在“孤岛”依然拥有发声空间；其二，以“鸳蝴派”为代表的通俗文学占据主流的事实说明，“孤岛”文坛为传统小说母题保留了足够的言说及发展空间；其三，科普类中性杂志的崛起，表明五四以来所倡导的坚持科学、反对封建的新文学观念及其流派，在“孤岛”同样拥有实践和发挥的空间。

可以说，“孤岛”为文学的众声喧哗开辟了一方相对包容的天地。无论是激烈的抗战檄文、一般性的科普杂谈、风花雪月的市井小说，还是革命性的白话文体、西式的报章文体、守旧的古文体，文学理念的坚守、调和与革新的背后，事实上是知识阶层不同群体之间价值观、人生观、革命观的相互批判和论争。因此，至少在文学的层面，“孤岛”为公众舆论的发声开放了完全的社会通道。

最后，从社会的人员构成角度看，除去外侨，中产阶层是“孤岛”独特而重要的社会中坚力量。这一阶层“是个多层次、谋生手段多变、流动性大的松散群体。其范围大致包括工商业者、自由职业者、中高级专业人员”（罗苏文、宋钻友，73—74）。普遍接受过良好的中式或西式教育，同时掌握或拥有一定的社会资源，是此阶层的显著特点之一。一方面，教育意味着智识，它使这一群体更加可能在乱世拥有清醒的头脑、批判的精神以及言说的资本；另一方面，资源代表身份，它也使这一群体更加可能在乱世开辟发声的渠道、打破社会的僵局以及形成舆论的权威。

此外，尽管中产阶层"在人数上只是极小一部分，但跻身中产阶层之列，却是在沪大多数华人的梦想"（罗苏文、宋钻友，77），"孤岛"时期也不例外。普通民众的"中产梦"，使他们无论在消费观、社会观，还是价值观、政治观上，都极易受到中产阶层的影响，而这也间接使中产阶层在"孤岛"成为可以凝聚公众舆论的特殊力量。抑或说，"孤岛"社会为公众舆论提供了有力的言说主体。

基于以上论述，在满足了条件一与条件三的前提之下，"孤岛"一方面拥有区别于私领域的公领域运行机制（满足条件二），另一方面也向公众舆论高度开放（满足条件四），即公共领域正式形成。上海"孤岛"复杂而暧昧的时空身份与社会属性建构了时代隐喻下的一方公共领域，同时也是民国的最后一方公共领域。1941 年 12 月，伴随珍珠港事件，日军入侵公共租界，上海"孤岛"全面瓦解，与之共存的公共领域也随之湮灭。此后的民国社会，不再有第二个复调的"孤岛"出现，抗日与革命成为社会统一的公共道德规范，且不断向私领域膨胀，直至私领域的自主性再度让位于公领域的家国叙事，公共领域旋即消失。

第二节　翻译文学期刊的勃兴——公共领域的"孤岛"注解

在讨论公共领域的社会结构时，哈贝马斯曾经指出：

毫无疑问，在公共领域在国家与社会之间的紧张地带明确承担政治职能之前，起源于夫妻家庭亲密领域的主体性，可以说，已经创造了自己的公共空间。甚至，在公共

> 权力机关对公共领域的控制权受到质疑、并最终被私人在政治问题上的批判性推理驳倒之前，在私人主体性的保护下，一种非政治形式的公共领域——在政治领域运作的公共领域的前身文学公共领域已经形成。它提供了一个公开批判的训练场，这种公开批判仍然专注于内部——它是一个私人对新的私人性真实经验的自我阐释的过程……当然，文学公共领域也不是地道的资产阶级公共领域；它和王室的代表性公共领域存在某种联系。受过教育的中产阶级中的资产阶级先锋通过与“上层社会”的接触，学会了公开批判的艺术。伴随现代国家机器越来越独立于君主政体的个人领域，宫廷贵族社会自身也在逐渐从宫廷中分离，并在城市中形成其自身的制衡力量。“城市”不仅在经济上是市民社会的生活中心；在与宫廷所形成的文化政治对立中，城市里最为突出的是一种文学公共领域，其机制体现于咖啡馆、沙龙和宴会。（Habermas，29—30）

哈氏的这段话阐明了文学公共领域的生成机制，并认为它是“城市里最为突出的”公共领域类型。因此，本节将围绕“孤岛”的文学公共领域展开论述，并重点探讨这一凸显于城市的公共领域与文学期刊话语空间及翻译实践之间的联动关系。

一、文学期刊[①]与“孤岛”公众舆论的最集中表述空间

在哈贝马斯看来，公共领域与市民社会（bürgerliche Gesellschaft）

---

① 如何定义“文学期刊”？何种体量、何种内容、何种形式的刊物，可以纳入“孤岛”文学期刊的研究范畴？上述概念与分类层面的相关问题，笔者在第二章中有详细论述，此处不作赘述。

休戚相关，它为市民社会的建立提供了先决性的制度支撑。有学者认为：

> 在哈贝马斯的表述中，他一方面说公共领域属于市民社会的一部分，另一方面他又采用了一个或然的表述，即市民社会或政治公共领域。前一种表述把市民社会看作是比公共领域范围更大的范畴，后一种界说则彰显了具有政治功能的公共领域乃是市民社会之核心的想法。也许我们可以把这两个概念视为同一事物的两种不同表述。就语义上来说，公共领域更加突出了“交往和组织形式”。（周宪，78）

“孤岛”与市民社会是另一个极为复杂的议题，并不在本章的探讨范围。但是，公共领域对于“交往和组织形式”的强调，提示我们可以由此入手对“孤岛”的文学公共领域进行深入说明。

根据哈贝马斯的论述，“文学公共领域主要的交往和组织形式开始是咖啡馆和沙龙，尔后才形成了更为庞大复杂的出版社、书店、杂志社等交往网络体制”（周宪，79）。不过，具体到“孤岛”语境并结合中国的社会传统，笔者认为，相较于咖啡馆和沙龙，出版社、书店、杂志社等可能是“孤岛”更为重要的“交往网络体制”。而由这一体制所培养的公众，其舆论的集中表达平台，则无疑落在了书籍、报纸、期刊三大传播媒体之上。

作为现代文学的三种主要传播方式，“孤岛”时期的书籍、报纸、期刊三者相较，就信息的负载量以及舆论的繁复性而言，书籍作者单一且出版周期较长，相比于报纸和期刊明显处于劣势；而报纸与期刊二者相较：

> 要创办一份报纸，特别是在“孤岛”后期，不仅资金投入，人员投入巨大，经营难度大，而且发行手续十分困难复杂，所担的风险也十分大。相比之下，办一份刊物，不论资金、人员、经营，以及发行手续和所承担的风险，都要比报纸小得多。而在宣传效果方面，刊物还有着容量大，主题思想易集中深入，阐述方式灵活多样等特点。（叶再生，554—555）

因此，无论是在经营层面、传播层面，还是在信息容纳层面，期刊都更有可能成为“孤岛”之上，文学的万花筒、社会的反光镜以及公众舆论的集聚地。

事实上，作为现代文学期刊的发源地，“上海历来是文学期刊最集中的创刊城市”（刘增人，164），“孤岛”时期亦不例外。1939 年，杨真在回顾一年来的上海出版界时就曾指出：“上海的定期刊物，现在为数之多，怕是‘八一三’后所仅见的。”（杨真，314）而著名的期刊史料研究学者刘增人先生也对此给予了佐证并认为：

> “孤岛”时期的上海，四年左右新创刊的文学期刊，大约有 210 种左右，再加上原已创刊、现仍发行的刊物，至少也应该在 260 种以上。当时的“孤岛”，其实就只是尚未沦陷的公共租界及英、美租界，这一点空间与广袤浩瀚的中国版图比较起来，实在是微不足道，但却集中了当时文学期刊的 1/3 以上，其超密集的程度，实在是非常惊人的。（刘增人等，208）①

---

①《中国现代文学期刊史论》成书于 2005 年，伴随期刊史料的不断被挖掘，该书中的数据尚有待更新。根据笔者截至 2020 年 3 月的统计，“孤岛”创刊刊物的详细数据与资料，详见第二章，此处不作赘述。

"孤岛"文学期刊在数量上的爆炸式增长，反映了公众尤其是新知识阶层对于独立言说空间的热切需求，而文学期刊的生成机制恰恰满足了民众的上述心理诉求。

此外，内容上的自由度与灵活性，也成为文学期刊不断增多与持续被关注的另一重要原因。诚如有论者在考察"孤岛"文学期刊的内容与分类时所指出的：

> 有的是综合类期刊，包含文学；有的直接标明"纯文艺"，表明一种不合流俗的姿态；还有些期刊以商业目的来运作，一半游戏于文学，一半为了广告。这些文学期刊在很大程度上主导了孤岛文学空间的构建与生成。（王鹏飞，17）

文学期刊在"孤岛"文学空间的构建与生成的过程中，发挥了关键性作用。而这也间接地表明，其在文学公共领域内扮演着极为重要的时代角色。

要言之，"孤岛"时期的文学期刊，其一，它是多种文学形态的共生地。文学的背后是人，文学的不同姿态所折射的，也正是其创作者们的文学理念、个人精神、社会价值观等。差异化文学形态并存的文坛景观说明，文学期刊为文人群体提供了多层次且相对自由的文化舆论空间。其二，它是多种价值观的角力场。裹挟于时代洪流中的文学期刊绝不仅仅是文学的发表园地，其身后的办刊理念、编辑策略、选篇方针，甚至广告宣传等，无一不是编辑群体的文学旨趣、个人信仰、价值观归属以及政治立场的体现。多元价值观并行不悖且各自蓬勃生长的社会场域说明，文学期刊为知识阶层提供了可掌控话语权且能够引导民众的独立舆论空间。其三，它是普通民众参与社会的有效平台。"孤岛"时期的文学期刊常常设有诸如读者信箱之类的固定栏目，为普罗大众提供言说自我以及表达诉求的开放空间。于是，经由文学期刊形成了“一个相对密切的公共交往网络”（哈贝马斯，3）。在这一网络中，私人通过聚众成群形成舆论，对公领域的规则提出质疑与挑战；反之，公权力借助舆论的反馈与刺激，不断调整自身的运作机制，以平衡民意。因此，无论是从文学的、社会的、政治的角度，还是从精英阶层的、新知识阶层的、普通民众阶层的角度，文学期刊都是“孤岛”公众舆论的最集中表述空间。

二、翻译与“孤岛”文学期刊的共生

“文化转向”（cultural turn）（Lefevere、Bassnett，1）之后，翻译研究“从对等范式走向文化范式”（Gambier，23）；在这一研究范式的影响下，“社会学转向”（sociological turn）（Merkle，175）应运而生。相较于“文化转向”的范式转变意义，“社会学转向”更多代表“一种方法论”，它标志着文化范式内部“研究翻译的一种可能性”。（Gambier，23）而翻译研究的“社会学转向”，催生了社会翻译学①的蓬勃发展。社会翻译学重新界定了翻译与社会及文化的关系，将翻译研究的视野，从目标文化规约下译本生成的静态研究，拓展到翻译与社会及文化互动链条的动态研究。

---

① 究竟使用“社会翻译学”（socio – translation studies/sociology of translation studies）还是“翻译社会学”（sociology of translation）的称谓，到目前为止，中西方学界都暂无定论。不过，“称谓术语的不一致，也恰恰说明该研究领域本身正处于‘形成之中’”（Wolf，31）。如果说，称谓术语标识了学科的研究范畴，那么笔者本人更倾向于“社会翻译学”的提法。因为，无论是“社会翻译学”还是“翻译社会学”，都是一个涵盖性术语（an umbrella term）。二者的本质区别在于：“社会翻译学”是翻译学的一个分支，意味着从社会学的角度研究整个翻译过程，其学科本体在于翻译学；而“翻译社会学”则是社会学的一个分支，意味着翻译仅是其中的一个研究对象，其学科本体在于社会学。因此，本书在涉及相关概念时，均使用“社会翻译学”的称谓。

在社会翻译学的研究视域与理论框架下，翻译被认为与社会有着天然的联结，它存在于社会和文化的关系网络之中，其本身即构成一种社会事实与社会实践。笔者认为，翻译的这一社会属性及其对关系网络的强调，恰恰为翻译实践与公共领域的联动，提供了契机。一方面，公共领域的开放性为翻译的话语空间提供了生成保障，同时，公共领域的众声喧哗也为有效透视翻译的多维复杂性打开了社会管道。另一方面，社会学视角下翻译研究对于“作为拥有个人经验与自由意志的行动者的译者，和其他必须与之协商的各类代理人之间的关系互动网络”（Merkle，179）的强调，也对公众舆论形成助力。

无论是社会翻译学，抑或公共领域，研究的一个重要立足点均落脚于关系。其中，场域（field）是一个从关系出发的核心概念。根据布迪厄（Pierre Bourdieu，1930-2002）的阐释：

> 场域可以被定义为位置（position）之间客观关系的网络（network）或结构（configuration）。正是在这些位置的存在之中，以及在它们强加于位置的占有者（occupants）、占据位置的行动者（agents）和机构（institutions）的决定性因素之中，位置得到了客观界定。界定由两点得出：(1) 位置在各种权力（或资本）——占据这些权力或资本，亦即获得了场域中利害攸关的特殊利益——的分配结构中实际的和潜在的处境；(2) 与其它位置间的客观关系（支配、屈从、对应，等等）。(Bourdieu、Wacquant，97)

一个场域就是“一个不受政治经济支配的、拥有自身运行法则的独立社会领域”（Bourdieu，162），它是“各种力量——包括个人和机构——的对抗场所，同时也是各种形式的象征资本与物质资本的生产、传播与权威化的场所”（Inghilleri，194—195）。各个场域的共同存在空间，也可以看作一个场域，布迪厄将其称为元场域（meta-field）。元场域是所有场域存在的整体空间，它是权力斗争的场所，对于空间内彼此联系又相互独立的各个场域产生决定性影响。

就此意义而言，公共领域正是一个开放的元场域，而翻译则是其内部诸多场域中的一个。根据社会翻译学的理论主张，在翻译场域（translation field）内“不同主张与诉求的冲突，导致权力的争斗，并最终将各方引向协商”（Wolf，113），进而生成新的意义。其中，翻译场域是一个复数的概念，指向多个场域交叠的中介空间（an in-between space），“不能把它看作是一个动态的、确定的生产实体，而应当把它看作一个过程”（Wolf，113）。

由此或可说，翻译在任何时候都不是透明的，它是由内外多重因素构成的界面，这一界面在公共领域内普遍存在，甚至可以将其看作“分析公共领域的一种方式”（Tyulenev，126）。公共领域内所形成的讨论，是复杂人文社会因子合作施力的结果；而翻译作为一个重要的界面，必然参与其中。

深入作为公共领域的“孤岛”、文学期刊以及翻译实践，笔者认为，以上三者之间存在互构关系。公共领域为文学期刊的勃兴提供土壤，而文学期刊则开放了公众舆论的平台，借助此平台，翻译成为智识阶层的一个重要发声方式，而翻译作为重整社会秩序与心灵秩序的重要力量，也使文学期刊的媒介力量和公共领域的市民社会功能得以充分发挥。

具体而论，从翻译的宏观隐性概念看，研究作为公共领域的“孤岛”，不可避免涉及翻译。一方面，公共领域的核心功能是形成公众舆论。公众舆论是个体情感及观点的集体社会表述，根据丘列涅夫（Sergey Tyulenev）在《公共领域中的翻译》（*Translation in the Public Sphere*）一书中的观点：

> 在将自身情感与观点转换为外部可视的、社会化的体貌和语言的过程中，每个人都在进行着翻译实践。一个社会人脱离自身的心智束缚、进入与他人相遇的社会空间的唯一途径，就是翻译。(Tyulenev，124)

翻译是私人进入公共领域，并与公共领域中的他人产生联结的唯一途径。由是而言，翻译也是公众舆论形成的基础条件之一。

另一方面，公众舆论的形成过程，即是各方参与者之间博弈与角力的动态平衡过程。而具有代表性的公众意见的达成，则是各方势力相互妥协的最终结果。在这一结果中，既包含了一方的精神理念，也囊括了其他各方的社会诉求。因此，可以确定地说，合力形成公众舆论的各方参与者当中，没有一方可以毫不妥协。换言之，当舆论形成时，一方的视野必然由于融进了他者的社会行为选项而扩大，即使这一选项被认为与自身的观念意图格格不入。(Tyulenev，125)

由上述视角观察，公众舆论天然自带妥协的因子。而“翻译作为不同媒介之间相互妥协的产出物，其自身即是达成妥协的工具与手段”（Tyulenev，124)。换言之，翻译与公众舆论如影随形。

与此同时，以翻译的微观显性概念论，“孤岛”时期的文学翻译活动异常活跃。甚至有论者认为，“孤岛”由于特殊的地缘政治与独特的租界生态，相较于抗战时期的中国其他地区，是“翻译文学的一块特殊阵地”（孟昭毅、李载道，213）在这块“特殊阵地”上，与文学期刊唇齿相依的翻译实践尤其不容小觑。根据笔者的统计，仅以“孤岛”的创刊刊物为例，超过半数与翻译相关。其中，有些刊物选载译作、译论，有些刊物设有翻译专栏，还有些刊物则是纯翻译性质。[1] 译文是“孤岛”时期文学期刊上的常见内容，甚至出现了若干专事翻译的刊物，这是一个值得思考的议题。

第一，翻译与文学期刊的结合，是外来文化有效输入与快速传播的最佳方式之一。“孤岛”时期的中国社会正处于由传统向现代转型的剧烈阵痛期；而内忧外患的战争环境，也进一步加重了公众对于“虚弱”的中国文化以及“腐锈”的国家机器的质疑与挑战。翻译在“孤岛”文坛的日益兴盛，为社会注入了大量的西式思想与西洋风尚，加之文学期刊所提供的传播平台，从客观上为最广大公众开放了了解西洋风土人情、社会风貌的窗口。对世界的了解越多，则越渴望变革；而对革命的诉求越强烈，也就越希望获取外部的智识信息。因此，在学习西方与改造中国的良性思想循环中，翻译与“孤岛”文学期刊的共生，可以说是时代的必然产物。

第二，翻译与文学期刊的结合，是新知识阶层站在时代的转捩点，面对国家建构、民族复兴、社会变革、百姓生存、自身信仰等诸多问题，在回应方式上作出的集体选择之一。其时，一些人站在革命的风口浪尖，通过对战争以及其他民族革命史实的译介，翻译成为他们在“孤岛”社会废旧立新的武器；一些人陷入信仰西方的精神依赖，通过对西洋文明的全方位译介，翻译帮助他们竖起了崇西抑中的旗帜；一些人立足于研究的角度，通过对西方社会科学以及自然科学的译介，翻译成为他们启迪民智、培育新国民的重要方式；一些人则完全沉浸于自我的小天地，通过对西方文学文化以及风土人情的兴趣式译介，翻译成就了他们“躲进小楼成一统”的避世抉择。由是，翻译与“孤岛”文学期刊的共生，是新知识阶层的兴趣使然，更是山河破碎风雨飘摇中文人的社会担当使然。

第三，翻译与文学期刊的结合，是公共领域在“孤岛”的重要

---

① 相关翻译刊物的发行情况及详细信息见第二章。

注解。文学期刊是"孤岛"公共领域内的主要舆论平台，如何有效地收集和生产社会意见、推动舆论的发展与传播以及最终形成公众舆论的合力，是刊物的核心社会目标之一。显然，翻译的功能属性契合了文学期刊的上述目标设定，不断见诸纸端的译文即是明证。从知识生产的角度，翻译是信息的转换记录者，也是信息的制造者；从知识传播的角度，翻译既可能位于信息传播链的输入端或输出端，也可能位于链条中起信息保护作用的若干端点；而从知识接受的角度，翻译的伪装性使其所尝试传递的信息更容易在目标群体中产生共鸣。所以，翻译与"孤岛"文学期刊的共生，是公共领域存在之下的合理产物。

小　结

本章从哈贝马斯公共领域的角度出发，探讨上海"孤岛"的空间政治结构以及此一结构为文学期刊的翻译实践所提供的可发挥空间。本章认为：其一，公众拥有公共意识，公众具备认同"私"的合法性的价值判断，社会形成脱离于私领域的独立价值体系和运行准则，以及社会向公众舆论开放，是公共领域形成的四个条件。而从中国传统社会中"公"的意涵，"私"观念的衍变，忠孝同构的生成与断裂，以及社会向公众舆论的开放程度四个方面考察，"孤岛"无疑是中国社会在民国时期的最后一方公共领域。其二，文学期刊作为"孤岛"文学公共领域内"交往网络体制"的最集中体现，为相对广大范围内的公众提供了表达自我和参与社会批判的有效舆论空间。而翻译作为"分析公共领域的一种方式"，其与文学期刊的结合与共生，是对"孤岛"（文学）公共领域的最有效注解。

公共领域为观察"孤岛"时期的文学期刊翻译实践提供了一个

更为开放的视角；如果说，“公共领域一开始就是多元的”（哈贝马斯，6），那么它的多元包容性恰好为修正抗战时期翻译史研究重心的不平衡提供了契机，同时也构成本书的立论基础。

此外，一方面，翻译是一种“社会规约行为”（socially regulated activity）（Hermans，10）；其功用与价值，在译本与其他社会行动者相遇碰撞的场域（contact zone）中，得到了淋漓尽致的阐释；而这一碰撞和相遇的场域，即为翻译场域（translation field）。另一方面，“孤岛”作为上海民国时期的最后一方公共领域，它为边缘提供了挑战中心的平台，开启了力量杂合（hybrid）与权力再生成的第三空间（third space）。

由此，在翻译场域与公共领域所提供的双重背景下，作为公众舆论平台的翻译文学期刊，一方面，文学期刊绝不仅仅是文学的载体，期刊编辑的背后至少有编者、译者、读者三方的权力竞逐；另一方面，翻译也绝不仅仅是语言的转换，译本背后至少存在文字的、意识形态的、伦理的三方博弈。由此，在翻译场域和公共领域的双重叙事框架下，将文学期刊研究与翻译研究并置，追踪并探讨创刊于“孤岛”的文学期刊之上的翻译活动，可以说不失为一个新鲜且有趣的翻译史议题。

最后，如何定义“孤岛”时期的文学期刊？如何分类与归档翻译文学期刊？这是史料层面的基础性工作。在此之上，相较于文学期刊，翻译文学期刊中的“翻译”二字有何特殊意义？具体而论，以“孤岛”最为重要的翻译文学期刊《西风》为例，其一，翻译是否为“中介”性的媒体？翻译只是文学审美的中立式再现，还是作为有企图的文学宣传或群体攻击的武器和工具——逐渐导致文学上的偏激化，而偏激之后，又是否唯有文学革命一途？其二，翻译在多大程度上参与了民族国家的建构与想象？五四以来，“知识分子的精英心态更强”（李欧梵，146）；公共领域进一步放大了知识分子的精英式自信，而呈现于文学期刊之上的翻译实践则成为他们参与"新国民"想象缔造的重要途径与方式。然而，在这一制造"新国民"与"新国家"的过程中，翻译究竟是启蒙的工具，还是革命的宣传品？如果它是启蒙的工具，翻译是否按照知识分子的构想，为群体营造了可以共通的国族情绪与想象，从而在文化上逐渐产生潜移默化的效果？

翻译，它成功了吗？

第二章

“孤岛”文学期刊：定量考察与定性考察

“期刊”作为19世纪中叶由西方传入中国的一种新兴文化载体，曾在中国近现代发展史上起着极为重要的作用。作为反映时代旋律的主要舆论阵地之一，它不仅记录了一百多年来中国传统社会向现代社会由启蒙、维新、变革、救亡、走向革命的嬗变过程，而且客观地刻载下中国大地上曾发生的“西学东渐”“戊戌变法”“辛亥革命”“五四新文化运动”“国共二次统一战线”“抗日战争”“解放战争”等重大事件的点点痕迹……这些数量巨大的期刊，是后人开启、了解、诠释和研究中国近现代社会政治、经济、思想、文化、科学的一把钥匙、一个窗口和一本“百科全书”。①

1937年“卢沟桥事变”之前，上海是全国的出版中心与期刊发行重地。《中美周刊》的援引数据显示，1936年上海出版的新书

① 编者《上海图书馆馆藏近现代中文期刊总目》：《前言》，载上海图书馆编：《上海图书馆馆藏近现代中文期刊总目》，上海科学技术文献出版社2014年版，第1—3页。

以及发行的报纸杂志总计 5853 种，而同一时间段内全国各大埠的出版数据为 7119 种，上海占比 82.22%。其中，上海刊行杂志 109 种，全国共计 458 种，上海占比接近 1/4。[①] 此外，根据《申报年鉴》的统计，1936 年全国出版物总额为 9438 种，并称"事变前我国之出版界，在上海一地所刊行的图书一类之出版物，占全国出版图书的百分之七十以上；所发行的报纸和杂志，占全国出版杂志百分之八十以上。无论出版或发行方面，上海都称第一"。[②] 尽管《中美周刊》（1939.9—1941.12）和《申报年鉴》（1944 年）的统计数据有所出入，但是背景敌对的两份刊物对于上海的一致强调也充分表明，[③] 上海在战前居于全国出版与发行中心的地位不容置疑。

那么，随着抗战的全面爆发，以及由此而牵涉的政治格局的复杂变动，上海的这一中心地位是否在"孤岛"得以延续？根据第一章的论述，可以认为，作为公共领域的"孤岛"是一个时代的缝隙，在这个缝隙当中（翻译）文学期刊找到了自身蓬勃发展的空间。不需要有意扶持，也不用特别关照，只要环境有松动的裂口，（翻译）文学期刊就可以在裂口中不断生长。

因此，本章将围绕蓬勃发展的"孤岛"（翻译）文学期刊展开讨论，以史料为基础，重点厘清如下问题：首先，如何界定"孤岛"（翻译）文学期刊？其在数量和内容上呈现哪些特点？其次，相较于同时期中国其他地区的出版刊物，"孤岛"（翻译）文学期

① 《中美周刊》称其数据来源于 1937 年的英文版《中国年鉴》，统计数据包括 1936 年全国各大埠所出新书及向内政部登记的报纸杂志种数。详见伊人：《一年来的上海出版界》，载《中美周刊》1939 年第 15 期。

② 详见陶亢德、邱石木：《文化 · 出版：近年出版界概况》，载申报社编：《申报年鉴（1944）》，申报社 1944 年版，第 1003—1004 页。

③ 《中美周刊》是国民党中宣部在"孤岛"创办的刊物，由美商罗斯福出版公司（Roosevelt Publishing Corporation）出版，而《申报年鉴》则由汪伪政权掌控的申报社编辑出版。

刊有何特质？最后，《西风》作为“孤岛”最具势力的翻译文学期刊之一，它是如何生成的？

第一节　“孤岛”文学期刊的概念界定与量化考察

本节立足史料，主要回答两个问题：第一，在概念层面，如何界定“孤岛”文学期刊以及界定背后的学理依据何在？第二，在数据层面，“孤岛”文学期刊的出版呈现何种特点以及哪些原因形塑了这些特点？

一、“孤岛”文学期刊的概念界定

如何定义“孤岛”文学期刊？这一看似简单的问题背后，实则牵涉多个方面的考量。首先，何谓“孤岛”？其次，何谓“期刊”？最后，何谓“文学期刊”？

第一，诚如绪论中所言，“孤岛”是一个时间和空间的双重概念。从时间段界定，在 1937 年 11 月 12 日至 1941 年 12 月 8 日期间创办的文学期刊，均属本书的研究对象。此外，战前业已创刊并延续至“孤岛”的文学期刊，本书也将其纳入考察范畴。而从地域空间看，“孤岛”指苏州河以南的公共租界和法租界。此外，沪西越界筑路地段与公共租界在事实上有着千丝万缕的关联，[①] 本书也将

① 越界筑路地段，是指上海公共租界在界外修筑道路，并在事实上取得了一定行政管辖权的“准租界”区域。20 世纪，上海的越界筑路包括沪西和沪北两部分。其中，沪西筑路共 27 条，按照修筑的时间先后顺序包括：极司非而路（Jessfield Road）、白利南路（Brenan Road）、虹桥路（Hungjao Road）、罗别根路（Rubicon Road）、劳勃生路西段（Robinson Road）、胶州路北端（Kiaochow Road）、忆定盘路（Edinburgh Road）、康脑脱路西段（Connaught Road）、星加坡路（Singapore Road）、大西路（Great Western Road）、愚园路（Yu Yuen Road）、地丰路（Tifong Road）、槟榔路西段（Penang Road）、

其纳入"孤岛"范畴。因此，本书中所指的"孤岛"文学期刊，地域上限于在两租界及沪西越界筑路地段内正式申请登记的刊物。

那么，如何查证一份刊物的登记地呢？一方面，根据柯灵对"孤岛"出版境况的回忆推断——"上海的报馆，全部在租界里，包括外国人办的外文报纸和华文报纸，中国人办的华文报纸"（柯灵，40）——上海的期刊社大抵应在租界/准租界内。另一方面，"当时在租界里出版的期刊，大都在版权页上印有'公共租界警务处登记证C字××'，或者'上海法租界A字××号'等字样，以示合法。有些没有获得登记证的，也多会先印上'法租界中央捕房已申请登记''本刊已向公共租界警务处呈请登记中'等字样"（王鹏飞，15）。因此，凡是版权页显示上述说明的文学期刊，均在本书的考察范围，而少数无明确说明但确实在"孤岛"时间段内发行的刊物，本书则将其纳入附录，存而不述。

第二，民国时期《出版法》规定，[①]出版品分为新闻纸、杂志、书籍及其他出版品三类，其中杂志"指用一定名称每星期或隔三月

开纳路（Kinnear Road）、华伦路/霍必兰路（Warren Road）、吕西纳路（Lucerne Road）、静安寺路西端（Bubbling Well Road）、安和寺路（Amherest Avenue）、惇信路（Tunsin Road）、哥伦比亚路（Columbia Road）、林肯路（Lincoln Avenue）、法磊斯路（Fraser Road）、佑尼干路（Jernigan Road）、乔敦路（Jordan Road）、凯斯威克路（Keswick Road）、麦克路/麦克利奥［劳］路（Macleod Avenue）、碑坊路（Monument Road）；沪北筑路共9条，按照修筑的时间先后顺序包括：江湾路（Kiangwan Road）、赫司克而路（Haskell Road）、北四川路北段（Szechuen Road）、欧嘉路（Urga Road）、窦乐安路（Darroch Road）、施高塔路（Scott Road）、狄思威路北段（Dixwell Road）、黄陆路（Wonglo Road）、白保罗路（Barchet Road）。淞沪战役后，沪北的越界筑路地段被日本人占领，沪西则由于地缘的特殊性，成为多方势力角逐的场所。汪伪特工总部驻扎极司非尔路76号，使沪西越界筑路地段常被称为"沪西歹土"。参见《越界筑路》，载百度百科网，https://baike.baidu.com/item/%E8%B6%8A%E7%95%8C%E7%AD%91%E8%B7%AF。

① 民国《出版法》首次公布于1914年12月4日，共23条；1929年8月国民政府进行修订，后于1930年12月16日重新发布，共四章、44条。本章所引《出版法》，即为此修订版。

以下之期间继续发行者而言”，“新闻纸或杂志之号外或增刊视为新闻纸或杂志”。[①] 根据上述法规，凡有固定刊名且隔三月以下期间连续发行的“孤岛”刊物，都在本书的考察之内。

此外，根据《大辞海》对“期刊”的释义：

> 根据一定的编辑方针，将众多作者的作品汇集印刷并装订成册，定期或不定期出版的连续出版物。现代出版物主要种类之一。有固定名称，用卷、期或年、月顺序编号出版。可分为专业性和综合性两大类。定期出版的，其出版周期最短者为一周，最长者为一年，而以一个月、两个月和一季度者为多。一般按内容主题、作品体裁分设若干板块，是为“栏目”，其中登载若干存在一定共性的单篇作品。先后出版的各期，在一定时段（至少一年）内篇幅和装帧形式均固定不变。（《大辞海》，149—150）

“孤岛”发行的半年刊、年刊以及以书代刊的丛刊，均归入本书所指的期刊范畴，因为它们突出反映了“孤岛”后期刊物延续生存的一种出版策略。特别是丛刊的发行，构成“孤岛”期刊出版的一大特色。正如应国靖在回忆“孤岛”文学期刊的出版状况时所指出的：

> “孤岛”期间文学杂志的出版发行，还有一个特色是：往往在某刊物停办时，立即改头换面出版丛书。因为出期刊要向租界当局登记，很不容易得到许可证，而出丛刊可以作为一般图书对待，便于出版发行。同时读者只要看到

① 详见《出版法》第一章第2条（南京内政部警政司1932年）。

每本丛刊的封面式样和目录页上的作者和作品，就一望而知它是什么刊物的变种，只要喜欢就仍会按期购买下去。（应国靖，565）

同时，根据戈公振在《中国报学史》中对于报纸和杂志所作的区别：

特殊之报纸，如政治学术团体之机关报等，以及普通日刊报纸之副张，均往往含有杂志的浓厚色彩……报纸以报告新闻为主，而杂志以揭载评论为主，且材料之选择，报纸是比较一般的，而杂志是比较特殊的……报纸之论说（article），对于时事表示临时的反映；杂志之论文（essay）则以研究对于时事之科学的解决，且杂志之能力，乃在问题自身之解决，是尤有卓识也。（戈公振，4—5）

因此，按照内容特点，本书将"孤岛"时期一些依附于报纸的周报以及一些党派团体的机关报，也纳入期刊的所指范畴。

第三，一份刊物中文学的占比需要达到多少，才可以将此刊物界定为文学期刊？特别是作为公共领域的"孤岛"，以什么标准衡量和定义文学期刊较为合适？文学期刊似乎是一个不言而喻的概念，学界对此并无详细探讨。翻阅各种大型期刊索引目录，对于文学期刊的界定也较为模糊。例如，由现代文学期刊联合调查小组编写的《中国现代文学期刊目录》（初稿），在编辑说明中有如下阐述：

各部分的刊物，按性质分类排列。计大别为主要社团刊物、文学刊物、专门性刊物、综合性刊物四类，……专门性刊物主要按诗、戏剧、电影、音乐、美术、民间文学、儿童文学、古典（学术）、出版、翻译等十类依次排

> 列。综合性刊物只选择在当时有一定影响并与文艺有关的，……因为这个目录是文学期刊目录，专门性刊物及综合性刊物均只是略有涉及。一些影响较小的文学刊物也予以省略。（现代文学期刊联合调查小组，V）

这份目录对于文学期刊的界定相当宽泛，仅用“与文艺有关”五个字概而述之，但对“有关”的标准并无具体说明。

及至晚近，刘增人在《中国现代文学期刊史论》一书的“引言”中，对文学期刊这一概念作出了较为明确的解释与界定：

> 所谓文学期刊，应该包括纯文学期刊与“准”文学期刊两大系列：纯文学期刊指发表各体文学创作（小说、诗歌、散文、戏剧文学、电影文学等）、文学理论、文学批评、文学研究、文学译介、民间文学、儿童文学等作品的期刊；“准”文学期刊主要指由文学家参与策划、编辑、撰稿、发行的，开设专栏或以相当篇幅发表文学类作品的综合性、文化类期刊，以及主要刊登书目、刊目、书评、刊评、读书指导、读书札记、出版消息等书评类刊物，摘登文化—文学类稿件的文摘类刊物。（刘增人等，1）

本书对于文学期刊的界定，基本延续了刘增人的这一标准。

此外，文学性与非文学性并置是民国文学期刊编辑的一大特点，所谓文学期刊的非文学性，主要是指文学审美以外的非文本因素，诸如历史、文化、政治、战争、经济发展等社会元素，常常同源互构，形成一股合力、抑或在彼此的角力竞争中，构建了文学期刊生成的外部环境与社会机制。因此，登载诸如“时事、政治问题的文学性解读，科学知识的文学性普及，旅游项目的文学性介绍，教育研究的文学性呈现，社会动态的文学性反映，等等”（刘泉、刘增人，45）内容的刊物，本书也将其纳入考察范围。

要言之，本书所研究的“孤岛”文学期刊，系指：首先，就时空范畴而言，创刊于1937年11月12日至1941年12月8日的上海两租界及沪西越界筑路地段内的刊物（包括少数从战前延续至“孤岛”的刊物）；其次，从出版周期的角度，包括在上述时间及空间范围内出版的半月刊、旬刊、月刊、季刊、年刊、丛刊，以及部分依附于报纸的三日刊、五日刊、周刊和不定期刊；最后，在内容上，包括所有的纯文学刊物，设置专栏或刊登相当篇幅文学内容的综合性刊物，文学/文化类书评刊物与文摘刊物，以及含有文学创作或以文学的方式进行表述的时政刊物、社科刊物和妇女刊物（不包括专门的电影、戏剧、歌曲等刊物，纯学术研究性刊物，校报及画报）。

二、“孤岛”文学期刊的量化考察

“孤岛”时期全国的期刊出版总量有多少？其中文学期刊占比多少？与此同时，相较于全国，上海“孤岛”的文学期刊刊行数量是多少？呈现何种趋势及特点？这些趋势与特点的背后，反映了文学在“孤岛”社会的哪些动态以及特殊时期文学与社会的哪些互动与关联？以上问题，构成本部分量化研究的契机与目标。

结合上海图书馆馆藏期刊数据，以及著名文学期刊研究学者刘增人等人的统计，整个抗日战争时期，全国各类期刊的出版总量为4254种，其中1938—1941年的出版总量为2688种，占比63.19%。[①]

---

① 根据上海图书馆馆藏期刊总目的统计数据，抗战期间全国各类期刊的出版数量以年计，依次为：687种（1938年）、762种（1939年）、656种（1940年）、583种（1941年）、366种（1942年）、373种（1943年）、317种（1944年）、510种（1945年）。详见祝均宙：《后记：中国近现代中文期刊概述：发展脉络及特色》，载上海图书馆编：《上海图书馆馆藏近现代中文期刊总目》，上海科学技术文献出版社2014年版，第1587—1603页。

1938—1941年文学期刊的创刊总量为1511种，占期刊总数2688种的56.21%；而上海“孤岛”的文学期刊创刊总量为429种，占据全国1511种的28.39%。[①] 囿于民国期刊文献的发掘与整理难度以及文学期刊概念与范畴界定的模糊不清，以上数据恐难精准。不过，文学期刊在战时的持续繁荣，特别是相较于全国，文学期刊在上海“孤岛”的井喷式出版，是不争的事实。

那么，这一井喷式的密集出版，呈现了哪些趋势及特点？根据本书对于“孤岛”文学期刊的界定，以及截止到目前笔者所掌握的文献资料，有284种[②]文学期刊在“孤岛”发行，它们的编辑与出版至少有如下几点值得关注。

首先，相较于保卫战阶段[③]，“孤岛”文学期刊所附带的政治性有所减弱。尽管抗日救亡是不可回避的现实需求，然而多数刊物的主旨有向文学性回归的趋势。如表2—1所示：

---

① 根据刘泉与刘增人的统计，1938—1941年间全国文学期刊的创刊数量以年计，依次为：391种（1938年）、416种（1939年）、352种（1940年）、352种（1941年）；而在此期间“孤岛”的文学期刊创刊量以年计，依次为：116种（1938年）、118种（1939年）、107种（1940年）、88种（1941年）。详见刘泉、刘增人：《民国文学期刊论纲》，载《南京师范大学文学院学报》2014年第4期。

② 包括10种“孤岛”前创刊且延续至“孤岛”的文学期刊：《东方杂志》（1904.3.1—1948.12）、《女铎》（1912.4—1950.12）、《宇宙风》（1935.9.16—1947.8）、《西风》（1936.9.1—1949.5）、《涛声》（1937.1—1948.1）、《文摘》（1937.1.1—1948.9.1）、《文丛》（1937.3—1939.1）、《上海生活》（1937.3.1—1941.12.22）、《好孩子周刊》（1937.5—1939.2）、《学生生活》（1937.7—1939.5）；有关“孤岛”文学期刊的发行目录与详细出版情况，参见“附录一”。

③ 保卫战阶段：1937.8.13（日军入侵上海）—1937.11.12（上海守军撤退）。

表 2—1　保卫战阶段与“孤岛”时期时政类文学期刊创刊数量对比（上海）

时间段		时政类文学期刊创刊数量（种）	全部文学期刊创刊数量（种）	时政类文学期刊占比（%）
1937. 8. 13—1937. 11. 12	保卫战阶段	11	17①	64. 71
1937. 11. 12—1937. 12. 31	“孤岛”时期	3	4	75. 00
1938. 1. 1—1938. 12. 31		12	79	15. 19
1939. 1. 1—1939. 12. 31		10	84	11. 90
1940. 1. 1—1940. 12. 31		1	56	1. 79
1941. 1. 1—1941. 12. 8		2	51	3. 92
总计		28	274	10. 22

较之保卫战阶段，时政类文学期刊的数量占比在“孤岛”时期有明显回落，证明公共领域的开放为文学期刊的发展提供了相对多元的空间，文学期刊也依然是“孤岛”时期文学与文化发展的社会风向标。

---

① 保卫战阶段共有 17 种文学期刊创刊：《抗战·抵抗·全民抗战》（1937. 8. 19—1938. 12. 5）、《烽火》（1937. 8. 22—1938. 10. 11）、《高射炮》（1937. 8. 25—1937. 9. 25）、《宇宙风·逸经·西风非常时期联合旬刊》（1937. 8. 30—1937. 10. 30）、《世界知识、妇女生活、中华公论、国民周刊战时联合旬刊》（1937. 9. 1—1937. 10. 1）、《文化战线》（1937. 9. 1—1937. 11. 11）、《七月》（1937. 9. 11—1941. 9）、《战线》（1937. 9. 13—1937. 11. 7）、《非常情报》（1937. 9. 24）、《生存》（1937. 9. 26—1937. 10. 17）、《半月》（1937. 9—1937. 10）、《民族呼声》（1937. 10. 1—1937. 11. 12）、《救亡周刊》（1937. 10. 10—1937. 11. 20）、《战时文摘》（1937. 10. 10—1937. 11）、《抗战半月刊》（1937. 10. 16—1937. 11. 1）、《文友》（1937. 10—1937. 11. 21）、《战地》（1937. 11）；其中时政类文学期刊共有 11 种：《抗战·抵抗·全民抗战》《烽火》《高射炮》《文化战线》《战线》《非常情报》《生存》《半月》《民族呼声》《救亡周刊》《战地》。

其次，文学期刊在“孤岛”呈现的另一主要特点在于，存续时间普遍较短，但创刊刊物层出不穷。根据表2—2的统计数据，一方面，在“孤岛”时期创刊的274种文学期刊中，超过半数（148种，54.01%）的刊物出版不超过5期，出满20期的已属不易，坚持50期以上的刊物更是凤毛麟角；另一方面，在四年零一个月的“孤岛”时段内，除了刚刚陷入“孤岛”的一个月文学期刊的创刊量明显减少，其余四年中的文学期刊创刊量均保持在50种以上，可谓层出不穷。

表2—2　“孤岛”时期创刊文学期刊发行期数

时间段 期数	1937.11.12— 1937.12.31	1938.1.1— 1938.12.31	1939.1.1— 1939.12.31	1940.1.1— 1940.12.31	1941.1.1— 1941.12.8	总计
1—5期	2	45	36	29	36	148
6—10期	1	12	15	14	9	51
11—20期	0	10	12	6	3	31
21—30期	0	2	5	3	0	10
31—40期	0	4	4	2	1	11
41—50期	0	3	2	1	1	7
超过50期	1	3	7	0	1	12
期数不详	0	0	3	1	0	4
总计	4	79	84	56	51	274

存续时间普遍较短的原因除了与审查制度相关，资金困难是导致刊物难以维系的最直接原因。根据戤公的统计，从1937年7月起至1941年7月止，维系一份刊物的一般费用从每令平均5元上涨至50元，道林纸价格从每磅平均0.2元上涨至2.2元，排字工工资从每千字平均0.5元上涨至3元，印刷工工资从每令平均1元上涨至5.4元，装订工工资从每份平均0.5元上涨至2.6元。（戤公，202）费用暴涨所引发的停工停刊，由此可见一斑。

不过，创刊刊物的层出不穷也表明，“孤岛”文学期刊在公共领域内扮演了极为重要的角色。经由文学期刊的文学创作、知识生产、舆论表达等串联起来的交往网络，是参与“孤岛”公共生活的中坚力量。

最后，刊行于“孤岛”时期的全部284种文学期刊中，涉及翻译的刊物，包括发表译作译论、设置翻译专栏以及专门的翻译刊物，占比超过半数，共计173种。其中，专门的翻译刊物有30种，设置有翻译专栏或大量刊载翻译作品的刊物有65种。笔者认为，译作的显著占比至少可从侧面说明，翻译是“孤岛”公共领域内制造及凝聚公众舆论的重要力量。

因此，以下将聚焦翻译文学期刊，主要从内容、分类及影响等侧面，探讨它们的“孤岛”特质。

第二节　“孤岛”翻译文学期刊的内容与分类

本书所指的“孤岛”翻译文学期刊，在“孤岛”文学期刊的概念范畴内形成，具体可按性质划分为纯翻译文学期刊和涉翻译文学期刊两大类。纯翻译文学期刊，是指全部刊载译作的刊物，以及主要发表译文和探讨翻译相关问题的刊物；涉翻译文学期刊，是指开设翻译专栏，以及定期或不定期发表译作的刊物。

根据笔者截止到目前的统计，刊行于“孤岛”的翻译文学期刊总计173种。其中，纯翻译文学期刊有30种，包括《集纳》《译报周刊》《译丛》《时代》《侦探》《世界大侦探》《每月侦探》《翻译月刊》《西书精华》《译林》《西洋文学月刊》《作风》《译文丛刊》《西风》《翻译批评》《西风副刊》《西风精华》《翻译与评论》《天下事》《名著选译》《青年文会》《英华文摘》《世界文粹》《世界杰作精华》《译刊》《世界文化》《世界杂志精华》《西洋杂志文观止》《读者文摘》；涉翻译文学期刊中长期大量发表译作及探讨翻译相关问题的刊物有 65 种。

而以刊物的内容主旨区分，“孤岛”翻译文学期刊又可划分为时政与文学两大类，同时下设时政类宣传性翻译文学期刊、时政类综合性翻译文学期刊、文学类专门性翻译文学期刊、文学类纯文艺性翻译文学期刊、文学类综合性翻译文学期刊五小类。具体如表 2—3 所示。

表 2—3　“孤岛”时期翻译文学期刊分类①

时政类	宣传性 7 种	《前卫》《集纳》《孤岛》《孤岛妇女》《文献》《译报周刊》《时论丛刊》
	综合性 11 种	《译丛》《华美》《文集》《杂志》《文汇周刊》《人民》《自由谭》《更生》《现实》《战国策》《时代》
文学类	专门性 12 种	《侦探》《新诗刊》《宇宙风（乙刊）》《世界大侦探》《诗人丛刊》《小说月刊》《行列》《每月侦探》《小说月报》《杂文丛刊》《每月诗丛》《天人集》
	纯文艺性 61 种	《涛声》《千字文》《纯文艺》《戏言》《隽味集》《文会》《句报》《文艺》《红茶》《青年作者》《文艺新潮》《绿洲》《鲁迅风》《蓓蕾》《壹零集》《蒲公英》《新中国文艺丛刊》《南风》《文友》《文笔》《海啸》《玫瑰》《人世间》《野火》《文学研究》《语风》《新文苑》《贝壳》《文学新潮》《枫叶》《戏剧与文学》《翻译月刊》《文艺新潮副刊》《西书精华》《上海文艺丛刊·群鸟》《译林》《艺风》《天地间》《大地女儿》《文艺世界》《燎原文艺丛刊》《西洋文学月刊》《大众文艺》《海沫》《新文艺》《狼烟文艺丛刊》《文艺界丛刊》《作风》《文综》《奔流文艺丛刊》《正言文艺月刊》《青草》《译文丛刊》《乐观》《炼》《述林文艺丛刊》《新文丛》《野玫瑰》《新流文丛》《文艺春秋》《大地》

① 有关“孤岛”时期翻译文学期刊的具体情况，详见“附录二”。

续表

文学类	综合性 82种	《东方杂志》《宇宙风》《西风》《文摘》《学生生活》《离骚》《人生》《闲花》《一般》《大地图文旬刊》《近代杂志》《上海妇女》《新语》《文美》《翻译批评》《大众文化》《小刊物》《学生时代》《山海经》《自学旬刊》《西风副刊》《海风》《西风精华》《翻译与评论》《小主人》《青年大众》《橄榄》《中国文化》《文心》《学余周刊》《中国青年》《编译月刊》《文哲》《天下事》《名著选译》《清明》《中流》《选萃》《新知》《青年文会》《兼明》《幽默风》《小评论》《国际月刊》《岛风》《金声》《国风》《旋风》《摩登》《上海评论》《中行》《英华文摘》《中美周刊》《学习》《文艺新闻》《青年》《世界文粹》《长风》《世界杰作精华》《文哲》《译刊》《少年之光》《世界文化》《中国与世界》《四十年代》《求知文丛》《古谈》《世界杂志精华》《华光月刊》《大陆》《上海文选》《知识文摘》《半壁月刊》《译丛》《破浪》《知识与生活》《文林月刊》《凡言》《万象》《西洋杂志文观止》《读者文摘》《时代妇女》

一、时政类翻译文学期刊

时政是"孤岛"社会不可回避的重要话题，抗战，政体、政党与政治制度的选择，改良与革命，国家发展与青年成长，等等，构成"孤岛"公共领域内的重要议题，同时也是新知识阶层参与社会的主要切入点之一。

根据笔者的统计，"孤岛"刊行的时政类翻译文学期刊共计18种。其中，《前卫》《集纳》《孤岛》《孤岛妇女》《文献》《译报周刊》《时论丛刊》7种刊物，侧重摘译或摘编国内外报刊对于战争时局的分析报道、各国领导人讲话以及介绍中国共产党的抗日主张与抗日活动等，笔者将其归为宣传性翻译文学期刊。而剩余的11种刊物《译丛》《华美》《文集》《杂志》《文汇周刊》《人民》《自由谭》《更生》《现实》《战国策》《时代》，除涉及以上内容外，兼及发表抗战性质的小说、散文、诗歌原创与译作，笔者将其归为综合性翻译文学期刊。

时政类刊物，无论是宣传性还是综合性，其背后的实际支撑力量多为中共地下党员，或者是同情、支持共产党的其他各界人士，因而刊物的编辑方针多具有较强的政治针对性与倾向性，在险象环生的“孤岛”，对于宣传抗日、鼓舞人民斗志、增强民族凝聚力等，起到了广泛的积极作用。

以《译报周刊》为例，这份由梅益、王任叔、林淡秋、冯宾符等担任实际主编的刊物，从创刊之初就表现了宣传与抗争的姿态。创刊号推出“给上海青年的一封公开信”特辑，征集并刊登了 12 封沪上各界领袖致青年人的信函，包括上海地方协会会长杜镛《发挥鲁滨逊的精神》、上海工部局华人教育处处长陈鹤琴《对上海青年说几句话》、商务书馆编辑韦慤《怎样能够解除苦闷》、教育家何清儒《你们是否都已尽了力?》、教育家张宗麟《即知即传人》、前新闻报立报编辑小记者《趁着年轻赶快努力》、银行家孙瑞璜《充实自己》、教育家沈体兰《把握现实与追求理想》、教育家陈济成《立大志做大事》、著作家贝叶《应该更老练沉着些》、女作家许广平《给上海的青年朋友》、著作家吴大琨《团结持久》，鼓励上海青年及全体国民奋发向上、坚持抗战。诚如杜镛在特辑开篇的第一封信中所言：

> 今日之上海环境，世之人亦皆以“孤岛”喻之；虽此“孤岛”非实处于汪洋大海中之孤岛，然人事沧桑，环境之不测，或且较汪洋大海而过之。吾所望于今日之上海青年者，其亦能继鲁滨逊之精神而更发扬光大之乎？然吾之

> 为此言，非谓惟青年始宜有此精神，实则今日之鲁滨逊艰巨事业，固赖全体市民共赴厥成，全体市民其均秉斯精神而奋发乎？（杜镛，10）

身处环境和精神的孤岛而坚持不懈地奋斗与抗争，是《译报周刊》的基调，也是“孤岛”时政类翻译文学期刊的基本主张。一方面，这些刊物持续地翻译外媒对战争局势的追踪报道，特别是国际社会对于日本侵略行径的揭露与批判性评价；另一方面，他们也借特约外国记者之手，介绍和宣扬共产党的抗战活动。例如，《译报周刊》曾译载史沫特莱等人对于八路军、新四军以及陕甘宁边区的一系列报道，推出以英国名记者 Bruce 所提供的图片和材料而完成的“转战江南的新四军特辑”（第 1 卷第 5 期），以及“中国抗战两周纪念特辑”（第 2 卷第 10—11 期），等等。

从“孤岛”时政类翻译文学期刊的普遍办刊宗旨考察，对于编辑者群体，翻译是政治宣传的有力工具。中央政府颁布的“战时图书杂志原稿审查办法及抗战期间图书杂志审查标准”“条文苛细。手续繁重，使出版界耗力费时，而审查标准，颇多含混，无由遵循，悉凭审查机关之主观判断”（梅益，37）；加之租界当局政治态度与审查政策的模糊摇摆，假他者之声的翻译，成为高压环境下躲避审查的自我保护策略，以及发出斗争声音的有效方式。而对于作为个体的译者，翻译更像是借以与时运相抗争的工具。通过对国际舆论中同情中国之声以及批判日本之声的选择性译介，事实上译者所表达的，正是自我抗战与革命的诉求。此外，对于阅读时政类翻译文学期刊的读者们来说，大量的政论性译作，实际上为他们提供了一个理解国家与社会的视角，并从某种意义上参与了读者群体政治价值观的塑造。

二、文学类翻译文学期刊

此类文学期刊大致可分为专门性、纯文艺性和综合性三种。专门性刊物，是指固定刊登某一类文学形式的译作或创作的刊物，总计 12 种，包括内容以侦探小说为主的《侦探》《世界大侦探》《每月侦探》，以诗歌为主的《新诗刊》《诗人丛刊》《行列》《每月诗丛》，以小说为主的《小说月刊》《小说月报》《天人集》，以散文为主的《宇宙风（乙刊）》和以杂文为主的《杂文丛刊》。

专门性刊物往往具有较为明确的宗旨，刊于其上的译作因而也相应具有较为明确且固定的译介目的。例如，发行了 57 期之久的纯翻译刊物《侦探》，在其创刊号中明确声明：

> 侦探小说在我国虽然有过不少译著作品，可是以侦探小说和关于侦探这门类的写作为主的定期刊物以前一直没有过，所以本刊的出版，可以说是这方面的第一次尝试。
>
> 说起侦探小说，有许多人也许要鄙视，认为“不登大雅之堂”，不足称为文学。如果他们有这种偏见，那么请看看美国著名侦探小说家范达恩（Wrighter S. S. Van Dine）的自述里的一段……他一共读了两千种以上，才忏悔似地抛弃了以往的偏见，认为侦探小说尽可以包含其他小说所有的优点，而他在结构机巧方面的种种特点，却不是“率尔操觚”的所能学步或梦见的。（《侦探》编者，4）

显而易见，《侦探》创刊的目的，一为创办一份“以侦探小说和关于侦探这门类的写作为主的定期刊物”，二为通过翻译优秀的侦探小说，铲除长期以来认为侦探小说“不登大雅之堂”的偏见。又如，《小说月刊》在其“发刊词”中开宗明义：

> 小说原是文学的一大宗，它有把握文坛的权威，更具有转变社会的最大潜力。君不见西洋有成千上万的社会改革家，镇日在奔波呼喊，竭欲把眼前的社会革新，使更形健全，更形完善，而费尽毕生精力所换得的结果，常不及文人笔下一篇轻描淡写的小说！——记着，不必是学士名流的什么“议”“论”大文章；因为高谈阔论的了解仅限于某一阶级的少数人，这少数人断没有推动社会惰性的巨轮的力量。能推动这巨轮的，就惟有广大的社会大众。的确，惟有这广大的社会群才有推动整个社会的内在力量。但要控制他们，转移他们着力方向的，还要推小说，小说——供他们欣赏，给他们消闲，而在不知不觉当中把握了他们的动向。
>
> ……
>
> 《小说月刊》，顾名思义就是本纯粹小说的刊物。既小说有改进社会的内在力量，我们自应竭力使这力量发扬光大！（刘龙光、俞亢詠，2—3）

小说拥有推动社会发展的巨大潜能，在“孤岛”的大众刊物中，却找不到一本纯粹的小说类定期刊物。《小说月刊》的创办正是为了弥补这一文化上的缺失，同时也竭力发挥小说改进社会的力量。

不同于专门性翻译文学期刊，纯文艺性刊物在文学形式与内容的呈现上，均更为丰富多元。纯文艺性翻译文学期刊指主要发表各种形式文学译作或创作的刊物，它们在发行上的主要特点之一是，存续时间普遍不长。根据笔者的统计，“孤岛”时期出版的纯文艺性翻译文学期刊总计61种，刊行满20期或以上的刊物仅有《人世间》和《海沫》2种，反之，未出满10期的刊物则多达45种。可以说，在“孤岛”时期发行的纯文艺性翻译文学期刊，多为小型刊物。

所谓“小型”，有如下几点共性，以《野玫瑰》为例：首先，小型刊物的创办往往比较仓促且随意，因而也就缺乏具体而持久的办刊方针。诚如《野玫瑰》的编者们在“卷头语”中所言：

> 这是一本创刊号，也可以说是草创，因为准备的期间只有短短地两星期，时间实在是太仓促，内容方面自然难免草率；还有很多不妥的地方。我们在这里谨以十二万分的诚意，希望得到各方面的批评指教，以便改进，更希望多多投寄写带“刺”的文章以便充实本刊的内容。（《野玫瑰》编者，1）

其次，小型刊物多以编辑自身的文学旨趣与价值精神为落脚点，较少反映文学与时代之间的互动关系。《野玫瑰》的编者就曾开诚布公地谈道：

> 我们这一群全是年轻的学生，没有经验也缺乏学识，创办这月刊的用意，单纯地只是想为读者诸君开辟一个发表文艺的园地，所以我们殷切地盼望诸君源源赐稿，批评，指正。
>
> 来稿的内容和外貌，请顾及本刊的命名《野玫瑰》，关于无关痛痒的风月稿，和那些使性子暴露自己的文字，为了本刊的宗旨和前途计，请勿掷下。

> 本刊对于针对现代社会及刻画各界之生活情况与心理描摹等文字，无论创作与译稿均在所欢迎，当然，关于小说，戏剧，诗歌，小品等，外貌像“野玫瑰”一样的美丽，刺儿像“野玫瑰”一样尖锐的文艺作品，本刊也极为欢迎的。（《野玫瑰》编者，3）

显然，该刊随编辑人的偏好而完全倾向于“针对现代社会及刻画各界之生活情况与心理描摹”的“创作与译稿”，而“无关痛痒的风月稿”“使性子暴露自己的文字”，则完全不在编辑人的用稿范畴之内。

最后，小型刊物由于缺少商业出版机构、大型社团、权威个人、政党力量等的宣传支撑，常常陷入资金匮乏而难以维系的困难境地。《野玫瑰》在连续出版了 5 期之后，其编者即坦言：

> 野玫瑰总算维持到五期，不知道用尽了多少社员们的心血，现在似乎已经略具规模，而困难也随着一天增多一天；我们每期终得蚀一点的本，说来也许使人不相信，每期销数几乎达到二千本，每本售价高到五角，终不能维持这小刊物浩大的开支。这些苦经原不必叹给诸位读者听，笔者的意思，只在预告诸君，如果你找不着野玫瑰影儿的那天，我们已经临了不得不休息的时候。（《野玫瑰》编者，32）

然而，尽管编者们竭力削减开支、增加广告投放量等，《野玫瑰》依然未能抵得住“每期终得蚀一点的本”的资金消耗，坚持出完第 6 期后便彻底销声匿迹了。

较之专门性刊物与纯文艺性刊物，综合性翻译文学期刊的显著特点主要在于：其一，此类刊物的存续时间相对较长，比如，《东方杂志》前后共发行 819 期、《宇宙风》发行 152 期、《西风》发行 118 期、《文摘》发行 177 期等。根据笔者的统计，在“孤岛”时期出版的 82 种综合性翻译文学期刊中，持续发行 20 期或以上的刊物达到 23 种，1/4 左右的比例在当时不可谓不高。

其二，“综合性”意指此类刊物既杂糅了文学的、社会的、政治的甚至科学的多方面内容，又包含了散文、诗歌、小说、戏剧、通信甚至娱乐等多种文学体裁，因而也就更加能够充分且多维地反映翻译文学期刊与公共领域在“孤岛”的共生关系。

其三，此类刊物往往具有较为清晰的编辑方针与读者对象。以纯翻译文学期刊《世界文化》为例，这份刊物从创刊之初就一以贯之地自我定位为一份“纯研究性（质）的学术读/刊物”，[①] 而在第 2 卷第 1 期的新年特大号上，编者更是明确重申且反复强调了刊物宗旨——建设新中国的文化：

> 本刊的目的，有如创刊时所说，是要介绍世界文化，建设新中国的文化；在过去的努力，虽然谬承读者称许，但在我们自己，却深深地惭愧着未能完全达到预期的目的。所以今后，我们要鼓着更多的勇气，突破更多的难关，以向我们的目的前进，以副读者的雅望。
>
> 文化的范围很广，此时此地我们特别注意的是：民族问题，国际问题，社会问题，经济问题，以及可宝贵的历

---

① 《世界文化》每一期封面页的最上方均印有“纯研究性（质）的学术读/刊物”字样。其中，第 1 卷第 1—3 期为“纯研究性的学术读物”；第 1 卷第 4 期至第 2 卷第 1 期为“纯研究性质的学术读物”；第 2 卷第 2—6 期为“纯研究性质的学术刊物”；第 3 卷 1—2 合期至第 3 卷第 3 期因缩微胶片字迹模糊而无法辨识；第 3 卷第 4 期为“纯研究性质的学术读物”。

史文献。我们要拿纯粹学术研究的态度，在大时代的过程中催生一个新的中国。这个愿望，还希望作者与读者都能来和我们合作。(《世界文化》编者，无页码)

由是而论，相较于时政类刊物从编辑群体到创刊主旨再到呈现形式的单一与固化，文学类专门性刊物从文学形态到读者圈层的相对狭窄，以及纯文艺性刊物由于存续时间短和主旨不明确而造成的社会影响与读者对象的相对小众化，笔者认为，文学类综合性翻译文学期刊是“孤岛”公共领域内最具社会价值与时代意义的翻译史研究对象。其中，风行于“孤岛”且贯穿“孤岛”始末的纯翻译文学期刊《西风》，虽鲜有人关注，却独具翻译史的研究价值。

第三节 《西风》的“孤岛”画像

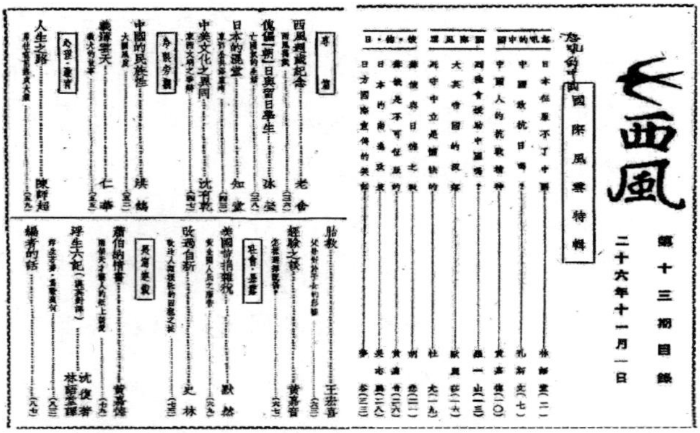
西風
第十三期目錄
二十六年十一月一日

國際風雲特輯

怒吼的中國
日本征服不了中國……林語堂（二）
中國人的抗敵精神……黃嘉德（一〇）

國際風雲

專篇
西風週歲紀念……老舍（三六）
傀儡「新」日與留日學生……冰瑩（三八）
日本的混堂……知堂（四三）
中美文化之異同……沈有乾（四七）

中國的民族性……洪鈞（五二）

人生之路……陳師超（五九）

胎教……王宏音（六三）
經驗之談……黃嘉音（六七）

社會·暴露
美國的捐稅……默然（六九）
改過自新……史林（七三）

長篇連載
蕭伯納情書……黃嘉德（七九）
浮生六記（漢英對譯）……沈復著 林語堂譯（八三）
編者的話……（八七）

图 2—1 《西风》第十三期（复刊号）目录

一、《西风》的翻译缘起与影响

1936年9月，黄嘉德[①]、黄嘉音[②]和林语堂三人各出资旧法币200

---

① 黄嘉德（1908—1992），福建晋江人，笔名蓝萍心、默然。1931年毕业于上海圣约翰大学英文系并留校任教，其间赴美国哥伦比亚大学研究院进修英美文学并获硕士学位。解放后执教于山东大学外文系，并成为该系英美文学研究领域的领军人物，著名华裔学者刘禾（Lydia H. Liu）即为其学生。新闻出版方面，他主持编辑过《西风》《西风副刊》《西书精华》等杂志，并曾担任上海《评论半月刊》发行人，上海《侨生报》社论委员会委员兼副刊《南风》主编，以及山东大学《文史哲》编委。翻译方面，其公开出版的单行本译著至少包括商务印书馆出版的《萧伯纳传》（Frank Harris，*Bernard Shaw*，1934）、《乡村求爱》（Bernard Shaw，*Village Wooing*，1935）、《公民教育》（Charles E. Merriam，*Civic Education in the United States*，1935）、《现代民族主义演进史》（Carlton J. H. Hayes，*The Historical Evolution of Modern Nationalism*，1936）、《英国公民教育史研究》（John M. Gaus，*Great Britain*：*A Study of Civic Loyalty*，1938）、《乌有乡消息》（William Morris，*News from Nowhere*：*A Dream of John Ball*，1981）；以及西风社出版的《萧伯纳情书》（Christopher St. John，*Ellen Terry and Bernard Shaw*：*A Correspondence*，1938）、《流浪者自传》（William H. Davies，*The Autobiography of a Super-tramp*，1939）、《下场》（Julia E. Ford，*Consequences*，1941）、《生活的艺术》（Lin Yutang，*The Importance of Living*，1941）等。此外，他还撰写有妇女家庭问题论文集《新女型》（良友图书公司1936年版）、学术专著《萧伯纳研究》（山东大学出版社1989年版）；同时编纂《翻译论集》（西风社1940年版）等。上述黄嘉德的相关背景资料，主要参见王寿兰编：《当代文学翻译百家谈》，北京大学出版社1989年版，第749—754页，以及中国国家图书馆馆藏目录。

② 黄嘉音（1913—1961），福建晋江人，笔名黄诗林。1937年毕业于上海圣约翰大学历史系，在校期间辅修新闻学和心理学。新闻出版方面，在校期间他就曾担任圣约翰大学校刊《约翰声》主编，后编辑《西风》《西风副刊》《西书精华》，1945年创办《光》半月刊，1946年与妻子朱绮创办《家》月刊，并曾担任《大美晚报》副刊、《申报·自由谈》以及《文汇报·彩色版》编辑。翻译方面，其公开出版的单行本译著至少包括：西风社出版的《大地的叹息》（Thornton Wilder，*Woman of Andros*，1941）、《得意书》（*Proud book*，1941）、《流犯余生记》（Rene Beldenoit，*Dry Buillotine*，1948）；光出版社出版的《广岛被炸记》（John Hersey，*Hiroshima*，1946）；家出版社出版的《实用育婴问答》（Herman N. Bundersen，*The Baby Manual*：*The First Two Years*，1947）、《斗争中的亚洲妇女》（Various Writers，*Asian Women in struggle*，1949）、《婚姻生活指导》（Hannah M. Stone & Abraham Stone，*A Marriage Manual*，1949）、《婴儿的权利》（A. Margaret & M. D. Ribble，*The Rights of Infants*，1950）；以及上海文化出版社出版的《希腊罗马神话故事》（Kupfer，*Legends of Greece and Rome*，1956）等。此外，他还撰写

元创办《西风》月刊，林语堂任顾问编辑，黄嘉德、黄嘉音任主编兼发行人，日常事务则由黄嘉音主持。与此同时，为了提高工作效率，他们决定成立西风社，亲自办理杂志的出版和发行事务。社址设在愚园路愚谷村 20 号，1940 年迁至霞飞路 542 弄霞飞市场 4 号，1947 年又迁至胶州路 186 号。《西风》创刊后不久，林语堂即携家眷赴美定居，除了提供译稿，从未过问西风社的事，《西风》的实际事务由黄氏昆仲承办。①

从刊物的存续时间上看，《西风》创刊于 1936 年 9 月 1 日，1937 年 8 月 1 日刊行第 12 期后，因为“八一三”淞沪战役停刊，其间出版《逸经 · 宇宙风 · 西风》非常时期联合旬刊，直至 1937 年 11 月 1 日复刊出版第 13 期，1942 年 1 月发行第 65 期后因太平洋战争休刊，1944 年 7 月在重庆复刊，刊期续前，1945 年 12 月第 81 期迁回上海，至 1949 年 5 月终刊。从创刊到终刊，《西风》前后历时 13 年共 118 期，其中在“孤岛”发行 52 期，②连续地贯穿了整个“孤岛”阶段的始末，这在同时代的刊物中，实属不易。

就刊物的销量而言，《西风》“创刊号印了 2000 册，不胫而走，销路看好，不久又再版 1000 册……以后《西风》每期销量激增，

有随笔集《我爱讲的故事》（西风社 1945 年版）、《孕妇卫生》（家出版社 1950 年版）、《自以为是皇后的女孩：变态心理治疗的一例》（家出版社 1950 年版）、《心理治疗三百例》（家出版社 1951 年版）、《儿童教育新谈》（家出版社 1951 年版）、《儿童心理病态防治案例》（家出版社 1951 年版）、《打针吃药治不好的病》（家出版社 1952 年版）等。上述黄嘉音的相关背景资料，主要参见张济顺：《远去的都市：1950 年代的上海》，社会科学文献出版社 2015 年版，第 228—257 页，以及中国国家图书馆馆藏目录。

① 上述《西风》的相关背景资料，主要参见范泉主编：《中国现代文学社团流派辞典》，上海书店出版社 1993 年版，第 230—232 页；邹振环：《20 世纪上海翻译出版与文化变迁》，广西教育出版社 2001 年版，第 215—220 页。

② 如果严格按照出版时间及地域，此处应为 51 期，即第 14 期（1937 年 11 月 16 日出版）至第 64 期（1941 年 12 月 1 日出版）。然而，考虑到第 13 期复刊号出版于 1937 年 11 月 1 日，基本已可纳入“孤岛”范畴，故将其一并算入。但是，第 65 期休刊号出版于 1943 年 1 月 1 日，且出版地为桂林，无论时间还是空间，都不应再纳入“孤岛”范畴。

到1941年太平洋战争爆发前夕，销路超过20000份，这个数字在当时的刊物中是比较高的”（邹振环，217）。金性尧在回忆“孤岛”的出版境况时，也曾提到，“当时一般刊物的发行，必须通过商人办的书报社（即是‘经纪人’），销路大的如《西风》等则自设发行网”（金性尧，128），《西风》的销量由此可见一斑。

销量可观，即表明刊物的读者众、影响大。事实上，“到孤岛时期，《西风》已作为西洋杂志文最具势力的代表，在战时海上文坛地位显赫”（张济顺，198）。甚至，这股《西风》已刮过“孤岛”，风及全国，乃至海外。

《西风》的编者之一黄嘉音曾经谈到自己在广东南雄机场的一段经历：

> 这是我此行第一次踏上自由中国的国土。想不到一下飞机，竟有人叫起我的名字来。原来航空检查员是西风的读者，在乘客名单上看见了西风保姆的名字，特别跑过来表示欢迎的。（黄嘉音，310）

如果说，以上仅仅证明了《西风》在国内的影响力，那么黄嘉德的一段美国经历，则着实显示了《西风》在当时非比寻常的影响力及辐射范围：

> 我在一九四八年十月初旬摒挡一切，准备返国；不料旧金山码头发生工潮，美国西岸航运停顿，只得改由纽约动身。为了启程日期延迟了半月余，因此看到了十月十二日哥伦比亚大学新校长艾森豪威（Dwight David Eisenhower）就职典礼，实在是千载难逢的机会。
>
> 典礼在可容二万余人的哥大南广场举行……新闻记者特别席设于最前三排。因为申请记者入场券者甚众，而座

位有限，所以限制极严。除纽约各大日报及通讯社外，杂志界领到记者入场券者寥寥无几。我以西风月刊主编的名义取得一张记者入场券，因此得以坐在最前排，参观这哥大四十六年来最隆重的校长就职典礼。(黄嘉德，438)

更有甚者，“当《西风》停刊后，香港曾有人冒用黄嘉历先生的名，[①] 仿《西风》的款式在港出版‘西风杂志’，造成一种假象，似乎《西风》只在大陆停刊，而改在香港续办”（陈震宇，74）。

然而，遗憾的是，这样一份有着相当历史厚重感与翻译史研究价值的期刊，却随风而逝湮没于历史的尘埃之中。于是，当历史的隧道再一次被打开，循时空而上，笔者所想要追问的是：乘着“西风”而来的翻译，在“孤岛”公共领域内究竟发生了什么？以及为什么发生、如何发生、怎样影响？揭开谜底的第一步，无疑是要走进 1936 年 9 月 1 日的《西风》创刊号。

二、《西风》创刊号

图 2—2 《西风》创刊号内页

① 黄嘉历为黄氏子弟之一。黄氏兄弟的父亲黄沧海牧师有两任太太，郑氏和蓝氏。他与郑氏育有一女，与蓝氏育有五男三女。其中，兄弟五人按照长幼次序为：黄嘉惠、黄嘉历、黄嘉谟、黄嘉德、黄嘉音；姐妹四人按照长幼次序为：黄玛惜（郑氏生）、黄仁爱、黄仁慈、黄仁华。

1936年7月《西风》创刊前夕，黄嘉德、黄嘉音兄弟二人在《宇宙风》第20期上发表《谈杂志文》，可视作《西风》发刊词的序曲：

> 西洋杂志文以个人笔调见称，作者每每能以亲切真挚的态度，很坦白地说出胸中的话，绝不装腔作势，或摇旗呐喊，他说他的话，信不信由你。其取材非常自由，不受任何拘束，没有一个题目太大，也没有一个题目太小。……此种有情思有活力有个性的文章读来令人觉得淋漓痛快，兴味深浓，好像跟久别重逢的知友谈天说地一样，又舒服，又畅快。
>
> 普通的中国文章则不然。作者大多站在第三者的立场执笔，用拘谨勉强的态度，说着冠冕堂皇不着边际的空话，不是要教训读者，便是要警戒世人，很少能够除去道学家的假面具谈些真心话的。这大约是因为旧传统的势力还根深蒂固于人心中的缘故吧。……所以中国文章往往如蜡美人，千篇一律，了无生气，正和西洋杂志文的健康美形成一种显著的对比。
>
> ……
>
> 我们这次与林语堂陶亢德两先生合办西风月刊，目的就是想多介绍这种有生气的文章，叫不懂西文或没有机会阅读外国杂志的国人，也可以认识西洋杂志文的真面目。我们此种尝试没有什么特别伟大的野心，不过希望能够稍微转移国内杂志界的风气而已。(黄嘉德、黄嘉音，394—395)

在这篇小文中，黄氏兄弟对中西文章的取材、内容、用笔、格调等作了全方位比较，西洋杂志文的“优”与中式文章的“劣”由此可见一斑。在黄氏兄弟看来，西洋杂志文的种种好处显而易见——笔调贴合个人生活与情趣，态度自然真挚、直抒胸臆，取材自由广泛，总体可谓“有情思有活力有个性”，读来犹如和“知友谈天说地”，酣畅淋漓。比较而言，中国文章则与此种“近人情”的文章相去甚远——第三者的全知视角使中国杂志文章态度拘谨，且总说些“冠冕堂皇不着边际的空话”，缺乏健康向上的活力与美感。由此，他们决议办《西风》专刊，借助翻译，介绍并提倡西洋杂志文，使国人“认识西洋杂志文的真面目”，并最终扭转“国内杂志界的风气”。

与黄氏兄弟二人的文章相配合，《宇宙风》同一期上还刊出了一则《西风》月刊的广告，进一步强化了刊物的宗旨——译述西洋杂志精华，介绍欧美人生社会；以及刊物的文稿特色——内容活泼充实，文笔清隽流丽，提倡有思想有情感有个性有趣味的通俗文章。①

1936 年 9 月 1 日，《西风》创刊号正式发行，林语堂为其撰写了题为《为什么要刮西风》的发刊词。在这篇长达千余字的发刊词中，他细数了“为什么要刮西风”的种种缘由：

> 《西风》与世人相见在《宇宙风》之后，而发端在《宇宙风》之前。我每读西洋杂志文章，而感其取材之丰富，文体之活泼，与范围之广大，皆足为吾国杂志之模范。又回读我国杂志，而叹其取材之单调，文体之刻板，及范围之拘束，因每愤而有起办《西风》之志。一、愤吾国文人与书本太接近，与人生太疏远，……故中国杂志长于理论而拙于写实，其弊在于空浮，而杂志反映人生之功

---

① “西风月刊”广告与《谈杂志文》排版在同一页，位于该文正下方，占据整个版面的 1/3，非常醒目。此则广告注明了《西风》为月刊，罗列了刊物的顾问编辑、编辑以及创办人，介绍了刊物的办刊宗旨与特色，同时还明确了《西风》创刊号的出版日期、刊物的定价以及发行地址。详见《西风月刊》，载《宇宙风》1936 年第 20 期。

> 遂失。二、愤文人之架子十足，学者之气味冲天，……故中国杂志格调高而神趣失，其弊在于板重。三、愤文字成为读书阶级之专技，非文人决不投稿杂志，……然非另办杂志，专译西洋杂志文字，不足以见中西杂志文字与内容相差之巨，而为将来中国杂志开一蹊径。……西风东渐，不自今日始。翻译西洋报章，林则徐魏默然亦早已提倡在先。特今日所见翻译西报文字，又皆犯格调太高之病，不曰介绍西洋文学名著，便讲西洋政治经济，而对西洋人生社会家庭风俗，不屑谈亦不能谈也。长此下去，文学何能通俗，杂志何能普及，终成文人之玩意，你读我的我读你的而已，……（林语堂，6—7）

林语堂的论说，至少可以回答以下两个问题。首先，创办一份翻译刊物，绝非黄氏兄弟一时兴起的草率决定。《西风》背后有编辑清晰而明确的办刊宗旨与目标，他们希望“专译西洋杂志文字”，以此为契机引入西洋杂志文的概念与方法，“为将来中国杂志开一蹊径”，并最终实现文学的通俗化与杂志的普及化。其次，就黄氏兄弟而言，翻译也绝非单纯地文字转换，他们希冀借助翻译的“西风”吹散吾国文坛乃至杂志界的阴霾，从此使文坛更换风气。① 可

① “西风”这一意象，在中国传统文化里是比较消极的。例如，菡萏香销翠叶残，西风愁起绿波间（南唐·李璟）；多少绿荷相倚恨，一时回首背西风（唐·杜牧）；昨夜西风凋碧树，独上高楼，望尽天涯路（北宋·晏殊）；一片西风作楚声，卧闻落叶打窗鸣（清·查慎行）；等等。言及“西风”，总是满目的凄风楚雨、萧瑟落寞。但是，西洋文化中的“西风”，是一派全然不同的景象。以英国为例，受大西洋暖流影响，西风化雨、冬去春来，西风充满了勃勃生机，是生命力的某种象征。显然，刊名“西风”取西洋文化中的意象与意蕴，暗含了编者们欲借西洋蓬勃之西风吹散吾国阴郁之西风的意味。此外，《西风》创刊号上刊有美国著名印象派画家弗兰克·本森（Frank W. Benson，1862—1951）的《野鸭》，整幅画作由一群展翅西飞的野鸭构成，似暗合“西风”之意。同时，自创刊号始，《西风》每期的封面与目录页上，都印有一只与本森的野鸭相仿的鸟儿，振翅西飞，也似有某种与“西风”相关之寓意。

以说，翻译是以黄氏兄弟为首的《西风》编译者群体实现个人理想与文学诉求所倚重的重要手段与实践工具。

此外，在《西风》发刊词中，林语堂对我国杂志文章的流弊直言不讳。他认为，我国杂志文的取材、文体、范围都有待改进，同时现有的对于西报文字的翻译，又犯了格调太高之病。那么，黄氏兄弟是如何通过《西风》之上翻译的斡旋，消弭掉了上述的种种流弊呢？同时这一消弭的过程，在创刊号中又有哪些体现？

在创刊号的"西风月刊投稿简章"中，有两条内容值得特别注意：一是本刊接收外稿；二是编辑人对来稿有删改权，不愿删改者须预先声明。① 一方面，接收外稿至少从一个侧面说明了《西风》的开放性，相较于当时许多仅局限于同人圈子的刊物，《西风》则以更加包容的姿态展露于海上文坛，为改良取材单调、文体刻板、范围拘束的我国杂志文做足了准备。另一方面，编辑对来稿有删改权，这就保证了《西风》可以在一个相对统一的框架下运作，进而也就能够更好地贯彻其办刊宗旨。于是，在"接收外稿"与"对来稿有删改权"的大前提下，《西风》大刀阔斧地开始了它的翻译实践活动。

首先，就翻译选材而言，其特点有二。第一，《西风》的翻译是全面的翻译。所谓"全面"，系指其选材的包容性与囊括度，几乎涵盖了社会生活的方方面面。正如创刊号扉页上的"西风月刊征

① "西风月刊投稿简章"共分九条，除上述所列一、四条，余下七条依次为："二、来稿概须用稿纸缮写清楚，并将通讯地址注明稿端。三、译稿概须注明原文出处，并须附寄原文。""五、稿费暂定一律每面元半，于每期出版前五天发出。六、来稿在本刊发表后，版权由译著者保留。惟本社于另行刊印文集时，有自由选用之优先权。七、投稿人除由本社致奉稿费外，并赠送刊登该稿之本刊一册。补白材料一律酌赠本刊。八、来稿非经在稿端特别声明，并附寄贴足邮票之信封者，概不退还。九、来稿请遥寄上海愚园路愚谷邨二十号西风月刊社编辑部。"（见"图 2—2"）参见《西风月刊投稿简章》，载《西风》1936 年第 1 期。

稿启事”所述：

> 本刊以译述西洋杂志精华，介绍欧美人生社会，提倡有思想有情感有个性有趣味的通俗文章为宗旨，内容分专篇，科学·自然，心理·教育，妇女·家庭，传记·史话，游记·探险，军备·战争，社会·暴露，政治·经济，艺术·文学，电影·戏剧·娱乐诸部门，另辟冷眼旁观，雨丝风片，西洋幽默，书评，西书精华，笔花，名人隽语，漫画，插图，木刻等栏。凡与本刊性质相合之稿件，只要文笔清隽流丽，无论创作翻译，均所欢迎。谨请海内外文友，多赐佳作。(《西风》编辑部，无页码)

《西风》所征的译稿类目几乎无所不包。通过全面的翻译，一方面，编者们试图打破传统文人“几乎书本之外，不知有所谓学问”（林语堂，6）的思想壁垒，使他们进入宇宙社会的大学堂，从而能写“有思想有情感有个性有趣味的通俗文章”。另一方面，编者们也试图改善公众“不知西洋文学为何物”（林语堂，7）的认知窘境，使他们了解并熟悉西洋杂志文，甚至能够写出“洋气”的中国“杂志文”。

第二，《西风》的翻译是贴近人生社会的翻译。近于人生社会，凸显了《西风》在选材上的“向下”之功，多关注婚姻、恋爱、儿童教育、心理疾病、女性身份认同、实用科学技术等，与大众生活紧密相关的话题。综览创刊号目录，社会百态尽收眼底（详见表2—4）：

表 2—4　《西风》创刊号目录①

栏目	文章名
发刊词	为什么要刮西风（林语堂）
冷眼旁观	洋鬼子眼中的中国人（嘉德）、父亲的后悔（嘉音）、疯子不疯论（史丁）
雨丝风片	（编者辑）
专篇	英国人（老舍）、萧伯纳情书（黄嘉德）
科学·自然	科学婴孩——狂想的实现（胡悲）、星球旅行——到月球去（江鸿）、铁肺的故事——可歌可泣的发明经过（史丁）、罪犯与微尘——科学侦探怎样捉犯人（梦谷）
心理·教育	低能儿童——怎样教养可怜儿（黄嘉音）、学校分数的价值——取消分数论（凌霜）、怪人与怪癖——集稀奇古怪之大成（会维明）、女教员做人难——社会与职业的冲突（王宏喜）
长篇连载	浮生六记（汉英对译）（沈复著、林语堂译）
妇女·家庭	丈夫荒——为什么找不到丈夫（罗一山）、日本的艺伎——快乐天使的潜势力（林幽）
传记	童话作家安徒生——一篇童话式的传记（黄嘉德）
军备·战争	人类好战论——人之初性本恶（林疑今）、天空恐怖——过去与未来的空战（金安人）、坦克车来了——战场新怪物（陈未鸣）
社会·暴露	医院疗疾记——公共医院醜史（蓝萍心）、汽车贼——偷到那里去（许以牧）、破坏罢工的机关——工会敌人之秘密组织（默然）
西洋幽默	借火柴——小事化大事（亚伍）
书评	我要怎写就怎写（宋以忠）

① 《西风创刊号目录》，载《西风》1936 年第 1 期。

续表

栏目	文章名
西书精华	战争黑幕——要钱的爱国志士（黄嘉音）
编后语	（编者）
吹毛求疵　名人隽语　笔花　插图　漫画　补白	

创刊号上，除了林语堂的发刊词以及老舍的《英国人》，其余文章均译自西洋书报杂志。这些文章大多贴近西洋社会人生，并且所反映的现实问题也很容易迁移到当时中国的社会语境之中。

例如，节译自《训练学校》的《低能儿童——怎样教养可怜儿》一文，译者黄嘉音在附于译文后的“译余杂感”中评论：

> 低能儿童的教养，在欧美各国，早已被社会人士认为是一个非常重要的社会问题。……可是在我们这落伍的中国，似乎还没有什么大慈善家注意到这一点。……不过在这不低能的儿童没有机会受教育者滔滔皆是的今日，要叫社会人士先注意到低能儿童的教育问题，未免早得出乎情理之外。我译后的唯一感想，是中国的低能儿童与不低能的穷小子一样，未免太倒霉了。谁叫你们生活在中国呢？(黄嘉音，51)

教育是社会变革期不容忽视的重要问题，同时也与个体命运息息相关。此处，编者与译者试图借助“译余杂感”这一翻译的副文本形式，由谈论欧美社会低能儿童的教养问题，警醒公众关注并思考“孤岛”乃至整个中国社会的儿童教育。

又如，译自美国《星期六晚邮什志》的《汽车贼》一文，译者许以牧在文前的“译者识”中谈到翻译此文的初衷：

> 今年七月间上海《大陆报》有一段新闻标题曰：“公共租界信有汽车盗贼团”……都市汽车一多，窃贼随之而生，不足为怪。本文……把汽车贼的内幕暴露出来，使读者知道许多不容易知道的事情。(许以牧，116)

此处，同样借助“译者识”的副文本方式，《西风》借西洋盗车贼之名，揭示并分析了公共租界内盗车案的内幕，及其所附带的社会问题。

简言之，通过译介贴近欧美人生社会且与我国人生社会相关联的西洋书报文章，《西风》的编者们希望向我国读者切实介绍“西洋人生社会家庭风俗”，以使国人“更亲切认识西洋文化之真面目”（林语堂，7）；同时，他们更试图通过译介，改良国内翻译西报文字“格调太高之病”，革新整个杂志界的办刊理念与办刊方式，以彻底实现杂志的普及化。

其次，就译者遴选而言，《西风》也有其明确标准。在发刊词中，林语堂指出，我国杂志范围拘束的原因在于，相较于“西洋书报撰著者银行家有之，陆军大将有之，探险家有之，狱吏狱犯亦有之”的广泛性，我国的文坛景况则是“文字成为读书阶级之专技，非文人绝不投稿杂志”。（林语堂，6—7）因此，为了从根源上改变我国杂志“范围拘束”的弊病，《西风》在译者群体的选择上，明显偏重于“非专业”的文人群体。这一点，从其创刊号目录中，便可一目了然。除了林语堂、老舍、黄嘉德、黄嘉音以及林氏子弟林疑今，创刊号所收译文的投稿者，至少在当时，都不是文坛“老人”，亦不是“声名鹊起”之辈。诚如有论者的考察，《西风》的“投稿者有不少是当时圣约翰大学、沪江大学、震旦大学、光华大学、上海交通大学和昆明西南联大的学生。黄嘉德还特约一些留学生和出国考察人员写一些诸如纽约通讯、伦敦通讯、巴黎通讯、东京通讯等”（邹振环、王纯，62）。可以说，译者身份的下移，是《西风》遴选译者的重要考量之一。

最后，翻译是黄氏兄弟用于破除根深蒂固的文坛旧传统、开创杂志新文体的方式与方法。但是，对待翻译，他们的态度绝不是“为我所用”地任意编译；相反，他们认为翻译是严肃而重要的事业。笔者注意到，从创刊号开始，《西风》就辟有“吹毛求疵”一栏，专门讨论书报翻译以及与此相关的文坛和报界问题。创刊号上的两则“吹毛求疵”如下：

> 翻译究竟不是可以随便的事，一不小心，便差之毫厘，谬以千里。这种错误，就是经验丰富的老译家，有时也很难避免。我国报界的翻译家，就常常闹这种笑话。这便是一个好例：
>
> 八月一日国民海通社柏林电讯，报告世界运动会开幕情形，有一段曰：Costarica and Haiti were greeted with sympathetic cheers，each of these teams consisting of but one man who was his own standard bearer。原文意义应该是说：在卡斯泰利亚及海地两队入场时，观众报以同情之欢呼声，该两队每队只有一人，自执该队之旗。
>
> 可是刊登在某大报的译电，却变成莫名其妙的下文：“卡斯泰利亚及海地两队，则高呼为礼，但该两队每队只有一人，故旗手之外，并无他人高呼相和。”在画虎不成反类犬之外，又复画蛇添足。
>
> 翻译界所闹的笑话，我国特别多。我们觉得惟有这样“吹毛求疵”，翻译界才会进步，在翻译界中工作的人，才不敢乱折烂污。（《西风》编者，20）
>
> 柏林八月三日世运电讯，报告德国干佐守卫 Woellke

> 铅球第一，成绩破大会记录。关于此君的名字，“国民海通社”于八月二日，译为和而基。于八月三日则译为渥克，哈瓦斯社译为华奇，同盟社译为尾耳基，同时刊登八月四日《申报》教育栏。一个西人的名字，到中国来便变成四个人，扑朔迷离，使读者糊里糊涂。我们觉得这种“四位一体”的事件，至少编辑新闻的人，应该负大部份的责任的。(《西风》编者，40)

以“吹毛求疵”为栏目命名，本身已足见作为《西风》主编及主要译者的黄氏兄弟，对待翻译的谨严态度。翻译之事不可随便，因为一字一句之差，即可谬以千里，造成不可逆转的沟通障碍。

诚如黄嘉德在其编辑的《翻译论集》[①]“编者序”中所言：

> 翻译具有沟通文化的功能。翻译一方面可以把本国的文化介绍到外国去，使异族认识本国的真面目；另一方面可以把外国的文化转输进来，去短取长，改造本国固有的

---

① 黄嘉德所编《翻译论集》分为“翻译通论”“论译名”“论译诗”“翻译的历史”四辑，具体篇目如下：编者序；第一辑“翻译通论”：《译天演论例言》（严几道），《论翻译》（林语堂），《论翻译——与曾孟朴先生书（附曾先生答书）》（胡适），《陀螺序（节录）》（周作人），《译书感言》（傅斯年），《译学问题商榷》（艾伟），《关于翻译的通信》（节录）（鲁迅），《翻译的困难》（曾虚白），《论翻译》（陈西滢），《翻译中的神韵与达——西滢先生论翻译的补白》（曾虚白），《移读外籍之我见》（节录）（吴稚晖），《谈论注译运动及其他（节录）》（郭沫若），《明日之学校（译者序）》（朱经农），《与严几道论译西书书》（吴挚甫）；第二辑“论译名”：《论译名》（胡以鲁），《科学名词审查会物理学名词审查组第一次审查本凡例，科学名词审查会化学名词审查组第一次审查本说明，致甲寅记者论译名》（容挺公），《答容挺公论译名》（章行严）；第三辑“论译诗”：《读张凤用各体诗译外国诗的实验（节录）》（曾孟朴），《论译诗》（成仿吾），《关于译诗的一点意见》（刘半农）；第四辑“翻译的历史”：《佛教的翻译文学（节录）》（胡适），《科学翻译史（节录）》（郑鹤声/郑鹤春）。

> 文化，使之更为高超，更为完美。……我国近代文化的落后，证明固有的文化需要新的力量和新的发展。介绍国外的文化，可以帮助调整我国文化的内容，弥补缺憾，走上中兴之路。所以翻译在我国是一种极端重要的事业。（黄嘉德，V）

正是由于《西风》编者们对待翻译的谨严态度，以及把翻译当作一种“极端重要的事业”的理念，翻译才可能成为帮助他们达成文学诉求的有力工具，也才可能在个人与社会的种种权力纠葛中充当公众舆论调解员的重要角色，而本书的研究也才具备了相应的合法性与学理意义。

1936年，林语堂在其用英文写作的《中国新闻舆论史》（*A History of the Press and Public Opinion of China*）一书中如是说：

> 期刊是一个国家文化进步的最好体现……许多期刊的兴衰与文学史上各次运动密切相关。因此，许多期刊的出现和消失都是非常自然的，它们完成了某种使命，然后告别公众；它们做了一些事情，也留下一些事情没有做；如果有好的编辑，有些事情也许会做得更好。在这个意义上，一份期刊就像一个人，生命虽短，但却影响着他所处的时代，也受到这个时代的影响，他的贡献大小取决于其个性与能力。（林语堂，125）

尽管《西风》的消逝是历史的必然，然而因为好的编译者群体，它的“个性与能力”深刻影响了其所处时代。一方面，《西风》以其鲜明的“西洋杂志文”席卷“孤岛”，在战时海上文坛独树一帜，持续地影响了一批杂志的创办、一批青年的写作、一批读者的文学审美；另一方面，以《西风》为平台，黄氏昆仲正式开启了他们的文坛之旅与人生之途。借助翻译，在个人抱负与时代环境的博弈中，书写了属于他们的精彩故事。

小 结

本章以史料为基础，从概念、数量、内容、分类、影响等维度，对"孤岛"（翻译）文学期刊作了系统性地全面梳理；同时，从刊物宗旨、内容选材、翻译缘起、编辑人等侧面，对《西风》作了概要式考察。以上，是为展开第三、四两章深入论述的起点。

本章认为，"孤岛"文学期刊系指：首先，就时空范畴而言，创刊于 1937 年 11 月 12 日至 1941 年 12 月 8 日之间的上海两租界及沪西越界筑路地段内（包括少数从战前延续至"孤岛"的刊物）；其次，从出版周期的角度，包括在上述时间及空间范围内出版的半月刊、旬刊、月刊、季刊、年刊、丛刊，以及部分依附于报纸的三日刊、五日刊、周刊和不定期刊；最后，在内容上，包括所有的纯文学刊物，设置专栏或刊登相当篇幅文学内容的综合性刊物，文学/文化类书评刊物与文摘刊物，以及含有文学创作或以文学的方式进行表述的时政刊物、社科刊物和妇女刊物（不包括专门的电影、戏剧、歌曲等刊物，纯学术研究性刊物，校报及画报）。

立足于此，"孤岛"翻译文学期刊，是指全部刊载译作或者主要发表译文和探讨翻译相关问题的纯翻译文学期刊，以及开设翻译专栏或者定期或不定期发表译作的涉翻译文学期刊。按照刊物的载文特点，又可详细区分为时政和文学两大类，以及时政类宣传性翻译文学期刊、时政类综合性翻译文学期刊、文学类专门性翻译文学期刊、文学类纯文艺性翻译文学期刊和文学类综合性翻译文学期刊五小类。

相较于时政类刊物从编辑群体到创刊主旨再到呈现形式的单一与固化，文学类专门性刊物从文学形态到读者圈层的相对狭窄，以及纯文艺性刊物由于存续时间短和主旨不明确而造成的社会影响与读者对象的相对小众化，本章认为，文学类综合性翻译文学期刊是“孤岛”公共领域内文学实践、知识生产、舆论制造等最为重要的平台之一，而《西风》则是此中一众刊物之翘楚。

最后，此处也应再次申明，本章对于“孤岛”公共领域内翻译场域相对独立与自由的强调，并不意味着要将“孤岛”从政治中割裂出来。只是，诚如本书在第三章与第四章中即将展现的，相较于冷色调的权威叙事，笔者更感兴趣于历史语境的现场，以《西风》为载体的翻译实践，其作为一种建构力量，如何以“情”为黏合剂，凝聚了一段重构私人情感与想望民族国家的“小历史”。因为在笔者看来，恰恰正是无数一如《西风》般的“小历史”碎片，才拼接和折射了时代的“大历史”。

第三章
翻译在启蒙的延长线上：《西风》文体革命与“孤岛”情绪政体的改变

> 文体概念，指的不仅仅是语言、形式和内容的聚合物，而且也是生活方式、组织方式（像在社团中）和发表方式（像在杂志中）的聚合物。……文体这个概念比其他任何尝试区分文体的文本和非文本因素的概念都更具实用性。（贺麦晓，14）

笔者认为，“启蒙”二字并不指涉历史上的任何特定时期或运动。汉语中启蒙一词最早出现在《易经·蒙卦》：“发蒙，利用刑人，用说桎梏，以往吝。”“发”近“启”，发蒙即启蒙。孔颖达疏：“蒙者，微昧闇弱之名”；又：“发去其蒙。……蒙既发去，无所疑滞。”① 《周易·序卦传·上》解释：“有天地，然后万物生焉。……物生必蒙，……《蒙》者，蒙也；物之稚也。”② 汉代应

---

① 此处所引版本为（魏）王弼、（晋）韩康伯注，（唐）孔颖达等正义：《周易正义》，上海古籍出版社1990年版，第26—27页。引文中断句和标点，均为笔者所加。

② 《序卦传》，载百度百科网，http：//baike. baidu. com/item/序卦传/0。

劭《风俗通义·皇霸》有言：“每辄挫衄，亦足以祛蔽启蒙矣。”[①]所谓“启蒙”，即指“开发蒙昧……因指教育童蒙，使初学的人得到基本的、入门的知识。亦指通过宣传教育，使后进的人们接受新事物而得到进步”。[②] 所以，无论古今中外，任何人、任何事件只要以帮助他人获得智识，脱离被蒙蔽与被桎梏的境况为己任，都是在从事启蒙的实践活动，他们是启蒙的推手。从此意义出发，或可认为，作为一种跨文化实践，翻译正是启蒙的重要推手，它一直活跃在启蒙的延长线上。[③]

本章接续以上翻译的启蒙视角，探讨《西风》翻译实践与民智开启之间的深刻关系。需要指出的是，相较于西方对于启蒙理性的强调，[④] 例如，康德（Immanuel Kant，1724-1804）在《答复这个问题：“什么是启蒙？”》（*An Answer to the Question：What is Enlightenment*）一文开篇所言：

> 启蒙是人对自我不成熟状态的摆脱。不成熟状态指，离开他人的指导，人无法运用自己的理性。导致这一不成熟状态的原因，不在于人缺乏理性，而在于无人指导时，人缺乏运用理性的决心和勇气。因此，启蒙运动的座右铭是：Sapere aude！（勇于认识！）要有勇气使用自己的理

---

① 此处所引版本为《风俗通义》，中华书局 1936 年版，第 7 页。引文中断句与标点，均为笔者所加。

② 《大辞海（语词卷）》，上海辞书出版社 2015 年版，第 2863 页。

③ 传统研究普遍将“启蒙”固定在一段特殊时期或一个特定事件，比如“五四”。不过，这一对“启蒙”的认知在当下已然受到了诸多质疑与挑战。笔者认为，如果将“启蒙”的概念作长线处理时，即把“启蒙”当作一个概念的原点，那么任何以祛除蒙蔽为己任的活动，均可认为活跃在其延长线上。

④ 西方学界有关启蒙与理性的讨论，可参见 Schmidt，James ed，*What is Enlightenment? Eighteenth-Century Answers and Twentieth-Century Questions*，Berkeley and Los Angeles：University of California Press，1996。

性！（Kant，1）

提倡理性，鼓励人之于理性的大胆及全方位使用，是西方语境下启蒙的重要意涵。或可说，西方语境下的启蒙即启迪理性，理性是启蒙的出发点与最终归宿。然而，中文语境下的启蒙并不特别强调或偏重理性的培养，启蒙可启理性之蒙，也可启感性之蒙，可以鞭策人向外追寻科学、民主与自由，也可以抚慰人向内安定精神、情绪与情感。“解缚去蔽，……获得自性的澄明与解脱”[①]，是为人之启蒙。

由是，本章聚焦《西风》西洋杂志文翻译实践对“孤岛”传统情绪政体的挑战，以及对社会新的情绪风尚的启蒙与建构。围绕此一论述中心，本章主要尝试回答如下问题：第一，“孤岛”的传统情绪政体是什么？第二，《西风》的西洋杂志文翻译实践指向散文体革命，文体革命意味着对一整套伦理秩序的颠覆，而此种颠覆对“孤岛”的传统情绪政体构成何种挑战？第三，在具体的操作层面，《西风》如何通过策略性的译介，对公众自身情绪的体认与表达形成持续影响？

第一节　“我”之觉醒——“孤岛”情绪政体的转变

情绪政体并不是一个凝固的概念，它常常伴随社会内部的文化变迁与制度更迭而转变。本节尝试梳理情绪政体在中国社会的历史发展谱系，并在此基础上讨论：首先，传统中国社会情绪政体的内

---

① 孔见：《人性的深度及遮蔽与澄明》，载搜狐网，http：//www. sohu. com/a/340255315_ 595443。

核是什么？其次，《西风》通过西洋杂志文翻译实践而发起的散文体革命，其终极指向是什么？最后，这一终极目标如何与传统情绪政体的内核产生抵牾，并最终在持续不断的西洋杂志文的翻译实践中，潜移默化地解构并重构了读者公众对于“私情”的体认与言说方式？

一、传统中国社会的情绪政体

把握中国社会情绪政体所要解决的首要问题，即是厘清何为“情”？有学者指出，“近代以前，‘情’一直是一个相当不稳定的概念”（Wang，6）。笔者认为，此一“不稳定”主要表现在以下两个方面。

第一，“它含有多重且矛盾的复合意义，既指客观境况（实情）及倾向（性情），也指主观感受（感情）及欲望（情欲）”（Lean，14）。[①]

据考证，“‘情’字在甲骨文及其他古代碑文中并未出现，《诗经》提到一次，《论语》两次。及至《左传》和其他战国时期文献，‘情’字才开始频繁出现”（Wang，6）。最初，“情”仅指实情或情理。例如，《孟子·离娄下》有言：“故声闻过情。君子耻之。”[②]《国语·鲁语上》亦有“余听狱虽不能察，必以情断之”的说法。[③]

此后，“情”作为情绪感受与个人欲望的意涵逐步建立起来。《吕氏春秋·仲春纪》有《情欲》一篇，开篇即言：

---

① 有关“情”的词源考证及概念探讨，可参见王月清、暴庆刚、管国兴编著：《中国哲学关键词》，南京大学出版社 2011 年版，第 62—72 页。

② 此处所引版本为《孟子》（中册），朱熹集注，中华书局 1936 年版，第 34 页。

③ 此处所引版本为《国语》，韦昭注，商务印书馆 1937 年版，第 51 页。

> 天生人而使有贪有欲。欲有情，情有节。圣人修节以止欲，故不过行其情也。故耳之欲五声，目之欲五色，口之欲五味，情也。此三者，贵贱、愚智、贤不肖，欲之若一。虽神农、黄帝，其与桀、纣同。圣人之所以异者，得其情也。由贵生动，则得其情矣；不由贵生动，则失其情矣。此二者，死生存亡之本也。[①]

东汉以降，情、欲、性三者开始在融合与对立中互为纠缠，诚如有学者的观察：“在中国哲学中，情范畴常与性范畴一起使用，有时也与心、欲等范畴连用”（暴庆刚，62）。例如，《说文解字》解“情”曰：“情，人之阴气，有欲者。”[②]《礼记 · 礼运》言：“何谓人情？喜、怒、哀、惧、爱、恶、欲，七者弗学而能。”[③]

第二，“广义而论，‘情’在帝制时代，既可以是理想社会人际交往的基础，也可以形成威胁社会和谐的私欲冲动”（Lean，14）。因此，“情”或说“情绪”究竟应当如何被“礼”调节或被社会体系压制，成为整个帝制时代稳固皇权的主要焦虑之一，也奠定了中国传统社会情绪政体的整体基调。

或可认为，荀子（公元前313—公元前238）是对此问题作出回应的先声。在荀子看来，性情欲是统一的，三者相辅相成。《荀子 · 正名》有言：

---

① 此处所引版本为《吕氏春秋》，莲池书社1921年版，第12页。引文中断句与标点，均为笔者所加。

② 此处所引版本为《说文解字》，中华书局1963年版，第217页。引文中断句与标点，均为笔者所加。

③ 此处所引版本为《礼记集解》（上），商务印书馆1933年版，第502页。引文中断句与标点，均为笔者所加。

> 生之所以然者，谓之性。……性之好、恶、喜、怒、哀、乐，谓之情。……性者，天之就也。情者，性之质也。欲者，情之应也。以所欲为可得而求之，情之所必不免也。①

在此基础上，荀子提出性恶论：

> 今人之性，生而有好利焉。顺是，故争夺生而辞让亡焉。生而有疾恶焉。顺是，故残贼生而忠信亡焉。生而有耳目之欲，有好声色焉。顺是，故淫乱生而礼义文理亡焉。然则从人之性，顺人之情，必出于争夺，合于犯分乱理，而归于暴。②

进而认为，“情”需要“礼”的引导与约束，才能不放纵成为“欲”而扰乱社会稳定：

> 人生而有欲，欲而不得，则不能无求，求而无度量分界，则不能不争。争则乱，乱则穷。先王恶其乱也，故制礼义以分之，以养人之欲，给人之求。使欲必不穷乎物，物必不屈于欲，两者相持而长：是礼之所起也。③

及至汉代，性与情、欲出现分离，并渐至对立。值得注意的是，在这一对立的分野中，“‘性’被认为与善相关，而‘情’的

---

① 此处所引版本为《荀子》，叶绍钧选注，商务印书馆1937年版，第154、166页。
② 此处所引版本为《荀子》，叶绍钧选注，商务印书馆1937年版，第171页。
③ 此处所引版本为《荀子》，叶绍钧选注，商务印书馆1937年版，第105页。

意涵则愈加负面”（Huang，25）。自此，“性”意谓人先天的良善，而“情”则化身极易动摇或受诱惑的人性中恶之代言，并与道德形成长久的暧昧纠缠。

据证，董仲舒（公元前179—公元前104）是较早提出此一对立的人之一。王充（27—97）在《论衡·本性篇》引董氏言：“天之大经，一阴一阳。人之大经，一情一性。性生于阳，情生于阴。阴气鄙，阳气仁。曰：性善者，是见其阳也；谓恶者，是见其阴者也。”①

“情”与“性”的对立在李翱（772—841）《复性书》中渐至高潮：

> 人之所以为圣人者，性也；人之所以惑其性者，情也。喜、怒、哀、惧、爱、恶、欲，七者皆情之所为也。情既昏，性斯匿矣，非性之过也。七者循环而交来，故性不能充也。水之浑也，其流不清，火之烟也，其光不明，非水火清明之过。沙不浑，流斯清矣，烟不郁，光斯明矣。情不作，性斯充矣，性与情不相无也。②

“情”与“性”的关系，正如沙与水、烟与火。水不清澈的原因是有沙使其浑浊，火不明亮的原因是有烟使其不明。所以，剔除“情”，则“性”自然良善。

暴庆刚认为，“李翱性善情恶的思想可谓宋代‘存天理，灭人欲’思想的先声”（暴庆刚，68）。在此基础上，朱熹（1130—

① 此处所引版本为《论衡》，商务印书馆1939年版，第31页。引文中断句与标点，均为笔者所加。

② 此处所引版本为《李文公集》，商务印书馆1936年版，第8页。引文中断句与标点，均为笔者所加。

1200）提出：“心，譬水也；性，水之理也。性所以立乎水之静，情所以行乎水之动，欲则水之流而至于滥也……心本未尝不同，随人生别来便别了。情则可以善，可以恶。”[①] 及至明初，刘基（1311—1375）在《郁离子·天道》中认为：

> 气者，道之毒药也；情者，性之锋刃也。知其为毒药、锋刃而凭之以行者，欲使之也。呜呼！天与人，神灵者也，而皆不能不为欲所使，使气与情得以逞其能，而性与道反随其所如往。造化至此，亦几乎穷矣。[②]

换言之，新儒家将“情”与“性”的二元对立推至极致。“情”的生发，必然导致恶（欲）的出现。由此，“情”与狭义的“欲”之间日益紧密的关联，自然使“情”成为道德上常常被质疑与被压抑的对象。

到了晚明，一场哲学和文学的“尚情”运动势如燎原。[③] 汤显祖（1550—1616）在《牡丹亭》“题记”中，雄辩地为“情”立论：

> 情不知所起，一往而深。生者可以死，死可以生。生而不可与死，死而不可复生者，皆非情之至也……嗟夫，人世之事，非人世所可尽。自非通人，恒以理相格耳。第

---

① 此处所引版本为《朱子语类辑略》，张伯行辑订，商务印书馆 1936 年版，第 34 页。引文中断句与标点，均为笔者所加。

② 此处所引版本为（明）刘基：《诚意伯文集》（上），何镗编校，商务印书馆 1936 年版，第 74 页。引文中断句与标点，均为笔者所加。

③ 有关此一时期“情”与“礼”“理”“道德”的复杂纠葛，可参见 Huang, Martin W., *Desire and Fictional Narrative in Late Imperial China*. Cambridge, Mass: Harvard University Asia Center, 2001 p. 23-56。

云：理之所必无，安知情之所必有邪？[①]

然而，尽管汤显祖极力绕开道德与“礼”的桎梏，从人性的根本之处维护“情”的正当性，这一场“尚情”的运动，依然未能摆脱禁锢于儒家之“礼”的宿命。

冯梦龙（1574—1646）在其《情史类略》[②] 一书中提出著名的“情教”观，他在署名“詹詹外史”的《序》中有言：

> 六经皆以情教也。《易》尊夫妇，《诗》有《关雎》，《书》序嫔虞之文，《礼》谨聘奔之别，《春秋》于姬姜之际详然言之，岂非以情始于男女！凡民之所必开者，圣人亦因而导之，俾勿作于凉，于是流注于君臣、父子、兄弟、朋友之间而汪然有余乎！（冯梦龙，3）

而在署名“龙子犹”的《情史序》中则进一步指出：

> 尝欲择取古今情事之美者，各著小传，使人知情之可久，于是乎无情化有，私情化公，庶乡国天下，蔼然以情相与，于浇俗冀有更焉。……虽事专男女，未尽雅驯，而曲终之奏，要归于正。善读者可以广情，不善读者亦不至于导欲。（冯梦龙，1）

甚至作《情偈》，偈曰：

---

① 此处所引版本为（明）汤显祖：《牡丹亭》，商务印书馆 1934 年版，第 6—7 页。引文中断句与标点，均为笔者所加。

② 一名《情史》，又名《情天宝鉴》。

天地若无情，不生一切物。一切物无情，不能环相生。生生而不灭，由情不灭故。四大皆幻设，性情不虚假。有情疏者亲，无情亲者疏。无情与有情，相去不可量。我欲立情教，教诲诸众生。子有情于父，臣有情于君。推之种种相，俱作如是观。万物如散钱，一情为线索。散钱就索穿，天涯成眷属。若有贼害等，则自伤其情。如睹春花发，齐生欢喜意。盗贼必不作，奸宄必不起。佛亦何慈悲，圣亦何仁义。倒却情种子，天地亦混沌。无奈我情多，无奈人情少。愿得有情人，一齐来演法。(冯梦龙，1—2)

虽然冯氏为“情”唱了一曲至高无上的颂歌，但是从其“私情化公”“曲终之奏，要归于正”以及“善读者可以广情，不善读者亦不至于导欲”的角度分析，“情”依然被当作维护社会秩序的道德教化工具，也依然服膺于“礼”的规范。不过，值得注意的是，在这一尊“情”的风尚中，对于“情”之合法性的阐释与辩护，更多出自其对于公共道德的维护，而非人性中的原初情感。而从“私之情”到“公之情”的“情变”，事实上正是一个间接地抬高儒家道德伦理而抑制个人情绪表达的过程。

清以降，文人对于“情”的焦虑再一次被推向高潮。清初，在新政权动荡的稳固过程中，对于“礼”的强调无疑加速了整个社会的“去情”化。诚如林郁沁所言：

在满族政权的新统治下，许多汉族文人学者经历了深刻的自省并开始重新检讨晚明的思想和社会，思考是什么导致了明朝统治的灭亡。在这样的重估中，一个远离“尚情”的显著思想运动逐渐变得清晰起来。作为清政权加强国家和文化建设的一部分，考证学为古典主义的兴起设定了参数，而自发的感情再一次为礼所约束。礼的兴起伴随着清朝中期日益侵犯性的治国政策，统治者们加强了对孝和贞节自杀等激情行为的监控。(林郁沁，89)

晚清，伴随社会动荡以及西学的冲击，被压抑的“情”再一次破堤而来。龚自珍在《宥情》一文中，率先为“情”正名。[①] 刘鹗（1857—1909）在《老残游记》“自叙”中，从“哭泣”这一人类共通的情绪入手，为“情”的正当性辩护：

婴儿堕地，其泣也呱呱；及其老死，家人环绕，其哭也号陶。然则哭泣也者，固人之所以成始成终也。其间人品之高下，以其哭泣之多寡为衡。盖哭泣者，灵性之现象也。有一分灵性，即有一分哭泣，而际遇之顺逆不与焉。……灵性生感情，感情生哭泣。……吾人生今之时，有身世之感情，有家国之感情，有社会之感情，有种教之感情。其感情愈深者，其哭泣愈痛：此洪都百炼生所以有《老残游记》之作也。[②]

而严复（1854—1921）在与夏曾佑（1863—1924）合著的《本馆附印说部缘起》一书中，[③] 亦强调“情”的普适性，并对“情”加以区分：

---

① 参见《龚自珍全集》，上海人民出版社 1975 年版，第 89—90 页。

② 此处所引版本为《老残游记》（上编），百新公司 1916 年版，第 1—2 页。引文中断句与标点，均为笔者所加。

③ 一说为夏曾佑独著。

凡为人类，无论亚洲、欧洲、美洲、非洲之地，石刀、铜刀、铁刀之期，支那、蒙古、西米底、丢度尼之种，求其本原之地，莫不有一公性情焉。此公性情者，原出于天，流为种智。儒、墨、佛、耶、回之教，凭此而出兴；君主、民主、君民并主之政，由此而建立。故政与教者，并公性情之所生，而非能生夫公性情也。何谓公性情？一曰英雄，一曰男女。（严复、夏曾佑，240）

然而，尽管“情”的范畴在晚清有所扩大，但就根本而言，其并未脱离儒家伦理道德的约束框架。从刘鹗、严复等人的言论分析，晚清文人尝试“为人类情感建立一个优先等级”，“他们把个体的私情转化为公共的爱国政治感伤”，并“将对人与民族国家的关怀视作浪漫情感的最高表达”。（Wang，38）显然，“情”依然作为一种公共道德力量而化身为“礼”/“理”的附庸。

民国肇始，尽管五四时期一代知识分子打破了封建礼教的牢笼，作为个人私情的“情”开始频繁见诸各种文学作品。然而，公共领域的舞台很快即被追求民主与科学的声音淹没，“理智”与“情感”的天平，再一次向“理”倾斜。而不久之后的 1934 年，蒋介石（1887—1975）发起以儒家“礼义廉耻”为核心的“新生活运动”。在《新生活运动纲要》一文中，蒋介石提出：

新生活运动者，我全体国民之生活革命也。以最简易而最急切之方法，涤除我国民不合时代不适环境之习性，使趋向于适合时代与环境之生活。质言之，即求国民之生活合理化，而以中华民族固有之德性——“礼义廉耻”为基准也。

……

> 新生活运动，就是提倡"礼义廉耻"之素行，习之于日常生活——"衣食住行"四事之中，故"礼义廉耻"者，乃发民德以成民事，待人，处事，持躬，接物之中心规律，违反此规律者，无论其个人，国家，与民族的未有不为之败亡者。（蒋中正，1、3）

"礼义廉耻"再一次被确定为民族美德的根基，并与个人和国家的兴衰休戚相关。秉持"礼义廉耻"则能"成民事"，而背反之徒，则必为"败亡者"。由此，儒家道德伦理又一次成为治理社会与巩固政权的有力工具。五四时期对于作为私情之"情"的倡导以及对于个人情感的解放与欢呼，旋即被更为严苛的"礼"压制。

综上所述，从"情"在中国社会的整个发展脉络不难看出，即使在高扬个人解放旗帜的五四时期，"情"也未能在全社会范围内冲破儒家伦理道德的枷锁，发展成为充分拥有个体自主意识的"私情"。李海燕在分析中国社会的情感演变时，将五四运动之前中国社会的情感模式称为"儒家的情感结构"（the Confucian structure of feeling）①；而笔者认为，"儒家的情感结构"这一论断，在解放战争爆发前的中国社会均具有普适性。此一情感结构的突出特点在于，强调"情"之"公情"的一面，而压抑与之相对的"私情"；作为集体道德力量的"情"被无限放大，成为建构以等级制度为核心的儒家社会伦理秩序的中坚，而作为个人情感/情绪表达的"情"则被忽视或遭遇放逐。

在这样一种儒家情感结构的浸润与形塑下，个体缺少作为"私

---

① 参见 Lee，Haiyan，*Revolution of the Heart*：*A Genealogy of Love in China*，*1900–1950*，Stanford：Stanford University Press，2007。"情感结构"（structures of feeling）的概念由雷蒙·威廉斯（Raymond Williams）提出，是指"社会经验与人际关系的一种特质，区别于历史上的其他特质，进而营造出一种代际感或时代感"。（Williams，131）

人”的主体性发展空间。诚如一些学者们所观察到的，“责任与义务的价值观在儒家家庭伦理中尤为重要，儿媳的角色必然优先于妻子，而一旦涉及子女，母亲的角色又必然凌驾于妻子”（Tu，127）。个体在儒家社会中的身份由其在所处社会关系中的位置所决定，一个女人可以作为女儿、妻子、母亲、儿媳存在，却唯独不需要作为自主的独立个体而存在。

可以说，父权制的儒家情感结构是传统中国社会情绪政体的底色，其从根本上影响与局限了人们的情绪生活：

> 君臣有义，父子有亲，夫妻有别，兄弟有序，长幼有信。五伦具有形而上学的基础，强调人类社会的等级秩序，是社群形成的必要条件。如果人类遵循五伦的运作规则，则将与整个宇宙臻于和谐。（Deuchler，2）

五伦规定了人际交往的基线，它在事实上强化了“私人”情感的集体归属感。换言之，个体必须学会使“私情”服务于“公情”，甚至在必要时牺牲自我的情感与欲望，以与集体中的他人相协调。

因此，笔者认为，传统中国社会的情绪政体就根本而言，是一种“无我”的情绪政体。一方面，儒家的情感结构压抑了个体之“我”的私情表达；另一方面，“情绪的效果与方向取决于行为人是否遵循其在社会关系中的相对地位”（Sets and Turner，35），此一认知模式削弱了个体之“我”的主体性地位。简言之，此一情绪政体使压抑自我、不露私情，成为社会情感规则的常态。

二、西洋杂志文翻译与“我”之觉醒

20 世纪 30 年代末期，尽管整个社会仍处于“无我”的情绪政体当中，然而“五四”时期提倡个人解放的余韵与新生活运动复归儒家伦理秩序之间的张力，使个体的私情或说情绪，更加无处安放。“孤岛”的公共领域虽然为“情”提供了可抒发的开放空间，但是“情”的恣意表达也可能预示了社会固有情绪政体的崩塌，即社会已无力调节其内部情绪，人们的情感表达处于失序状态。“情”之异常焦虑、传统情绪政体的将亡未亡、西方个人主义思潮所激发的对于个人与世界关系的重新思考，正是《西风》诞生的整体情绪背景。

黄嘉德曾经在《忆〈西风〉》一文中回忆：

> 1935年春天，为了商谈给《人间世》杂志写稿的事情，我去我国现代散文家林语堂先生在上海的寓所访问他。在谈话的过程中，我们认为欧美杂志文内容丰富充实，风格活泼清新，值得介绍。在林语堂先生的建议下，我和嘉音开始从美国最受欢迎的刊物《读者文摘》上翻译了几篇文章，在他主编的《人间世》杂志上开辟专栏发表。不久，《人间世》编辑部收到许多读者来信，认为因读欧美杂志文可以开阔眼界，了解国外社会情况，接触西方文化，扩大知识面，希望《人间世》能增加篇幅，多登这方面的材料。为了满足广大读者的要求，我们决定创办一种以“译述西洋杂志精华，介绍欧美人生社会”为宗旨的刊物。经过商议，决定以《西风》为刊名。（黄嘉德，65）

可见，翻译西洋杂志文是《西风》的创刊初衷。而联系黄嘉德的回忆，黄氏兄弟与林语堂的结识，在其建议下开始着手西洋杂志文的翻译工作，并在此过程中逐步形成对于西洋杂志文的审美等，毋庸置疑，《西风》的办刊初衷背后，是来自林语堂的极大影响。

早在1924年，林语堂即在《晨报副刊》发表《征译散文并提倡“幽默”》一文，可视为其倡导西洋杂志文翻译且力主幽默文风的思想雏形。在这篇诙谐、激辩的征文中，林氏指出：

> 翻译的事业终是不能不做的，所以我现在想选出一段很好的英文白话，来征求译文；……这个悬奖征译有三个意思：
>
> （一）近年间因为常出了翻译的笑话，使人家对于译家所应持的标准，多生怀疑。于是有一班周作人先生所谓“死译”之徒，译出了使人家用六十四根牙齿也嚼不下去的句子。这次翻译比赛，可以使人家了悟什么才是最好的翻译……
>
> （二）近来谈翻译的人很多，而亲自尝试翻译的人还少。若自身有试过精细翻译功夫的人较能知道其中的细节及滋味，较配讲翻译的道理。所以这个是我们应该鼓励的……
>
> （三）我早就想要做一篇论“幽默”（humour）的文，讲中国文学史上及今日文学界的一个最大缺憾。（“幽默”或作“诙摹”，略近德法文音。）素来中国人虽富于“诙摹”，而于文学上不知道来运用他及欣赏他。于是“正经话”与“笑话”遂截然分径而走：正经话太正经，不正经话太无体统。不是很庄重的讲什么道德仁义治国平天下的道理，……便是完全反过来讲什么妖异淫邪不堪的话……因为仁义道德讲的太庄严，太寒气迫人，理性哲学的交椅坐的太不舒服，有时候就不免要脱下假面具来使受抑制的“自然人”出来消遣消遣，以免神经登时枯馁，或

是变态……西洋讲学理的书常可以带说一两句不相干的笑话，此笑话不是彼笑话，不是三河村老妪的笑话，乃是“幽默”……我们应该提倡在高谈学理的书中或是大主笔的社论中不妨夹些不关紧要的玩意儿的话，以免生活太干燥无聊……因为有这个观念常在我心头，所以今天早上看见东方时报英文第一面有一段文论南池子路旁一个露天的拴马的地方，替这马做了一段很不短的文章，又给他照了五个影片加以记者极有趣的按语，临时触着我的意念，以为这种“不大正经”的勾当在中文报上，主笔先生们一定是“不屑干”的。其中英文又极好，又可以拿来做说不正经话不必丢脸的例，及如何可以使我们的生活不太干燥无聊的例，所以就立定主意拿他来做这征求翻译的试题。（林玉堂,①第 3—4 版）

可见，林氏征文有三点初衷。首先，他对周作人的“死译”观嗤之以鼻，颇多讥讽。因此，期望借助征集译文的活动，为公众呈现好翻译的标准与范式。其次，对于翻译工作，他认为不可空谈而必须亲自实践。因为，唯有亲身经历过精细翻译的人，才有资格讲翻译的道理。所以，林氏对翻译实践，多有鼓励。最后，也是最为重要的一点，林氏尝试透过翻译的管道，加强时人对于何谓“幽默”以及如何“幽默”的客观体认，并以此提倡西洋幽默文风。而林氏对于西洋幽默的欣赏、宣扬与实践，究其本质，诚如其在征文中所言，正是为了拆除“理性哲学的交椅”，释放“自然人”被压抑的情感或曰情绪。

以上，是林语堂在《晨报副刊》公开征译散文的缘由，亦可从

① 林玉堂为林语堂的曾用名。

中窥见其提倡西洋杂志文翻译与强调个体书写的思想伏线。1934年，林语堂在上海创办《人间世》半月刊，提倡小品文。林氏在《发刊词》中开门见山：

> 十四年来中国现代文学唯一之成功，小品文之成功也……盖小品文，可以发挥议论，可以畅泄衷情，可以摹绘人情，可以形容世故，可以札记琐屑，可以谈天说地，本无范围，特以自我为中心，以闲适为格调，与各体别，西方文学所谓个人笔调是也。故善治情感与议论为一炉，而成现代散文之技巧。(林语堂，2)

一方面，林语堂认为小品文是十几年来中国现代文学“唯一之成功”，小品文既可议论又可抒情，既能写小又能见大，融个人笔调和情绪于一炉，可谓“成现代散文之技巧”。另一方面，我们也注意到，在这篇五百余字的《发刊词》中，反复出现的“情”“自我”等字眼，仿佛不断提示读者，小品文对于“个体”与“私情”的强调。

此外，《人间世》从第15期起，辟“西洋杂志文”一栏，专事西洋杂志文的翻译与创作。① 关于开设“西洋杂志文”专栏的原因及目的，林语堂作了如下阐释：

> 本刊宗旨在提倡小品文笔调，即娓语式笔调，亦曰个人笔调，闲适笔调，即西洋之Familiar Style，而范围却非如古文之所谓小品。要点在扩充此娓语笔调之用途，使谈情说理叙事纪实皆足以当之。其目标仍是使人“开卷有

---

① 黄嘉德、黄嘉音是《人间世》“西洋杂志文”专栏的主要译者。

益，掩卷有味”八个大字。

要达到这八个大字的目标，非走上西洋杂志文之路不可。西洋杂志好的就是叫人开卷有益掩卷有味。中国的杂志文字，轻者过轻，重者过重，内容有益便无味，有味便无益……西洋杂志却常见既有味又有益的作品，增加我们的知识，启迪我们的灵机，非但可读，并且不可不读。我尝给他分析一下，得以下结果：

（一）意见比中国自由。因用了个人笔调，篇篇是有独见，得自经验，出自胸襟的话，……大家自由的，大胆的，发挥下去，这是有价值的文学，因为是诚实的文学……

（二）文字比中国通俗……

（三）作者比中国普通。中国文学成为一种阶级的专刊，……西洋人没有这样尊重文学，所以杂志投稿的人，也各种各式的人都有……可见中国杂志是死的，西洋杂志是活的。西洋杂志是反映社会，批评社会，推进人生，改良人生的，读了必然增加智识，增加生趣。中国杂志是文人在亭子间制造出来的玩意，是读书人互相慰藉无聊的消遣品而已。

……

开“西洋杂志文”一栏，从下期起，取消“译丛”，而添此栏，每期四五千字。宗旨（A）叫许多不懂洋文的人也可看到西洋杂志文，（B）叫人看西洋杂志文之体裁笔调及材料是怎样个样式。我们不管文学不文学，此栏并不要介绍西洋文学，只是叫人见识见识西洋杂志是怎样有益而且有味与社会人生有关之文字。要来投稿的也可以来。（林语堂，15—16）

通过翻译与推介以个人笔调著称且“谈情说理叙事纪实”均“既有味又有益”的西洋杂志文，而达到使中国杂志文章“开卷有益，掩卷有味”的目标，即为林氏专设“西洋杂志文”栏目的用意所在。在他看来，西洋杂志文意见自由、文字通俗、作者普通，完全可视为吾国杂志文章之楷模。可以说，翻译西洋杂志文是林语堂践行其小品文文学观的出发点与实际落脚点。在林氏看来，文章应当使人“开卷有益，掩卷有味”，而达至这一目标的唯一途径，就是以个人笔调入文，用闲适的姿态抒发真实的情感。

然而，诚如 1935 年林语堂在《我与人间世》一文中所言：

> 吾所谓小品，只是一种笔调，就是闲谈式的笔调，此笔调十年来已有相当成就，在将来中国散文必定发展，影响于中国整个的文体。但也不能兴国，也不能亡国。我很反对留学生，明明是造牙刷香水，必定拉上什么实业救国的招牌，或者明明是创办牛奶场，必定拉上什么农业救国的招牌。我办人间世也不想兴国，也不想亡国，只想办一个好好的杂志。
>
> 吾对人间世之理想，至此尚未完全实现。吾的理想是办一个内容及文体如西洋杂志的杂志，略如 Harper’s 一类。如果它此刻近于 Atlantic 而不近于 Harper’s，太专重文字，那是因为投稿的关系。我必定还要贯澈这个理想，使篇篇是有味而又有益的文章，内容是充实，但写法是轻松，文字是优美，但笔调是通俗。故可又换句话，就是使杂志文字近人情化。大杂志的文章我认为不近人情，叫人读不下去，小刊物的文章多是油腔滑调，内容空疏。（林语堂，16）

“使杂志文字近人情化”可谓林语堂的文学理想，然而，《人间世》并未全然实现此一理想。林氏甚至不无失望地认为：

> 今日的作家，对于浮夸空谈的兴趣，远甚于对于自我认知、广泛的理解、美好及光明的追求。阅读今日的杂志文章，仿若置身一艘沉船之上，四周满是绝望的尖叫，推崇幽默又不属于任何阵营的我，常常感到自己在一片漆黑中吹着口哨。（林语堂，165—166）

正是在这样一种心怀文学抱负又无法尽情施展的现实困境中，因袭林语堂文学理念且长期为《人间世》翻译西洋杂志文章的黄氏昆仲，决意创办《西风》。1936 年，黄氏兄弟在《宇宙风》第 20 期发表《谈杂志文》，为《西风》创刊号的出版作足了铺垫：

> 不久以前林语堂曾在上海良友图书公司出版的正牌《人间世》上提倡过西洋杂志文，结果有人加以称赞，照例也有人予以讥讽和痛骂。其实西洋杂志文好在什么地方是一个很值得研究的问题。我们固然不必因为有人赞美，便抱着国外月亮比中国月亮更大更圆更亮的盲目态度去加以拥护，同时我们更不必因为有人隔靴搔痒地讥骂了几句，便垂头丧气，不再提倡。我们试拿一篇典型的中国文章与一篇典型的西洋杂志文来比较，立刻可以发现其思想上，态度上，笔调上种种不同的地方。
>
> 西洋杂志文以个人笔调见称，作者每每能以亲切真挚的态度，很坦白地说出胸中的话，绝不装腔作势，或摇旗呐喊，他说他的话，信不信由你。其取材非常自由，不受任何拘束，没有一个题目太大，也没有一个题目太小。星

球旅行可记，垃圾桶里的破布烂东西也无可不谈。此种有情思有活力有个性的文章读来令人觉得淋漓痛快，兴味深浓，好像跟久别重逢的知友谈天说地一样，又舒服，又畅快。

普通的中国文章则不然。作者大多站在第三者的立场执笔，用拘谨勉强的态度，说着冠冕堂皇不着边际的空话，不是要教训读者，便是要警戒世人，很少能够除去道学家的假面具谈些真心话的。这大约是因为旧传统的势力还根深蒂固于人心中的缘故吧。……我国文人写了几千年的文章，始终在“人生于世”的公式与“呜呼哀哉”的圈套中乱撞乱钻，毫无进步，只会板起面孔来作无病的呻吟，把个人的性格完全幽禁起来，这是非常可惜的。所以中国文章往往如蜡美人，千篇一律，了无生气，正和西洋杂志文的健康美形成一种显著的对比。

……

我们这次与林语堂陶亢德两先生合办西风月刊，目的就是想多介绍这种有生气的文章，叫不懂西文或没有机会阅读外国杂志的国人，也可以认识西洋杂志文的真面目。我们此种尝试没有什么特别伟大的野心，不过希望能够稍微转移国内杂志界的风气而已。(黄嘉德、黄嘉音，394—395)

以上，不难看出，《谈杂志文》基本脱胎于林氏发表于《人间世》第15期的《我与本刊》一文，黄氏兄弟对于西洋杂志文的认知与推崇，对于个人笔调及真挚情感的强调，甚至创办《西风》的初衷，都与林语堂如出一辙。《西风》的创刊，正是为了引介与了无生气的中国文章相对的、颇多生气的西洋杂志文章，以使中国读者能够认识西洋杂志文的真实面目——取材自由宽泛，同时注重个人情感的坦诚表达，以及个体书写痕迹的展露。

在此背景下，1936 年 9 月 1 日《西风》推出创刊号，并由林语堂撰写发刊词。在这篇千字小文中，林氏对西洋杂志文章，以及《西风》的办刊宗旨与发展定位等，作出了精彩阐述。原文如下：

> 《西风》与世人相见在《宇宙风》之后，而发端在《宇宙风》之前。我每读西洋杂志文章，而感其取材之丰富，文体之活泼，与范围之广大，皆足为吾国杂志模范。又回读我国杂志，而叹其取材之单调，文体之刻板，及范围之拘束，因每愤而有起办《西风》之志。所愤者何？一、愤吾国文人与书本太接近，与人生太疏远，几乎书本之外，不知有所谓学问。敷陈事理多，而观察现实少，发挥空谈多，而叙述经验少，时或标榜主义，以为争名角胜之场，虽一时闹得满城风雨，于社会人生无兴也。至于宇宙一大学堂，社会一大典籍，全然不看。常闻有经济学博士，学成归国，或询以西洋经济现状，曰，吾念书太忙，未暇研究，又询以中国经济问题，曰，吾初回国，尚未留心。文人如此，杂志何能脱离抄书窠臼？故中国杂志长于理论而拙于写实，其弊在于空浮，而杂志反映人生之功遂失。二、愤文人之架子十足，学者之气味冲天，搞翰濡墨之际，摇头挠颞，吟哦自得。加以文字传统之束缚，道学传统之压迫，使行文者全失自然之神趣。贪高骛远，不着边际，少有由衷之言，心得之见，据笔直书者。文字既然呆直，思想更加因袭，少有突破重围，发为独特清新之论者。故中国杂志格调高而神趣失，其弊在于板重。三、愤文字成为读书阶级之专技，非文人决不投稿杂志，事业家

不为也。于是撰述乃成书办吏役之专长。西洋书报撰著者银行家有之，陆军大将有之，探险家有之，狱吏狱犯亦有之。藉是西洋杂志范围亦随之而广大。在中国既以一切撰述委之文人，而撰述亦遂成一艺无成之文人之逃荒地。无怪乎社会初则以撰述委之文人，继则以此而鄙视文人之撰述。吾编《人间世》时，提倡“特写”，提倡“西洋杂志文”，即本此意。然非另办杂志，专译西洋杂志文字，不足以见中西杂志文字与内容相差之巨，而为将来中国杂志开一蹊径。其未办《西风》者，非虑西洋杂志缺乏精彩文字供吾翻译，特以精力有限，筹备未熟耳。兹得黄嘉德黄嘉音昆仲，赞成斯旨，乃从旁怂恿出而主编，此今日《西风》之所以出世也。西风东渐，不自今日始。翻译西洋报章，林则徐魏默深亦早已提倡在先。特今日所见翻译西报文字，又皆犯格调太高之病，不曰介绍西洋文学名著，便讲西洋政治经济，而对于西洋人生社会家庭风俗，不屑谈亦不能谈也。长此下去，文学何能通俗，杂志何能普及，终成文人之玩意，你读我的我读你的而已。吾辈同人，向不知西洋文学为何物，独于西洋人生之甘苦，风俗之变迁，家庭之生活，社会之黑幕，谈之不厌，且谓从此可更亲切认识西洋文化之真面目，较之高谈阔论《巴尔干形式之鸟瞰》而不识巴尔干地图之流，其志趣之高下为何如也。八月六日林语堂撰。（林语堂，6—7）

《发刊词》是林语堂对《西风》从内容、风格到译/作者群体及受众的整体定位与目标设定，在林氏的这一文学构想中，《西风》的大规模翻译实践，其一，在刊物的编辑理念上，目的是推介“取材丰富、文体活泼、范围广大”的西洋杂志文章，剔除“中国杂志长于理论而拙于写实"的"空浮之弊"，以实现杂志在中国社会的普及化。其二，在散文的写作范式上，目的是提倡表达"由衷之言，心得之见"且笔调"自然、神趣、清新"的小品文，改革"中国杂志格调高而神趣失"的"板重之弊"，以实现文学在中国社会的通俗化。其三，在写作者的群体构成上，目的是鼓励"银行家、陆军大将、探险家、狱吏狱犯"等社会各阶层人士的广泛参与，破除"文字成为读书阶级之专技，非文人决不投稿杂志"的传统思维，以实现写作者的群体下移，充分发挥杂志的社会舆论功能。

表面上看，林氏的构想或说《西风》的目标，直指散文体革命。然而，"文体概念，指的不仅仅是语言、形式和内容的聚合物，而且也是生活方式、组织方式（像在社团中）和发表方式（像在杂志中）的聚合物"（贺麦晓，14）。可以说，"文体的选择，反映出一整套体制、个人品味与社会理想"（Gunn，37）。笔者认为，从林语堂及黄嘉德、黄嘉音昆仲对于"私情"抒发的强调，以及打破写作者阶层壁垒的不遗余力分析，《西风》散文体革命的背后，其根本在于建构"我"的自主意识，同时鼓励"私我"的自由表达；即形塑一个独立而自主的"我"。可以说，"为将来中国杂志开一蹊径"，事实上就是为将来中国杂志开一"述我"之蹊径；而散文体革命，则在事实上可视为一种启蒙情绪的努力。

第二节　情绪的启蒙——《西风》文体革命的终极指向

《西风》所推崇的西洋杂志文，其突出特点在于肯定"私我"的情感，鼓励写作者从个人日常生活中汲取素材，我手写我心。一方面，这对"我"的鼓励、重视与强调，与传统中国社会"无我"

的情绪政体形成鲜明对比。另一方面，一种文体对应一种语言秩序，文体革命意味着对旧有语言秩序的颠覆，而语言秩序背后的深层逻辑，必然建基于社会的一整套伦理秩序。因此，《西风》由西洋杂志文所推动的散文体革命，是对语言秩序的重构，更是对传统情绪政体中“无我”性的根本颠覆。而这一对“我”以及“私情”的伸张，势必引起至少包括写作者与读者在内的公众，对于自我定位、自我与他者关系，情感表达方式等层面的重新思考。笔者认为，这一再思考的过程，就是《西风》对城市中现代人的情绪启蒙过程；同时，启蒙的发生，有赖于大规模的西洋杂志文翻译实践。

一、《西风》译文的“杂而新”与“私情”的伸张

1937 年 11 月 11 日，《西风》因淞沪战役停刊两期后复刊，刊期续前出版第 13 期。此外，复刊号也预示着《西风》开始步入“孤岛”阶段；自此，从第 14 期（1937 年 11 月 16 日出版）直至第 64 期（1941 年 12 月 1 日出版），《西风》连续地贯穿了整个上海“孤岛”的始末。

抛开停刊的 2 期，复刊号恰逢《西风》一周年纪念，特别刊载老舍《西风周岁纪念》专篇。在这篇颇具西洋杂志文风范的小文中，老舍开宗明义：

> 西风的好处是，据我看，杂而新。它上自世界大事，下至猫狗的寿数，都来介绍，故杂；杂乃有趣。它所介绍的这些东西，又是采译自最新的洋刊物与洋书，比起尊孔崇经那一套就显着另有天地，读了使人有赶上前去之感，而不盼望再兴科举，好中个秀才；故新，新者摩登，使精神不腐。

> 这两种好处使我一拿起它来，便觉得我是真拿起一本月刊。我心里并没有打算好什么是理想的月刊，不过仿佛以为月刊就和花草一样，一见到总能有些清新之感，使我爱那些颜色与香气，和叶儿上的那些露珠。西风，因为它是杂而新，就好像是刚买来的一些鲜花；拿起它来，我决不会想我这是要读一本什么圣经贤传，而必须焚香净盧的，摇头晃脑的，摆起酸腔臭架。不，我无须这样；我仿佛是得到一些鲜花，看它们，喜爱它们，而可以不必装蒜。在不装蒜之中，我可是得到许多好处，多知道了许多的事。所以，我觉得《西风》真是一本月刊；它决不会子曰然而的让我看些洋八股，决不会字里行间有些酸溜溜的味儿，使我怀疑莫非又上了什么洋当。(老舍，36—37)

"杂而新"，是老舍对《西风》编辑特色的高度概括，也是《西风》在"孤岛"时期一以贯之的出刊特色。而在笔者看来，"杂而新"亦是一种"私情"（"私我"情绪）的伸张方式。

所谓"杂"，主要表现在《西风》的翻译取材"杂"，以及译者构成"杂"。一方面，《西风》所刊载的译文，"上自世界大事，下至猫狗的寿数，都来介绍"。《西风》常设"科学·自然""心理·教育""妇女·家庭""军备·战争""社会·暴露""冷眼旁观""长篇连载"等栏目，其所翻译的西洋杂志文章，在文类上既有小说、传记、随笔，也有新闻报告、科普文、议论文；在内容上则大到时事政治、天文地理、科学技术、文学创作，小至婚姻生活、两性关系、家庭琐事、交友择业，琳琅满目无所不包。可以说，《西风》的译文为读者呈现了驳杂日常生活的方方面面。

另一方面，《西风》不同于当时极为盛行的同人刊物，拥有相对固定的作者群体。诚如黄嘉德有关《西风》编译者群体的说明：

> 在《西风》创刊几个月之后，我们就特约了五、六位比较固定的撰稿人，分类翻译欧美杂志上的文章。由于外稿越来越多，我们便聘请了一两位兼职的助理编辑，协助我们校对译稿的原文，进行加工润饰。审稿、选稿、改稿和通信占用了编辑部人员的大量时间。投稿者当中有不少是当时圣约翰、沪江、震旦、光华、上海交通和昆明西南联大等大学的学生。《西风》在编辑和刊登译文的过程中培养了一些翻译人才和编辑人才。(黄嘉德，66)

首先，《西风》除了“五、六位比较固定的撰稿人”之外，并没有特别稳定的译者群体，每期基本都有新面孔的译者出现。其次，为《西风》供稿的译者身份较为多元，既有职业作家、大学教授、医生、科学家，也有中学教师、普通职员、学生等。最后，从《西风》译者的社会层级看，既有文学、科学、医学、新闻等各界的著名专家学者，也有“不少是当时圣约翰、沪江、震旦、光华、上海交通和昆明西南联大等大学的学生”，且后者是为《西风》提供译稿的主力军。简言之，《西风》的译者构成较为驳杂，广泛地涵盖了不同职业与不同阶层。

取材广泛、全方位深入日常生活，此一翻译选材方面的杂，打破了文章居庙堂之高的桎梏，为“私情”的发生孕育了土壤；而不同身份与不同职业的多元交融，此一译者构成方面的杂，则打破了非文人不能写作的阶层壁垒，为“私情”的袒露创造了多元主体。换言之，《西风》译文的求“杂”，是个体之“私情”得以伸张的先决条件。

而所谓“新”，则主要指《西风》的翻译内容新以及翻译风格新。从内容上看，《西风》贴近现实的人生与社会，“比起尊孔崇经那一套就显着另有天地，读了使人有赶上前去之感”。例如，其译稿追踪国际战争趋势，特别是涉及中国局势的东亚战场；关注女性，尤其是两性关系、婚姻生活、科学生育、职业选择等日常生活的细枝末节；谈论诸多社会问题，重点聚焦与中国社会有共鸣的话题；等等。此外，《西风》的译稿内容在时效上，多“采译自最新的洋刊物与洋书”，是对西方社会与文化的及时反映。所以，就翻译内容而言，《西风》流淌着摩登新时代的沸腾血液，欧化新文学、西洋新生活、都市新文化、现代新精神，扑面而来的新鲜感在字里行间跃动。

而在风格上，《西风》的译笔总体克服了传统中国杂志文的板重之气，彰显了西洋杂志文的活泼感。以《西风精华》所选载的译文为例，据其编者所言：

> 《西风》所选译的，原是西洋杂志文中的精华，现在我们在这些精华中，重新加以挑选，合成这部“精华中之精华。”这些文章虽然都是在《西风》上发表过的，可是它们始终有一种魅力，有一种令人爱不忍释之处。这些文章给我们以新的智识，有着真挚的情感，我们愿意让它们所得到一些流传的机会，我们希望有更多的人读到这些有价值的文章。（《西风精华》编者，138）

《西风精华》[①] 的译文是“精华中之精华”，其译笔自然代表了

---

① 根据编者的设想，《西风精华》每年出版一册，由“每年度《西风月刊》中选出最精彩之文章编辑而成”。目前可查阅到的《西风精华》共有三册，分别是初版于1938年9月的第一册、1939年7月的第二册以及1940年4月的第三册；第三册末页广告中宣称“第四册，行将出版”，但笔者目前尚未查阅到第四册的任何相关信息。

《西风》译文的格调精髓。《西风精华》全三册共撷取译文62篇，① 去除从前12期中选取的19篇，其余43篇均出自“孤岛”时期的《西风》，按照《西风精华》的栏目分类，具体如表3—1所示：

表3—1　《西风精华》收录“孤岛”时期《西风》译文

栏目	译文篇名	译者	《西风精华》刊期	《西风》原刊期
冷眼旁观	不治之症	梦谷	第二册	第20期
	美国的小华侨	许以牧	第二册	第22期
	素食的中国人	徐模	第三册	第40期
科学·自然	视死如归	李嘉璧	第二册	第20期
	维他命	贾立煌	第二册	第17期
	灭菌除病	徐模	第二册	第21期
	雇人代生小孩	涂逊攸	第三册	第33期
	无线电传影广播	夏楚	第三册	第31期
	生死界上	佳历	第三册	第32期
心理·教育	化病为福	黄嘉德	第二册	第18期
	家庭学院	林无双	第二册	第25期
	书法与健康	顾启源	第二册	第26期
	干吗自杀?	黄嘉德	第三册	第36期
	谈话的艺术	凌崇真	第三册	第38期
	颜色与情绪	凌崇真	第三册	第32期

① 除去译文，《西风精华》另选登原创文章14篇，分别是见于第一册的《为什么要刮西风》（林语堂）、《西风周年纪念》（老舍）、《中美文化之异同》（沈有乾）、《英国人》（老舍）、《我要怎写就怎写》（宋以忠）、《外国人在中国》（苏茹），第二册的《剑桥的四种人》（戴文赛）、《蒙摆拿斯的画室》（徐訏）、《娼妓自传》（三思），以及第三册的《决斗》（徐訏）、《英美通俗杂志漫谈》（毕树堂）、《美国读书界趣味》（林疑今）、《大腿戏》（乔治高）、《爱因斯坦传》（叶群）。

续表

栏目	译文篇名	译者	《西风精华》刊期	《西风》原刊期
人生·修养	健康之路	凌霜	第二册	第 24 期
	以娱乐发展个性	孔斯文	第二册	第 22 期
	快乐与个性修养	叶群	第二册	第 24 期
	不要自暴自弃	黄嘉音	第三册	第 37 期
	克服自卑心理	陈哲生	第三册	第 40 期
妇女·家庭	现代女子与贞操	蓝萍心	第二册	第 18 期
	不肖的爸爸	罗道爱	第二册	第 25 期
	寄亡夫	蓝萍心	第二册	第 20 期
	可爱的贫民窟	今纯	第三册	第 38 期
	我们并不穷	林无双	第三册	第 29 期
	与孩子谈论死亡	罗道爱	第三册	第 35 期
游记·冒险	采访新闻历险记	罗一山	第二册	第 18 期
军备·战争	海底间谍秘史	金安人	第一册	第 16 期
	飞机·飞船·战舰	叶群	第二册	第 26 期
	法国的无畏炮台	勃仁	第二册	第 25 期
	科学化的战争	中流	第三册	第 30 期
社会·暴露	战地娼妓	默然	第二册	第 23 期
	电刑目击记	黄嘉德	第二册	第 20 期
	童婚	孔斯文	第二册	第 19 期
	文明病	黄淦明	第三册	第 31 期
	野蛮与文明的监狱	启濂	第三册	第 38 期

续表

栏目	译文篇名	译者	《西风精华》刊期	《西风》原刊期
思想·文化	有意义的人生	黄嘉德	第三册	第38期
	给五千年后人类的信	顾启源	第三册	第37期
	野蛮的文明人	黄嘉德	第三册	第40期
传记·人物	思想家霭理斯	林匹	第三册	第37期
西洋幽默	借钱的艺术	三思	第二册	第18期
西书精华	居里夫人	黄嘉音	第 册	第22期
西书摘译	一念之差	今纯	第三册	第35期

考察上述43篇译文的笔调，不难看出《西风》在语篇风格方面的几点倾向。首先，自然亲切，遣词造句上拒绝诘屈聱牙，情感表达上则弃绝拘泥的道德说教。以《寄亡夫》为例，试看以下节选：

六月一日……起初我幻想你在隔壁的房间，当我走进去时，你刚巧离开房间。后来我常常希望在街上碰见你。在你逝世一年后，有一次我几乎爱上一个男人，因为他的声音和手势很像你。可是声音和手势并不足代表心智和情感。不久我便发觉我所爱的，仅是你寄托在他身上的幻影，于是我又恢复爱你的心了。

六月十三日……在你死后的几个月里，雨天最使我觉得难过，（其实，有那一天不觉得难过呢？）那年冬天又几乎没有雪。我常常在想：你在那么潮湿的土里，一定觉得非常寒冷而孤独。地上如果盖着一层白雪，一定可以使你较为舒服。

> 八月十八日……"我的爱人，别离开我。我没有你便活不成功。我活不成功。我不情愿活下去。别离开我。"
>
> 九月三十日……我跟一个我俩认识多年的男人跳舞；他对我说，"我爱上一个漂亮的年轻寡妇。"我心里想道，"多么奇怪啊！我真想不到他会爱上这么一个女人。"……也许是因为他捏一捏我的手吧——我不知道是不是——我突然恍然大悟，觉得他所说的寡妇便是指我。你的老婆是个"漂亮的年轻寡妇，"别的男人全有爱上她的权利啦。我当时真是吃了一大惊，半晌说不出话来！（蓝萍心译，84—88）

寡妇把丈夫死后自己的情感变化及生活经历和盘托出，无论是作者身份还是写作对象，都不符合中国杂志文章的书写传统。可以说，《西风》翻译此类文章，本身就已打破文坛窠臼。此外，译文没有将寡妇对于亡夫的哀思与情感表达刻意作中国式隐晦处理，或肆意渲染。整篇译文采用平和冲淡的笔调娓娓道来，情绪在字里行间缓慢流淌，于真挚中牵引出读者的情感共鸣。

其次，清新有趣，既不刻意使用严肃呆板的语汇，也不有意营造高高在上的权威感。这一风格特点，在《西风》的科普类译文中，有最集中的体现。以《西风精华》第二册收入的《视死如归》和《灭菌除病》两篇译文为例：

> 终究有一天你会死去的。如果你像大多数人一样，你会对"死"怀着恐惧；你会相信"死"是可怖的。可是你错了。
>
> ……
>
> 我们可以用有根据的科学理论来解释人在死时的态度

和感觉。死不过是一种很简单的生理萎谢现象。心的跳动力渐渐薄弱，血的运送也渐渐迟缓。脑部因此麻痹，人就生沉醉之感。个人的生机像潮汐一样地退到他所自来的宇宙之海里；渐渐地，像暗波一样地流到那远在波涛起伏汹涌彭拜的海面之下的深深之处。我们安息了，在得到安息的一霎那，我们沉着地平静地应付着生命之最大的冒险。正是

“放下周围的账幔，且去睡乡。”（李嘉璧译，27、30）

我们许多聪慧的生物学家追求病菌已达百年之久了。许多种病菌的研究已有了灿烂的成绩，但同时也有许多种仍是像谜一般的神秘莫测，有几种甚至细微地连最精明的显微镜也辨察不出来。

……

假使你一旦得了鼠疫病或者发疹伤寒，那末不是病菌杀死你，就是你杀死病菌；你们之间是绝对没有通融和调解存在的。不过，不管你死活怎样，病菌总要想法脱离你身体的绝境，依着某种活动的路线，去找求第二个牺牲者。因此科学家就抓住这个极大的弱点，设法割断他们的交通线，使他们没有传染的机会。于是隔离病人就成为极有效的剿灭病菌的战略。

……

这种抗毒素效力自然异常宏伟，同时人体的抗毒素制造机关，也可趁援军开到时，尽力训练新兵，加入作战，两路夹攻，能于短时间内将病菌完全剿灭。（徐模译，36—37、39）

《视死如归》科学地阐明了死亡的机理。对于在中国传统文化中被严阵以待、视作禁忌且蒙上了神秘面纱的死亡，译文中没有沉重的语汇出现，亦没有讳饰用词的增加。“死不过是一种很简单的生理萎谢现象”，“不过是”“很简单”“生理现象”等译词，将死亡从庄严居高的祭坛拉下；“薄弱”“迟缓”“麻痹”“沉醉”客观地复刻了身体机能的衰退；“退到他所自来的宇宙之海里”“沉着地平静地应付着生命之最大的冒险”“且去睡乡”则以平常口吻描摹了死亡状态及生命的最终归宿。而《灭菌除病》用诙谐的语言和轻快的口吻，揭示了现代医学对于人体内病菌的消灭过程。整篇译文生动有趣，例如，“最精明的显微镜”，以精明形容显微镜，新奇生动；而“人体机关”“训练新兵”及“两路夹攻”等拟人化词语的灵活运用，语言的俏皮则使向来枯燥艰涩的科学文章登时鲜活了起来，同时也打破了传统认知中对于科学之古奥高深、正襟危坐、不得近身的刻板印象。

最后，提倡个人笔调与言之有物，遏制泛泛而谈的装腔作势，竭力消解中国传统杂志中无处不在的全知视角。例如，在《野蛮与文明的监狱》译文中，对于囚犯所受私刑的细节描述，详尽至极：

在开始审问之前，囚犯先被禁闭在小室中，面对着一盏强烈的电光灯。在这样的神经突受打击之下，（在强光突射之下，我人可以立刻毙命，）被告的一切勇气和决心都已消灭了。因此就会胡乱地承认一切。审问时，囚犯坐在电椅中，面向法官。法官的手边放着一组电钮，可以发出强弱不定的电流，射进犯人的身体。但这些电流却又不能使那可怜的被告死去。

经过这样的审判后，囚犯立刻被带进一所特别的小房间。在那里，他的神经系还要继续受种种折磨。一只水泥

> 的卧床，做得特别倾斜；刚想闭眼安睡，身体已经滚倒在地上了。地面上零乱地竖砌着些砖块，高低不平，也休想安睡。在这房间的四周壁上，漆着些黑白错综的方块，螺旋状的线条，及五光杂色的圆圈；再加上一缕带着悲惨的绿色光线照射在上面，真够使人看时发生幻觉，甚至发疯。外面走廊里，装着一架永远发着单调的声音的乐器，不断地响着，使囚犯们更加苦恼。（启濂译，125—126）

一方面，文章没有采用慷慨激昂的高谈阔论痛斥极为残酷的监狱刑罚，而是从囚犯所处环境的恶劣细节入手，衬托了私刑的刻毒与非人道。译文同样于细节处着力，“强烈的电光灯”“强弱不定的电流”“水泥的卧床”“滚倒在地上”“零乱地竖砌着”“黑白错综的方块”“螺旋状的线条”“五光杂色的圆圈”“悲惨的绿色光线”“单调的声音”等一系列形容词的运用，使逼仄压抑、阴冷绝望的监狱氛围立现于读者面前。

另一方面，该文在对比文明监狱的种种优点时，摒弃了作为观光客的第三者的全知视角，让现代文明监狱建设的参与者们直接发声：

> 这里的院长，曾这样对我们说：“我们应当训练她们去组织一个甜蜜温和的家庭，使她们的脑海中永远深印着一个纯正而有纪律的理想家庭生活的印象；这样可以使她他在恢复自由之后，努力去实践这个理想。”
>
> 国际减除罪恶协会秘书爱登（H. V. Etten）也说：“惩罚已是时代的糟粕了，古代那种只知刑罚而不知适应社会的理想，已经完全不适用了。”（启濂译，129）

此处，译文也保留了原文的情境，予人身临其境的真实感，读毕全文耳畔犹有余音绕梁。

要言之，内容的追新砸开了沉闷的情绪牢笼，对“私情”的释放形成外部刺激；同时，更为重要的是，风格的创新尤其强调“我”之主体性，主张发由衷之言、抒心得之见，为“私情”的表达提供了例证与范式。所以，《西风》译文的逐“新”，可说是“私情”得以伸张的必要步骤与实践方式。

二、《西风》时政类译文与“私情”的启蒙典范

尽管《西风》的译稿呈现了内容与范围上的驳杂，但杂而不乱，自有其内在的统一秩序。1938年9月，《西风》的姊妹刊《西风副刊》创刊,[①] 在“发刊词”中编者指出：

> 我们觉得文章要做得好，应该价值和趣味两者并重，使读者能够“开卷有益，掩卷有味。”有价值而无趣味的文章使读者兴致索然，未终卷而辍读，无法得到益处；有趣味而无价值的文章读后了无所获，充其量也仅是消遣品而已。《西风月刊》和《西风副刊》所提倡的，便是价值与趣味并重的杂志文。（《西风副刊》编者，3）

显然，价值与趣味并重，正是《西风》及其副刊遴选译稿的内在逻辑标准。在西风的编者们看来，一方面，文章要体现价值，因为价值与意义相关，好的杂志文章应当使读者“开卷有益”；另一方面，文章也应当趣味盎然，既能够激发读者的阅读兴趣，又能够

① 《西风副刊》依然由林语堂担任顾问编辑，编辑兼发行人黄嘉德、黄嘉音。该刊为月刊，1938年9月出版第1期，在1942年1月出版第41期后停刊。

读罢“掩卷有味”。那么，何种内容与格调的杂志文，称得上是价值与趣味并重？换言之，价值与趣味的衡量标准何在？

我们注意到，《西风》在复刊出版第 13 期之际，其编者即已对《西风》的日后内容，作出过整体性规划：

> 关于《西风》的内容，除了大部保持原来的格调之外，我们今后将特别注重世界大势的探讨以及国际局面的解剖，希望海内外文友多多赐稿并指示一切。（《西风》编者，87）

对“世界大势”以及“国际局面”的“特别注重”，一方面阐明了《西风》复刊后的组稿侧重点，另一方面也暗示了时政文的现实价值。一年后，借《西风副刊》创刊之势，其编者进一步强调了译介时政文的社会意义与时代价值：

> 《副刊》的内容拟偏重国际关系，世界大势，时局，军备战争，各国民族性，风俗人情，社会状况，至于《月刊》上素来所注重的其他材料，亦将择尤编入……
>
> 在这二十世纪的时代，科学昌明，交通便利，各国接触日益密切，彼此间的关系也日益错综复杂；生活于这种环境下的现代人，对周遭的情形，是不能漠然置之的。尤其是在阴霾密布，二次大战随时有爆发可能的今日，国际时局扑朔迷离，瞬息万变，我们对世界大势，更不可不有深切的认识。《副刊》的目的就是想扩大读者的视野，使大家一方面能够理解西洋人的生活，社会，和思想，另一方面也能够看清国际的现势。（《西风副刊》编者，3）

在各国关系“日益错综复杂”，特别是第二次世界大战在即，“国际时局扑朔迷离”的时代背景下，结合“孤岛”的特殊政局，时政文必然会被纳入《西风》编者认定的有价值的文章范畴之内。

不过，“孤岛”报刊中时政文的蔚然成风很大程度上是时代环境的使然，《西风》的时政文翻译除了迎合时代的价值观，是否有其他方面的特殊考量？对于此一问题的回答，或可落脚于“趣味”二字：

> 《副刊》文字依然是清隽流利，笔调依然是亲切活泼，保持着西风提倡西洋杂志文的一贯风格特点。
>
> ……
>
> 一般读者看到许多冠冕堂皇，长篇大论的国际时事文章，往往觉得头痛，只好敬而远之。考“动向”“剖析”一类论文之不受欢迎，原因不在内容之不充实或材料之无价值，而在态度之过于严肃，和笔调之生硬晦涩，不能引动读者的兴趣。国际时事文章如果以西洋杂志文亲切活泼的笔调写出来，依然是可以成为趣味浓厚的读物的。(《西风副刊》编者，3)

相较于“态度之过于严肃”“笔调之生硬晦涩”的“冠冕堂皇，长篇大论的国际时事文章”，“西洋杂志文亲切活泼的笔调”，以及对于译稿趣味性的强调，是《西风》时政文翻译的旨趣所在，也是其区别于同类刊物的显著特点之一。

以对战争的描述为例，《西风》第14期刊登节译自伦敦*Lilliput*杂志的《大战的憧憬》一文。译稿以“憧憬”二字入题，首先即为读者营造了一种轻松的闲适感。根据《大辞海》的释义，“憧憬”意指“向往。如：憧憬更美好的未来；对幸福生活的憧憬”

（《大辞海》，465），人们往往憧憬美好的事物，而少有对阴沉恐怖的“大战”怀抱憧憬。此处，“大战”与“憧憬”的并置，无疑通过语词间的张力，凸显了西洋杂志文有别于传统政论文的鲜活生动。而此种活泼却不失力道的政论风格，也在通篇译稿中一览无余：

欧洲大战爆发，至今不过二十三年，可是曾几何时，世界又到了暴风雨的前夕了。人类是健忘的动物，不能由历史得到一些教训。第一次大战的伤心惨目的景象还未泯灭，各国已经在拼命重整军队，勾心斗角，剑拔弩张，准备第二次的人类大屠杀了。西班牙的国际战争未息，日本侵华的炮声又起，毁灭人类文化的大炸弹的导火线已经点上了，炸弹的爆发，只不过是时间问题。在这大祸迫在眉睫的生死关头中，我们还是张大眼睛，看看二次大战是怎样的一个战争吧。我们还是面着残酷的现实，从速作必要的准备吧。

……

例如，一大队带着飞行伞的战士，突然在敌人的后方下降；这么一阵神出鬼没的天军飞到地上之后，便在敌人措手不及的慌张空气下，占据重要的火车站，电力厂，工业机关，交通中心，和公用机关，加以破坏，扰乱民心，消灭士气，削弱敌人的抵抗力。如果他们占据了敌军的飞机场，他们更可以给本国的飞机以便利，源源不绝地由空中带来了轻坦克车，轻装甲汽车，大炮，和装运汽车，登时把一群飞行伞的战士变成武装齐全的摩托部队。（陈未鸣译，101、103）

"世界又到了暴风雨的前夕了。"文章开篇即铺陈了战势的严峻，而"勾心斗角""剑拔弩张""人类大屠杀""大祸""迫在眉睫""生死关头"等译词的选择，更是进一步烘托了时局的动荡，以及传统时政文在用语上的庄重与严肃。但是，后续笔锋一转，"神出鬼没""天军""飞到地上""慌张空气""登时"等译词，活泼俏皮、形象感十足，西洋杂志文的趣味与灵动，不禁让人眼前一亮。

又如，第22期胡勤益节译自英国 *Aero Digest* 杂志的《烽火连天话伦敦》。"烽火连天"表明政治局势的不容乐观，而"话"字则极易让人联想到"话说"这一见诸故事开篇的惯常辞令。话，"指讲史或小说的故事"（《大辞海》，1376），此处译者的一个小小"话"字，使原本紧张激烈的情境有了戏说的故事性，画面感十足。而综览整篇译文，意象丰富有趣，却不失言语的讥诮与锋芒：

> 伦敦四周沿岸将分布大量的高射炮垒，而城厢里更出现无数高射炮，有如暖床上齐茁的绿苗。
>
> ……
>
> 八百余年来他们始终是居于予求予取，无往不利的地位。到了现在，他们爱和平而反对战争，为的是他们已把拿得到拿到了。不欲更有所求。但也不预备把前期战争得来的战利品放弃给人。
>
> ……
>
> 二十年前，防卫方面将由听察台通知，报告敌机将临，于是用探照灯静悄悄地扫射，更用高射炮，掩护台，随心所欲的射击。出于极少机会，炸弹在他们附近轰着，弹片回落在他们的头上。这种做法正如在草丛中猎野鸭一

样安全，可是做来一些也不起劲。(胡勤益译，377—378)

“暖床上齐苗的绿苗”“草丛中猎野鸭”等，均是形象感十足的传神之译；而“八百余年来……”一段，尽管没有传统时政文慷慨激昂的情绪与口号，但是娓娓道来中也不失批驳与抨击的犀利。

价值与趣味并重，不仅构成《西风》时政文翻译的显著特色；在笔者看来，这一对文章现实意义与风格笔调的追求，也使《西风》的时政类译文成为“私情”的启蒙典范。

一方面，《西风》对于“价值”的强调，与林语堂所主张的“期刊文学若不能反映社会的进步以及与之相关的人生，便失去了它的功用”（Lin，161）的思想，一脉相承。通过上文的论述不难发现，《西风》时政类译文对于“价值”的追求，更多强调文章取材与普通人日常生活的紧密关联，而非悬空论道的宏大家国叙事。从“私我”而不是“公我”的角度，寻求政治与个体生活的贴合，也必然加速了“我”之觉醒，以及催发了“私情”的成长。

另一方面，《西风》对于“趣味”的追求，则明显承继了林语堂的“幽默与性灵”一说。赋予“高冷”的政治以生趣，势必使《西风》的时政类译文与同时代、同类型的译文形成鲜明对比。可以想见，在一片群情激荡的环伺中，《西风》时政文的冲淡平和与情趣盎然，带给了20世纪30年代末期的公众们多么剧烈的情绪冲击。面对战争、时局、社会变革的困境，情绪只有一种表达吗？情绪可以如何表达？情绪表达的主体究竟是具备独立自主意识的“私我”，还是陷入集体无意识狂欢的“公我”？

由是而论，《西风》对于价值与趣味并重的强调，加之时政文自身所具备的典型情绪特征与时代敏感性，使《西风》时政类译文在潜移默化中自觉或不自觉地有效复苏了“我”，以及召唤了公众对于情绪表达的诘问与思考。笔者认为，以上《西风》对时政文的翻译与推介，可视作启蒙大众"私情"的典范。

三、《西风》的西洋杂志文翻译及征文与"私我"的情绪导航

如前所述，《西风》时政类译文对于价值与趣味的强调，是对中国传统情绪政体中"无我"底色的解构，以及重构独立之"我"的尝试。然而，有趣的是，尽管复刊之初编者们曾立言，"我们今后将特别注重世界大势的探讨以及国际局面的解剖"（《西风》编者，87），但是从刊物的实际编辑情况看，时政文事实上并不是《西风》特别着重翻译的内容与文类，证据有二。

其一，考察刊行于"孤岛"的全部52期《西风》（第13—64期），除了"孤岛"初期有较多时政文收录，《西风》对时政文的翻译与刊载实际非常有限。除了零星的原创时政文，以及介绍新型战争武器时对时局的旁涉，《西风》在"孤岛"时期先后共翻译刊登了49篇时政文，且较多集中在前30期。（详见表3—2）

表3—2　"孤岛"时期《西风》刊载时政文译稿

刊期	篇名	译者
第13期	中国敢抗日吗？当然敢！	孔斯文
	中国人的抗战精神	黄嘉德
	列强会援助中国吗？	罗一山
	大英帝国的没落	欧莉莎
	死守中立是怯懦的	杜尤
	苏联与德日之战	胡悲
	苏俄是不可征服的	黄嘉音
	日本的南进政策	吴志鹏

续表

刊期	篇名	译者
第14期	形势严重的太平洋	黄嘉音
	中国抗战的前途	孔斯文
	制日本经济死命	史林
	东京大轰炸	金安人
	大战的憧憬	陈未鸣
第15期	二次欧战会爆发吗?	黄嘉德
	未来战争的可怖	陈师超
	和战途中的美国	史林
	苏联的间谍恐怖	默然
	造舰竞赛	弓影
	毒气的真相	顾良
	保守的苏联	梦谷
第16期	整军经武的苏联	孔斯文
	斥唯武器主义者	陈师超
	海底间谍秘史	金安人
第17期	战机日迫的香港	梁少刚
	明日之空战	王贻谋
第18期	世界大战的危机	吴志鹏
第20期	新武器的威力	乃毅
	横冲直撞的潜艇	徐模
第21期	日苏海空争霸	顾启源
第22期	军火大王克虏伯	未鸣
	烽火连天话伦敦	胡勤益

续表

刊期	篇名	译者
第 23 期	铁与血的生活	胡岚
	苏联反动份子之谜	越邻
	电力战争	顾启源
第 24 期	微菌战	许以牧
	瑞士也扩军了！	贾立煌
第 25 期	法国的无畏炮台	勃仁
	风靡德国的备战狂	林国
第 26 期	飞机 · 飞船 · 战舰	叶群
	军用犬	郭声宏
第 27 期	现代战争中的空军	徐模
第 41 期	间谍的恐怖	归重远
第 43 期	欧洲的前途	黄嘉德
第 47 期	黎明前的黑暗	黄嘉德
	大战中的新武器	叶群
第 50 期	战时德国妇女	陈东林
	德国间谍组织	王沛
第 53 期	文化不会毁灭	潘申庆
第 59 期	外交间谍	廷钧

其二，《西风》对于战争与国际形势的观察，主要聚焦于各国的军备力量、对人类文明与未来的预测，以及间谍活动、战争逸闻等方面，鲜少涉及国内政治局势等敏感话题。诚如黄嘉德所言：

《西风》作为专门介绍西方文化和国外社会情况的杂

志，不谈国内政治，但仍然不免受到国内政治的干扰。例如，当时国民党的“宣传部长”林柏生之流就曾几次邀请我们去参加什么“茶话会”，还曾经派人向我们提出对《西风》“投资”或“合办”《西风》的建议。这些邀请和建议都被我们婉言谢绝了。《西风》始终保持民间营业刊物的性质，西风社始终保持民间私营出版社的地位。（黄嘉德，67）

《西风》作为一份始终保有独立品格的民间私营刊物，其本身并不与政治投契，时政文也就注定了不会成为其翻译的重要着力点。

那么，一面强调时政文，一面又在事实上并不为之所动，其内部逻辑何在？老舍在《西风周岁纪念》一文中曾向《西风》的编者建议：

因为我爱它，所以希望它更好一点。我盼望它以后每期也介绍一两篇硬性的文章，如新出版的重要书籍的评判，如世界大事的——像西班牙的内战，苏联的清党——说明与预测，如哲学与艺术的新趋向——分量加重一些，或者可以免得公子哥儿老想到这儿来找怎么系领带与吃两餐，小妞们老想到这儿来找西洋婚礼的装束与去雀斑的方法。

近代文艺名著每年能介绍几篇也好，但长篇连载的东西不必限于文艺，自然科学与社会科学的名著也应当硬来一下——若是别的部分编得还是那么好，或者这硬来一下也不至于影响到销路。（老舍，37）

此处，老舍所谓“影响到销路”之言，很好地提示了我们上述矛盾背后的深层原因。作为一份独立私营的商业刊物，满足读者的阅读需求必然是《西风》编辑方针的重要考量之一。而时政文，尤其是在情绪上对读者产生了强烈冲击的价值与趣味并重的时政文，毫无疑问地迎合了“孤岛”市民文化的情调。

如果说，《西风》通过翻译价值与趣味并重的时政文而使独立之个体的“私情”有所启蒙；那么，伴随时政类译文在《西风》的淡出，这一启蒙的影响力如何维系？换言之，如何确保觉醒了的“我”，不会再一次陷入“无我”的泥淖？

此处，为了回答上述问题，有必要引入雷迪的“情绪导航”的概念。雷迪认为，所谓情绪政体，就是一整套有关情绪及其表达方式的规范性要求。为了确保规范的落地与执行，必须对情绪进行有目的性的引导、干预及矫正。这一针对特定情绪目标而进行的情绪管理的过程，就是情绪导航。导航作为情绪生活“普遍的、核心的特征”，一方面可能意味着“路线的完全改变”，另一方面也包括“在既定航线上的持续校正”。（Reddy，122）

所以，回到《西风》的问题，经过了西洋时政文洗礼的读者，较之重复式的“私我”启蒙，更需要的是以推动和促进“我”之主体性建构为目标的情绪导航，使根深蒂固的“无我”情绪得以被持续校正，从而让“我”在良性的情绪政体中自由抒放。那么，《西风》的情绪导航是如何进行的呢？笔者认为，这一情绪导航的有效开展，最终落实在《西风》的两大编辑策略：其一，大规模的西洋杂志文翻译；其二，长时段的持续性征文。

首先，通过翻译建构一个杂志文/散文写作的新范式，这一新范式以取材广泛且近于现实人生、译/作者身份多元以及个人笔调为突出特点，此为情绪导航的第一阶段。具体如下。

第一，取材广泛且近于现实人生。以《西风》第19期为例，这一期推出“社会问题特辑”，共计选译17篇西洋杂志文章，包括《自杀研究》（胡悲译）、《童婚》（孔斯文译）、《堕胎业》（吴志鹏译）、《青年与贞操》（黄嘉音译）、《美国节育运动》（友声译）、《人工的优胜劣败》（王宏喜译）、《慈善机关黑幕》（默然译）、《狱中活剧》（黄嘉音译）、《马路天使之重生》（史林译）、《得业失业记》（黄嘉德译）、《黄金国的乞丐》（李心永译）、《饥肠辘辘》（梁少刚译）、《花柳病》（会维明译）、《麻风病人的哀音》（蓝萍心译）、《戒烟妙策》（罗一山译）、《酒鬼须知》（许以牧译）、《赌徒的忏悔》（洪鹄译）。以上，从特辑所录译文的标题中，便可对《西风》之选材广大窥得一斑。

此外，在特辑“引言”中，编者就人生与社会的关联，作了特别说明：

> 《西风》从开头起，就注目于“人生社会”。我们觉得人生固然脱离不了社会，而社会问题也可说就是等于人生问题。所以人生与社会事实上是分不开的。
>
> 《西风》所介绍的人生社会，虽是偏于西洋方面的，可是今日的世界，由于交通的猛进，已经使列国等于一家，东西两半球也没有再分界线的可能与必要了。所以，本期《西风》所介绍的西洋社会问题，我们希望读者不要因为有“西洋”气味，便遂认为与我们东方毫无关系。老实说，我们本期提出这些社会问题，并非无的放矢。（《西风》编者，4）

“并非无的放矢”强调了取材的现实意义，自杀、童婚、堕胎、节育、贞操、优生、监狱、娼妓、花柳、吸烟、饮酒、赌博，等等，均是常常见诸大众生活的切实问题。因此，对以上问题的重视与强调，也就是对“私我”的重视与强调。同时，例如自杀、堕胎、节育、娼妓、花柳等异常私人化的问题，在传统中国社会中并非可以示众且能够公开讨论的话题。所以，将压抑的“私房话”及“私情”推向公共媒介的聚光灯，以科学的视角坦率地讨论，就某种意义而言也是对“私我”的鼓励与解放。

第二，译/作者身份多元。经过考察不难发现，《西风》所选译的西洋杂志文章，其作者的身份构成多元，既有职业作家，也有医生、科学家、银行家、军人等其他领域的非职业作家，且以后者居多；既有著名作家、学者、行业翘楚，也有学生、普通职员、家庭主妇、娼妓、罪犯等普罗大众，且同样是后者占多数。此外，除了作者，《西风》的译者群体也同样有弱化权威而强化青年译者群体的趋势。凡此种种，对于译/作者阶层的打破与身份权威的解构，表面看来是《西风》对中国杂志文章向来称为“读书阶级之专技”的抵抗，究其实质则在于对社会传统伦理秩序的颠覆，伸张以“私我”为核心的人人平等观。

第三，杂志文/散文写作的个人笔调。强调幽默闲适的个人笔调是《西风》从创刊之初就坚持并一以贯之的选稿与翻译原则，其目的在于革除“文人之架子十足，学者之气味冲天”且“文字呆直，思想因袭”的中国杂志文章积习，为散文写作注入通俗闲适的新鲜血液。文字是思想的载体，也是情绪表达的重要方式，“文字呆直”与“思想因袭”背后的深层原因，或在于长期处于儒家伦理秩序禁锢当中“私我”意识与情感的僵化。在此意义上，追求幽默闲适的个人笔调，亦是对多元“私我”的一种尝试性建构。

要言之，从情绪的角度分析，大规模的西洋杂志文翻译实践，取材方面对于范围广泛与贴合现实的追求，催生了“私我”意识的萌芽及不断生长；而后，译/作者身份构成方面的多元化倾向，激发了“私我”对“我”之主体性的思考；最后，风格方面对于个人笔调与幽默闲适的秉持，扩张与丰富了“私我”的内核。以上着力，致力于形塑一个有血有肉有灵魂的“我”，笔者视其为《西风》情绪导航的第一阶段。

其次，通过征文反复提醒公众一个独立自主之“我”的存在，并在写作的实践层面不断放大与内化此一“私我”的形象与意识。《西风》在“孤岛”时期集中组织过三次持续的征文活动，依次为：

1938 年 3 月，《西风》在第 19 期刊首发布“征文启事”：

> 《西风》出版到现在，已经一年半了。在过去十八期中，我们前后刊载西洋杂志文约三百余篇。现在我们为实践提倡西洋杂志文体起见，特别定了下面几个题目，[①] 希望读者不吝踊跃赐稿。
>
> （一）疯人的故事（注重心理病态及原因的描写）
>
> （二）私生子自述（暴露社会的无情与残酷）
>
> （三）我的家庭问题（大小的，冲突幸福及痛苦）
>
> （四）我所见之低能儿（遗传，环境，现状，处置）
>
> 以上各题，可以自定一种方式，根据事实，随意发

① 《西风》第 23 期“征文启事”中，增加《我的忏悔》为题目之五（《西风》编辑部，472）；第 26 期“征文启事”中，又增三题，并对启事内容稍事修改，改动内容如下：本社为实践提倡西洋杂志文体起见，除出版《西风月刊》及《西风副刊》，译载西洋杂志文外，特复定征文办法，希望读者人人都写文章，题目临时增加，唯并不加限制。征文题目暂定如下：（1）疯人的故事（注重心理病态及原因的描写）；（2）私生子自述（暴露社会的黑暗、无知与残酷）；（3）我的家庭问题（大小的冲突、幸福及痛苦）；（4）我所见之低能儿（遗传、环境、现状及处置）；（5）我的忏悔；（6）我的婚姻（成功的与失败的、幸福的与痛苦的、新式的与旧式的、革命的与封建的、注重内心的描写）；（7）一个怪人（注重变态的心理）；（8）理想的社会。（《西风》编辑部，164）

> 挥。每篇字数不得超过三千。文笔不必怎样美丽，能够实而不华，娓娓动听已足。此次征文，定六月底截止收稿。①本社于收到合格的稿件时，当择尤在本刊发表。录取文字，一律致奉薄酬。不用稿件除附贴足邮资的信封者外，概不退还。来稿请寄"上海霞飞路五四二号霞飞市场四号西风月刊编辑部"。(《西风》编辑部，无页码)

关于第一次征文，《西风》的编者作过如下说明：

> 在创办西风月刊之初，我们对于西洋杂志文体就抱着相当的热望。我们相信在每个人的生活中，至少有一篇动人的好文章可以写出来——如果他会写而且愿意写的话。
>
> 西风发刊一年半的时候，我们觉得我国一部份人士对什么叫做西洋杂志文一点，应该已经有相当的认识了，因此，我们就大胆地发起了一个国内刊物中少见的征文……我们所以提出这些题目，是因为觉得这种材料比较切身，比较实在，比较容易写得动人。(《西风》编者，I)

从"征文启事"和上述编者说明看，《西风》征文的目的在于实践西洋杂志文体，而这一实践的主要方式，就是通过对选材的把控——"比较切身，比较实在，比较容易写得动人"——以强化个

① 《西风》第23期"征文启事"中，将截稿日期延长至9月底（《西风》编辑部，472）；第26期"征文启事"中，将征文时间调整为无期限（《西风》编辑部，164）。——笔者注

人笔调的运用。这一点也可从拟定的征文题目中加以印证，此次征文最终拟定八题，其中以“我”为写作对象的，直观看就有四题，“我”的分量不可谓不重。

从第19期发起征文，到第21期开辟“征文当选”一栏刊登优秀作品，直至第45期结束“征文当选”栏目，《西风》第一阶段的征文前后持续两年有余。根据编者的回忆：

> 征文启事刊出以后，文章便从各地源源而来了。有些是从来没有写过文章的人所写的，这使我们感觉极度的兴奋；因为我们所想做到的不仅是非文人要读文章，而且是非文人要写文章。
>
> 读者对于所选刊的征文，多数表示满意与热烈的欢迎，甚至有一部分读者以为“征文当选”是西风最精采的部份。征文的“喧宾夺主”，老实说，是有点出乎我们的意料之外的。（《西风》编者，Ⅱ）

“有些是从来没有写过文章的人所写的”，不仅证明了《西风》普及杂志文写作的初见成效，也显示了“私我”的渐次觉醒。而“征文的‘喧宾夺主’”，则宣布了第一阶段征文的胜利收官。

有了第一阶段的成功铺垫，《西风》借创刊三周年之际，推出第二次征文。1939年9月，《西风》在第37期发布“西风月刊三周纪念现金百元悬赏征文启事”。相较前一次征文，此次征文活动的辐射范围更广，影响也更为持久。征文办法如下：

> 《西风》创刊迄今，已经三周年了，辱承各位读者爱护，殊深感激。在一年多以前，我们为提倡读者写杂志文起见，曾经发起征文，把当选的文章，按期在《西风》及

《西风副刊》发表，颇受读者欢迎。现在乘《西风》三周纪念之际，为贯澈我们提倡写杂志文的主张起见，特再发起现金百元悬赏征文，并定简约如下：

（一）题目：《我的……》

凡举关于个人值得一纪的事，都可发表出来。题目由应征者自定。例如：我的生活，我的奋斗，我的痛苦，我的悲哀，我的恋爱，我的婚姻，我的好癖，我的成功，我的失败，我的梦，我的志愿，我的人生观，我的理想，我的世界，我的教育，我的职业，我的学校，我的家庭，我的父母，我的子女，我的兄弟，我的妹妹，我的丈夫，我的妻子，我的丈母，我的娼妇，我的女婿，我的爱人，我的情敌，我的亲戚，我的朋友，我的老师，我的高徒，我的上司，我的下属，我的衣食住行，甚至我的头发，我的帽子，我的鞋子，我的……，只要值得记述，都可选作征文题目。内容要实在，题材要充实动人。

（二）字数：五千字以内。

（三）期限：自民国廿八年九月一日起至民国廿九年一月十五日止，外埠以邮戳为准。

（四）资格：凡西风读者均有应征资格。

（五）手稿：来稿须用有格稿纸缮写清楚，于稿端注明作者姓名住址，附寄每期附印于征文启事中之三周纪念征文印花一枚，并于信封上注明“纪念征文”字样。无印花者虽佳不录。每人所投篇数并无限制，唯每篇须附印花一枚。来稿请寄上海霞飞路五四二弄霞飞市场四号西风社编辑部。稿件不论录取与否，概不退还。

（六）奖金：第一名现金五十元，第二名现金三十元，第三名现金二十元。第四名至第十名除稿费外，并增西风

> 或西风副刊全年一份。其余录取文字概赠稿费。
>
> （七）揭晓：征文结果当在廿八年四月号第四十四期西风月刊中发表。至于得奖文字，当分别刊登于西风月刊，西风副刊中，或由本社另行刊印成集。（《西风》编辑部，无页码）

此次征文仅给定《我的……》一题，申明“凡举关于个人值得一纪的事，都可发表出来”，对于独立之“私我”的重视与强调从中可见一斑。此次征文经过近半年的努力，加之现金奖励的刺激，在当时取得了较为广泛的关注与参与：

> 此次本社收到之纪念征文，计有六百八十五篇，执笔者有家庭主妇，男女学生，父亲，妻子，舞女，军人，妾，机关商店职员，官吏，学徒，银行职员，大学教授，教员，失业者，新闻记者，病人，教会及慈善机关工作人员，流浪者，囚犯等，寄稿的地方本外埠，国内外各地皆有，社会上各阶层，各职业界，各方面，各式各样的人差不多都有文章寄给我们，可见会写文章或想写文章的并不只限于文人学者，同时也可以显示《西风》已经渐渐侵入了社会的各阶层。（《西风》编者，110）

“社会上各阶层，各职业界，各方面，各式各样的人差不多都有文章寄给我们”，这一方面彰显了《西风》在当时的影响力，以及其所主张的“人人能写西洋杂志文”之观念的深入人心；另一方面也可说明，重视“私我”的主体地位，自由地将“私我”的生活及情感公之于众，或已成为社会较为普遍的共识。

接续三周年纪念征文的成功之势，第 44 期揭晓三周年纪念征

文获奖名单后,[①]《西风》便趁热打铁在第 49 期追加了第三次征文:[②]

> 我们为提倡西洋杂志文体起见，除了发起普通征文之外，并于去年三周纪念的时候，发起现金百元悬赏征文，承各位读者热烈参加，结果可说相当美满。最近有一部分读者来函，要求把当选文章印成专册，我们已经决定照办，《天才梦》一书不久即可出版。还有一位热心的读者竟愿意出奖金叫我们再来一次征文，可见征文受读者欢迎之一斑。我们现在已决定把征文继续下去，不过暂时不悬赏了，合格的稿件刊登后每千字致薄酬三元至五元，每篇最好不要超过五千字。题目如下[③]：
>
> （一）我的职业生活
>
> 欢迎医生，律师，工程师，工厂男女工人，佣妇，茶房，舞女，女招待，妓女，会计师，银行员，兵士，新闻记者，乡导女，乞丐，小瘪三，奶妈，护士，海关官员，邮局职员，公务员，经理，大官，阔佬，商店老板，小职员，保险掮客，传教士，和尚，道士，尼姑，苦力，电话

---

① 此次征文的获奖名单按名次排序为：水沫《断了的琴弦》（我的亡妻）、梅子《误点的火车》（我的倔强）、若汗《会幸福的人》（我的嫂嫂）、绿波《谁杀害了姐姐?》（我的姐姐）、家怀《残忍的交响曲》（我的妹妹）、鲁美音《淘气的小妮子》（我的同窗）、方菲《无边的黑暗》（我的回忆）、吴纳孙《结婚第一年》（我的妻子）、凌茵《我做舞女》（我的职业生活）、连德《孤寂的小灵魂》《我的妹妹》。此外，名誉奖三人，按获奖名次排序为：维特《困苦中的奋斗》（我的苦学生活）、南郭南山《我的第一篇小说》（我的小说）、张爱玲《天才梦》（我的天才梦）。（《西风》编辑部，111）

② 《西风》第 59 期刊登“西风扩大征文启事”，尽管注明“扩大”二字，但除将稿酬提升到 5 元至 7 元外，启事内容并无其他变化。（《西风》编辑部，无页码）

③ 《西风》第 55 期“征文启事”中，增加《如果我是……》为题目之四（《西风》编辑部，36）。——笔者注

接线生，画家，诗人，艺术家，音乐家，警察，司法者，清道夫，洋行职员，法官，狱吏，推事，裁缝，鞋匠……各色人等参加。

（二）对现教育制度的抗议

请学生，教育家，教师，家长……参加。用铁的事实来对教育制度作理智的抗议，避免攻击私人，机关或团体。

（三）我的……（《西风》编辑部，16）

第三阶段征文依然将主题限定于“我的……”，但与第二阶段有所不同的是，围绕此一主题又分别给定了《我的职业生活》和“对现教育制度的抗议”两个具体的写作范畴。笔者认为，相较于“我的……”，《我的职业生活》一题将写作对象更加圈定在“我”之个人生活；而“对现教育制度的抗议”，则相对侧重于“私情”的抒发。

此外，值得注意的是，三次征文以外，《西风》还陆续结集出版了一系列征文选集。1940 年，西风社将第二次征文的获奖作品，共计 13 篇，以张爱玲的获奖作品《天才梦》（“名誉奖”第三名）为书名，结集为三周纪念征文选集出版。此后，又先后出版了三周纪念征文选集《默祷》《创痕》，以及第一阶段的西风社征文当选第一、二集《樊笼》《供状》，和第三阶段的我的职业生活征文选集之一《空游》。笔者认为，征文的结集出版，除了商业考量，也是《西风》针对其所提倡的西洋杂志文体向读者公众进行的一种观念层面的集中强化，其目的正在于，尝试将西洋杂志文体与传统散文范式相“区隔”（distinction），培养西洋杂志文的“消费者及其消费品味”，从而使新散文的文体范式与写作实践内化为公众“精神和身体的持久定势”（Bourdieu，243），并最终将这一“私我”

与“私情”笔调的文体范式“审美合法化”。(Bourdieu，1)

以上，三次征文及征文的结集出版，是《西风》情绪导航的第二阶段，其对“私我”的伸张呈现逐步强化的趋势。如果说，第一阶段的情绪导航主要针对“私我”在观念层面的形成、接受与延展，那么第二阶段的情绪导航就是“私我”在实践层面的落实与纵深。自此，经过了实践锻造与检验的“我”，也才成为一个更为真实的“我”。

最后，有必要指出的是，《西风》通过西洋杂志文的翻译与写作实践而对“私我”所进行的形塑与启蒙，从其在当时的社会影响力分析，可谓是成功的。其时多位报人的回忆，均佐证了《西风》在“孤岛”文坛的分量。例如，《艺花》的主编何家榴在谈及“孤岛”初期的报刊界境况时曾言，“那时文化街上冷落得可以，各种报纸，定期刊物，都跟着国军的后撤而迁移，可以看看的，只有宇宙风，西风”（何家榴，28)。柯灵在回忆《周报》的整个办刊历程时提及，“原来我有个不自量力的设想，是企图填补因抗战造成的文化真空：以《周报》顶替《生活》，《文艺复兴》顶替《文学》，《活时代》顶替《西风》。这三种战前的杂志，前两种具有极大的权威性和影响力，后者拥有大量读者”（柯灵，78)。而楼适夷在回忆《大陆》的创刊时也言及，“当时上海最流行的是黄嘉德等编辑的《西风》”（楼适夷，65)。正可谓，其时，“孤岛”《西风》劲。

小　结

本章从考察“情”在中国社会的历史谱系入手，认为父权制的儒家情感结构是传统中国社会情绪政体的底色。这一情感结构强调“情”之“公情”的一面，而压抑与之相对的“私情”；同时，作为集体道德力量的“情”被无限放大，成为建构以等级制度为核心的儒家社会伦理秩序的中坚，而作为个人情感/情绪表达的“情”则被忽视或遭遇放逐。

此一情感结构从根本上影响与局限了人们的情绪生活，并建构了一种“无我”的情绪政体。所谓“无我”，其一在于“我”的主体性地位被消解，“我”仅存在于“我们”当中，“我”是群体性规范的产物，而非独立自主的“我”；其二在于“私情”的无法自我实现，“私情”必须与“公情”相协调，当二者冲突时，则要求“私情”压抑甚至牺牲自我以维护“公情”的合法性。

本章认为，“无我”的情绪政体使压抑自我、不露私情，成为社会情感规则的常态，而《西风》通过西洋杂志文翻译实践所推动的散文体革命，正是对此种情感规则，或说“无我”的挑战，同时也是对“我”之“私情”的启蒙。

首先，译文的“杂而新”为唤醒“私我”铺垫了情绪。求“杂”的努力使写作深入日常生活的各个角落，同时也致力于打破文字的阶层壁垒；而逐“新”的追求则一方面主张内容的与时俱进，另一方面也强调风格上的幽默闲适。书写的日常化以及时效性，势必对习惯了满纸“之乎者也”“仁义礼智信”的中国读者产生阅读上的极大冲击；同时，打破阶层壁垒的尝试与对个人闲适笔调的追求，则必然以对“私我”主体性及“私情”合法性的认同为前提。由是而言，在《西风》推介西洋杂志文的过程中，“私我”与“私情”被不断地召唤。

其次，在经过了“杂而新”的西洋杂志文的洗礼与唤醒之后，《西风》所选刊的价值与趣味并重的时政类译文将这一“私情”的启蒙推至高潮。一方面，此类译文强调政治与普通人日常生活的关联价值，注重从“私我”而不是群体的角度，描写与思考现实政局及其相关问题，与大而空荡的悬空论道形成鲜明对比；另一方面，时政论文对于趣味性的追求，显然也与传统观念中政治的严肃高冷多有抵牾。本章认为，《西风》时政类译文对于价值与趣味的强调，其背后是对“私我”主体价值的肯定，以及对处于战争动荡与社会变革之中“私情”表达方式的尝试性改变。

再次，启蒙之后，《西风》通过大规模的西洋杂志文翻译和长时段的持续性征文所进行的情绪导航，以推动和促进“我”之主体性建构为目标，使根深蒂固的“无我”情绪得以被持续校正，从而让“我”在良性的情绪政体中自由抒放。可以说，正是情绪导航维系了“私我”启蒙的影响力，并确保了觉醒之后的“我”不会再一次陷入“无我”的泥淖。

最后，1940年，林慧文在发表于《中国文艺》的《现代散文的道路》一文中，对中国散文在各地的发展与特色，作出过如下精彩论述：

> 七七以后，中国文艺界受了战事的影响，各地有各地的发展，而呈出相异的形态。就散文说也是一样的：在内地流行着的是具有战斗性质的报告和通信；在上海，则西洋杂志文最占势力；而北方，散文却整个笼罩在随笔和小品文两种形式之下……这两三年来散文没有一定的倾向，四年前流行的杂文随着鲁迅先生也死去了。小品文的作家在这个战乱的年头再也不愿意写那些比较隔离时代的作品。上海的翻译西洋杂志文，又不是一种纯粹文学的散文，却有占领了整个文学散文领域的样子。北方更不用提了：所谓小品文不过沿袭四年前的形式，而随笔有的竟也成为学术的考证文了。(林慧文，5)

其时，西洋杂志文的成功，证明了《西风》以翻译所推动的文体革命的成功，以及新散文文体背后所代表的一整套彰显“私我”和“私情”的价值体系与伦理秩序的初步形成。

但是，“我”觉醒了，之后呢？

第四章

翻译与重构秩序的努力：《西风》的新女性想象与公众情绪的形塑

> 任何持久的政治制度都必须建立起一种规范的情绪秩序，即“情绪政体”。这一政体可以用一种频谱排列的方式进行初步理解。位于频谱一端的是严格的情绪政体，要求个体表达规范的情绪，避免离经叛道……另一端则是仅在特定场合和特定时期使用严格的情绪政体，比如针对特定机构（军队、学校、祭祀），或者一年中的某个时期及生命中的某个阶段。（Reddy，124—125）

如果说，《西风》通过翻译与实践西洋杂志文而推动的文体革命，是对受制于父权制儒家情感结构下“无我”之情绪政体的挑战，以及对“私情”的有效启蒙，那么这一启蒙的中心任务则正在于，建立一个以情感/情绪为核心的内心世界，因为它是创造一个现代“私我”的决定性特征。换言之，《西风》的编译者群体试图通过有效的翻译实践，重构情感/情绪与现代社会的关系。

如同传统社会中将女性当作“情”的正当代表的做法，在尝试打破儒家伦理秩序的过程中，女性依然是现代之“情”的合法化身。不过，从“五四”一代到20世纪30年代直至“孤岛”时期，新女性的骚动以及公众对其身份体认的焦虑从未停息，而此一情绪焦虑，正构成《西风》透过翻译重构情感/情绪与社会关系的重要切入点。

基于此，本章将围绕《西风》的新女性译题，尝试探讨如下问题：首先，新女性缘何引起社会的普遍焦虑？其次，《西风》对于新女性相关问题的翻译，体现了其编/译者群体对“情”与社会关系的哪些思考与着力？最后，《西风》的此一翻译实践，对“孤岛”时期的公众情绪与社会结构，是否产生了某些方面的深刻影响？

第一节　想象新女性——《西风》的“新女性”译题

根据雷迪对情绪政体的概念阐释，笔者认为，帝制时代的中国处于一种严格的情绪政体（a strict emotional regime）当中。这一情绪政体：

> 要求个体表达规范的情绪，避免离经叛道。在这类政体中，有限数量的情绪话语均被仪式或官方艺术形式所塑造。个体被要求在适当的情境中表达情绪，以加强规范性情绪并使之习惯化。而拒绝按照规范要求表达情绪的人（无论是否出于对父亲的尊重、对上帝或国王的爱戴，抑或对军队的忠诚），都将面临严厉惩罚。（Reddy，125）

在这一严苛的规范中，多数时候“情”作为一种绝对的道德力量，与皇权共谋，压制了公众对于女性的情感想象。

及至晚清民初，伴随帝制的崩塌与新政体的逐步诞生，以往严格的情绪政体开始有所松动，并最终从严苛走向相对自由的另一极端。此种情绪政体：

> 仅在特定场合和特定时期使用严格的情绪政体，比如针对特定机构（军队、学校、祭祀），或者一年中的某个时期及生命中的某个阶段。除了限定的场合和时期以外，此类政体对情绪导航极少设限……相较于鼓励顺从者、孤立少数派，这类政体为各式各样的情绪提供保护伞。因此，在这一情绪政体的庇护下，有些人会在一生中经历两种或更多的情绪转换，有些人则终生奉守一种最为熟悉的情绪类型。（Reddy，125）

以上情绪政体的更迭，为晚清以降，特别是“五四”以后公众情绪的泛滥提供了一种有效的解释路径。换言之，“情”被从儒家伦理道德的桎梏中解放出来，从此可以自由抒放，而作为“情”之典型代表的女性，则理所当然地成为被解放与被阐释的首要目标。

一、新女性的“情”之焦虑

“情”的解放以及对“私我”与“私情”的伸张，是以对儒家伦理秩序的“祛魅”（desacralize）为前提的。孝和贞作为传统社会情绪政体的核心规范，势必成为“祛魅”的重要对象。而在这一“祛魅”的解构过程中，作为“情”的重要载体，新女性形象应运而生。不过，由于整个社会的情绪政体处于相对自由状态，意味情绪导航的目标并不稳定，因此，由新女性所引发的“情”之焦虑，也异常激烈。

1918 年，周作人（1885—1967）在《新青年》第四卷第五期发表译自日本女批评家与谢野晶子的《贞操论》一文，在该文的导言中，周作人指出：

> 大约人的觉醒，总需从心里自己发生。倘若本身并无痛切的实感，便也没有什么话可说。
>
> ……
>
> 我确信这篇文中，纯是健全的思想。但是日光和空气，虽然有益卫生；那些衰弱病人，或久住在暗地里的人，骤然遇着新鲜的气，明亮的光，反觉极不舒服，也未可知。照从前看来，别人治病的麻醉剂，尚且会拿来当作饭吃；另外的新事物，自然也怕终不免弄得一塌糊涂，然而我们只要不贩卖麻醉剂请人当饭便好，我们只要卖我们治病的药。又譬如虽然有人禁不起日光和空气——身心的自由——的力，却不能因此妨害我们自己去赞美这日光与空气的好处。(周作人，386)

周氏认为，对于贞操问题的谈论，大可不必遮遮掩掩，或当作什么病态下流的话题。因为在他看来，贞操本身，正如同新鲜的空气和明亮的光，是使人可获“身心的自由的力”。但是正如同久病幽居之人，“骤然遇着新鲜的气”以及“明亮的光”，反倒浑身不自在一样，常常不被人公开提及与讨论的贞操，一旦被置于大庭广众之下，自然会引起幽居之人的不适，甚或非议。不过，觉醒必须“从心里自己发生”，唯有客观地、公开地谈论贞操，使公众有“痛切的实感”，利好的改变才会逐步发生。

于是，在接下来的译文中，我们看到了周作人借与谢野晶子之口，对“贞操观”的开宗明义：

> 如将贞操单当作道德，想要维持下去，这事可否，却不易决定；非更加审慎研究，再行定夺不可。现在有许多人，并不将此问题新加解释，仍旧将他当作道德，强迫实行；却觉得不甚妥当。所以我们对于贞操道德问题，颇感着几件疑惑。
>
> 我们的希望，在脱去所有虚伪，所有压制，所有不正，所有不幸；实现出最真实，最自由，最正确而且最幸福的生活。我们就将这实感作基础，想来调整一切的问题。譬如古代道德，在当时人类的生活上，虽然有益；如今已不能满足我们的情谊时，便已同我们生活的规律不合。倘若仍然拿来强用，便是用虚伪来施压制，我们应当排斥这暴虐的道德；再去努力制定我们所必要的新道德，才是。（周作人译，387）

"如将贞操单当作道德，想要维持下去，这事可否，却不易决定；非更加审慎研究，再行定夺不可"（周作人译，387）。而后，译文进一步指出，为了脱去虚伪与压制，实现全然的幸福，就必须从自我的内心与实感出发，与时俱进。倘若捆绑了贞操的旧道德"已同我们生活的规律不合"，我们便应当大胆"排斥这暴虐的道德"，继而勇敢"制定我们所必要的新道德"。

换言之，周氏认为，道德应当脱去所有的虚与委蛇与暴力压制，由时代调试且与时代的进步同频。因此，打破贞操，或者说"情"与道德的捆绑，是女性从传统走向现代的第一步。由此意义而言，周作人在《新青年》抛出《贞操论》译文，可谓大胆迈出了塑造新女性的坚定步伐。

不久之后，胡适（1891—1962）在《新青年》第五卷第一期发表《贞操问题》，以示回应。在该文中，胡适批判用封建礼教绑架贞操的言论“检直是全无心肝的贞操论”（胡适，6），并对此一传统的贞操论提出三点反对意见：

> 第一，这个问题，从前的人都看作“天经地义”，一味盲从，全不研究“贞操”两字究竟有何意义。……故我做这篇文字的第一个主意只是要大家知道“贞操”这个问题并不是“天经地义”，是可以澈底研究，可以反复谈论的。
>
> 第二，我以为贞操是男女相待的一种态度：乃是双方交互的道德，不是偏于女子一方面的……
>
> 第三，我绝对的反对褒扬贞操的法律。（胡适，13—14）

胡适认为，首先，贞操的问题，甚至“贞操”二字的意义，绝非“天经地义”。当我们谈论贞操的时候，切忌不可“一味盲从”，而是要“澈底研究”与“反复谈论”。其次，贞操是平等的“男女相待的一种态度”，不可偏于男子或女子的一方。最后，胡适“反对褒扬贞操的法律”（胡适，13—14）。

应当指出的是，胡适对于贞操的看法，已经隐隐暗含了男女平等观念的思想雏形。正如他自己所言：

> 贞操不是个人的事，乃是人对人的事；不是一方面的事，乃是双方面的事。女子尊重男子的爱情，心思专一，不肯再爱别人，这就是贞操。贞操是一个“人”对别一个“人”的一种态度。因为如此，男子对于女子，也该有同等的态度。若男子不能照样还敬，他就是不配受这种贞操的待遇。这并不是外国进口的妖言，这乃是孔丘说的“己所不欲，勿施于人”。（胡适，7—8）

贞操是“人对人的事”，关乎男女双方。倘若女子对男子专一，那么男子“也该有同等的态度”，此所谓贞操，即“一个‘人’对别一个‘人’的一种态度”。胡适认为，此种贞操观并非刻意渲染外国的月亮更圆、更亮，而是恰恰符合孔子所言的“己所不欲，勿施于人”。

总体而论，“五四”一代知识分子形塑了一个反传统的新女性形象。这一典范式的新女性，反抗父母之命、媒妁之言的包办婚姻，尝试挣脱父权制家庭伦理的束缚，她们追求自由与光明，享受浪漫爱情，并主张性解放及男女平等。

不过，当婚恋自由、性解放等观念一跃成为情绪导航的重要目标时，知识分子对于新形式的“私情”以及承载了此一现代之“情”的新女性，开始产生焦虑。1923 年 12 月 26 日，鲁迅（1881—1936）在北京女子高等师范学校的文艺讲演中，发出了掷地有声的千古一问，“娜拉走后怎样”？鲁迅认为：

> 从事理上推想起来，娜拉或者也实在只有两条路：不是堕落，就是回来。因为如果是一匹小鸟，则笼中固然不自由，而一出笼门，外面便又有鹰，有猫，以及别的什么东西之类；倘使已经关得麻痹了翅子，忘却了飞翔，也诚然是无路可以走。还有一条，就是饿死了，但饿死已经离了生活，更无所谓问题，所以也不是什么路。
>
> 人生最苦痛的是梦醒了无路可以走。做梦的人是幸福的；倘没有看出可走的路，最要紧的是不要去惊醒他。……
>
> 然而娜拉既然醒了，是很不容易回到梦境的，因此只得走；可是走了以后，有时却也免不掉堕落或回来。否则，就得问，她除了觉醒的心以外，还带了什么去。（鲁

迅，1219—1220)

面对新女性的现实困境，鲁迅给娜拉指出的道路是，在家庭与社会中尽力争取经济的独立自由。因为：

> 自由固不是钱所能买到的，但能够为钱而卖掉。……要求经济权固然是很平凡的事，然而也许比要求高尚的参政权以及博大的女子解放之类更烦难。(鲁迅，1220)

尽管金钱买不到自由，但是自由“能够为钱而卖掉”。在鲁迅看来，女性经济权的实现，是比追求解放或者所谓参政权，更切实、却也更困难的事情。

果不其然，十年后的1934年，蒋介石发起“新生活运动”倡导复归儒家伦理，情绪导航的首要目标发生转变，对于婚恋自由与性解放的高歌猛进，旋即被更为严苛的对于孝道、礼节与贞操的“情”之规范管控。而这一“情”的复归，也正应了鲁迅在《娜拉走后怎样》结尾处的哀叹：

> 可惜中国太难改变了。即使搬动一张桌子，改装一个火炉，几乎也要血；而且即使有了血，也未必一定能搬动，能改装。不是很大的鞭子打在背上，中国自己是不肯动弹的。我想这鞭子总要来，好坏是别一问题，然而总要打到的，但是从那里来，怎么的来，我也不能确切知道。(鲁迅，1222)

中国的改变，无论大小，几乎每走一步都要付出血的代价；而且，即便“很大的鞭子打在背上”，鲜血淋漓，也未必“能搬动，能改装”。不过，诚如鲁迅清醒的认识，鞭子总是要来的，只是“从那里来，怎么的来”，尚未可知。

及至上海“孤岛”，华洋杂处与公共领域的格局，使“新生活运动”的情感道德规范鞭长莫及。彼时的“孤岛”，弥散着市民社会的浓郁商业气息，舞厅的粗俗、娼妓的混乱，混杂“五四”一代对于婚恋自由与性解放的向往与追逐，以及遗老们“仁义礼智信”的道学遗风，使社会对于新女性之“情”的焦虑甄至高潮。

二、“妇女·家庭”专栏与《西风》的新女性想象

“八一三”之后，评论界在梳理战后海上文坛境况时，曾经特别指出：

> 宇宙风，西风，逸经的《非常时期联合特刊》，在软性刊物里确是佼佼者，维持他们“言之有物”的特写风格……《西风》也已复刊了，并由月刊改为半月刊，这是一册最好的西洋雜誌译文……总之，宇宙风一系的精神，凡办杂志者都应该钦佩，他们确实实现了“认真做去”的约言。而他们的“生意眼”也特别高明。（槐青，39）

结合“私我”的觉醒，情绪政体的相对自由状态，情绪导航目标的不稳定性，以及社会对现代之“情”与新女性的普遍焦虑等问题在“孤岛”的凝聚和交融，笔者认为，《西风》“生意眼”的“特别高明”之处，正在于其透过“妇女·家庭”专栏对新女性问题的持续关注、翻译与思考。

1936年9月1日，《西风》推出创刊号，并在创刊号扉页上发布“西风月刊征稿启事”，针对来稿提出明确要求，并对《西风》的办刊宗旨及栏目设置等，作了相关说明：

> 本刊以译述西洋杂志精华，介绍欧美人生社会，提倡有思想有情感有个性有趣味的通俗文章为宗旨，内容分专篇，科学·自然，心理·教育，妇女·家庭，传记·史话，游记·探险，军备·战争，社会·暴露，政治·经济，艺术·文学，电影·戏剧，娱乐诸部门，另辟冷眼旁观，雨丝风片，西洋幽默，书评，西书精华，笔花，名人隽语，漫画，插图，木刻等栏。凡与本刊性质相合之稿件，只要文笔清隽流丽，无论创作翻译，均所欢迎。谨请海内外文友，多赐佳作。（《西风》编辑部，无页码）

由以上“征稿启事”可见，“妇女·家庭”专栏是《西风》自创刊伊始即设立的栏目。① 而在《西风》创刊半年之际，其编者在《今后的西风》一文中，更是针对刊物的重点栏目，在内容上作了进一步的优化与细分：

> 《西风》的内容，将特别注重新科学知识之介绍与研究；在心理方面，我们将加意撷取现代日常实用心理常识，并希望能引起国人对于疯人之治疗与处理问题的注意；儿童教育，低能儿，苦命儿，私生子，流浪儿，甚至幸运儿的教养，都是我们所关心的；在妇女家庭一栏中，我们想尽量选译关于男女社交与婚姻问题的经验与探讨的文章；在军备战争方面，我们除了介绍列强最新杀人利器之外，注重暴露战争之残酷与残忍，并努力于和平心里之建设；至于社会方面，我们则以暴露黑幕，揭发时代文化

---

① “妇女·家庭”是《西风》的保留栏目，从创刊伊始直至终刊，基本未曾间断（第13期至第17期除外），相关论述见下文。

> 之矛盾与社会之不平现象，排除国家与种族偏见为主……
>
> 总而言之，今后的《西风》，还是照常选译各国杂志最精彩与杰出的文章，供献读者以宇宙间最新的必要智识。内容注重实际生活，力求接近人生；以作者的经验，拿来与读者研究做人的道理。(《西风》编者，4—5)

从以上说明看，经过半年的办刊实践，"科学·自然""心理·教育""妇女·家庭""军备·战争""社会·暴露"五大专栏，成为《西风》此后的主要翻译方向。而"妇女·家庭"栏目的内容，则将"尽量选译关于男女社交与婚姻问题的经验与探讨的文章"。

那么，在实际的编辑过程中，《西风》是否始终保持了其对于"妇女·家庭"栏目在译文内容方面的构想？首先，如表4—1所示：

表4—1 《西风》"妇女·家庭"专栏刊载译文（"孤岛"时期前）

刊期	标题	译者	刊期	标题	译者
第1期	丈夫荒	罗一山	第7期	私生子	凌霜
	日本的艺伎	林幽		何必生小孩	蓝萍心
				让娘儿们干吧	罗一山
第2期	老处女制造厂	罗一山	第8期	少女求夫记	王宏喜
	为什么用女职员	林疑今		天空女招待	罗一山
	死刑前后	王宏喜			
第3期	结婚的职业	罗一山	第9期	堕胎	凌霜
				天才盲女	徐素斐
	未婚男女须知	凌霜		苏联新妇女	倪受民
				租妻奇俗	陈师超

续表

刊期	标题	译者	刊期	标题	译者
第 4 期	有目无睹	王宏喜	第 10 期	白流的眼泪	洪鹄
	低能儿的母亲	黄嘉音		伤心女郎的自白	王宏喜
第 5 期	女职员恋史	罗一山	第 11 期	中美联姻	凌霜
	日本新娘的自白	洪鹄		日本妻子的自由	叔理
第 6 期	时装潜势力	罗一山	第 12 期	家庭六战场	王宏喜
	苏联的婚姻	杜尤		美寡妇与鳏夫	么非

创刊初期（第 1—6 期）的“妇女·家庭”专栏，翻译内容较为分散，涉及女性的婚恋（《丈夫荒》《结婚的职业》《女职员恋史》《日本新娘的自白》《苏联的婚姻》）、职业（《日本的艺伎》《为什么用女职员》）、教育（《老处女制造厂》）、健康（《未婚男女须知》）、育儿（《低能儿的母亲》），以及其他旁涉女性的相关话题（《死刑前后》《有目无睹》《时装潜势力》）。

第 7 期后，栏目明确了“尽量选译关于男女社交与婚姻问题的经验与探讨的文章”（《西风》编者，4）的宗旨，并在实践中逐步加以贯彻。由表 4-1 可知，从第 7—12 期，“妇女·家庭”专栏中探讨男女社交与婚姻问题的译文明显增多（《白流的眼泪》《伤心女郎的自白》《中美联姻》《日本妻子的自白》《家庭六战场》《少女求夫记》《租妻奇俗》《私生子》《何必生小孩》《堕胎》）；尤其是婚姻问题，成为专栏的核心议题之一，并延续至“孤岛”时期的《西风》。

1937 年 11 月 1 日，《西风》在停刊 2 个月后复刊并改出半月刊。半月刊共出版 4 期（第 13—16 期），为了“适应时代的需要起见”，“特别注重世界大势的探讨以及国际局面的解剖”（《西风》编者，87）；同时，由于版面压缩，暂时去掉“妇女·家庭”专栏。不过，因为半月刊在内容上"大部分保持原来的格调"（《西风》编者，87），所以尽管专栏被删，探讨婚恋家庭等相关问题的译文却并未随之而消失。例如，连载于半月刊的黄嘉音译文《经验之谈》（*The Voice of Experience*），即是针对择偶与婚姻家庭问题的深入探讨。

半月刊发行4期后，"因为时局变化的关系，同时为了要保持《西风》的原来格调起见"，《西风》从第17期恢复月刊，并直至终刊。而在译文的内容选材上，编者也表明"同人此后自当依照发刊时所定的方针，在人力所能达到的范围内，精益求精，以副诸位读者的雅望"（《西风》编者，513）。恢复月刊后，《西风》在18期开设"男女之间"一栏，刊登蓝萍心译自 *The Reader's Digest* 的《现代女子与贞操》一文，同时继续连载黄嘉音的《经验之谈》译文，似有替代与接续"妇女·家庭"之意。不过，第20期后《西风》恢复"妇女·家庭"专栏，同时取消"男女之间"，并将此栏目一直维持至终刊。

恢复后的"妇女·家庭"专栏，其译文聚焦于男女社交和婚姻问题。1939年1月，《西风》在新年之际发行第29期，并在该期推出"婚姻教育特辑"，将上述两方面内容的讨论推向第一次高潮。"婚姻教育特辑"收录译文九篇，包括：《幸福婚姻预测》（编者译）、《未雨绸缪的大学生——恋爱与结婚的智识》（黄嘉音译）、《结婚准备课的内容——你要结婚吗？》（凌霜译）、《美国的婚姻教育——有备无患》（中流译）、《怎样选择终身伴侣——幸福婚姻讲座》（夏仁麟译）、《交结男友须知——六种男性》（夏楚译）、《找丈夫的方法——少女须知》（杨彦岐译）、《瑞典结婚学校——男女婚前的自省工作》（罗道爱译）以及《美国妇女眼中的夫妇关系——对结婚与离婚的见解》（孙世淑译）。从内容上看，"前四篇是关于近年来风行美国各地各大学的婚姻教育情形；再下去三篇是关于男女选择伴侣的一般智识；后二篇是关于瑞典人和美国人对婚姻问题的态度”（《西风》编者，446）。

那么，特辑对于婚姻问题的集中译介，其在内容方面有何特点？《西风》对于婚姻问题的关注与翻译，究竟是在特辑中达至顶峰，还是在特辑的推动下更加活跃？以及，特辑的推出能否反映《西风》编者对于作为“情”之代表的新女性的某些思考动向？以下，笔者拟针对上述追问，采用库博中文独立语料库分析工具（CORPRO），运用相关数据对“婚姻教育特辑”中的9篇译文作深入分析。

三、《西风》的“婚姻教育特辑”分析与新女性的“情”之出口

库博中文独立语料库分析工具是“提供个别研究者得以‘独立’使用之电脑辅助文本分析软体，以语料库语言学为研究取径，协助研究者处理相当程度大量数位形式的文本资料”（阙河嘉、陈光华，287）。其区别于其他语料库分析工具的“词汇编辑”“词频分析”以及“词汇搭配关系”等特色功能，从断词、整合词族（word family）、关键词脉络索引等方面，为中文（繁体）语料的整合与分析提供了更为合理化、条理化与便捷化的平台与工具。

首先，我们将特辑的9篇译文全文载入库博，构成一个由3173个类符（type）组成，共计12881个形符（token）的小型语料库。诚如库博的开发者阙河嘉与陈光华所指出的：

> 一般而言，除了中文语境中的连词、代名词、叹词、语助词、介词……等虚词，词汇出现的次数和频率反映着词汇在语料库中被使用的机会，因此词频的多寡也可反映出此词汇在语料库的重要性。（阙河嘉、陈光华，292）

由此，借助库博的“停用词编辑”辅助功能，移除代名词（如他、她、她们）、副词（如一点点、更、最）、介词（如比、以、叫）等不必要的虚词干扰项，并最终通过“文字云”功能，截取语料库中词频排名在前200的语汇，即可呈现可视化的“婚姻教育特辑”翻译语汇群。而后进一步根据“文字云”中字体大小及文字深浅度的直观词频映射，则不难厘定特辑中围绕婚姻这一话题所形成的核心语汇。具体语汇信息，如图4—1所示：

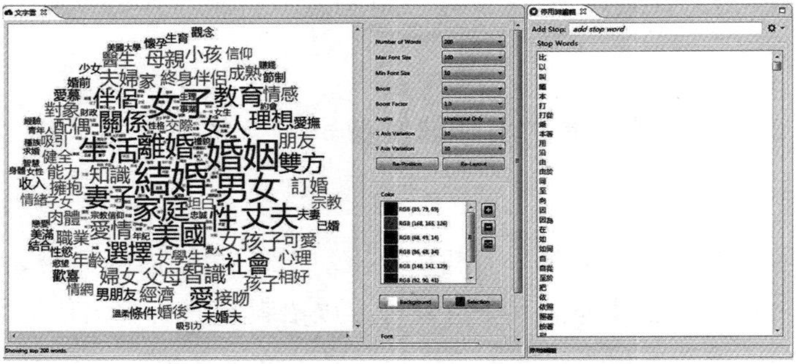

图4—1 “婚姻教育特辑”翻译语汇的文字云编辑（左）与停用词编辑（右）

其次，借助库博的“词语搭配网状图”辅助工具，设置搭配词（Top Collocates）数值10、词汇层级（Network Depth）数值5、共现（Coocurrence）数值3、同时剔除与讨论不相关节点（Node），以“婚姻”为关键词执行操作，即可获取特辑译文中常常与“婚姻”共同出现的语汇。笔者认为，将这些语汇按照概念类别区分，大致可归纳为如下几类：爱情、性、关系、女性、家庭、教育、职业等。详见图4—2：

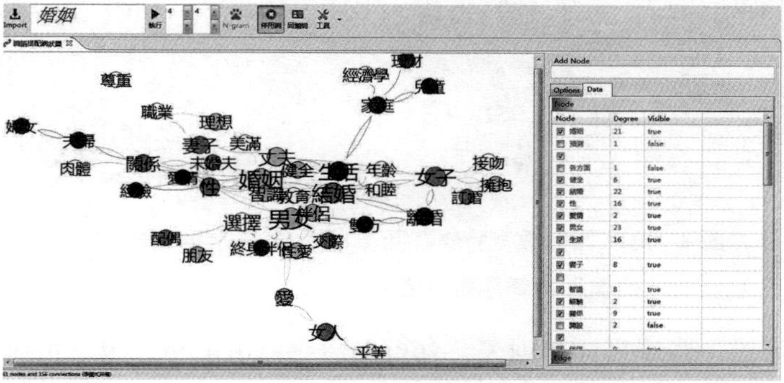

图 4—2　以“婚姻”为关键词的“词语搭配网状图”编辑（左）与相关节点编辑（右）

最后，借助库博的“同类词编辑”工具，结合特辑中9篇译文的具体内容，我们可以将《西风》在“孤岛”时期有关婚姻译题的核心概念语汇进一步细化拆分为：一级语汇与二级语汇。其中，一级语汇为范畴概念语汇，包括性、关系、女性、家庭、教育、择偶，等等。二级语汇是针对一级语汇的主题细化与分解，在《西风》的翻译语料范畴内，至少包括：性（性、智识、接吻、肉体、相好、爱抚、怀孕、生育、性欲、节制、观念、欲望、经验、性关系、性爱、贞节、求爱）；关系（男女、丈夫、妻子、伴侣、夫妇、配偶、对象、终身伴侣、男朋友、未婚夫、夫妻、已婚、爱人）；女性（女子、女人、女孩子、妇女、母亲、女学生、少女、女性、女生、女儿、夫人、媳妇、丈母娘）；家庭（生活、离婚、家庭、父母、孩子、经济、家、子女、收入、赚钱、家务、和睦）；择偶（爱、选择、社会、爱情、朋友、职业、心理、年龄、宗教、交际、信仰、事业、财政、生理、种族、忠诚、身体、性格、标准、择偶）；教育（教育、知识、小孩、医生、儿童、婚姻课）等。

同时，透过库博的“词频列表”功能，我们可以清晰地观察到经过编辑的同类词语汇在特辑译文中的出现频率。如图 4—3 所示：

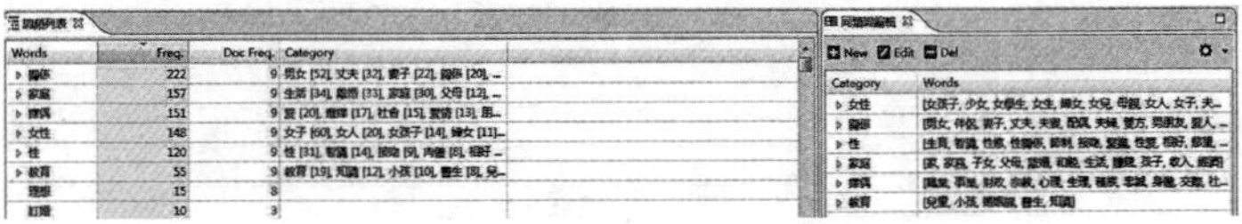

图 4—3 “婚姻教育特辑”重要翻译语汇词频列表（左）与同类词编辑（右）

而进一步观察词频列表，分析上述一级语汇与二级语汇出现的词汇频次（term frequency）与文件词频（documentary frequency），则由图 4—4 可知：

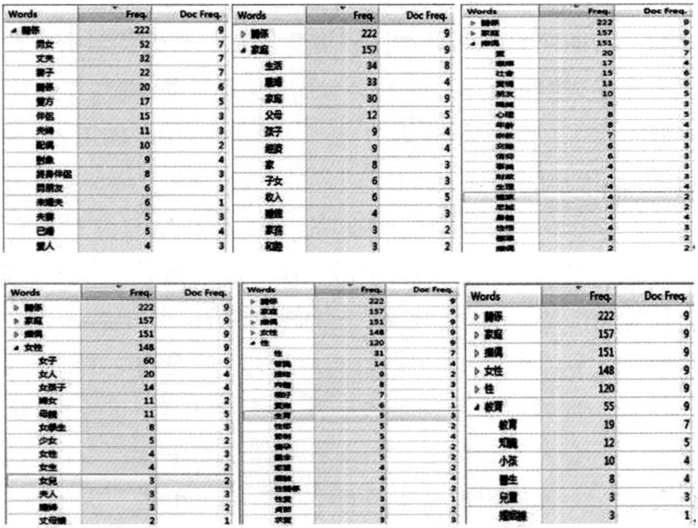

图 4—4 “婚姻教育特辑”重要翻译语汇词频详解图

“关系”是出现频率最高的一级语汇，9 篇译文中均有涉及，共出现 222 次，又根据其下属的二级语汇词频，可知语篇相关内容主要聚焦于男女关系、尤其是夫妻关系的讨论。“家庭”的词频位居第二，出现于9篇译文共计157次，结合二级语汇的词频分布，此类话题主要关涉家庭生活。位居第三的是“择偶”，9篇译文共计出现151次，根据二级语汇的分布，主要探讨择偶标准等相关问题。其次是“女性”，同样见于9篇译文共计148次，剔除“女子”“女人”等单一性别代词，“母亲”是所有语篇对于女性角色的重点关注面向。再次是“性”这一语汇，9篇译文共计出现120次，二级语汇的话题主要集中于性关系一线。最后是“教育”，同样见诸9篇译文共计出现55次，二级语汇主要关涉儿童教育。

综上所述，婚姻问题是《西风》所关注与译介的重要话题之一，该议题通过刊物所设置的“妇女·家庭”专栏持续向读者输入相关内容，并由第29期的“婚姻教育特辑”推至高潮。同时，乘借“西风”而来的婚姻议题，经过创刊后一年中的不断摸索与调整，在上海“孤岛”基本形成了较为集中且明确的翻译方向。经由库博中文语料库工具对于“婚姻教育特辑”9篇译文的数据分析，可以清晰地看到，夫妻关系、家庭生活、择偶标准、性、女性作为母亲的角色以及育儿，是该特辑所涉婚姻问题的主要讨论面向。与此同时，上述面向并未随着特辑的结束而泯灭，反而为“妇女·家庭”专栏在之后的翻译选材奠定了基调，并在实践中得到了进一步的提炼与升华。

从“婚姻教育特辑”之后的第30期直至“孤岛”结束的第64期，《西风》“妇女·家庭”专栏共刊文71篇，其中译文67篇、原创4篇。而在67篇译文中，有50篇涉及婚姻问题，17篇与婚姻无关，婚姻议题大约占译文总量的3/4。进一步分析上述50篇译文，不难发现，其讨论的内容大致与“婚姻教育特辑”相仿，且产生了进一步的细化倾向。

具体而论，探讨家庭生活与择偶标准的译文相对较少，主题也呈现粗线条化；而关系、育儿以及性，则成为“孤岛”后半时段

《西风》着力译介与探讨的婚姻相关问题，且在主题上呈现精细切分的趋势。特别是，夫妻关系与婚前性行为，构成了其间译介的主线。此外，将婚姻生活看作一个整体进行综合性探讨的译文，在数量上也相对居多，如图4—5所示：

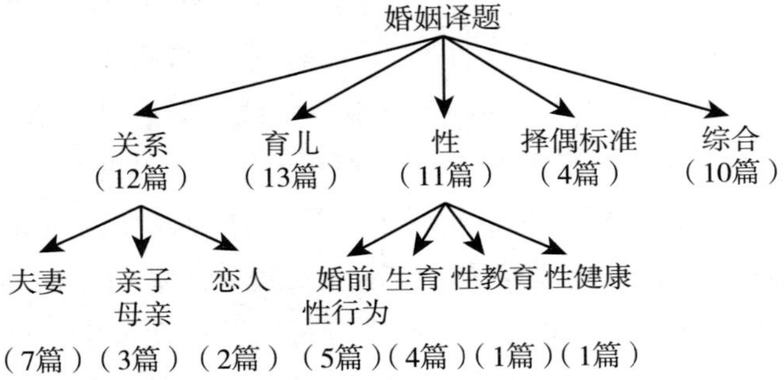

图4—5 《西风》"妇女·家庭"专栏婚姻译题一览（第30—64期）

以上，彼时社会对于新女性的普遍焦虑，使恋爱与婚姻成为"孤岛"公众舆论的聚焦点之一，而《西风》作为一份颇具"生意眼"的刊物，自然不会置身事外。透过库博对《西风》"婚姻教育特辑"中所录译文的数据分析，其对于新女性的关注点——（夫妻）关系与性的问题一目了然。那么，笔者的后续追问即是，《西风》的以上两个翻译聚焦点，背后有无其他深意？

第二节 重塑情绪的努力——《西风》的"性"译题

延续上文的讨论，由于性与贞的密不可分，使得性在探讨以新女性为代表的现代之"情"的过程中，成为无可绕开的一个重要话题。基于以上性之重要性，以及《西风》在"孤岛"时期所进行的大量相关翻译实践，本节主要尝试探讨如下两个问题：第一，《西风》针对“性”的相关翻译，与其建构现代之“情”的目标之间，存在何种内部关联？第二，《西风》致力于重构“情”的努力背后，其深层动因或说幕后推手，何在？

一、作为“性”之情绪庇护所的“西风信箱”

在中国语境中，性是一个叠加了诸多隐性与映射含义的暧昧词汇，其实质与表征在漫长的社会文化进程中不断更迭。华夏先民认为，“性是自然秩序的一部分，是所有男人与女人的神圣职责，并无丝毫罪恶与道德败坏之感”（Gulik，50）。至少在宋代之前，性都是人们日常生活中极为普通的一个方面，可以毫无避讳与禁忌地谈论。宋代以降，新儒学为时人的性观念裹上了一层朦胧的面纱。直至明朝灭亡之际，面对外族的入侵，“汉人才以极为严苛的方式将儒家的两性分离原则重新施用，以此至少在私人生活方面将其自身与满人的干涉相区隔。于是，一切与性相关之事以及闺中之事，均成为严格的禁忌”（Gulik，335）。最后，在清朝的统治下，“一种过分守礼的气氛开始笼罩整个社会，并且扼杀掉了中国性文化得以表现的各种形式（例如涉及情色的版画、诗歌、小说、小册子、工艺品等）”（Henriot，9）。可以说，从历史的演进观察，中国的性观念或说“性问题是一个涉及到医学、宗教、家庭婚姻、伦理道德和文学艺术等许多领域，从生理到心理，从个体到家庭，从家庭到社会，触及面极广，敏感度极高的问题”（李零，8）。①

辛亥革命后，中国进入民国时期。革命的浪潮造就了思想的空

---

① 有关民国前中国的性文化起源与发展的探讨，可参见 Gulik，R. H. Van，*Sexual Life in Ancient China：A Preliminary Survey of Chinese Sex and Society from ca. 1500 B. C. till 1644 A. D.*，Leiden：E. J. Brill，1974。

前激荡与活跃，有关性的观念与话题也开始伴随新女性的焦虑而再度进入公众，尤其是青年人与知识分子的视野，并被赋予了全新的社会意涵。以《西风》为例，1937 年 12 月 1 日从第 15 期起，《西风》开设"西风信箱"一栏，"请读者提出关于社会，家庭，职业，婚姻，社交，心理，儿童教育等值得讨论的问题来"，并"特约学识经验均极丰富的专家来加以讨论和解答"，以期"对彷徨于歧途中的读者，能有相当地贡献"。（《西风》编者，150）在刊登的大量读者来信中，性是一个常常被提及的主题。

笔者认为，"西风信箱"的开设，实际上为公众提供了一个雷迪所谓的"情绪庇护所"（emotional refuge）：

> 能使个人情绪安全地从普遍的规范中解脱出来，并得以放松的一段关系、一个仪式或一个（无论正式与否）的组织。无论是否与意识形态相关，它都可能为现有情绪政体提供支持，或造成威胁。（Reddy，129）

借助此一庇护所，《西风》的年轻读者们得以将"私我"对于"性"的无知、困惑、疑问、焦虑等和盘托出，并经由编者回信，得到精神慰藉与情绪共鸣。

例如，在第 20 期的"西风信箱"中，署名白蒂克的读者谈到青年们处在对于性的急欲了解与性知识异常匮乏的教育现状之间的种种痛苦与焦虑：

> 我是一个十五岁的女孩子，……我不能够抑制我对于性智识的好奇心的冲动……家中的人对于性的事情，始终是守口如瓶的。他们认为和儿女们谈这一类的问题简直是罪恶，而她们却没有想到去压抑一个青年的好奇心，使他

们的精神感到痛苦是一种更大的罪过。……能不能在贵刊上登载一篇描写女性生殖器应有的构造形态与变动现象，指导正常性交的文章呢？我有资格代表百分之九十以上的青年（拿我们学校里的人数来作比例，至少我可以这样武断的说）向先生作这样的请求呢。（白蒂克，210—211）

第23期中，署名为谷之华的读者提到关于青年夫妇如何节制生育和避孕的问题：

我和妻子决定不要再生产了，在这十年内。但是，先生，我们对于两性及医药上的知识，的确是太贫乏了。我们实在不晓得节制生育和避孕的各种方法和知识。因此，请求先生尽量告诉我们关于节育和避孕的可靠而且安全的方法。我们听说有所谓自然避孕法，所谓安全期和化学药剂的避孕法，以及器械的避孕。关于这种种方法，请不厌烦地详细告诉我们，并请介绍有价值的书籍。（谷之华，519）

第27期和第50期中，来信者分别有关女子贞操的困惑叙述：

我在九岁十岁光景的时候，被仆人强奸过。先生，这是多么没有天良，使人痛心的事呀！一个垂髫的女孩，竟受到这样残酷的遭遇——在那么年幼的时候，我就失去了女人最宝有的处女膜——这是多么可怕的事，又是多么可羞的。（尤莉，331）

在我九岁的时候，不当心给台角碰着，弄破了我少女最宝贵的处女膜。小时不识，可是年级渐渐的长大，我懂得处女膜的宝贵，我知道我是失去了它，我时常想起了，

我便不快乐起来……仁慈的先生，告诉我，我可有资格给别人爱？可有资格去爱人？（莲心，206）

如此等等。显而易见，"西风信箱"的这一情绪庇护所，与《西风》所提倡的"私我"之情绪政体相辅相成，为"孤岛"的大量读者提供了一个可自由抒放由"性"所引起的情绪焦虑的公众平台。

二、"性"的翻译实践与重构"私情"的努力

"西风信箱"所提供的情绪庇护所的形成与向公众开放，某种意义上将《西风》对于性相关问题的深层探讨推入高潮。《西风》的编者们敏锐地捕捉到了读者公众在此一情绪上的极端焦虑，并借由回复读者来信，适时给予回应：

今日一般的社会，可说是还逗留在半封建的时代。性的问题是被士大夫伪君子之流选为禁例，被认为猥亵与有伤风化的……我们主张得把性的教育公开实施起来，使青年都得思想纯正与健全的幸福。（西风信箱编辑部，211）

在现代的社会中，科学这么发达了，社会这么进步了，我们却疏忽了一个人生基本的性教育问题，把一班青年蒙在封建气息的鼓里，随他们去盲人骑瞎马，横冲直撞！我们试用冷静而客观的眼光，来观察这个社会与这个世界，我们就可以看出这是一出多么沉痛而可笑的悲剧！……由我们这一代青年的共同努力，我们可以在短短的时期内，把后代的青年从封建的鼓里解放出来……末了，在阅读性教育方面的书籍之时，最好能"努力屏绝邪念，抱着最纯洁，最客观的求知态度"（西风信箱编辑部，415）

对青年人进行性智识的教育，是《西风》编者们对待上述社会问题的基本主张。将此主张投射到“孤岛”时期的《西风》翻译实践，则是性相关话题的译文在刊物上的频频出现。

根据笔者的统计，整个“孤岛”时期《西风》所刊载的与性相关译文，按照内容主题分类，如表4—2所示。

表4—2　“孤岛”时期《西风》刊载“性”主题译文

内容	标题	译者	刊期	内容	标题	译者	刊期
贞操	现代女子与贞操	蓝萍心	第18期	节育	美国的节育运动	友声	第19期
	青年与贞操	黄嘉音	第19期		穷人不该有孩子吗	叶韦	第51期
	初恋的危机	罗道爱	第32期		节欲无害论	姚葆初	第57期
	女大学生的贞操	黄中	第36期	同性恋	英国学校的同性恋	因明	第25期
性病	花柳病	曾维明	第19期	优生	人工的优胜劣汰	王宏喜	第19期
	扫除梅毒	叶今醇	第20期		停止生育铲除劣种	佳历	第41期
	花柳病院访问记	严大椿	第40期		改良世界人种宣言	徐模	第42期
	婚前梅毒检验	今纯	第41期		优生学上的避孕法	秦道坚	第51期
	扑灭梅毒运动	寿者	第60期		有计划的生育	张语莲	第52期
性教育	未婚母亲与性教育	方璞	第40期	婚前性行为	“相好”	胡宪生	第21期
					美国青年的性生活	林幽	第25期
	儿童与性教育	王贻谋	第47期		性的冲动	李绍忠	第49期
	未婚母亲的悲剧	仁华	第56期		婚姻中的性生活	胡悲	第56期

回溯《西风》所选刊的性话题相关译文，笔者认为，事实上可以从中隐约看到一条内在自成逻辑的脉络伏线。初期的相关译文主要围绕贞操与婚前性行为的话题进行，在经过一段时间的翻译与推介之后，1939年8月1日《西风》在第36期刊出题为《婚前性行为——贞操问题商榷》的信箱部同人文章，总结并且强调了刊物编者们在贞操与婚前性行为问题上的观点与立场。一方面，编者们希望通过翻译西方世界类似境况的报道，以儆效尤，肃清不断开放的社会中青年人普遍存在的对于性的误解。例如，文章不断申明：

以婚前性行为来避免精神病或维持神志的清醒，那简直是笑话……社会对于性行为，的确有责男人轻而责女子重的畸形倾向。可是我们以为这种错误的观念，并不是女子对于性行为作更大的放纵所能纠正的……婚后性生活的是否美满，的确与婚前的性经验有相当的关系，可是与婚前性经验的美满与否，尤有莫大的关系……大学生因为性的苦闷去寻花问柳，实在是大可悲叹的事。可是这问题的解决，并不在于以女生代表妓女去做男生解决性苦闷的对象。（西风信箱编辑部，596—597）

另一方面，《西风》的编者们似乎更希望借助于翻译，从西方青年们的试错与经验引介中，尝试打破中国社会传统思想的桎梏，重建青年人的贞操观念与性道德。诚如文章中所指出的：

一个人的价值，不在于他或她是否处男或处女，可是一个人的贞操观念，往往足以表现他的思想与人生观念……问题的根本解决办法，在于提高一般大学生的道德观念，人生观念，与社会观念的水准……总之，我们以为婚前的性经验，虽不是什么值得羞愧与骇怪的事，可是更不是值得提倡与引以为荣的事。我们对于贞操观念，不应守着眼光如豆的看法，对于已失贞的人，不必责之过苛。我们以为咎其既往绝非最好的办法。因为一个人的价值，不在于其是否婚前失贞，而在于他或她对于社会与人类的贡献。（西风信箱编辑部，595、597）

尽管贞操并不决定一个人的价值，但是贞操观念足以表现一个人的社会观念、人生观念与道德观念。在《西风》同人们看来，性与贞操是关乎“私情”重构与青年人整个世界观的根本性问题，因此正确而适度的教育是必要且必需的。

一方面，《西风》通过翻译与相关书籍的推介，[①] 首先，打破了性的神秘与禁忌，向青年人普及性知识。其次，建构并向青年人灌输了一整套以“私我”为基础的、有关性与贞操的伦理价值体系。在这样一套体系中，性行为尽管只是日常生活的普通组成部分，却是不可恣意放纵的，贞操的失去尽管不足以否定一切，但与一个人的品格直接关联。

另一方面，在有意识地从正向塑造了一系列价值观念的同时，《西风》也从反向，即通过对暴发于西方社会的梅毒等性病问题的译介，进一步支持与补足了其所架构的性之伦理体系。

在廓清了基本观念的基础上，《西风》对于性的关注点延展到节育问题。其一，《西风》的编者们认为，“关于节制生育方面的书，中国是少得可怜的”。因此，特选出包括《避妊法》（王逸慧、刘宗澧著，作者自版）、《节育主义》（山额夫人著，陈海澄译，商务出版）、《贤明的父母》（史笃泼夫人著，水宁人译，北新出版）、《节制生育问题》（程浩著，亚东出版）、《通俗生育限制法》（大川

---

① 《西风》在第22期的“西风信箱”一栏中，向读者推荐了15本性教育相关书籍，包括：《性与青年》（艾迪著，青年协会译，青年协会出版）；《性生活的控制》（魏善海著，于熙俭译，青年协会出版）；《性的教育》（霭理士著，潘光旦译，青年协会出版）；《健康的性生活》（朗夫人著，Y. D. 译，北新书局出版）；《女子应有的知识》（山额夫人著，赵元任夫人译，商务印书馆出版）；《女子之性的智识》（维廉鲁滨孙著，味辛译，商务印书馆出版）；《性的知识》（鲁滨逊著，方可译，开明书店出版）；《性教育指南》（夏南著，杜佐周、钱亦石译，中华书局出版）；《男青年性问题》（蓄耳兹著，杨铭鼎译，中华书局出版）；《性之生理》（罕巴达著，朱建霞译，商务印书馆出版）；《性的道德》（霭理士著，潘光旦译，青年协会出版）；《性的教育》（董任坚著，潘光旦校，儿童书局出版）；《发情时期之教育的研究》（谢泽如著，黄敬思校，儿童书局出版）；《性教育法》（杨冠雄著，黎明书局出版）；《性教育》（周建人著，商务印书馆出版）。（西风信箱编辑部，416—417）

浩著，沈石顽译，昌明出版）、《产儿调节之理论与实际》（缪端生声著，新亚出版）及《节育的理论与方法》（严与宽著，大东出版）在内的7部较为实用的相关书籍，供读者参考。（西风信箱编辑部，521）

其二，除了中国缺少此类书籍，《西风》的编者们特别举荐相关译/著作的背后，是否有更深层次的动因？笔者注意到，在《西风》第23期答复读者来信的《节制生育之路》一文中，编辑部同人们开篇即言：

> 关于节制生育的智识，中国实在是太需要，同时也是太缺乏了。因为这不但是个人与家庭的问题，同时更是有关乎整个社会与国族前途的问题，所以我们对之不该疏忽，也不能随便。（西风信箱编辑部，519）

那么，节育究竟又是如何小至关乎家庭、大至牵涉国族的呢？在经过了一系列相关译文的铺垫之后，1941年11月1日《西风》在第63期推出特写文章《上海节育研究社访问记》，记者颂芳开宗明义地论述，或可作为对以上问题的回应：

> 记者对于节育问题颇感兴趣，觉得在现今物价步步高涨，生机日益艰窘的状况之下，不知有多少薪水阶级的人士，为了儿女成群，收入有限而感到苦闷、彷徨和消沉。还有一般妇女因为生育太多的缘故，身体日见孱弱，时常遭遇疾病的侵袭，再没有充份的精神去照顾她们的子女，任他们长成也好，夭折也好，反正顾不了许多，此种现象对于未来的社会国家，将有多么严重的影响啊！在国外，这种情形比较少，因为到处都有正式的节育机关去指导人

们科学的节育方法，所以他们不会感受因子女众多而引起的经济压迫和其他的弊病。相反地，国内却有一些以“避孕”作幌子的地方，专以打胎的手法去达到赚钱的目的，蒙其害者不可胜数，甚至断送性命的也大有人在。假使有正式的节育机关将科学的、不妨碍健康的节育方法去指示一般妇女，使男的不致因负担太重而影响到他的工作，女的可得到喘息和保养的机会，能够精神充沛地抚养儿女，谁也不能否认这是一种伟大的贡献而值得人们颂扬的。（颂芳，244）

毫无节制地生育，一方面会导致家庭负担过重而陷入经济危机，另一方面也会造成母亲身体孱弱、精神不济而无暇教养子女，从而影响下一代的成长与发展。由此可见，节育不仅关乎小家庭的生存，而且决定着未来社会是否有栋梁之才。这也就引出了另一个与整个国族命运休戚与共的重要问题——优生。

优生是《西风》所引介性译题中的一个重要话题，被看作“改良人种的一个好方法”（友声译，30）。1938 年 3 月 1 日，《西风》第 19 期推出“社会问题特辑”，其中刊登了王宏喜节译自美国《民族杂志》的《人工的优胜劣汰》一文，文章提倡“有计划地施行消灭生殖机能法”，以“减少遗传上有缺憾的人种”，并认为由此“我们的人种，就可以得到很大的改进，对于整个社会民族，也就裨益不少了”（王宏喜译，31）。

尽管该文所介绍与讨论的是发生在美国社会之事，然而诚如《西风》编者在“社会问题特辑”引言中所言：

《西风》所介绍的人生社会，虽是偏于西洋方面的，可是今日的世界，由于交通的猛进，已经使列国等于一

> 家，东西两半球也没有再分界线的可能与必要了。所以，本期《西风》所介绍的西洋社会问题，我们希望读者不要因为有“西洋”气味，便遽认为与我们东方毫无关系。老实说，我们本期提出这些社会问题，并非无的放矢。(《西风》编者，4)

交通发展加速了世界各国之间的交往与联系，因此东方与西方也自然失去了“再分界线的可能与必要”。老实说，“‘西洋’气味”并非与东方毫无瓜葛，“西洋”问题也并非在东方的语境中“无的放矢”。(《西风》编者，4)

可以说，优生是一个引起了《西风》同人普遍关注的社会问题，而倡导优生，从根源上着手阻隔有缺憾人种的繁衍，进而改良人种优化族群，这是《西风》编者们对待优生问题所秉持的基本态度。

例如，《西风》第41期所译载的《停止生育铲除劣种》一文，开篇即援引Dean Inge① 的话表明，“国家有权消减不良的国民，正如园丁有权铲除他国中的莠草”(佳历译，528)。随后更是指出：

> 社会上恶劣份子的生育率应予减少，这是深思熟虑的人同具的见解。愚人虽不一定生蠢子，但是这种人所生的大多数的子女都是心智不健全的。不良的遗传性是心智不健全的最大原因（约占百分之五十至六十五）。所以如果设法使智力薄弱的人不生男育女，我们就可以把那些阻碍

① Dean Inge，本名William Ralph Inge（1860. 6. 6–1954. 2. 26），英国圣公会牧师，剑桥神学院教授，因任伦敦圣保罗大教堂主持牧师（Dean of St Paul’s Cathedral），所以人称“Dean Inge”。

> 社会进步的份子铲除了……社会迟早会明白，人类这样不分皂白的繁殖，断不能增进其所追求的美满幸福，生殖的问题，是在质而不在量的。（佳历译，528、530）

而《西风》第42期，更是刊载了译自第七届国际遗传学会大会宣言的《改良世界人种宣言》一文，将其所主张的优生观念进一步明晰并推向高潮。这篇旗帜鲜明的宣言主要从机会均等、世界联邦、儿童福利、节制生育、选种以及教育等角度，阐明改良世界人种的原因、构想与蓝图。其中，在“严格的选种”一节，译文如是说：

> 只有用一种选择的方法机能使任何一代比前一代有较好的本质上的（遗传的）特色。这就是说，让一般具备优秀的遗传本质的人，比其余庸劣的人生下较多的孩子。这种选择可以有两种方式：一种是严格的挑选人种，另一种则是自然地淘汰。但是处在现代文明制度下，后者显然并不能像它在原始时代那样的发生效力，因此我们非采用前一个方法不可。要使这种选择实现，全世界人民又必须有首先重视生物学定律的伟大力量，和这种选择对人类社会的崇高意义。（徐模译，587）

生育在质不在量，唯有通过优生，即在国家层面采取一种选择的方法将不良遗传基因强制铲除，才是保障人民幸福与社会稳定的根本。这是《西风》对于此类问题的翻译主线与选刊标准。

从主张科学地教育以普及性知识，到对于贞操问题的客观探讨，再到引入节育与家庭社会的关系问题，直至将优生与国族强大相提并论进而提倡优生，《西风》通过有选择性地翻译，试图形塑并向读者内化一套以教育、节制欲望以及强国保种为主线的性观念体系。笔者认为，此一性观念体系的建立，也与《西风》编者尝试建构的以“私我”为核心的情绪政体，及他们对于以新女性为载体的现代之“情”的体认息息相关。

一方面，《西风》的编者们显然并不赞成将“情”与传统的儒家伦理道德相捆绑，这一点从其对于性问题的译文中，便可一目了然。不过，《西风》在对于贞的祛魅过程中，并未完全否定“情”所覆盖的道德范畴。事实上，从其将节育、优生等“性”实践与民富国强相提并论来看，《西风》所尝试重构的“情”，深具强国保种的民族道德力量。

另一方面，根据前文中库博的数据分析，“关系”一词常常伴随“性”而出现，这当中包括：男女双方的婚恋关系、新女性与贞的关系、节育与家庭的关系、优生与强国的关系，等等。“关系”与“性”的同频出现证明，《西风》试图通过性问题的翻译，反思并重构“情”与现代国家及社会的关系。换句话说，《西风》推崇和极力营造以“私我”为核心的情绪政体的原因正在于，《西风》将现代之“情”当作个人与民族国家相凝聚的黏合剂，并认为只有个人的“私情”而非教条化的伦理道德，才是支撑进步中国不断前进的根本性力量。而也正是在此意义上，《西风》透过翻译的渠道，完成了其对于“私情”的重构。

三、追寻光与真理与重构家国秩序的想望

张济顺曾经在对《西风》的考察中指出：

> 《西风》诞生的1936年，正值上海大众文化的黄金时代。作为都市生活不可缺少的大众文化消费式样，形形色色的杂志争相面市。以倡导都市新生活为主旨的大众读物

占据不小的份额，为新女性而办的杂志凸现其中。（张济顺，90）

由是而论，张氏的观察与笔者的论述不谋而合。“新女性”作为契合大众文化的时代产物，《西风》对于其的关注与重点着力几乎可说是一种必然。这一点，从上文中针对“妇女·家庭”专栏的考察，也可窥得一斑。

那么，笔者的问题是，新女性牵涉“私我”生活的方方面面，《西风》对于“性”的情有独钟，除了如前文所述，它与现代之“情”的重构息息相关，这一情有独钟的背后，是否还有潜藏的其他推手？

首先，就社会的外部环境而言，《西风》对于“性”的选择，或与民初所开启的思想风潮相关。冯客（Frank Dikötter）在其《性、文化与现代化：民国时期的医学与性控制》（*Sex, Culture and Modernity in China: Medical Science and the Construc-tion of Sexual Identities in the Early Republican Period*）一书的开篇即言：

辛亥革命深刻地改变了中华帝国的政治结构。而紧随其后的新文化运动，则挑战了儒家思想统治下的性别秩序：性动摇了民初的中国大都会。对于性的公开探讨很快成为现代化的知识精英们挣脱传统束缚的自由表征。在医药科学的指引下，自由作家将其私人的性体验公之于众，青年知识分子呼吁性别平等，教育学者倡导以性教育启蒙青年，社会改革家则尝试变革整个民族的性习惯。都市文化被不断地加以性别化，妓女、花柳病与节育等，成为大众所关注的公共话题。在投往专业期刊的信件、写给日报的自白以及寄至医药杂志的询问中，社会受教育群体一再

地表达出了他们对于性的焦虑。(Dikŏtter，1)

根据冯客的观察，民国初年，伴随社会对于性的普遍焦虑，"对于大众消费而言，性确实是一个有利可图的话题"（Dikŏtter，1)。而优生学家潘光旦（1899—1967）的说法，也间接印证了冯客的上述观察。

1927年，潘光旦在《时事新报·学灯》[①] 连续撰文指出：

> 近来以介绍性智识自命的定期刊物，雨后春笋似的，忽然增加了好几种，如《新文化》，《性杂志》，《性欲周报》，《性三日刊》，《性报》，多的不及半年，少的是最近一二月或一二星期内才出现的。(潘光旦，89)

不过他认为，"这种种刊物，名为介绍正确的性观念，他们自己的动机和态度便很有问题"（潘光旦，89)；"涉及性的文字，胡乱写来，原与淫书无别，早已成为一班文妖，假科学家，与假艺术家渔利的捷径"（潘光旦，79)。因此，在潘光旦看来，当时社会上刊物所"发表关于性的文字决不外两个动机，或目的。一是真欲提倡性教育，解决性问题。二是借此沽名谋利"（潘光旦，91)。置身于一个将性视作有利可图的文化消费品的社会，作为一份大众读物，《西风》对于性话题的选择与翻译，一定有源自于市场需求与读者喜好的考虑。但是，尽管《西风》的译文大多取材于西方通

---

① 1927年5月5日、6月14日、6月24日，潘光旦依次在《时事新报·学灯》发表《〈新文化〉与假科学——驳张竞生》《变态心理与社会治安》《性教育者的资格问题》三篇文章，后合辑为一篇《今日之性教育与性教育者》，收入潘光旦的论文集《人文生物学论丛》（新月书店1928年版）。本章相关引用，即出自《人文生物学论丛》一书。

俗杂志，然而其所选择的源文则基本出自性学专家或大学教授之手，并非媚俗与恣意迎合低级趣味的“沽名谋利”之作。

其次，诚如前文所述，《西风》的性译题有一条前后贯穿的主线，而这一主线似乎也与民国社会及“孤岛”的情绪政体相贴合。第一，《西风》主张客观且科学的看待性，事实上这一主张恰恰与传统并行不悖。因为中国传统文化中所认为的性，“始终是一种现象、一个事实，从来既没有把它捧上三十三重天，也没有把它推下十八层地狱”（潘光旦，3）。第二，“近代以后，西方生理医学的概念重塑了旧有的身体观，这个过程中将旧有的身体观做了一个新的转化，也有新的社会文化因子被带进来，一起建构了一个‘节欲’的思想”（皮国立，60）。民国以降，伴随西式卫生教育的不断传入，性传播疾病、动摇社会主体、威胁民族发展的思想契合并加强了节欲的观念，而《西风》对于节制生育的大力宣扬，正是对推崇节欲思潮的一种正向回应。第三，民国时期，尤其是“孤岛”时期，内忧外患的社会困局激发了民族主义的勃兴。此外，由于受到达尔文进化论的影响，知识精英阶层普遍认为，“节欲是民族复兴与实现现代化的关键……夫妻要严格节制性欲，以此助推民族复兴。……阻止种族退化的唯一出路，即是对于性欲的社会管控”（Dikǒtter，2）。上述观点，与《西风》所译介与提倡的优生强国，可谓异曲同工。

最后，除了社会文化环境等的外部影响，《西风》对于性问题的选译，是否还存在源自内部的规约？作为一份没有大资本注入，没有大出版社加盟，亦没有政党参与的独立刊物，《西风》的选材、办刊宗旨以及运作等方方面面，均与其实际编辑人兼主要译者的黄嘉德、黄嘉音昆仲息息相关。

皮姆（Pym）在其《翻译史研究方法》（*Method in Translation History*）一书中，强调了译者研究的重要性，他认为：

> 翻译史研究的中心对象，不是文本，也不是与之相关的语境系统或语言特征，而是译者。因为只有人，才能够承担与社会动因相匹配的责任。唯有通过考察译者与他们所处的社会环境（委托人、赞助人、读者），我们才能够尝试理解特定历史时空中出现的翻译。想要理解翻译为何产生，我们就必须关注牵涉其中的人。（Pym，ix）

尽管皮姆的论述仅仅针对翻译史研究中的译者，但是其推断中“以人为本”的思想是普世的。将“人本位”迁移至本章的研究，一方面，黄氏兄弟是《西风》的主要译者，而译者对于翻译选材、翻译方法、译文风格等，均有至关重要的影响；另一方面，黄氏兄弟也是《西风》的创办者与主编，作为刊物的掌舵人，其对于刊物的总体风格、栏目设置、译文遴选、宣传营销、流通传播、读者受众等，均起到决策性作用。据此而论，《西风》选择“性”、翻译“性”、探讨“性”，则必然与黄氏兄弟自身的思想观念与价值取向密切相关。

人的价值观念体系，内嵌于其家庭环境、成长经历以及学校教育之中，特别是正规的、体系化的教育，对于人的形塑作用不容小觑。黄氏兄弟二人均毕业于圣约翰大学（St. John’s University），①

---

① 圣约翰大学是美国圣公会在上海创办的一所教会大学。它建于1879年，1952年9月全国高等学校院系调整时被撤销，前后历时73年。它是全国成立最早的教会大学之一，也是上海历史最为悠久的一所高等学府。圣约翰大学设在当时沪郊西乡的梵王渡，故又称梵王渡（或樊王渡）大学……圣约翰大学有校训、校徽、校歌、校色。校训是“光与真理”。校徽图案呈圆形，中央有中英文校名，周围有“光与真理”的英文。（徐以骅、韩信昌，3）有关圣约翰大学的详细史料与研究，可参见徐以骅、韩信昌：《海上梵王渡——圣约翰大学》，河北教育出版社2003年版；熊月之、周武：《圣约翰大学史》，上海人民出版社2007年版；徐以骅主编：《上海圣约翰大学：1879—1952》，上海人民出版社2009年版以及Yeh，Wen-hsin，*The Alienated Academy*：*Culture and Politics in Republican China*，*1919-1937*. Cambridge：Harvard University Press，1990。

这所素有“东方哈佛”之称的高等学府培养过或培养出了诸如外交家顾维钧（1888—1985）、教育家陶行知（1891—1946）、医学家牛惠生（1892—1937）、文学家林语堂（1895—1976）、宗教学家丁光训（1915—2012）、实业家荣毅仁（1916—2005），以及宋子文（1894—1971）、邹韬奋（1895—1944）、邓裕兰（1902—1988）、贝聿铭（1917—2019）、张爱玲（1920—1995）、陈鲁直（1925—2014）等各界精英。约大历经七十三载，向中国政界、商界、医学界、教育界、法律界、文学界，等等，源源不断地输送了大批的顶尖人才，其校友遍布全球，灿若星河。[①] 黄嘉德1931年毕业于圣约翰大学英文系，获文学士学位，黄嘉音则于1937年毕业于圣约翰大学历史系，同样获文学士学位。

一方面，圣约翰大学的西式精英教育模式强调“创造独特的大学精神，培养每个班级的学生都拥有团队精神（*esprit de corps*）”（Yeh，69）。“团队精神”，以及校训“光与真理”（Light and Truth），凸显了追求真理、群己意识、服务他人与社会的核心教育理念。正如约大校歌中所言：“追寻光明……追求真理……服务祖国，这是我们的神圣职责。”[②] 浸润于约园多年的黄氏兄弟，在社会价值取向上明显受到了此种校园文化和教育精神的影响。1937年3月，《西风》在创刊半年之际刊出《今后的西风》一文，在这篇小文中编者指出：

> 总而言之，今后的《西风》，还是照常选译各国杂志最精彩与杰出的文章，供献读者以宇宙间最新的必要智

---

① 有关圣约翰大学的杰出校友名录，参见熊月之、周武：《圣约翰大学史》，上海人民出版社2007年版，第346—380页。

② 参见熊月之、周武：《圣约翰大学史》，上海人民出版社2007年版，第404页。

识。内容注重实际生活，力求接近人生；以作者的经验，拿来与读者研究做人的道理。把宇宙做我们的学堂，社会当我们的典籍。帮助读者养成一种多样趣味的习惯，认识人生之意义与价值，使读者有不虚此生之感，我们认定杂志除了是一种教育工具兼消遣品之外，还有领导读者的责任，所以无论在何种情形之下，我们决不以低级趣味的东西去迎合一部份读者的心理。我们希望能在我国这混杂的文化界中，开辟一块干净的土地，使读者得到必要的精神上的粮食和休息。(《西风》编者，5)

将杂志的社会功能从“教育工具兼消遣品”，上升到承担“领导读者的责任”；显而易见，《西风》是黄氏兄弟希冀服务社会与大众的有力尝试。以自身的经验，帮助读者“研究做人的道理”，“认识人生之意义与价值”，以使读者“不虚此生”，这是作为圣约翰毕业生的黄氏兄弟面对社会责任时的自觉承担。而在这份社会责任之下，性之话题作为社会公共领域内的热点聚焦与热门纷争之一，《西风》对于性的选择、翻译与回应，则可视为作为主编的黄氏兄弟的一种必然选择。

另一方面，地处上海的圣约翰“首先使学生从外乡人变成知晓西方的都市社会知识人，进而朝着像真正的基督教徒那样具有道德和世界主义精神的各路精英的目标前进”（张济顺，203）。作为一所教会大学，基督教精神与文化是约大的底色与根基，学生中有不少来自基督教家庭，其中就包括了黄嘉德与黄嘉音兄弟二人。上海解放后，黄嘉音曾经在一篇反思性文章中谈及自己的成长经历：

我出生在一个充满着基督教气氛的家庭中。我的父亲是牧师。家里每一顿吃饭都做祷告，早起临睡做祷告，每天晚上还做家庭礼拜。星期日要做早上、下午、晚上三次礼拜……在我二十年的学校生活中，只有一年为了搬家的关系，暂时在非教会学校念书……到了大学三四年级的时候，我们每星期日还是要上必修的宗教课。（黄嘉音，95）

浸润在如此浓厚的宗教氛围之中，基督教思想对兄弟二人文化与价值取向的影响，不言自明。

例如，基督教教义强调高尚的个人品德：

惟抱高洁主义者，可以超出世界。守道德行为者，足以表率人群……世之最可怜者，莫如年富力强，而身染隐疾。灯红酒绿，而堕入情魔。所谓儿女情长，英雄气短者，古今同慨。（余凤宝，14）

“孤岛”时期的《西风》通过有选择的翻译，同样将性，特别是节育和优生与道德并置。青年人婚前失贞虽然不尽然与道德相关，但也绝非高尚道德的合理表现；年轻夫妇如果不节制生育、不践行优生，同样是不道德的。因为不加克制的欲望与行为会导致身体虚弱，而遗传又会将虚弱的疾病传至下一代，长此以往必将导致整个国族的虚弱与溃败。

又如，基督教教义重视家庭的力量：

家庭中的性教育，要提早开始，父母千万不可因为觉得羞耻，而采取避而不谈的态度，这样反而易使青少年直接接触到不好的性知识，若受到不良影响就后悔莫及了。（皮国立，64）

此种对于家庭性教育的提倡与强调，与《西风》所选刊的译文在着眼点上异曲同工。可以说，“孤岛”时期《西风》对于性译题的关注、选译标准与翻译立场，既是作为主编的黄嘉德、黄嘉音昆仲对于公众舆论的敏锐把控与回应、直面众声喧哗的中西观念立场的社会选择，也是二人内化的基督教价值取向的外在表现。

小　结

对于民国初期的上海及其城市文化的生成，学界普遍认为，“由于社会规范的不确定，社会状态的不稳定，语言的多样化，以及民族主义者对于殖民特权的不断挑战，文化在上海成为一个高度政治化与社会化的争议性话题”（Yeh，55）。事实上，社会的极不稳定和华洋杂处的东西胶着所引发的文化与政治的杂糅以及与社会网络的不可分割，同样是“孤岛”社会的突出特点。本章的论述对象，即是处于情绪政体的相对自由、情绪导航目标不稳定状态之下的新女性。由于“情”之普遍焦虑，作为“情”之化身的新女性，彼时是一个颇具争议性的话题对象。

基于库博的数据分析，本章认为，“性”与（夫妻）关系，是《西风》透过翻译对新女性所形成的主要关注点。特别是“性”的问题，其在当时是具有高度争议性的开放式话题：激进主义者高举性解放的旗帜，标榜性与自由；中产阶级知识精英从西式科学观的角度出发，力主节制欲望、保种强国；保守人士依然认为性是极为私密、不足与外人道的个体行为；而底层民众则似乎集体游离于“性狂热”的公众舆论之外。

《西风》通过翻译实践回应了彼时社会对于“性”的极度焦虑，同时以“西风信箱”为依托，为公众的“性”之焦虑提供了情绪抒放的有效庇护所。本章认为，从主张科学地教育以普及性知识，到对于贞操问题的客观探讨，再到引入节育与家庭社会的关系问题，直至将优生与国族强大相提并论进而提倡优生，《西风》通过有选择性地翻译，试图形塑并向读者内化一套以教育、节制欲望以及强国保种为主线的性观念体系。

此一性观念体系的建立，一方面，与《西风》编者尝试建构的以“私我”为核心的情绪政体，及他们对于以新女性为载体的现代之“情”的体认休戚相关；另一方面，也与其编者兼主要译者的黄嘉德、黄嘉音昆仲的身份构成及其所秉持的价值观，紧密相联。

本章认为，就“情”的层面而言，其一，《西风》的编者们显然并不赞成将“情”与传统的儒家伦理道德相捆绑，这一点从其对于性问题的译文中，便可一目了然。不过，《西风》在对于“贞”的祛魅过程中，并未完全否定“情”所覆盖的道德范畴。事实上，从其将节育、优生等“性”实践与民富国强相提并论的做法来看，《西风》所尝试重构的“情”，深具强国保种的民族道德力量。

其二，如前所述，“关系”一词常常伴随“性”而出现，这当中包括：男女双方的婚恋关系、新女性与贞的关系、节育与家庭的关系、优生与强国的关系，等等。“关系”与“性”的同频出现证明，《西风》试图通过性问题的翻译，反思并重构“情”与现代国家及社会的关系。换句话说，《西风》推崇和极力营造以“私我”为核心的情绪政体，原因正在于，《西风》将现代之“情”当作个人与民族国家相凝聚的黏合剂，并认为个人的“私情”而非教条化的伦理道德，才是支撑进步中国不断前进的根本性力量。而也正是在此意义上，《西风》透过翻译的渠道，完成了其对于“私情”的重构。

最后，就黄氏兄弟的层面而言，《西风》在“孤岛”时期对于性的关注与持续翻译，是作为约翰人的黄嘉德、黄嘉音昆仲在中西碰撞、新旧冲突、内忧外患的动荡社会中，对于文化重构（重构

“私情”）的自觉参与，以及对于“光与真理”的追寻和实践；同时，也是深受基督教文化影响的黄氏兄弟二人，对于其自身文化价值观的有力表述与伸张。

结　语

> 无名者的作品，尤其是边缘的、日常的记载，在过去常常作为“历史的沉默”（The null of history），在以政治史为中心的历史叙述里面往往被忽略，这些缺乏激动人心的事件和绝少关键作用的人物的作品中，历史似乎处在凝固和停滞之中，使得习惯大尺度地描述政治大变化和社会大动荡的历史学家，总是觉得它“无关紧要”。（葛兆光，2—3）

1994年，张爱玲荣获第十七届时报文学奖特别成就奖，届时她虽未至台湾领奖，却作了题为《忆西风》的获奖感言。在这篇感言中，她提到：

> 得到时报的文学特别成就奖，在我真是意外的荣幸。这篇得奖感言却难下笔。三言两语道谢似乎不够恳切，不知怎么心下茫然，一句话都想不出来。但是当然我知道为什么，……是为了从前西风的事。
>
> 一九三九年冬—还是下年春天？—我刚到香港进大学，西风杂志悬赏征文，题目是《我的……》，限五百

字……

我写了篇短文《我的天才梦》，寄到已经是孤岛的上海……受五百字的限制，改了又改，一遍遍数得头昏脑涨。务必要删成四百九十多个字，少了也不甘心。

法国修道院办的女生宿舍，每天在餐桌上分发邮件。我收到杂志社通知说我得了首奖，就像买彩票中了头奖一样……不久我又收到全部得奖名单。首奖题作《我的妻》，作者姓名我不记得了。我排在末尾，仿佛名义上是“特别奖”，也就等于西方所谓“有荣誉地提及”（honora-ble mention）……

《我的妻》在下一期的西风发表，……长达三千余字。西风始终没提为什么不计字数，破格录取。

……

《西风》从来没有片纸只字向我解释。我不过是个大学一年生。征文结集出版就用我的题目《天才梦》。（张爱玲，34）

张爱玲把自己获得“名誉奖”第三名误解为“得了首奖”。时隔五十余年，“西风”早已消散，然而蜚声文坛的张爱玲对当年之事依然无法释怀，认为从此“得奖这件事成了一只神经死了的蛀牙，所以现在得奖也一点感觉都没有”（张爱玲，34）。[①] 大概我们

---

① 张爱玲对于《西风》的“怨念”，似乎颇多来自征文对于字数的限制（5000字为限）。然而，这实在是她本人的错误。1939年9月1日，《西风》在其三周年纪念特大号上，发布“西风月刊三周纪念现金百元悬赏征文启事”，在这则启事以及征文截止前发布在每期《西风》上的启事中，关于征文字数的限定都明明白白写着“五千字以内”（《西风》编辑部，无页码）。不过，如果没有张爱玲的误读，她充满少女机巧的中文处女作《我的天才梦》可能就不会诞生，这或许也正是历史的吊诡之所在。

也可从中得见，《西风》在当时的某种“魅力”或曰“魔力”吧。

此则逸闻，勾勒出笔者对于“孤岛”时期，“风行海内外”（林幽，1）的《西风》之最初想象。而张济顺在其有关《西风》性议题的专篇中曾经指出，“由性起源的科学话语初始，《西风》的编作者精心编织了一条关乎性发育、性生活、性疾病、性健康的‘性与身体’的知识之链”（张济顺，92）的话题，则引发了笔者对于《西风》的最初兴趣。所不同的是，本书的立论，最终落脚于，透过“情”的视角，管窥《西风》翻译实践与“私情”之重构间的张力关系。

《西风》对于价值与趣味并重的西洋杂志文的翻译与征文实践，以及对于以“性”议题为代表的新女性问题的持续关注与翻译，在其可影响范围内，交织成一张自我、“私情”、家庭与社会的网。《西风》以循序渐进的科学方式，将上述一整套关于“情”与个人及社会关系的同质性论述，逐步渗透到以青年为主体的读者群中。而从读者的实际接受效度看，《西风》对“无我”之情绪政体的解构以及对“私情”的伸张，在向下的延展过程中，无疑是成功的。

一方面，从《西风》的西洋杂志文翻译与征文实践看，其特别强调自我经验与家庭、社会的交缠，以突出“私我”的主体性地位。换言之，在《西风》的言说场域内，其所提倡的自我是全然摆脱了儒家伦理道德桎梏的全新的“我”，即王汎森所谓的“新人”：“单个的，不受各种规范约束的‘人’，而不是一切以‘国家’为归宿的‘民’，成为‘自我’的理想状态”（王汎森，199）。另一方面，从《西风》对以“性”议题为代表的新女性问题的持续翻译看，其所推动的对于“私情”的重构，目的正在于借由打造一个全新的“私我”，调整“情”与社会的关系，进而建立一个具有内在私我深度的进步国家。

换言之，笔者认为，翻译是在混乱中寻找建立稳定秩序的一种可能途径，透过翻译的管道，《西风》所形塑的"私我"是一个具有鲜活内心世界的"我"，作为普遍人性而非道德范畴的一份子，"我"可以自己去感受、自己去表达、自己去追逐爱情及其他。同时，透过这一"私我"的成长，在《西风》的辐射场域内，"情"摆脱了传统儒家伦理的宰治，成为黏合个人与社会的中坚力量。由此，个人的"私情"而非教条化的伦理道德，成为支撑中国不断前进的根本性力量。而也正是在此意义上，《西风》借助翻译，完成了其对于"私情"的重构。

不过，应当说明的是，诚如有论者的一针见血，《西风》借由翻译而形塑的"私我"，仅仅是"暂时得以脱离家庭束缚、惯习羁绊，在同情与激情两者构筑的空间中得到众人支持的自我"（王文基，71）；这一"私我"的暂时性，决定了《西风》翻译实践与"私情"之间的张力，是以"孤岛"开放的公共领域为前提的。公共领域的平台滋养了相对自由的情绪政体，使情绪导航可以在不同目标间切换，因而才有了"情"之祛魅的可能、"私我"迸发的空间以及"私情"重构的成功。但是，伴随太平洋战争的爆发，"孤岛"沦陷，公共领域亦随之坍塌。旋即，情绪政体开始向严格的极端游移，对于"情"之私我性的伸张，也逐渐为更加猛烈的革命的集体激情所压制与取代。

至此，本书的研究，暂告一段落。不过，笔者对于"孤岛"时期文学期刊的翻译史研究，却兴趣正浓。因为，有关此段历史中的翻译，依然有着许多极富意义的未尽话题，潜藏在历史的幽暗角落，等待后来者的深度探访。

以"孤岛"文学期刊翻译史的书写为例，笔者认为，现有研究在视角的层面，至少可作如下几个方面的调整与迁移。

第一，史料的挖掘视角。尽管早有学者指出，那些被遗忘的篇章、佚失了原文的译作、误译，等等，长期为翻译史研究所忽视，然而是极为重要的翻译史研究面向;[①] 目前的“孤岛”翻译文学期刊研究，却未能在史料的此一纵深层面持续着力。对于佚失期刊的追踪，对于译者笔名的考证，对于译作的勘误与正名，对于翻译期刊所联动的译者、编者、出版商、读者等的关系网络的梳理，对于期刊属性及定位的再厘定，等等，均构成未来研究中史料挖掘的新视角。

第二，译者的考察视角。自皮姆在其《翻译史研究方法》一书中确立了译者在译史研究中的核心地位以来，译者研究一直是包括期刊翻译史研究在内的翻译学研究所关注的重要对象。不过，“孤岛”翻译文学期刊的相关译者研究，仍多停留在描述译者身份与探索译者生平的初始阶段，且主要关注点集中于名人译者及对其重要翻译活动的探讨，而鲜少聚焦小人物的翻译实践与其社会意涵。然而，从近年来亚洲翻译史研究的发展趋势观察，透过小人物的翻译活动与社会交际网络串联政治语境与社会文化的变迁，“让小人物的集合与印记成为大历史的佐证”（杨承淑，105）的研究脉络的兴起，提示我们，从跨界的角度将目光聚焦于小人物，无疑将成为“孤岛”文学期刊翻译史研究在未来对译者的追踪方向。

第三，个案的切入视角。“孤岛”的文学期刊翻译研究，在目前仍然缺失深入有力的个案探讨。古史研究学者谢维扬提示我们，“好的个案研究一定是‘小’中见‘大’的”。[②] 就此意义而言，洞察历史细微处之深意并将其铺陈开来，强化对小众刊物的挖掘与

---

① 详见 Santoyo, Julio－Cesar, “Blank Spaces in the History of Translation”, in Georges L. Bastion and Paul F. Bandia (eds.), *Charting the future of Translation History* Ottawa: University of Ottawa Press, 2006, p. 11-43。

② 详见谢维扬、张杰:《好的个案研究一定是“小”中见“大”——访上海大学历史系教授谢维扬》，载中国社会科学网，http://www.cssn.cn/lsx/slcz/201505/t20150529_2015951_2.shtml?COLLCC=1332667629&。

探讨，拓展主流叙事以外的研究切入点，勾连微小译事活动背后的深层翻译学动因，等等，可视作“孤岛”翻译文学期刊个案研究的推进方向。

第四，他学科的融合视角。“孤岛”文学期刊翻译史研究在目前的主要困境之一，即难以突破宏大历史叙事的传统研究范式，造成相关研究的停滞不前。这一停滞警醒我们，向他学科取径以更新固有的研究思路与研究脉络，势在必行。以本书将情绪史的理论框架与研究方法应用于期刊翻译史研究的尝试为例，事实上，与情绪史两相结合的研究，或可成为“孤岛”文学期刊翻译研究在未来的重要拓展方向。

一方面，情绪研究的开展“将历史研究的重点首次从理性转到感性的层面”（蒋竹山，6），这一史学研究的新转向有望带动翻译研究对于感性的关照，尽管情绪具有主观的不稳定性，难以用客观的语言捕捉、规约与描述。但是，从情绪的视角考察翻译，并在“私我”及“私情”的形构与翻译之间建立某种纽带，无疑有助于打破有关于翻译社会属性及功能的传统认知边界，同时增强翻译的本体论意涵。另一方面，“孤岛”语境中战争与革命的激情，社会裂变中个体或落寞或狂欢、或抗拒或接受、或彷徨或迷茫的种种复杂情绪，以及作为情绪重要表征媒介的文学期刊的勃兴，均为情绪史的研究提供了极富历史余韵的空间平台。

要言之，无论是译者视角，还是个案视角，抑或是他学科视角，“孤岛”文学期刊翻译史研究在未来的发展，均可能指向视角下移、从宏观渐至微观的趋势。显然，这一研究倾向暗含了微观史学的路径与主张。微观史作为一种研究方法与介入视角，主要聚焦一个事件或一个人物，透过讲述该事件或人物，考察其背后更为广泛的社会、历史、文化及政治现象。笔者在本书中针对《西风》翻译个案的研究，即深受这种方法的启发与影响。

不过，应当指出的是，微观史研究的优势之一是，研究者常常会在历史的细枝末节处发现一些极为丰富且令人兴奋的事件或人物；但是这一方法上的便利，也往往导致具体研究中的一些偏差，比如陷入对某个历史事件的大肆渲染或对某个历史小人物的过度追捧。为了避免此种差池，我们应当始终保持警醒。

最后，恰如微观史研究学者王笛所指出的，“中国学者研究的‘碎片’不是多了，而是还远远不够”。[①] 笔者认为，“孤岛”文学期刊翻译史的研究，需要大量注入如王笛所说的“碎片”。因为，历史的微小，并不意味着历史的无关紧要；特别是，对于微观历史的关注，有助于研究视角的下移，使普通民众、日常生活、非精英知识分子以及小事件进入翻译研究的视野，以避免大而无当的悬空论道。在此意义上，本书的努力，或可视作对微观史研究的一种秉持，和一次翻译学层面的跨学科有益尝试。

---

① 详见王笛：《中国的史学研究不是“碎片化”太多，而是远远不够》，载个人图书馆，http：//www.360doc.com/content/19/0509/01/39942325_834460101.shtml。

参考文献

1. 中文文献

巴人：《四年来上海文艺》，载《上海周报》1941 年第 4 期。

巴彦：《上海“孤岛”时期的几个文学刊物》，载《徐州师范学院学报》1983 年第 3 期。

白蒂克：《坐卧不安的生活》，载《西风》1938 年第 20 期。

暴庆刚：《情》，载王月清、暴庆刚、管国兴编：《中国哲学关键词》，南京大学出版社 2011 年版。

《西风》编者：《吹毛求疵》，载《西风》1936 年第 1 期。

——①《西风征文集序》，西风社 1940 年版。

——《今后的西风》，载《西风》1937 年第 7 期。

——《编者的话》，载《西风》1937 年第 13 期。

——《编者的话》，载《西风》1937 年第 13 期。

——《西风信箱缘起》，载《西风》1937 年第 14 期。

——《致读者》，载《西风》1938 年第 18 期。

——《“社会问题特辑”引言》，载《西风》1938 年第 19 期。

——《编者的话》，载《西风》1939 年第 29 期。

——《西风三周纪念征文揭晓前言》，载《西风》1940 年第

① “——”表示作者同上，余同。

44 期。

《华文大阪每日》编者:《创刊词》,载《华文大阪每日》1938 年第 1 期。

《侦探》编者:《编者的话》,载《侦探》1938 年第 1 期。

《西风精华》编者:《编后的话》,载《西风精华》1938 年第 1 期。

《西风副刊》编者:《发刊词》,载《西风副刊》1938 年第 1 期。

《野玫瑰》编者:《卷头语》,载《野玫瑰》1941 年第 1 期。

——《编者的话》,载《野玫瑰》1941 年第 2 期。

——《编者的话》,载《野玫瑰》1941 年第 5 期。

《世界文化》编者:《卷头语》,载《世界文化》1941 年第 1 期。

光明日报社编:《编者按:批判我办〈西风〉杂志替美帝国主义作宣传工具的反动买办思想》,光明日报社 1952 年版。

陈未鸣译:《大战的憧憬》,载《西风》1937 年第 14 期。

陈玉刚主编:《中国翻译文学史稿》,中国对外翻译出版公司 1989 年版。

陈震宇:《黄嘉音与〈西风〉二三事》,载《出版广角》1997 年第 3 期。

《出版法》(第一章·第二条),内政部警政司,1932 年。

《大辞海》(语词卷),上海辞书出版社 2015 年版。

《大辞海》(文化新闻出版卷),上海辞书出版社 2015 年版。

歐公:《四年来的上海出版界》,载《上海周报》1941 年第 7 期。

(清)孙希旦:《礼记集解》(上),商务印书馆 1933 年版。

董洪川、王庆:《"公共领域"与 20 世纪英美诗歌的"根本性转移”——关于英美现代主义诗歌运动发生的另一种阐释》，载《外国文学研究》2011年第5期。

（汉）董仲舒：《春秋繁露》，中华书局1936年版。

杜镛：《发挥鲁滨逊的精神》，载《译报周刊》1938年第1期。

范泉主编：《中国现代文学社团流派辞典》，上海书店出版社1993年版。

费正清、费维恺编：《剑桥中华民国史（1912—1949年）》（下），刘敬坤等译，中国社会科学出版社1994年版。

（明）冯梦龙：《情史类略》，岳麓书社1983年版。

丰子恺、何家槐：《乱离中的作家书简》，载《鲁迅风》1939年第5期。

傅葆石：《收信人的话》，四川人民出版社2000年版。

Gambier等：《社会翻译学的学科基础理论与未来发展空间——Yves Gambier教授访谈录》，载《上海翻译》2019年第2期。

甘慧杰：《论孤岛时期日本对上海公共租界行政权的争夺》，载《档案与史学》2001年第6期。

戈公振：《中国报学史》，商务印书馆1928年版。

葛兆光：《古代中国文化讲义》，复旦大学出版社2012年版。

（清）龚自珍：《论私》，载《论语》1932年第4期。

（清）龚自珍：《龚自珍全集》，上海人民出版社1975年版。

谷之华：《青年夫妇的隐忧》，载《西风》1938年第23期。

郭刚：《翻译与政治：对上海孤岛时期文学翻译的考察》，载《中国翻译》2016年第4期。

——《〈西行漫记〉与孤岛上海文学翻译的转型》，载《新文学史料》2018年第2期。

［德］哈贝马斯：《公共领域的结构转型》，曹卫东等译，学林

出版社 1999 年版。

何家榴：《编辑者言》，载《艺花》1938 年第 4 期。

[荷] 贺麦晓：《文体问题——现代中国的文学社团和文学杂志（1911—1937）》，陈太胜译，北京大学出版社 2016 年版。

何晏：《集解 · 孝经一卷》，商务印书馆 1936 年版。

胡勤益译：《烽火连天话伦敦》，载《西风》1938 年第 22 期。

胡山源：《文人综论》，大东书局 1948 年版。

胡适：《“易卜生主义”》，载《新青年》1918 年第 6 期。

——《贞操问题》，载《新青年》1918 年第 1 期。

——《介绍我自己的思想》，载《新月》1930 年第 4 期。

槐青：《抗战以来的文化街头》，载《抗战半月刊》1937 年第 6 期。

黄嘉德、黄嘉音：《谈杂志文》，载《宇宙风》1936 年第 20 期。

黄嘉德编：《翻译论集》，西风社 1940 年版。

黄嘉德：《艾森豪威做校长——西游寄语之十二》，载《西风》1949 年第 114 期。

——《彻底清除我反动的买办思想——并对我编辑〈西风〉作初步检讨》，载《文史哲》1952 年第 4 期。

——《忆〈西风〉》，载《出版史料》1990 年第 1 期。

黄嘉音：《译余杂感》，载《西风》1936 年第 1 期。

——《上海西风社停闭经过》，载《西风》1944 年第 69 期。

——《我对美帝文化侵略的体验》，载《家》1951 年第 62 期。

黄克武：《反思现代：近代中国历史书写的重构》，四川人民出版社 2021 年版。

佳历译：《停止生育铲除劣种》，载《西风》1940 年第 41 期。

蒋天佐：《上海“孤岛”时期文学工作回忆片断》，载上海社会科学院文学研究所编：《上海“孤岛”文学回忆录》（上），中国社会科学出版社 1984 年版。

蒋中正：《新生活运动纲要》，载《新生活周刊》1934 年第 4 期。

蒋竹山：《从新文化史到全球史：当代历史学研究的几种新取向》，载蒋竹山主编：《当代历史学新趋势》，联经出版事业股份有限公司 2019 年版。

金观涛、刘青峰：《观念史研究：中国现代重要政治术语的形成》，法律出版社 2010 年版。

金雯：《情感是什么》，载《外国文学》2020 年第 6 期。

金性尧：《〈鲁迅风〉掇忆》，载上海社会科学院文学研究所编：《上海“孤岛”文学回忆录》（上），中国社会科学出版社 1984 年版。

阙河嘉、陈光华：《库博中文独立语料库分析工具之开发与应用》，载项洁编：《数位人文：在过去、现在和未来之间》，台大出版中心 2016 年版。

康有为：《论语注》，中华书局 1984 年版。

——《实理公法全书》，上海大学出版社 2003 年版。

柯灵：《小引》，载上海社会科学院文学研究所编：《上海“孤岛”文学回忆录》（上），中国社会科学出版社 1984 年版。

——《往事随想》，四川人民出版社 2000 年版。

孔慧怡：《翻译·文学·文化》，北京大学出版社 1999 年版。

孔见：《人性的深度及遮蔽与澄明》，载搜狐网，https://www.sohu.com/a/340255315_595443。

老舍：《西风周岁纪念》，载《西风》1937 年第 13 期。

蓝萍心译：《寄亡夫》，载《西风精华》1939 年第 2 期。

（唐）李翱：《李文公集》，商务印书馆 1936 年版。

李嘉璧译：《视死如归》，载《西风精华》1939 年第 2 期。

李零：《译者前言》，载［荷］高罗佩：《中国古代房内考：中国古代的性与社会》，李零、郭晓惠等译，桂冠 1991 年版。

李欧梵：《“批评空间”的开创——从〈申报〉“自由谈”谈起》，载李欧梵：《中国现代文学与现代性十讲》，复旦大学出版社 2002 年版。

莲心：《不愿做老小姐》，载《西风》1940 年第 50 期。

林慧文：《现代散文的道路》，载《中国文艺》1940 年第 4 期。

林幽：《关于中西什志文的几句话》，载《蓝天》1940 年第 1 期。

林玉堂：《征译散文并提倡“幽默”》，载《晨报副刊》1924 年 5 月 23 日，第 3—4 版。

林语堂：《发刊词》，载《人间世》1934 年第 1 期。

——《关于本刊》，载《人间世》1934 年第 14 期。

——《我与人间世》，载《人言周刊》1935 年第 1 期。

——《西风发刊词》，载《西风》1936 年第 1 期。

——《中国新闻舆论史》，刘小磊译，上海人民出版社 2008 年版。

——《中国新闻舆论史》，王海、何洪亮译，中国人民大学出版社 2008 年版。

林郁沁：《施剑翘复仇案：民国时期公众同情的兴起与影响》，陈湘静译，江苏人民出版社 2011 年版。

林郁沁、陈利：《从微观史到微观全球史——哥伦比亚大学林郁沁教授访谈录》，载微信公众号“云里阅天下”，2021 年 1 月 17 日访问。

刘宝才、王长坤：《儒法公私观简论》，载刘泽华主编：《公私观念与中国社会》，中国人民大学出版社 2003 年版。

刘畅：《古文〈尚书·周官〉"以公灭私"辨析》，刘泽华主编：《公私观念与中国社会》，中国人民大学出版社2003年版。

（清）刘鹗：《老残游记（上编）》，百新公司1916年版。

（清）刘基：《诚意伯文集（上）》，何镗编校，商务印书馆1936年版。

刘峻：《情绪的文化政治》，官晨怡译，载王文基、巫毓荃主编：《精神科学与近代东亚》，联经出版事业股份有限公司2018年版。

刘龙光、俞亢詠：《发刊词》，载《小说月刊》1939年第1期。

刘泉、刘增人：《民国文学期刊论纲》，载《南京师范大学文学院学报》2014年第4期。

刘树森：《重新认识中国近代的外国文学翻译》，载《中国翻译》1997年第5期。

刘修明：《"汉以孝治天下"发微》，载《历史研究》1983年第6期。

刘泽华：《春秋战国的"立公灭私"观念与社会整合》，载刘泽华主编：《公私观念与中国社会》，中国人民大学出版社2003年版。

刘增人：《现代文学期刊的景观与研究历史反顾》，载《中国现代文学研究丛刊》2005年第6期。

刘增人等编著：《中国现代文学期刊史论》，新华出版社2005年版。

楼适夷：《我谈我自己》，包子衍笔录，袁绍发协助，载《新文学史料》1994年第1期。

鲁迅：《娜拉走后怎样》，陆学仁、何肇葆笔记，载《妇女杂志》1924年第8期。

罗苏文、宋钻友：《上海通史（第九卷·民国社会）》，熊月之主编，上海人民出版社 1999 年版。

吕不韦编：《吕氏春秋》，莲池书社 1921 年版。

梅益：《战时图书杂志的审查》，载《译报周刊》1938 年第 2 期。

孟昭毅、李载道主编：《中国翻译文学史》，北京大学出版社 2005 年版。

孟子：《孟子（中册）》朱熹集注，中华书局 1936 年版。

潘光旦：《今日之性教育与性教育者》，载潘光旦：《人文生物学论丛》，新月书店 1928 年版。

——《译序》，载［英］霭理士：《性的教育》，潘光旦译，青年协会书局 1934 年版。

彭小妍：《浪荡子美学与跨文化现代性：20 世纪 30 年代上海、东京及巴黎的浪荡子、漫游者与译者》，浙江大学出版社 2017 年版。

皮国立：《虚弱史：近代华人中西医学的情欲诠释与药品文化（1912—1949）》，台湾商务印书馆 2019 年版。

［意］普里莫·莱维：《被淹没和被拯救的》杨晨光译，上海三联书店 2013 年版。

启濂译：《野蛮与文明的监狱》，载《西风精华》1940 年第 3 期。

钱锺书：《围城（第八章、第九章）》，载《文艺复兴》1947 年第 6 期。

邱远猷、张希坡：《中华民国开国法制史：辛亥革命法律制度研究》，首都师范大学出版社 1997 年版。

裘柱常：《追忆〈大陆〉》，载上海社会科学院文学研究所编：《上海“孤岛”文学回忆录》（上），中国社会科学出版社 1984 年版。

石伟杰：《分离与重构：近代中国家国关系的多重变奏》，华东师范大学 2015 年硕士学位论文。

守康：《日本对华的政治阴谋》，载《译报周刊》1938 年第 2 期。

颂芳：《上海节育研究社访问记》，载《西风》1941 年第 63 期。

（明）汤显祖：《牡丹亭》，商务印书馆 1934 年版。

陶亢德、邱石木：《文化·出版：近年出版界概况》，载申报社编：《申报年鉴（1944）》，申报社 1944 年版。

妥佳宁：《"孤岛"的自由——以西风社及徐訏小说为个案》，北京师范大学 2011 年硕士学位论文。

（魏）王弼、（晋）魏康伯注，（唐）孔颖达等正义：《周易正义》，上海古籍出版社 1990 年版。

（汉）王充：《论衡》，商务印书馆 1939 年版。

王德威：《被压抑的现代性——晚清小说新论》。

王笛：《中国的史学研究不是"碎片化"太多，而是远远不够》，载个人图书馆，http：//www. 360doc. com/content/19/0509/01/39942325_ 834460101. shtml。

王汎森：《从新民到新人——近代思想中的"自我"与"政治"》，载王汎森编：《中国近代思想史的转型时代》，联经出版事业股份有限公司 2007 年版。

（明）王夫之：《读通鉴论》，世界书局 1936 年版。

王宏喜译：《人工的优胜劣汰》，载《西风》1938 年第 19 期。

王建开：《五四以来我国英美文学作品译介史》，上海外语教育出版社 2003 年版。

王鹏飞：《"孤岛"文学期刊研究》，社会科学文献出版社 2013 年版。

王寿兰编：《当代文学翻译百家谈》，北京大学出版社 1989 年版。

王文基：《心理的“下层工作”：〈西风〉与 1930—1940 年代大众心理卫生论述》，载《科技医疗与社会》2011 年第 13 期。

［美］魏斐德：《上海歹土——战时恐怖活动与城市犯罪，1937—1941》，芮传明译，上海古籍出版社 2003 年版。

吴福辉：《作为文学（商品）生产的海派期刊》，载《中国现代文学研究论丛》1994 年第 1 期。

《西风》编辑部：《西风月刊征稿启事》，载《西风》1936 年第 1 期。

——《西风第一期目录》，载《西风》1936 年第 1 期。

——《西风月刊投稿简章》，载《西风》1936 年第 1 期。

——《西风征文启事》，载《西风》1938 年第 19 期。

——《西风征文启事》，载《西风》1938 年第 23 期。

——《西风社征文启事》，载《西风》1938 年第 26 期。

——《西风月刊三周纪念现金百元悬赏征文启事》，载《西风》1939 年第 37 期。

——《西风三周纪念征文得奖名单》，载《西风》1940 年第 44 期。

——《西风继续征文启事》，载《西风》1940 年第 49 期。

——《西风继续征文》，载《西风》1941 年第 55 期。

——《西风扩大征文启事》，载《西风》1941 年第 59 期。

——《西风合订本一集至九集全部出齐》，载《西风》1941 年第 63 期。

西风信箱编辑部：《西风信箱答复》，载《西风》1938 年第 20 期。

——《介绍几本性教育的书籍》，载《西风》1938 年第 22 期。

——《节制生育之路》，载《西风》1938年第23期。

——《婚前的性经验——贞操问题商榷》，载《西风》1939年第36期。

《西风月刊》，载《宇宙风》1936年第20期。

现代文学期刊联合调查小组编：《中国现代文学期刊目录（初稿）》，上海文艺出版社1961年版。

谢维扬、张杰：《好的个案研究一定是"小"中见"大"——访上海大学历史系教授谢维扬》，载中国社会科学网，http://www.cssn.cn/lsx/slcz/201505/t20150529_2015951_2.shtml?COLLCC=1332667629&。

忻平：《现代性与民国城市日常生活》，王建朗、黄克武主编：《两岸新编中国近代史（民国卷）》（下），社会科学文献出版社2016年版。

熊月之、周武：《圣约翰大学史》，上海人民出版社2007年版。

——《上海：一座现代都市的编年史》，上海书店出版社2009年版。

熊月之：《异质文化交织下的上海都市生活》，上海辞书出版社2008年版。

《序卦传》，载百度百科网，https://baike.baidu.com/item/0。

徐模译：《灭菌除病》，载《西风精华》1939年第2期。

——《改良世界人种宣言》，载《西风》1940年第42期。

（汉）许慎：《说文解字》，中华书局1963年版。

许以牧：《译者识》，载《西风》1936年第1期。

徐以骅、韩信昌：《海上梵王渡——圣约翰大学》，河北教育出版社2003年版。

荀子：《荀子》，扫叶山房1920年版。

——《荀子》，叶绍钧选注，商务印书馆1937年版。

严复、夏曾佑：《本馆附印说部缘起》，载王红箫选注：《中华百体文选》（第9卷　序破文评），中国文史出版社1998年版。

杨承淑：《亚洲的译者与译史研究：理论与实践》，载长江学术2021年第1期。

杨真：《一年来的上海出版界》，载《译报周刊》1939年第12—13期。

叶再生：《中国近代现代出版通史（第三卷，抗日战争时期（1937年7月—1945年8月））》，华文出版社2002年版。

伊人：《一年来的上海出版界》，载《中美周刊》1939年第15期。

应国靖：《"孤岛"时期文学刊物出版概况》，载上海社会科学院文学研究所现代文学研究室、上海图书馆特藏部文献组编：《上海"孤岛"时期文学报刊编目》，上海社会科学院出版社1986年版。

（汉）应劭：《风俗通义》，中华书局1936年版。

《越界筑路》，载百度百科网，https：//baike. baidu. com/item/%E8%B6%8A%E7%95%8C%E7%AD%91%E8%B7%AF。

尤莉：《丧尽天良的劣仆》，载《西风》1938年第27期。

友声译：《美国的节育运动》，载《西风》1938年第19期。

余凤宝：《性欲卫生论丛》，商务印书馆1933年版。

《暂别上海读者》，载《国闻周报》1937年第50期。

张爱玲：《忆西风——第十七届时报文学奖特别成就奖/得奖感言》，载《中国时报》1994年12月3日。

张济顺：《性与性别：一群文化人的社会关怀——以〈西风〉为中心的考察》，载姜进编：《都市文化中的现代中国》，华东师范大学出版社2007年版。

——《远去的都市：1950年代的上海》，社会科学文献出版社

2015 年版。

张君劢：《新道德之基》，载《再生周刊》1948 年第 236 期。

章清：《由“学战”到“思想战”：民国时期的思想与学术》，载王建朗、黄克武主编：《两岸新编中国近代史（民国卷）》（下），社会科学文献出版社 2016 年版。

中华民国军政府公布：《中华民国临时约法》，载中国国家图书馆网，http：//mylib. nlc. cn/web/guest/search/searchresult？ singleLibList = 0&subjectId = 402834c3361f55da01361f 5dfbe4001e&TITLE _ input =%E4%B8%AD%E5%8D%8E%E6%B0%91%E5%9B%BD%E4%B8%B4% E6% 97% B6% E7% BA% A6% E6% B3% 95&TITLE _ rel = and&TITLE_ m=true&_ _ checkbox_ TITLE_ m=true&PUBLISHER _ input = &PUBLISHE R_ rel = and&PUBLISHER_ m = true&_ _ checkbox_ PUBLISHER_ m = true&CREATE_ USER_ input = &CREATE_ USER_ rel = and&CREATE_ USER_ m = true&_ _ checkbox_ CREATE_ USER_ m=true&CAT4_ input=&CAT4_ rel= and&CAT4_ m=true&_ _ checkbox_ CAT4_ m=true&SUBJECT_ input=&SUBJECT_ m=true&_ _ checkbox_ SUBJECT_ m=true。

周宪：《审美现代性批判》，商务印书馆 2005 年版。

周作人译：《贞操论》，载《新青年》1918 年第 5 期。

祝均宙：《后记：中国近现代中文期刊概述：发展脉络及特色》，载上海图书馆编：《上海图书馆馆藏近现代中文期刊总目》，上海科学技术文献出版社 2014 年版。

（宋）朱熹集注：《字典四书·论语（卷 1—5）》，成文信 1900 年版。

（宋）朱熹：《朱子语类辑略》张伯行辑订，商务印书馆 1936 年版。

邹振环、王纯：《西风社及其主持人黄嘉德》，载《民国春秋》

2000 年第 2 期。

——《20 世纪上海翻译出版与文化变迁》，广西教育出版社 2001 年版。

——《20 世纪中国翻译史学史》，中西书局 2017 年版。

左丘明：《国语》韦昭注，商务印书馆 1935 年版。

2. 外文

Bourdieu, Pierre, *Distinction: A Social Critique of the Judgement of Taste*, Trans. by Richard Nice, Cambridge, Mass.: Harvard University Press, 1984.

—— "The Forms of Capital", Trans. by Richard Nice, in John G. Richardson (ed.), *Handbook of Theory and Research for the Sociology of Education*, New York: Greenwood Press, 1986: 241-258.

——*The Field of Cultural Production: Essays on Art and Literature*, Edited and introduced by Randal Johnson, Cambridge, Mass.: Polity Press, 1993.

Bourdieu, Pierre and Loïc J. D. Wacquant, *An Invitation to Reflexive Sociology*, Chicago: The University of Chicago, 1992.

Deuchler, Martina, "The Tradition: Women during the Yi Dynasty", in Sandra Mattielli (ed.), *Virtues in Conflict: Tradition and the Korean Woman Today*, Seoul: Royal Asiatic Society, Korea Branch, 1977: 1-48.

Dikŏtter, Frank, *Sex, Culture and Modernity in China: Medical Science and the Construction of Sexual Identities in the Early Republican Period*, Hong Kong: Hong Kong University Press, 1995.

Ekman, Paul, Wallace V. Friesen and Phoebe Ellsworth (eds.), *Emotion in the Human Face: Guide - Lines for Research and an Integration of Findings*, New York: Pergamon Press Inc., 1972.

Ekman, Paul and Richard J. Davidson (eds.), *The Nature of Emotion: Fundamental Questions*, Oxford: Oxford University Press, 1994.

Ellsworth, Phoebe C., “Levels of Thought and Levels of Emotion”, in Paul Ekman and Richard J. Davidson (eds.), *The Nature of Emotion: Fundamental Questions*, Oxford: Oxford University Press, 1994: 192-196.

Fu, Poshek, *Passivity, Resistance, and Collaboration: Intellectual Choices in Occupied Shanghai*, 1937 - 1945, Stanford: Stanford University Press, 1993.

Geertz, Clifford, *Interpretation of Cultures: Selected Essays*, New York: Basic Books, Inc., 1973.

Gulik, R. H. Van, *Sexual Life in Ancient China: A Preliminary Survey of Chinese Sex and Society from ca.* 1500 *B. C. till* 1644 *A. D.*, Leiden: E. J. Brill, 1974.

Gunn, Edward, *Rewriting Chinese: Style and Innovation in Twentieth - Century Chinese Prose*, Stanford: Stanford University Press, 1991.

Habermas, Jürgen, *The Structural Transformation of the Public Sphere: An Inquiry into a Category of Bourgeois Society*, Trans. by Thomas Burger and Frederick Lawrence, Cambridge, Mass.: The MIT Press, 1991.

—— “Further Reflections on the Public Sphere”, Trans. by Thomas Burger, in Craig Calhoun (ed.), *Habermas and the Public Sphere*, Cambridge, Mass.: The MIT Press, 1992: 421-61.

—— “The Public Sphere”, Trans. by Thomas Burger, in Robert E. Goodin and Philip Pettit (eds.), *Contemporary Political*

Philosophy: *An Anthology*, Oxford: Blackwell Publishers, 1997: 105-8.

Henriot, Christian, *Prostitution and Sexuality in Shanghai*: *A Social History*, 1849-1949, Trans by Noel Castelino, Cambridge, Mass.: Cambridge University Press, 2001.

Hermans, Theo. "Translation as Institution", in Mary Snell-Hornby, Zuzana Jettmarovǎ and Klaus Kaindl (eds.), *Translation as Intercultural Communication*: *Selected Papers from the EST Congress*, *Prague* 1995, Amsterdam/Philadelphia: John Benjamins Publishing Company, 1997: 3-20.

Hochschild, Arlie Russell, "The Sociology of Emotion as a Way of Seeing", in Gillian Bendelow and Simon J. Williams (eds.), *Emotions in Social Life*, London and New York: Routledge, 1998: 3-15.

Huang, Martin W., *Desire and Fictional Narrative in Late Imperial China*, Cambridge, Mass.: Harvard University Asia Center, 2001.

Inghilleri, Moira, "Field theory", in Mona Baker and Gabriela Saldanha (eds.), *Routledge Encyclopedia of Translation Studies* (Third Edition), London and New York: Routledge, 2020: 194-199.

Kant, Immanuel, *An Answer to the Question*: '*What is Enlightenment?*', Trans. by H. B. Nisbet, London: Penguin, 2009.

Lean, Eugenia, *Public Passions*: *The Trial of Shi Jianqiao and the Rise of Popular Sympathy in Republican China*, Berkeley and Los Angeles: University of California Press, 2007.

Lefevere, André and Susan Bassnett, "Introduction: Proust's Grandmother and the Thousand and One Nights: The 'Cultural Turn' in Translation Studies", in Susan Bassnett and André Lefevere (eds.), *Translation, History and Culture*, London: Cassell, 1990: 1-13.

Lin, Yutang, *A History of the Press and Public Opinion in China*, Shanghai: Kelly & Walsh Ltd., 1936.

Lutz, Catherine and Geoffrey M. White, "The Anthropology of Emotions", *Annual Review of Anthropology* 1 (1986): 405-436.

Merkle, Denise, "Translation constraints and the 'sociological turn' in literary translation studies", in Anthony Pym, Miriam Shlesinger and Daniel Simeoni (eds.), *Beyond Descriptive Translation Studies: Investigations in Homage to Gideon Toury*, Amsterdam/Philadelphia: John Benjamins Publishing Company, 2008: 175-186.

McKee, Alan, *The Public Sphere: An Introduction*, Cambridge: Cambridge University Press, 2005.

Plamper, Jan, "The History of Emotions: An Interview with William Reddy, Barbara Rosenwein, and Peter Stearns", *History and Theory* 2 (2010): 237-265.

Pym, Anthony, *Method in Translation History*, Manchester: St. Jerome Publishing, 1998.

Reddy, William M., *The Navigation of Feeling: A Framework for the History of Emotions*, Cambridge: Cambridge University Press, 2004.

Santoyo, Julio - Cesar. "Blank Spaces in the History of Translation", in Georges L. Bastion and Paul F. Bandia (eds.), *Charting the Future of Translation History*, Ottawa: University of Ottawa Press, 2006: 11-43.

Schneider, Robert A. (ed.), "AHR Conversation: The Historical Study of Emotions", *American Historical Review* 5 (2012): 1487-1531.

Stearns, Peter N. and Carol Z. Stearns, "Emotionology: Clarifying the History of Emotions and Emotional Standards", *American Historical Review* 4 (1985): 813-836.

Stets, Jan E. and Jonathan H. Turner, "The Sociology of Emotions", in Michael Lewis, Jeannette M. Haviland-Jones and Lisa Feldman Barrett (eds.), *Handbook of Emotions*, London and New York: The Guilford Press, 2008: 32-46.

Tu, Wei-Ming, "Probing the 'Three Bonds' and 'Five Relationships' in Confucian Humanism", in Walter H. Slote and George A. De Vos (eds.), *Confucianism and the Family*, Albany: State University of New York Press, 1998: 121-136.

Tyulenev, Sergey, *Translation in the Public Sphere*, New York: Palgrave Macmillan, 2018.

Wakeman, Frederic E., *The Shanghai Badlands: Wartime Terrorism and Urban Crime*, 1937-1941, Cambridge: Cambridge University Press, 1996.

Wang, Der-wei, *Fin-de-Siècle Splendor: Repressed Modernities of Late Qing Fiction*, 1849-1911, Stanford: Stanford University Press, 1997.

——*The Lyrical in Epic Time: Modern Chinese Intellectuals and Artists Through the* 1949 *Crisis*, New York: Columbia University Press, 2015.

Williams, Raymond, *Marxism and Literature*, Oxford: Oxford University Press, 1977.

Wolf, Michaela, “Introduction: The emergence of a sociology of translation”, in Michaela Wolf and Alexandra Fukari (eds.), *Construction a Sociology of Translation*, Amsterdam/Philadelphia: John Benjamins Publishing Company, 2007: 1-36.

—— “The Location of the ‘Translation Field’: Negotiating Borderlines between Pierre Bourdieu and Homi Bhabha”, in Michaela Wolf and Alexandra Fukari (eds.), *Construction a Sociology of Translation*, Amsterdam/Philadelphia: John Benjamins Publishing Company, 2007: 109-19.

Yeh, Wen-hsin, *The Alienated Academy: Culture and Politics in Republican China*, 1919 - 1937, Cambridge: Harvard University Press, 1990.

附录一
“孤岛”时期文学期刊目录

一、“孤岛”之前创办，延续至“孤岛”的文学期刊

（1）1904.3.1—1948.12，《东方杂志》，月刊（1920年7卷起改为半月刊，后又恢复月刊），主编杜亚泉、钱智修、胡愈之等，东方杂志社编辑，商务印书馆印行。1904年3月1日创刊，1932年2月停刊，出至第29卷第3期；1932年10月复刊，1937年8月抗战爆发后，处于半停刊状态，合期出版，1941年12月停刊，出至第38卷第24期；1943年3月复刊，1948年12月终刊，出至第44卷第12期，共出819期，为旧中国历史最久的刊物。属于综合性社科刊物，刊载大量译文。

（2）1912.4—1950.12，《女铎》（*The Womens Messenger*）（副标题为家庭月刊），月刊，南京汇文女子大学堂堂长美国亮乐月女士创办并担任主笔，上海广学会出版发行。1942年停刊，1944年复刊，1945年迁至成都，1946年迁回上海，1950年12月终刊，共出35卷。妇女刊物，是近代中国妇女类别刊物中出版时间最长，总销数最多的一份刊物，主要介绍与妇女生活有关的常识，包括家庭常识、卫生知识、家教方法、游戏娱乐、伦理道德等，同时刊登宗教教育、妇女传记及学术文章，发表文学作品，报道女子教育方面的新闻等。

（3）1935.9.16—1947.8，《宇宙风》，月刊（第51期后改为旬刊，第67期后改为半月刊），编辑人林语堂、陶亢德，宇宙风社发行。1938年5月第67期迁往广州，1947年8月终刊，共出152期。综合性刊物，刊载有译文。

（4）1936.9.1—1949.5，《西风》（*The West Wind Monthly*），月刊，主编兼发行人黄嘉德、黄嘉音，西风月刊社出版，顾问编辑林语堂（第1期至第107期）。1936年9月1日创刊，1937年8月1日第12期后因淞沪战役停刊2期，期间联合《宇宙风》《逸经》出版《宇宙风·逸经·西风非常时期联合旬刊》7期；1937年11月1日复刊出第13期，至1942年1月65期后停刊；1944年7月在重庆复刊（刊期续前），1945年12月81期迁回上海，至1949年5月终刊，共出118期。综合性翻译刊物。

（5）1937.1—1948.1，《涛声》，月刊，主编汪匡时、郭谷尼，涛声文艺月刊社编辑。1937年1月创刊，同年8月终刊，共出6期；1938年7月复刊，1939年6月终刊，卷期另起，共出9期；1946年12月复刊，1948年1月终刊，期数又另起，共出4期。文艺刊物，主要栏目有短论、杂文、翻译、散文、随笔、剧本、我们的话、编后记等。

（6）1937.1.1—1948.9.1，《文摘》（1937年9月28日第9期起改为《文摘战时旬刊》），旬刊，主编孙寒冰、贾开基、汪衡、吴道存等，发行人徐毓源，复旦大学文摘社编辑出版。第16期起迁往汉口，第34期迁往重庆，1945年12月迁回上海，共出177期。综合性文摘刊物，内容涵盖政治、经济、史地、社会、文艺、语言、科学、技术等各方面，关注国家命运和政治局势，同时也报道学术界动态、介绍社会科学知识、探讨法律法规等，刊载大量译文。

（7）1937.3—1939.1，《文丛》（副标题为纯创作月刊），月刊（1938年5月20日2卷起改为半月刊），主编靳以，发行人李国桢，文季社出版发行。1939年1月终刊，第1卷第1期至第2卷第5/6期，共出 12 期。文学刊物，以刊载原创文学作品为主，包括诗歌、散文、杂文、小说、剧本等。

(8) 1937.3.1—1941.12.22，《上海生活》，月刊，编辑人戈的、顾冷观、吕白华，发行人钱瑞祥、徐警吾，名誉主编严独鹤，联华广告公司出版部发行。1941 年 12 月 22 日终刊，第 1 卷第 1 期—第 5 卷第 12 期，共出 48 期（第 1 卷第 6 期后因“八一三”战事停刊，1938 年 6 月 1 日复刊）。综合性刊物，涉及政治、经济、文艺、电影、戏剧、妇女、医药等方面，刊中收录的文章多与民众日常生活有关。

(9) 1937.5—1939.2，《好孩子周刊》（副标题为《儿童读物》），周刊，好孩子出版社编辑发行。1939 年 2 月终刊，第 1 卷第 1 期至第 2 卷第 12 期，总期数不详。儿童普及性刊物，设置栏目有乐曲、谈话、写作指导、独幕剧、诗歌、小说、科学家、新书介绍等。

(10) 1937.7—1939.5，《学生生活》，半月刊，学生生活社编辑发行，共出 37 期。学生刊物，发表时事评论、社会素描、书报介绍、人物印象、读书方法、术语解释、文艺作品、学术研究及翻译等内容。

二、“孤岛”创办的文学期刊

1. 1937 年

(1) 1937.11.16，《前卫》，半月刊，发行人李伯昂，前卫社编辑委员会编辑。共出 1 期。抗战宣传刊物，刊登各界发表的有关抗战发展趋势的分析文章，制订军事上的战略战术，报导国外舆论对中日战事的述评等，刊载有译文。

(2) 1937.12.11—1938.2.19，《集纳》，周刊（每周六出版），编辑人宜闲（胡仲持），发行人金人，第 3 期起编辑人为邵冢寒（邵宗汉），发行人金大仁，集纳周报社出版发行，五洲书报社总经销。1938 年 2 月 19 日终刊，共出 9 期。时政翻译刊物，系《世界知识》的姐妹刊物，内容以同情中国抗战的外论、报道的译文为主，同时刊登美、英、法、苏等国时论、小说的译文等。

（3）1937.12.20，《离骚》，半月刊，编辑人刘西渭（李健吾），实为阿英，发行人李克家，五洲书报社发行，共出1期。文史研究刊物，主要栏目有学术论著、地方通讯、人物素描、近代史话、散文杂感、小说、考证等，刊载有译文。

（4）1937.12.22—1939.8.27，《译丛》（副标题为《英文报章杂志的综合译刊》《译丛周刊》），周刊，主编梅汝和等，学协主办，译丛周报社编辑发行。1939年8月27日终刊，共出80期。时政翻译刊物，旨在评论国内外时事，介绍文学作品等，载文中英文对照，在当时具有重要影响。

2. 1938年

（1）1938.1.9，《文风》，周刊，文风编辑部编辑，文风周刊社发行，共出1期。文学刊物，内容较少，但文学作品种类多，涵盖散文、诗歌、戏剧、小说、报告文学等多种文艺形式。

（2）1938.1.15，《人生》，旬刊，主编艾影，人生出版社发行，共出1期。综合性刊物，发表关于学术和时事方面的论文，报道国内外时事通讯、文化通讯、农村通讯，发表科学和文化知识小品文字，同时刊载译文、照片和漫画等。

（3）1938.1.17，《闲花》，旬刊，商业出版社编辑出版，共出1期。刊载有译文。

（4）1938.1.31—1939.8.1，《千字文》（副标题为《散文、小品、电影、戏剧综合杂志》），顾问编辑张宛青，编辑人赵车、孙樟，发行人孙樟，千字文出版社出版。1939年8月1日复刊号终刊，创刊号至第1卷第6期，共出6期。文艺刊物，旨在莫谈国是，不论是非，专载文学与艺术作品，刊载有译文。

（5）1938.2.25—1938.5.1，《一般》，半月刊，编辑人陈伟达、周一萍，发行人玛霭丁（美），一般社编辑出版。同年5月1日终刊，第

1卷第1期至第1卷第5期，共出5期。综合性刊物，无明确宗旨，主要刊登报道国内外时事的新闻、分析国际政治的中外著作、介绍各国国情动态的文章，以及报告文学、小说、散文、通讯等内容，刊载大量译文。

（6）1938.3.1—1938.8.13，《孤岛》（又名《孤岛周刊》《孤岛半月刊》），半月刊（第1卷第4期起改为周刊），主编吕绍虞、汪家培，发行人陈允熙。同年8月终刊，第1卷第1期至第2卷第9期，共出22期。抗战刊物，刊登抗战期间国共两党领袖人物和高级将领的逸事，介绍国内各战场动态，分析国际形势动向，栏目有奇闻异事录、现代史料、一周大事记等，刊载有译文。

（7）1938.3.15—1938.4.5，《纯文艺》（又名《纯文艺旬刊》），旬刊，编辑人徐迟，发行人杜君谋。创刊号至第1卷第3期，共出3期。文艺刊物，发表文艺评论、诗歌、小说、翻译等，介绍各国现实主义作品。

（8）1938.3.16—1938.11.1，《青年之友》（复刊刊物），半月刊，编辑人姜国祯，总发行人胡企夫，青年之友社出版发行的工作。同年11月1日终刊，第1卷第3期至第3卷第6期，共出18期。综合性青年刊物。

（9）1938.3.20—1938.4.20，《戏言》（周作人题写刊名），半月刊，主编徐㓙尼，发行人张尔淦，戏言社发行。同年4月20日终刊，第1卷第1期至第1卷第3期，共出3期。文学刊物，栏目有杂文、诗歌、画图、幽默等，第1卷第3期登载译文1篇。

（10）1938.3.20—1938.5.16，《隽味集》，半月刊，编辑人顾宗沂、张贤佐，民益荧记印刷公司发行。同年5月16日终刊，共出4期。文学刊物，无明显政治倾向，除刊登中国作家作品外，较多使用译稿。

（11）1938.3.20—1938.8.10，《世风》，半月刊，主编曾尼维，发

行人张逸周，洪流文艺学社出版。同年8月10日终刊，共出7期。文艺刊物，发表有关学术或时事的论文、国内外通信、科学知识的小品文字、漫画木刻、文学创作、中学生作品、读者信箱等内容。

（12）1938.3—1938.9，《上海儿童》，周刊，主编钱达之、陈际云，发行人钱远。同年9月终刊，第1卷第1期至第1卷第19期，共出19期。儿童教育类刊物，主要刊载儿童文学作品，内容包括儿童故事、社会见闻、科学知识、乡土风情、公民义务、劳作场景等，涉及诗歌、童话、小说、连环画、漫画、动物故事、笑话等类型。

（13）1938.4.1—1938.7.1，《艺花》，半月刊，总编辑何家榴，发行人沈慕蝡，艺花半月刊社主办。同年7月终刊，第1卷第1期至第1卷第6期，共出6期。文学刊物，栏目有散文、文艺、舞台、书法、画图、照片、电影等。

（14）1938.4.1—1938.7.21，《大地图文旬刊》（又名《大地旬刊》），旬刊（逢1日、11日、21日出版），出版兼发行人顾大文，大地图文旬刊编辑部编辑，大地出版社发行。同年7月21日终刊，第1卷第1期至第1卷第12期，共出12期。综合性刊物，主要栏目有杂感、儒家思想与时代、论语新演、小说、文艺、常识、通讯等，刊载有译文。

（15）1938.4.15—1939.3.15，《近代杂志》，近代杂志社编辑发行。1939年3月15日终刊，第1卷第1期至第1卷第12期，共出12期。综合性刊物，发表对世界局势的看法，刊登社科方面的论著和译述，主要栏目有论著、时事摘要、译述、研究资料、杂俎，也刊载国内外政治时事照片资料，刊载大量译文。

（16）1938.4.20—1940.6，《上海妇女》，月刊，蒋逸霄编辑发行，上海妇女社出版。1940年6月终刊，第1卷第1期至第4卷第4期，共出40期。妇女刊物，刊载少量译文。

（17）1938.4.22—1938.6.6，《新语》（又名《新语周刊》），周

刊，编辑人叶蒂，新语周刊社出版。同年6月终刊，第1卷第1期至第1卷第7期，共出7期。综合性文艺刊物，内容涉及国内外时事、中国影坛新动向、文艺大众化问题、评论、特写、散文、诗、短剧、译文等。

(18) 1938.4.23—1939.7，《华美》，周刊，主编梅益、王任叔，编委林淡秋、杨帆、戴万平等，创始人兼总经理朱作同，美商华美出版公司出版，发行人宓尔士。1939年7月终刊，第1卷第1期至第2卷第11期，共出61期。时政刊物，报告一周内国内外大事，内容偏重于各战区战况报道、延安通讯，以及英、德、意、日等大国的外交政策，密切关注国内外的政局、战局，载文包括各类时事评述、新闻图片、漫画等，刊载有译文、译论、特译稿、译丛。

(19) 1938.4.23，《文会》，周刊，编辑人王苏迅，文会出版社出版，发行人庞仲祥，共出1期。综合性文学刊物，刊中作品多着眼于抗战中的重要人物和各地情形的描绘，载有大量介绍中国情形的译著，主要发表通讯、散文、杂文、论文、小说、译作等。

(20) 1938.4.30—1938.5.7，《文美》，周刊，编辑人王苏迅，文美出版社出版，发行人庞仲祥。同年5月7日终刊，第1卷第1期至第1卷第2期，共出2期。文学刊物，载文评述时事、记录观光日记、刊发人物特写、介绍中国红军、发表杂感散文和小说等。该刊云集了当时一批著名作家政治家的作品，有许多对于当时国内、国际局势的深刻见解，刊载拾日译评。

(21) 1938.4—1938.5，《大地》，月刊，大地编辑社编辑，中国道德总会附设大地月刊社发行。同年5月终刊，共出2期。综合性文化刊物，试图用中国传统的儒家学说给予民众精神慰藉，端正生活态度，坚定生存决心，带有明显的保守倾向。

(22) 1938.4.1—1938.7.10，《十字街头》，半月刊，十字街头社编辑出版。同年7月10日终刊，创刊号至第1卷第6期，共出6期

（第 1 卷第 4 期为革新号）。文艺刊物，内容包括戏剧、短评、短篇小说、诗歌、散文、见闻速写、随笔等。

（23）1938. 4—1938. 7，《翻译批评》，月刊，主编韦荣，实用英文出版社发行。同年 7 月终刊，第 1 卷第 1 期至第 1 卷第 5 期，共出 5 期。英文学习刊物，摘译英文报纸和期刊，对英文原文进行翻译后，附有原译、改译、评语，有路透社译艾登辞职函，张伯伦覆函，伍光建译英文小说选等。

（24）1938. 5. 1—1939. 2. 16，《众生》，半月刊，[英] 马彬和编辑，众生出版社出版。1939 年 2 月 16 日终刊，第 1 卷第 1 期至第 2 卷第 6 期，共出 12 期。综合性刊物，内容包括国内外政治时事的评论和评述、史料、散文、杂文、报告文学、西洋小品、人物传记、科学知识、书评、消息报导、漫画等，刊物内容以中文为主，也刊有少量外籍作者的母语原文。

（25）1938. 5. 1—1941. 11，《益友》（又名《益友半月刊》《益友月刊》），半月刊（1939 年 8 月改为月刊），益友出版社编辑发行。1941 年 11 月终刊，第 1 卷第 1 期至第 4 卷第 12 期，共出 45 期。综合性刊物，主要栏目有益友动态、女友地图、生活、文艺、读者信箱、辛劳集、半月动态、记录演讲、特写等。

（26）1938. 5. 2，《读物》，月刊，主编徐訏、冯宾符，读物出版社发行，共出 1 期。综合性刊物，以注重知识的交流，满足青年的求知欲望为主，介绍政治、经济、教育、文化、军事等各方面的内容。

（27）1938. 5. 3—1938. 6. 30，《文集》（又名《文集旬刊》），旬刊，编辑人章玉卿、吴雨霁，发行人顾觉民，文集社出版。同年 6 月 30 日终刊，第 1 卷第 1 期至第 1 卷第 5 期，共出 5 期。综合性时政刊物，该刊强调是集“国际、人物、通讯、文艺、妇女、唯一的综合类刊物”，设有十日译评专栏。

（28）1938. 5. 5—1938. 5. 12，《大众文化》，半月刊，主编曾哲，

发行人张栩，大众文化半月刊社出版。同月12日终刊，第1卷第1期至第1卷第2期，共出2期。综合性刊物，设“半月译评”栏目。

（29）1938.5.10—1938.5.21，《孤岛生活》，旬刊，主编周丽德，发行人顾一之。同月21日终刊，第1卷第1期至第1卷第3期，共出3期。综合性刊物，设有论坛、特写、新闻、文艺、研究等固定栏目，以及涉及医学常识、美容常识、健康常识的科普通讯栏目。

（30）1938.5.10—1945.8.10，《杂志》，月刊、半月刊，编辑人吕怀成、刘涛天、吴诚之、吴江枫、范菊高，杂志社发行。1945年8月10日终刊（1939年5卷3期和1942年9卷5期两次复刊），第1卷第1期至第15卷第5期，共出89期。综合性时政刊物，主要栏目有特稿、诗歌、照片、论文、连载、译著、小杂志、人物特辑、世界杂谈、特辑、书评、小品五章、小品六章等，载文除专稿和特译稿外，多采集于其他刊物，前期主要专载国际时事评论、报导国外政治形势，复刊后倾于向文学创作、文学理论等。

（31）1938.5.11，《旬报》，旬刊，编辑人周游，发行人屠仁忠，旬报社出版发行。出1期。文学刊物，主要发表译文与散文。

（32）1938.5—1938.7.20，《小刊物》（由《小小杂志》改名而来），半月刊，编辑与发行人翁如新，小刊物杂志社发行。同年7月20日终刊，出4期。综合性刊物，主要栏目有特写、学校生活、各地通讯、小园地、海外风光等，刊载少量译文。

（33）1938.5，《新生》，周刊，编辑人胡镜明，发行人杨步贤。同月终刊，出2期。

（34）1938.6.5—1939.9.10，《文艺》，旬刊（1卷3期起改半月刊，3卷后改月刊），主编周一萍，文艺社编辑发行。1939年9月10日终刊，第1卷第1期至第3卷第3/4期，出16期（1卷3期为革新号）。文艺刊物，该刊为“左翼”文学青年的一块小阵地，其宗旨为服务抗战，推进文学大众化，内容上主要刊登文艺作品和讨论文艺问题的文章，刊载有译文。

（35）1938. 6. 12—1939. 4. 5，《学生时代》，半月刊，编辑人钱圣秩，学生时代社出版。1939 年 4 月 5 日终刊，第 1 卷第 1 期至第 1 卷第 10 期，共出 10 期。综合性文艺刊物，主要栏目有文艺漫谈、评论、科学界突击队、故事演讲、图书馆消息等，刊载少量译文。

（36）1938. 6. 15—1938. 7. 11，《大时代》，半月刊，主编叶明、萧翼，大时代出版社发行，发行人徐筱云。同年 7 月 16 日终刊，第 1 卷第 1 期至第 1 卷第 3 期，共出 3 期。文学刊物，主要设有“论著”“文艺”“特稿”“青年创刊”四栏。

（37）1938. 6. 16—1939. 2. 16，《红茶》（副标题为《文艺半月刊》），半月刊，主编胡山源，红茶文艺社出版。1939 年 2 月 16 日终刊，共出 17 期。文艺刊物，主要刊载小说、诗歌、散文等文艺作品，反映社会风貌，介绍名著，刊载少量译文。

（38）1938. 6. 17，《文汇周刊》，周刊，［英］克明（H. M. Cumine）担任总主笔，文汇周刊部发行，英商文汇有限公司出版，共出 1 期。综合性时政刊物，涵盖政论时评、文艺创作、诗歌话剧等，刊载少量译文。

（39）1938. 6—1938. 6，《苦笑》，周刊，编辑人沈沦，苦笑周刊社发行。同月终刊，第 1 卷第 1 期至第 1 卷第 4 期，共出 4 期。时政刊物，刊内载文，自称站在中国人的立场，发射利箭，射向敌人的心窝，以直率的文笔，针对政府与时弊，暴露其丑恶，给人们一些警惕。

（40）1938. 6—1939. 2，《孤岛妇女》，半月刊，编辑顾南琳，发行人张亦辛，孤岛妇女社出版。1939 年 2 月终刊，第 1 卷第 1 期至第 1 卷第 4 期，共出 4 期。妇女时政刊物，内容有言论 、国际瞭望、时事解剖、各国妇女动态、国内妇女生活、各地妇运、职业生活、文艺、妇女呼声等，刊载有译文。

（41）1938. 7. 25—1938. 8. 25，《好友》（刊头由陆连奎题写），月

刊，发行人王泽周，好友编辑股编辑，好友广告出版社发行。同年8月25日终刊，共出2期。文艺刊物。

（42）1938.7.15—1938.10，《青年作者》（副标题为《青年文艺作者的总汇集》），半月刊，青年作者社编辑发行，发行人翁如新。同年10月终刊，共出5期。青年文学刊物，内容包括新诗、译文、随笔、小品、特写、小说、诗歌、报告文学、剧论、独幕剧等。

（43）1938.7.16，《寓言》，半月刊，寓言社编辑发行，共出1期。文学刊物，主要设有时代寓言、诗、通俗小说、剧本、历史小品、小说、报告文学、中篇创作、通讯等栏目。

（44）1938.7—1938.8，《学报》，周刊，编辑人陈小萍、陆小青，发行人张亦英、陈辛农。同年8月终刊，共出3期。综合性刊物。

（45）1938.8.13，《人民》，周刊，人民周刊社编辑发行，共出1期。综合性时政刊物，主要栏目有国际一周、战况一周、社会动向、译文、杂感、文艺、小言等。

（46）1938.8.15—1938.9，《山海经》，旬刊，编辑人林豪，山海经社编辑，上海合作出版社发行。同年9月终刊，第1卷第1期至第1卷第5期，共出5期。综合性刊物，刊载内容涉及时事政治、社会生活等，主要设有自由谈、社会百态、俱乐部、时代女性、文艺阵地等固定栏目，刊载少量译文。

（47）1938.8.16，《蚀》，半月刊，蚀社编辑发行，共出1期。综合性刊物，主要发表时政评论、青年动态、文艺习作（诗、小说、散文）等内容。

（48）1938.8.20—1939.2.12，《自学旬刊》，旬刊，编辑人来复，第2卷第1期后石灵加入编辑，发行人毛文植。1939年2月12日终刊，第1卷第1期至第2卷第4期，共出18期。综合性刊物，刊载译诗、哲学译文、译论。

（49）1938.8.30—1941.11.7，《百合花》（封面题眉由严独鹤题

写，以“百合花”为封面画，为丁悚所画），不定期刊物，编辑人周鸿晨，发行人芮鸿初，上海百合花社出版。1941 年 11 月 17 日终刊，第 1 卷第 1 期至第 4 卷第 11 期，共出 40 期。文学刊物，内容主要包括小说、诗词、随笔、杂文、谜语等。

（50）1938. 8—1938. 10，《趣味中心》，周刊，编辑人章玉卿，生活出版社出版。同年 10 月终刊，共出 6 期。综合性刊物，主要发表诗、词、小说、散文、文艺、科普、电影界消息等内容。

（51）1938. 9. 1—1939. 3. 1，《自由谭》，月刊，主编及发行人项美丽。1939 年 3 月 1 日终刊，共出 7 期。时政刊物，刊载少量译文。

（52）1938. 9. 15—1941. 8，《侦探》，月刊（1938 年 11 月后改为半月刊），侦探月刊社编辑，友利公司出版部发行。1941 年 8 月终刊，共出 57 期。侦探文学刊物，主要刊载翻译侦探小说。

（53）1938. 9. 16—1942. 1. 16，《西风副刊》，月刊，主编黄嘉德、黄嘉音，顾问编辑林语堂，西风社发行。1942 年 1 月 16 日终刊，共出 41 期。综合性翻译刊物，以介绍西方世界，尤其是欧洲各国的政治、经济、军事、科技、教育、文化、文艺、社会等方面的情况及局势动向为主，同时也关注远东，特别是日本的局势。

（54）1938. 9. 25—1938. 10. 10，《海风》，半月刊，编辑人华萼，发行人刘春华。同年 10 月 10 日终刊，共出 2 期。综合性刊物，主要刊载世界大事及社会动态方面的短小评论，时事分析，有关国际、政治、经济、哲学、社会科学、文化、艺术等方面的研究报告及经验交流，介绍各阶层生活方面的资料等，也适当选登一些国外译著。

（55）1938. 9—1940. 4，《西风精华》，年刊，主编黄嘉德、黄嘉音，顾问编辑林语堂，西风社发行。1940 年 4 月终刊，共出 3 期。综合性翻译刊物，每年从《西风》月刊中选出最精彩的文章编辑而成。

（56）1938. 9—1938. 10，《黎明》（又名《黎明月刊》），月刊，主编黄梨政、孔谲治。同年 10 月终刊，共出 2 期。

（57）1938.9—1939.3，《翻译与评论》，月刊，发行人陈白苹，编辑人高璘度。1939年3月终刊，共出4期。综合性翻译刊物，设有短评、摘译等栏目，内容丰富，有讨论第二次世界大战时期国内外政治、军事、经济、文化问题，分析帝国主义发动战争原因的文章，也有介绍国外名人及作品的内容。

（58）1938.9—1942.6，《小主人》，周刊（1942年6月改为月刊），主编戴中新，小主人周刊社出版发行。1942年6月终刊，第1期至第8卷第10期，共出139期。儿童刊物，设有图画、谈话、短篇小说、趣闻、连续趣画、新童话、小常识、社会、诗歌等，刊载有译文。

（59）1938.9，《众日杂志》，月刊，主编冯宽，发行人陈浩如，共出1期。综合性刊物，主要刊发文学作品、生活常识、外国影界明星逸事等内容。

（60）1938.10.9—1939.8，《青年大众》（刊名由戴苍奇题写），半月刊，青年大众半月刊社编辑发行。1939年8月终刊，创刊号至第2卷第1期，共出10期。青年刊物，所刊文章多围绕青年、妇女问题展开，载有大量青年编译的文艺作品。栏目有短评、青年问题、通讯、文艺、书报介绍、大众服务、大众园地、大众信箱等，刊载少量译文。

（61）1938.10.10–1939.4.6，《橄榄》，不定期，编辑人程小青、徐碧波，发行人何怀远。撰稿人多为“星社”成员。1939年4月6日终刊，共出5期（创刊号、酬答号、新年号、春节号、清明号）。综合性文艺刊物，主要刊登市井生活的内容，如小说等文学作品、漫画、集锦联话、谜格举例、诗谜简史、汉语语法讲解、数字游戏、诗谜、英文谜、讽刺画等内容和栏目，以及药品、化妆品、电影戏剧广告，同时设有有奖问题与市民互动等。

（62）1938.10.10—1939.5.10，《文献》，月刊，主编阿英，文献丛刊社编辑，中华大学图书有限公司发行。1939年5月10日终刊，第1卷第1期至第3卷第8期，共出8期。政治性文化刊物，以刊载文献性资料为主，内容反映了抗战前期的政治、军事、经济、文化、社会生活、国际风云、日伪动向、沦陷区情况等各个方面，刊载少量译文。

（63）1938.10.10—1939.6.22，《译报周刊》，周刊，编辑人梅益、王任叔、林淡秋、冯宾符，译报社主办。1939年6月22日终刊，第1卷第1期至第2卷第10/11期，共出36期。抗战翻译刊物，载文宣传抗日，评论辛亥革命，报导国内抗战局势，分析国外战局，介绍中共抗日主张与活动。宣传抗日为其主旨，报道中共抗日主张和活动，除报道时事外，主要介绍“左翼”大众文化，还刊载少量文学作品。

（64）1938.10.10—1938.11，《上海经》，旬刊，上海经社编辑，上海出版公司出版发行。同年11月终刊，第1卷第1期至第1卷第4期，共出4期。综合性刊物，设有漫谈、漫画、特稿、社会风光、妇女与家庭、娱乐、中篇创作等固定栏目。

（65）1938.10.10—1939.1.10，《新诗刊》，季刊，新诗刊社出版，新诗刊编辑部编辑发行。1939年1月终刊，共出2期。诗歌刊物，刊有小诗、长诗、史诗、散文诗、译诗、剧诗等。

（66）1938.10.16—1940.5.1，《文艺新潮》，月刊，主编宇文节（钱君匋）、林之材（李楚材）、蒋锡山（第2卷第5号起由蒋锡金接编），其他编辑人王俊伯、陈君良、李谷菌、黄元庆、张圣烈、袁嗣良等，文艺新潮社编辑，野马文艺研究会出版发行。1940年5月1日终刊，第1卷第1期至第2卷第1期，共出19期。文艺刊物，创刊号为“鲁迅纪念特辑”、第2期“诗歌特辑”、第3期“小说特辑”、第4期“米价和生活”、第5期“关于现实主义讨论特辑”、第6期“戏剧特辑”，“左翼”刊物，每期均刊载有译文。

（67）1938.10.20，《中国文化》，中国文化社编辑发行，共出1期。综合性刊物，以文化讨论为最主要内容，刊载有译文。

（68）1938.10—1938.11.10，《未名》（又名《未名半月刊》），半月刊，未名半月刊社编辑发行。同年11月10日终刊，共出3期。

文学刊物。

(69) 1938.10—1938.11,《文画》(又名《文画周刊》),周刊,主编范一帆、范一发,文画周刊社出版发行。同年11月终刊,共出8期。文学刊物,设有“图画”“文字”“随便谈”“小东西”固定四栏。

(70) 1938.10—1938.11,《乌鸦》,半月刊,乌鸦半月刊社编辑发行。同年11月终刊,创刊号至第1卷第2期,共出2期。抗战文学刊物,散文作品集刊物,主要发表有关宣传抗日的文艺作品。

(71) 1938.11.1—1941.9.5,《文心》,月刊,主办人张智中、张文魁,出版人郑垦(第1卷第10期后改王一民,第2卷第1期后改为王丽荪),主编冯仲会,文心出版社发行。1941年9月5日终刊,创刊号至第3卷第9期,共出31期。综合性刊物,主要栏目有修养讲座、经济讲座、文化讲座、科学讲座、文艺栏、家庭常识、百业动态、长篇创作、每月时事丛谈等,刊载少量译文。

(72) 1938.11.5—1938.12.20,《中华》,半月刊,主编及发行人周振沧。同年12月20日终刊,第1卷第1期至第1卷第4期,共出4期。综合性刊物,谈论中国教育、研究经济思想、推行救难运动、刊载中日兵事迹略、报道各地新闻等。

(73) 1938.11.25—1938.12.10,《蜜蜂》,半月刊,主编王韬(王瑞鹏)、丁宁(丁景唐),蜜蜂社出版发行。同年12月10日终刊,共出2期。文学刊物,主要栏目有散文、通讯、报告、小说、随笔、独幕剧、论文、诗、补白、编后记等。

(74) 1938.11—1938.12,《学余周刊》,周刊,编辑人沈新我,发行人侯希道。同年12月终刊,共出6期。青年刊物,内容有科学知识介绍、青年问题探讨、学术研究、历史小品、医学常识、书报评介、学生园地,刊登诗歌、随笔、译文、剧本等文艺作品。

(75) 1938.11—1939.3,《中国青年》,旬刊,主编兼发行人

［英］希尔斯（Hills. Mary），中国青年旬报社出版发行。1939 年 3 月终刊，第 1 卷第 1 期至第 2 卷第 2 期，共出 12 期。综合性刊物，设有青年创作、青年问题、妇女园地、国防科学知识、新闻小说、译著、读者信箱等栏目。

（76）1938.11，《绿苣》，主编唐海桢、泾洛，绿苣社出版发行，共出 1 期。

（77）1938.12.1—1939.3，《编译月刊》，月刊，编辑人周迪斐，沪江编译馆出版发行。1939 年 3 月停刊，创刊号至第 1 卷第 4 期，共出 4 期。综合性社科刊物，主要发表涉及学术思想、社会经济、政治相关问题的论说及研究，并设有文艺、通讯等栏目，刊载大量译文。

（78）1938（出版日不详）—1941.7，《长春》，月刊，长春社编辑。1941 年 7 月终刊，第 1 卷第 1 期至第 3 卷第 7 期，共出 21 期。综合性文化刊物，内容集知识、娱乐、文学于一体。

（79）1938，《锻炼》，半月刊，锻炼出版社出版发行。综合性社科刊物，主要栏目有时评、专论、文艺、文艺简讯等。

3. 1939 年

（1）1939.1.1—1939.7.15，《绿洲》，月刊，主编沈伟、拓荒，特约编辑人杨仲黄、葛炎，绿洲月刊社出版。同年 7 月 15 日终刊，创刊号至第 1 卷第 6 期，共出 6 期。中英文艺综合月刊，主要刊载诗歌、小说、散文、独幕剧、文艺杰作选刊、长篇译作、英文创作及少量通讯消息等。

（2）1939.1.1—1941.6，《文哲》（标题由张寿镛题写），半月刊，光华大学文哲研究组编辑发行。1941 年 6 月终刊，第 1 卷第 1 期至第 2 卷第 4 期，共出 14 期。文史学术刊物，文哲研究组下分哲学组、历史组、中国文学组和西洋文学组四个小组，刊物所载文章以上述四个专业的相关论文为主，载文专业性较强，刊载有译文。

（3）1939.1.11—1939.9.5，《鲁迅风》，周刊（第 14 期后改为半

月刊），编辑人冯梦云，实为金性尧、石灵先后编辑，发行人来小雍，中国文化服务社发行。1939 年 9 月 5 日停刊，共出 19 期。文学刊物，主要栏目有杂文、小品、随笔、散文等，刊载有译文。

（4）1939. 1—1939. 2，《心声》（又名《心声周刊》），编辑人孙绍闻，心声出版社出版发行。同年 2 月终刊，第 1 卷第 1 期至第 1 卷第 3 期，共出 3 期。综合性刊物，内容涉及时政新闻、社会新闻、经济、法制、科学、文艺等方面。

（5）1939. 1—1939. 3，《巨轮》（同年第 3 期起与《谜林》合并为《巨轮谜林》），月刊，总编辑田家农（合刊后增加裘啼莺），发行人乐嗣良，上海联志学术研究社出版发行。同年 3 月终刊，第 1 卷第 1 期至第 1 卷第 3 期，共出 3 期。综合性刊物，发表诗歌、散文、通讯、小说等文学创作，介绍科学知识。

（6）1939. 1—1939. 6，《迈进》，月刊，迈进社编辑发行。同年 6 月终刊，共出 6 期。时政刊物，主要栏目有社评、文教新闻、学术讲座、补充教材、一月来时事折要、民主集谈、小言、学习指导、望远镜、微题揭晓等，发表抗战言论、介绍抗日队伍、论述哲学问题、也刊有大量抗日文艺作品。

（7）1939. 1—1939. 7，《民力周刊》，周刊，编辑人徐长江，民力周刊社出版发行。同年 7 月终刊，共出 20 期。时政刊物，主要宣扬抗日，反对盲目妥协、屈辱外交，设有论述、短评、世界珍闻、地图、随笔、文艺地、国外通讯、诗歌等栏目。

（8）1939. 1—1942. 6，《天下事》，月刊（第 1 卷第 7 期起改为半月刊，第 2 卷起恢复月刊），编辑人陶亢德，亢德书房出版发行。1942 年 6 月终刊，第 1 卷第 1 期至第 3 卷第 2 期，共出 33 期（欧战增刊 1 期）。综合性翻译刊物，所刊内容主要取自新出的英、法、美、日、德、苏等各国杂志书报，内容涉及政治、新闻、时事、生活文化、风土人情、文学艺术等，除国外特约通讯外，所载内容全部为译文。

（9）1939.1—1945.5，《罗汉菜》，不定期（第3期后改为月刊），编辑人刘述庭等，三乐农产社编辑发行。1945年5月停刊，共出50期。综合性刊物，主要栏目有谈因、药圃、言论、宅运、小说、法味、文艺、成功人鉴、实业、南社诗话、文苑奇珍等，主要着眼于文化程度较低的读者对象。

（10）1939.1，《萌芽》，月刊，萌芽月刊社编辑发行，共出1期。综合性刊物，主要栏目有报告诗、国剧、报告、小说、散文等。

（11）1939.2—1939.11，《大众》，月刊，主编凯钟。同年11月终刊，共出7期。

（12）1939.3.1—1941.12.1，《宇宙风（乙刊）》，半月刊，编辑人林憾庐、林语堂、陶亢德（第20期起周黎庵加入），西风社发行。1941年12月1日终刊，共出56期。散文刊物，主要刊载散文、随笔、杂文、译文等。

（13）1939.3.10—1939.4，《人道旬刊》，旬刊，编辑人姚明然，出版人钱路平。同年4月终刊，共出6期。抗日宣传刊物，宣扬真人道、真和平，反对非人道、非和平，宣扬一致抗日，反对卖国投降。在内容上，该刊直接就当时的局势发表看法，也通过文学或史学的形式表达抗日立场。

（14）1939.3.12，《火花》（《火花月刊》），月刊，火花社编辑发行，共出1期。

（15）1939.3.20，《蓓蕾》，周刊，蓓蕾社编辑发行，共出1期。文学刊物，主要内容有学术、文艺、翻译、诗歌与漫画等。

（16）1939.3.20—1940.2，《时代文选》，半月刊，编辑人朱朴，时代文选社发行。1940年2月终刊，创刊号至第2卷第1期，共出11期。汪伪政治刊物，主要栏目有和战特辑、国际人物、时论汇辑等，主要刊登时代重大事件的论著、报导、述评等。

（17）1939.3—1939.4，《世界大侦探》，半月刊，编辑人罗小廷，新时代出版公司发行。同年4月终刊，共出2期。侦探翻译刊物，载有侦探学初步与各种凶杀、情杀、谋杀以及抢掠故事。

(18) 1939.3—1939.8，《先锋》，月刊。同年8月终刊，共出5期。抗日刊物，刊载介绍中华民族复兴大同盟的任务、工作纲要、工作方法的文章，探讨国内外政治、军事、处交、民族等问题，报道各地抗战战况。

(19) 1939.3—1942.1，《五云日升楼》，周刊（第2卷起改为月刊），总编辑兼发行人顾怀冰。1942年1月终刊，第1卷第1期至第3卷第11期，共出73期。文学刊物，主要栏目有文虎杂谈、欧美一瞥、事物志征、薪胆小记、武侠小说、歪诗谐词集、展言、古事今图等，该刊请的作者都是上海第一流的作家，且每一期的题字都是请一流的书法家书写。

(20) 1939.3，《蜂蚁集》，蜂蚁出版社编辑发行，刊期不详。

(21) 1939.4.1—1948.3，《名著选译》，月刊，主编刘龙光，名著选译月刊社发行，发行人林鹤钦。1940年9月终刊，出16期；1945年复刊，1948年3月终刊，出17—35期。综合性翻译刊物，刊载文章内容丰富，包括国际政治、时论、小说名著、医药常识、传记人物、科学、电影、游记、生活等。

(22) 1939.4.15—1939.10.1，《清明》，半月刊，清明半月刊社编辑发行。同年10月终刊，创刊号至第1卷第6期，共出6期。综合性刊物，主要探讨国际问题，进行学术研究，介绍国内外新知识，并选载各种著名文献资料，主要设有时事评述、学术讲座、生活素描、上海话、短评等栏目，同时也选登部分内地通讯、杂文、翻译、学术讲座等。

(23) 1939.4.16—1939.7，《中流》，半月刊，编辑兼发行人袁振华，中流社出版发行。同年7月终刊，第1卷第1期至第1卷第7/8期，共出7期。综合性社科刊物，刊内设置现代评论、短篇小说、长篇小说等栏，刊载少量译文。

（24）1939.4—1939.5，《青春》，半月刊，青春文学社出版发行。同年5月终刊，共出3期。

（25）1939.4—1939.6，《壹零集》，月刊，主编朱家骏、孙志勤，发行人朱家骏，壹零集文艺月刊社出版。同年6月终刊，创刊号至第1卷第3期，共出3期。文学刊物，设有图画、杂文、小说、诗、译文、通讯、特载等栏目。

（26）1939.4—1939.6，《综合》，半月刊，综合半月刊社编辑发行。同年6月终刊，共出5期。综合性刊物，设有生活特写、通讯、小评、报告、习作、时事座谈等栏目。

（27）1939.4—1939.9，《时论丛刊》，月刊，时论丛刊社编辑出版。同年9月终刊，共出6期。时政刊物，该刊站在中国共产党的立场上，大量刊载中国共产党及军队领导人的文章，也刊载国民党一些重要领导人的讲话稿和文章，刊载少量译文。

（28）1939.4—1939.6，《选萃》，月刊，总编辑殷克志，选萃月刊社出版发行。同年6月终刊，第1卷第1期至第1卷第3期，共出3期。综合性社科刊物，主要刊登政治、经济、教育、社会、法律方面的论著和述评，经济教育资料及各地通讯，文艺有小说、散文、诗歌、翻译、剧本等。

（29）1939.4.15—1942.7，《更生》，周刊，编辑陈天石、陈文正，更生周刊社编辑发行。1942年7月终刊，创刊号至第15卷第7期，共出147期。时政刊物，主要栏目有时评、译丛、本周大事记等，主要对国内外发生的重大事件进行论述，评析各国政局变化动态，介绍历代学术、政治家及政治制度和反映国民政府方针政策的报道。

（30）1939.5.1—1939.7.5，《蒲公英》，半月刊，编辑人吕海澜、丁念千，发行人丰子由。同年7月5日终刊，共出4期。文艺刊物，主要刊登散文、诗歌、小说创作、译文等，内容涉及社会、家庭、职业、婚姻等方面，反映当时社会状态和底层民众的疾苦。

(31) 1939.5.1—1940.2,《新中国文艺丛刊》，不定期，主编陈望道，新中国文艺社编辑发行。1940年2月终刊，共出4期（“钟”“高尔基与中国”“鲁迅纪念特辑”“鹰”）。文学刊物。主要栏目有短论、小说、报告通讯、散文、诗歌、论著、杂文等，刊载有译文。

(32) 1939.5.1—1940.5,《新知》(又名《新知十日刊》《新知半月刊》)，旬刊（第2卷起改为半月刊)，发行人胡家桢，新知十日刊社编辑出版。1940年5月终刊，创刊号至第4卷第6期，共出22期。综合性社科刊物，设有十日来、哲学讲座、经济学讲座、书报评介、短评、谈东说西、报告等栏目，刊载有译文。

(33) 1939.5.1—1941.1，《青年文会》（*Youth Parade*)，半月刊(第2卷起改为月刊)，顾问编辑徐佩琨，主要编辑人沈立人、柴骋陆，发行人雷牧帅、徐绍箕，青年文会社出版发行。1941年1月终刊，第1卷第1期至第2卷第10期，共出23期。综合性翻译刊物，主要刊登有益青年身心的知识、文艺、学术、科学、发明文章，该刊之中所有篇目均有中英文对照，前半部分为英文，后半部分为中文，后期英文部分大为缩减。

(34) 1939.5.1—1949.3.1，《永安月刊》（*WING-ON*)，月刊，发行人永安公司总经理郭琳爽，主编郑留，其他责任编辑麦友云、郑鲁文、郑逸梅、刘家彦、吴康、梁燕、宋德其，永安月刊社出版发行。1949年3月1日终刊，共出118期。文化娱乐刊物，内容以娱乐、消遣为主，创刊初期，刊有较多绘画、摄影作品、电影新片介绍、剧照、幽默短文、诗歌、影星玉照等，自郑逸梅加入编辑后，逐渐增加小说、散文、杂文、游记、记叙文、议论文等题材的作品。

(35) 1939.5.15—1939.7.10,《兼明》(又名《兼明月刊》)，月刊，主编沈延国、童书业，兼明社出版发行。同年7月终刊，共出2期。文史学术刊物，刊有史学评论、尚书讲话、通俗史话、大众讲话、书评、知识讲话、特写、旅行随笔等，刊载少量译文。

（36）1939. 5. 15—1940. 2. 15，《南风》，月刊，编辑人林徽音，商务出版社出版发行。1940 年 2 月 15 日终刊，第 1 卷第 1 期至第 2 卷第 4 期，共出 10 期。文学刊物，主要刊登文学艺术方面的创作和译作，刊载的文体有诗歌、散文、小品、传记等。

（37）1939. 5. 20，《文友》（又名《文友月刊》），月刊，总编辑刘守筠，文友月刊社出版发行，共出 1 期。文艺刊物，刊登的都是纯粹的文艺作品，包含诗歌、散文、漫画、论著、小说翻译等。

（38）1939. 5—1939. 6，《北辰旬刊》，旬刊，主编陈季平，发行人董神骏，北辰旬刊社出版发行。同年 6 月终刊，创刊号至第 1 卷第 3 期，共出 3 期。文化刊物，设有论述、时论摘要、大事记、杂文、胜利的序曲等栏目。

（39）1939. 5—1939. 6，《朝霞》，半月刊，朝霞社编辑发行。同年 6 月终刊，共出 2 期。

（40）1939. 5—1939. 8，《青年生活》，半月刊（后改为旬刊），主编许革夫（钱念文），发行人李友文，青年生活社出版发行。同年 8 月终刊，创刊号至第 1 卷第 4 期，共出 4 期。综合性青年刊物，内容有短评时论，以及当前最重要问题的论述；有关青年修养、读书方法、生活漫谈的讨论；介绍戏剧、歌咏等方面的娱乐文章；人物评价与书报评价；文艺作品、写作经验谈等。

（41）1939. 5，《科学与文艺》，半月刊，科学与文艺出版社编辑发行，共出 1 期。综合性刊物，内容包括科学理论、文艺理论、科学知识、文艺作品等。

（42）1939. 6. 4—1940. 1. 5，《文笔》，周刊（第 1 卷第 5 期起改为半月刊，第 2 卷起改为月刊），主编王玉，文笔社出版发行。1940 年 1 月 5 日终刊，创刊号至第 2 卷第 2 期，共出 14 期。文学刊物，内容有小说、诗歌、杂文、译文译诗等。

（43）1939.6.15—1939.8.10，《海啸》，三周刊，海啸文艺出版社编辑发行。同年8月10日停刊，共出3期（1945年8月复刊，出1期。主编王慧明，发行人陈刻铭，学文书店出版发行）。文学刊物，所设主要栏目有论文、散文、特载、小说、译著等。

（44）1939.6—1939.9，《幽默风》（副标题为《文摘·漫画·电影·游艺的综合刊》），月刊，幽默风社编辑发行。同年9月终刊，第1卷第1期至第1卷第4期，共出4期。文摘性刊物，除刊登译稿类文字外，只转载中外刊物中之漫画、趣味及怪闻异说，也少量转载有关小说、电影、游艺等的文章。

（45）1939.6，《小评论》，月刊，共出1期。综合性社科刊物，主要内容分小言、杂感、随笔、短评、翻译、介绍等栏目。

（46）1939.6，《诗人丛刊》（第1辑《我歌唱》），刊期不详，编辑人朱维基等。新诗刊物，刊载有译诗。

（47）1939.7.1—1939.9.10，《东南风》（副标题为《纯文艺半月刊》），半月刊，编辑人周楞伽，选萃出版社出版发行。同年9月10日终刊，第1卷第1期至第1卷第4期，共出4期。文艺刊物。主要发表小说、诗歌、散文、剧本、文艺评论、杂感等内容。

（48）1939.7.15—1940.3.16，《玫瑰》，半月刊，编辑人顾明道、赵苕狂，图画编辑胡亚光、沈涤凡，发行人武于铭，玫瑰社出版发行。1940年3月16日终刊，创刊号至第2卷第3期，共出7期。文化刊物，栏目不固定，比较有代表性的栏目包括花前小语、中篇侦探、随笔、小花园等，刊载有译文。

（49）1939.7.20—1939.8.20，《国际月刊》，月刊，国际月刊社编辑部编辑发行。同年8月20日终刊，共出2期。国际知识刊物。旨在发扬民族精神，介绍世界新知识，研究国际各方动向。栏目有论著、译稿、文艺、插图、漫画、书评等。

（50）1939.7.25—1939.10，《动向》，月刊，编辑人张瑞清，上海

华盛顿印刷出版公司出版发行。同年10月终刊，共出4期。文学刊物，主要刊发小说等。

（51）1939.7.25—1940.11，《现实》，半月刊，编辑吕家瑞，现实出版社出版发行。1940年11月终刊，共出18期。时政刊物，主要描写战时生活片断，揭露国际上德、意、日、法西斯的侵略战争，宣传救国及美英法苏人民反对帝国主义的英勇斗争，也有少量小说、诗歌、漫画、木刻等文艺作品。主要栏目有袖珍新闻、小统计、社会百相、杂拌儿、诗歌等，刊载有译文。

（52）1939.7—1939.8，《岛风》，月刊，主编严正，岛风社出版发行。同年8月终刊，第1卷第1期至第1卷第2期，共出2期。综合性社科刊物，主要内容分社论、评论、译著、报告、散文、文艺通讯、诗等栏目。

（53）1939.7—1943.1，《金声》，月刊，金城银行同德会编辑发行。1943年1月终刊，创刊号至第3卷第8期，共出32期。金融刊物，除发表经济金融论著和译述、研究银行实务、报道各国金融消息之外，也刊登大量修养品德、锻炼身心的演讲记录、世界伟人言行、工商名人成功事略，以及散文、诗歌、小说、随笔、游记、小统计、经验谈等内容。

（54）1939.7，《论衡》（副标题为《幽默半月刊》），半月刊，论衡社编辑发行，共出1期。

（55）1939.7，《骆驼》，季刊，协中编辑委员会编辑发行，共出1期。综合性刊物，主要栏目有青年讲座、文艺、杂谈、诗歌、剧本、通讯、专著等。

（56）1939.8.5—1949.1，《人世间》，半月刊/月刊。1939年8月5日创刊于上海，1939年9月20日停刊，第1卷第1期至第1卷第4期，共出4期，主编陶亢德、徐訏，发行人丁君匋，人世间社出版发行；1940年3月1日第5期复刊，1941年10月停刊，第1卷第5期至

第2卷第12期，共出20期，主编丁君匋；1942年10月迁至桂林出版（改为月刊），1944年5月停刊，第1卷第3期至第2卷第1期，共出7期，主编封凤子，编辑顾问徐铸成，人世间社出版发行；1947年3月20日在上海复刊，1949年1月终刊，第2卷第2期至第3卷第1期，共出13期，主编封凤子，编辑委员丁聪、李嘉、马国亮等，发行人丁君匋。综合性文艺刊物，上海版内容包括短评、创作小说、读书笔记、纪实文学、翻译等，桂林版注重发表纯文学作品，内容包括创作、评论、作家作品研究、翻译等。

（57）1939.8.15—1940.1.30，《国风》，半月刊，发行人沈金松，国风社编辑出版。1940年1月30日终刊，共出20期。综合性刊物，主要刊发国际政治分析、半月杂谈、生活通讯、幽默小品、专著论文、欧美名著选译、工商国防、文学论略等内容。

（58）1939.8.20—1940.1.15，《野火》，月刊，野火文艺社编辑出版。1940年1月15日终刊，第1卷第1期至第1卷第5期，共出5期。文艺刊物，主要内容有木刻作品、散文、小说、诗歌、剧本、译文、文艺通讯等。

（59）1939.8.21—1940.3，《三民周刊》，周刊，三民周刊社出版发行。1940年3月终刊，第1卷第1期至第2卷5/6期，共出22期。综合性时政刊物，该刊以反共、和平、兴党与建国为宗旨，是汪伪政府发表舆论的平台。

（60）1939.8—1940.7，《中兴文艺医药月刊》（第2期起改名为《中兴》），月刊，编辑人郑奋庸、许惠昭。1940年7月终刊，第1卷第1期至第1卷第12期，共出12期。综合性刊物，分文学创作与医药常识两部分，主要栏目有论著、创作、散文、图画论坛、医药常识、医药问题等。

（61）1939.9.1，《旋风》，月刊，主编洪燕初、郭谷尼，旋风月刊社出版发行，共出1期。刊载少量译文。

（62）1939.9.10—1939.12.10，《摩登》（副标题为《文化的、趣味的、大众读物》），半月刊，摩登半月刊社编辑发行。同年12月10日终刊，第1卷第1期至第1卷第6期，共出6期（出版专号：第2期《欧战特辑》、第3期《西南现况特辑》、第5期《欧洲弱小民族特辑》）。综合性通俗刊物，主要栏目有科学界、海外文坛、上海趣味、零碎趣味、人物山水风土、秋新小品、文化与出版、半月来、影讯、报坛逸事、波澜、芳讯、文艺基金、国际秘话、战时的中国学生等，刊载少量译文。

（63）1939.9.15—1940.4.1，《上海评论》（由虞洽卿题写刊名），月刊，主编胡山源，发行人兼编辑人丁丁，编委会成员有干诚、高峯、张季平等，上海评论社出版发行。1940年4月1日终刊，共出7期。综合性刊物，主要栏目有上海风雨、国际了解、闲话上海、特译稿、时代知识、"红茶"文艺园地、道听途说等。

（64）1939.9.15—1940.4，《中行》（《中行杂志》），月刊，主编王彦存、庄智源，发行人王彦存，中行杂志社出版发行。1940年4月终刊，第1卷第1期至第2卷第1期，共出7期。综合性刊物，内容包括文字、图画、广告等，涉及的文字题材包含政治、军事、社会、历史、文学、艺术、旅行休闲等，刊载有译文。

（65）1939.9.15—1947.4，《英华文摘》，不定期，编辑兼发行人施存恪，英华文摘社发行。1941年7月停刊，1946年3月复刊（刊期续前），1947年4月终刊，第1卷第1期至第4卷第5期，共出20期。综合性文摘翻译刊物，内容包括西洋文化、现代知识、国内外时政、国际形势等方面的介绍及评论。

（66）1939.9.16，《火焰》，半月刊，编辑人袁拜里、沈字，共出1期。

（67）1939.9.23—1941.12，《中美周刊》，周刊，中美周刊社编辑，发行人施德高，美商罗斯福出版公司出版。1941年12月终刊，第

1卷第1期至第3卷第12期，共出112期。综合性刊物，所刊内容主要有时事类、评论类、文艺类，其中时事类主要包括政治、经济、军事等，主要以欧洲战争和中国抗战为主，还有介绍日本人民的反战运动，评论类主要刊载中美两国各领域合作的分析比较类文章，文艺类主要是小说、散文、诗歌、剧本等文学作品，刊载有译文。

（68）1939.9.25—1939.12，《海声半月刊》，半月刊，编辑人张象。同年12月终刊，共出6期。综合性刊物，主要发表国内外时事述评、问题探讨、理论修养、小说、诗歌、散文、戏剧创作等内容。

（69）1939.9—1941.12，《学习》，半月刊，编辑人柳静，发行人王方舟。1941年12月终刊，第1卷第1期至第5卷第5期，共出53期。文化刊物，汪伪刊物，刊载笔谈、学习之友、书评、文艺作品、学习生活、国外译文等内容。

（70）1939.10.1—1940.2.15，《文艺新闻》（第6期起有副题名《团结全国作家力量，反映世界文艺动态》），周刊（1939年11月26日第5期起改为半月刊），发行人兼主编蒋策。1940年2月15日终刊，共出11期。文化新闻刊物，主要栏目有文艺的谈、文坛零讯、全国文艺通讯运动近讯、小言、戏剧与电影等，同时刊有一些国外作家的译作。

（71）1939.10.1—1940.5.1，《文学研究》，月刊，文学研究月刊社编辑出版，发行人徐闻海。1940年4月终刊，创刊号至第2卷第2期，共出8期。文学刊物，刊中设有论著、创作、翻译、杂文等栏目。

（72）1939.10.10—1940.12，《青年》，半月刊，主编兼发行人洪超，青年杂志社出版发行。1940年12月终刊，创刊号至第2卷第10期，共出20期。综合性学术刊物，发表有关青年学术、修养、文艺等方面的内容，刊载有译文。

（73）1939.10.28—1940.2.5，《语风》，月刊，编辑人熊瓘、汤戈人，语风出版社出版发行。1940年2月5日终刊，共出4期。文学刊物，主要研究文艺作品的时代思想，还刊登小说、散文、随笔和翻译等。

（74）1939.10—1940.6，《艺海周刊》（*Nei Hai Weekly*），周刊，艺海周刊社编辑发行。1940年6月终刊，共出34期。综合性文艺刊物，主要栏目有满庭芳、黑影漫画、中篇小说、笑话奇谈、有问必答、谐文观止、电影剧本等，该刊主要报道演艺界消息、介绍国内外明星动态、发表文学作品。

（75）1939.10—1941.12，《中国月刊》（继承《远东》），月刊，主编方昌浩，中国文化服务社出版发行。1941年12月终刊，第1卷第1期至第8卷第3期，共出30期。时政刊物，抗战相持阶段汪伪政府发行的刊物，以宣传亲日、反共为创刊宗旨，设有画报、短评、时论介绍、文艺特辑、青年园地、杂俎几个主要栏目。

（76）1939.11.15—1940.7.15，《小说月刊》，月刊，编辑人刘龙光、俞亢咏，发行人林鹤钦，艺文印刷局出版发行。1940年7月15日终刊，共出9期。小说刊物，该刊原创与译文并行不悖，体裁多样，不仅有小说，还有少量戏剧和诗歌。

（77）1939.11.15—1939.12.15，《新文苑》（*The Vine-Yard*），月刊，发行人傅立鱼，文理图书有限公司出版发行。同年12月15日终刊，第1卷第1期至第1卷第2期，共出2期。文艺刊物，主要发表文学创作、报告文学、小说、译文、随笔、诗歌、漫画、木刻、诗歌、歌曲创作及音乐美术的趣味介绍等。

（78）1939.11—1940.2，《半月瞭望》（又名《瞭望》），半月刊，半月瞭望社编辑，商务印书馆同人会宣传部出版发行。1940年2月终刊，第1卷第1期至第1卷第3期，共出3期。综合性社科刊物，主要栏目包括来件、瞭望台、小消息、小讲座、诗歌、会务报告、花絮、评论、学术讲座、时事座谈、同人动态、书报介绍、文艺通讯等。

（79）1939.11—1940.4，《新青年》，半月刊。1940年4月终刊，

第1卷第1期至第1卷11期，共出11期。青年刊物，载文有文艺论述、学术研究、特写、小品等。

(80) 1939.12—1940.1，《贝壳》，月刊，编辑人姚济良、应笙、君毅、逸才，贝壳社出版发行。1940年1月终刊，共出2期。文艺刊物，主要栏目有特稿、而已集、海边遥望哨、儿童文学、译文等。

(81) 1939.12—1942.4，《良友》，半月刊，良友社编辑发行。1942年4月终刊，共出55期。

(82) 1939.12—1945.12，《中国妇女》(*Modern Women of China*)，月刊，编辑人濮大江，中国妇女杂志社出版发行。1941年11月因抗战中断，后于1945年12月复刊，由钱剑秋担任中国妇女杂志社董事长，朱素萼担任社长兼总编辑，张宛青、程育真等人担任编辑，中国妇女杂志社出版发行，第1卷第1期至第3卷第1期，共出25期。妇女刊物，发表部分以女性为主要角色的小说、散文等文学作品。

(83) 1939.12，《破晓》，月刊，学术丛刊社编辑，美商华盛顿出版印刷公司出版发行，共出1期。文学刊物，主要发表论著、小说、诗歌等。

(84) 193?—1940.9，《文学新潮》，刊期不详，主编陈恭则，学新潮社发行。1940年9月终刊，第1卷第1期至第2卷第9期。文艺刊物，发表论文、小说、散文、诗歌、通讯、长篇连载、外国译著等。

4. 1940年

(1) 1940.1.1—1940.8.1，《长风》(副标题为《政治、经济、文化、科学、艺术综合月刊》)，月刊，主编王季深。1940年8月1日终刊，第1卷第1期至第2卷第2期，共出8期。综合性社科刊物，刊登政治、经济、文化、艺术等方面的论著与译述，并有国际时事评论、专论，介绍当代国际人物，刊有书评、小说、剧本、游记、随笔等。

(2) 1940.1.1—1940.4，《世界文粹》(又名《世界文粹月刊》)，月刊，编辑兼发行人殷启圣，世界文萃月刊社出版发行。同年4月终刊，创刊号至第1卷第4期，共出4期。综合性翻译刊物，旨在用最低的代价，输入一些关于国际的精神食粮，使国人对于国际情势增加一些正确的认识。

（3）1940.1.10—1940.4.20，《枫叶》（又名《枫叶文艺月刊》），月刊，发行人黄家熊、丁攸梅，枫叶出版社编辑出版。同年4月20日终刊，共出4期。文学刊物，以介绍国内外优秀文学评论、文艺创作、翻译小说等内容为主，刊登有大量苏联的信息，对研究当时苏联的各方面情况有所帮助。

（4）1940.1.15—1940.12.15，《世界杰作精华》，月刊，编辑兼发行人吴乐欣，上海大兴公司代发行。1940年12月15日终刊，共出12期。综合性翻译刊物，主要摘译、摘编英、法、美、德、俄等国知名作家及其他重要人士的著作，涉及政治、哲学、外交、军事、历史、社会、文学、艺术、医学、科技、地理等，也刊载一些传记和游记。

（5）1940.1.25—1940.6.12，《戏剧与文学》，月刊，编辑人于伶、林淡秋、满涛，戏剧与文学社编辑出版。同年6月12日终刊，第1卷第1期至第1卷第4期，共出4期。文学刊物，主要刊载剧本、小说、诗歌、散文、评论等内容，刊载有译文。

（6）1940.1.27—1940.4，《行列》，半月刊，编辑人朱维基、沈孟天，金星书店出版发行，发行人朱雪萍，同年4月终刊，第1卷第1期至第1卷5/6期，共出6期。诗歌刊物，刊载少量译诗。

（7）1940.1—1940.2，《文哲》，周刊，文哲周刊社编辑发行。同年2月终刊，第1卷第1期至第1卷第6期，共出6期。综合性学术刊物，刊载少量译文。

（8）1940.1—1940.4，《学生生活》，半月刊，学生生活社编辑发行。同年4月终刊，第1卷第1期至第1卷第7期，共出7期。学生刊物，主要发表小说、诗歌、散文、杂文，介绍著名作家巴金、茅盾、宋之的、臧克家、李广田等人的艺术及人生感悟，报道全国各大学动态，西南联大、浙大、同济、交通、复旦、大同、金陵女大等校学生生活片断，人物素描，学府幽默等内容。

(9) 1940. 1—1940. 6，《译刊》，月刊，译刊社编辑，中国图书杂志公司出版发行。1940 年 6 月终刊，共出 6 期。综合性翻译刊物，译著原文作者多是日、欧、美等国著名报刊的记者、编辑、专栏作家及社会科学研究人员等，主要栏目有世界风云、国际文献、名著精髓、科学成果、文与艺等。

(10) 1940. 1—1940. 7，《小说杂志》，月刊，总编辑巴雷，发行人朱良钱。同年 7 月终刊，共出 5 期。

(11) 1940. 1—1940. 7，《翻译月刊》，月刊，言行社编辑出版。同年 7 月终刊，共出 7 期。文学翻译刊物。

(12) 1940. 1—1941. 5，《文艺新潮副刊》，不定期，主编兼发行人宇文节，文艺新潮社出版发行。1941 年 5 月终刊，第 1 卷第 1 期至第 2 卷第 4 期，共出 11 期。文学刊物，内容包括诗歌、散文、小说、译作等。

(13) 1940. 1—1941. 11，《学生月刊》，月刊，主编陈白生，学生月刊社编辑发行。1941 年 11 月终刊，创刊号至第 2 卷第 11 期，共出 23 期。学生刊物，主要栏目有学生生活、学生通讯、学生论坛、学生文艺、时文选读、时事漫画选、气象讲话、数理讲话、简评等。

(14) 1940. 1—1949. 12，《少年之光》，季刊，浸会书局少年团编辑部编辑，中华浸会书局出版发行。1949 年 12 月终刊，第 1 卷第 1 期至第 6 卷第 4 期，共出 24 期。基督教刊物，主要面向中级少年团发行，主要栏目有编辑室、诗歌、故事、少年园地等，刊载有译文。

(15) 1940. 2. 1，《每月侦探》，月刊，今文编译所编辑，精华出版社出版发行，共出 1 期，文学翻译刊物，侦探杰作选集，遴选布局艰奇、情节紧凑的世界著名的侦探名作翻译出版，并让读者参与解答疑案。

（16）1940. 3. 15—1940. 5. 15，《上海女青年》，月刊，上海女青年会编辑出版。同年5月15日终刊，第1卷第1期至第1卷第3期，共出3期。妇女刊物，主要栏目有讨论、文艺、家庭常识等。

（17）1940. 3. 15—1941. 11. 30，《妇女界》，半月刊，编辑人蔡鲁依，五洲书报社出版发行。1941年11月30日终刊，创刊号至第4卷第2期，共出38期。妇女刊物，主要发表论著、小说、散文、诗歌、报告文学、通讯、生活记录、剧本等内容。

（18）1940. 3—1941. 9，《西书精华》，季刊，编辑人黄嘉德、黄嘉音，顾问编辑林语堂，西风社出版发行。1941年9月终刊，共出7期。文学翻译刊物。

（19）1940. 4，《西流丛刊》，刊期不详，上海学术丛刊社编辑，美商华盛顿出版印刷公司出版发行，共出1期。

（20）1940. 4，《上海文艺丛刊·群鸟》，刊期不详，文艺丛刊社编辑发行，共出1期。文学刊物，“行列社”刊物，主要发表新诗、诗论、译诗、翻译剧本等内容。

（21）1940. 5. 5，《译林》，月刊，译林月刊社编辑发行，共出1期。文学翻译刊物，刊发诗、小说、戏剧等。

（22）1940. 5—1940. 6，《儿童月刊》，月刊，编辑人王人路，发行人林鹤钦，艺文印刷局出版发行。同年6月终刊，共出2期。儿童刊物，发表内容有儿歌、短篇故事、小说、古文、史地知识、自然实验、常识谈话等。

（23）1940. 5—1940. 7，《每月丛刊》，月刊，发行人陈若皓，五洲出版社编辑发行。同年7月终刊，共出3期。文学刊物。

（24）1940. 5—1941. 3. 10，《艺风》（第2期后加有副标题《是精华中的精华，是文库中的文库》），月刊，主编李蒙加（莪伽），上海艺风社出版发行。1941年3月10日终刊，共出10期。文学刊物，该刊所涉及的文学体裁主要有小说、散文、诗歌、文学评论、文学理论等，刊载有译文。

（25）1940.5—1946.2，《世界文化》，月刊，编辑兼发行人蒋文达，世界文化社出版发行。1941年11月出第3卷第4期后停刊；1946年1月复刊，出第4卷第1期；同年2月终刊，共第17期。文化翻译刊物，主要设有政治、经济、民族与社会、教育与青年、军事、科学、文化事业与文化消息、历史与考古、人物、文学与戏剧等栏目。

（26）1940.6，《南线文艺丛刊》，刊期不详，南线社编辑，海燕书店发行，共出1期（《民主与文艺》）。

（27）1940.7.1—1941.2，《中国与世界》（*China and the World Monthly*），月刊，主编师山、林憾庐，中国与世界社发行，发行人林翊重。1941年2月终刊，共出6期。综合性刊物，设有论著、专篇、散文、世界战争评论、世界史料、特辑、文化迹、书述等栏目，刊载有译文。

（28）1940.7.1—1941.3.20，《天地间》，月刊，天地间月刊社编辑，文华出版社出版发行，发行人曹家祥。1941年3月20日终刊，共出9期（第8、9合期）。综合性文艺刊物，主要刊登或转载文学漫谈、散文、纪实文学、人物小传、地理人文知识等各类小品文，兼有创作和翻译。

（29）1940.7.1—1941.8.1，《大地女儿》，月刊，编辑人王丹，大地女儿社出版发行。同年12月1日终刊，共出14期。妇女文学刊物，主要栏目有论文、学生生活、文艺小品、译文、诗歌小说戏剧、求智园地等。

（30）1940.7.5—1940.10.5，《四十年代》，月刊，四十年代社编辑，上海新人出版社出版发行，发行人陆谨生。1940年10月5日终刊，共出3期。综合性刊物，设有社论、读者园地、来信简复等栏，并载有大量的学术论著，刊载少量译文。

（31）1940.7.15—1940.8.16，《现代》（又名《现代半月刊》），

半月刊，编辑人吴哲明、刘季舟、沈蕴夫，中国现代公司出版部出版发行。同年8月16日终刊，共出3期。文艺刊物，主要发表各种文艺作品。

（32）1940.7.15—1940.11.30，《文艺世界》，月刊，编辑人穆长，上海文艺世界社出版发行。1940年11月30日终刊，共出5期。文学刊物，所载内容以学术研究为重点，涉及戏剧、文学史、文艺理论等方面，此外还载有不少原创作品，包括小说、戏剧、随笔、散文、诗歌、译作等。

（33）1940.7.30，《燎原文艺丛刊》（第一辑：星），月刊，共出1期。文艺刊物，主要发表小说、散文、诗歌、报告、通讯、译文、杂文等。

（34）1940.7—1940.7，《侦探半周刊》，半周刊，今文编译社编辑，文友出版社出版发行。同月终刊，共出6期。侦探小说刊物。

（35）1940.7—1940.9，《义旗》，月刊，敌忾社编辑发行。同年9月终刊，共出4期。综合性刊物，主要发表短论、特写、国际问题、报告文学，纪实、小说、诗歌、新闻等内容。

（36）1940.8.5—1941.11.25，《求知文丛》，不定期，求知文丛社编辑出版，继承《时论丛刊》。1941年11月25日终刊，共出31辑。综合性刊物，第一辑《恋爱新论》，第二辑《德国的内幕》，第三辑《上海文化部门的第五纵队》，第四辑《太平洋新形势》，第五辑《论民族主义与国际主义》，第六辑《日苏关系论》，第七辑《欧洲现局剖视》，第八辑《中国往哪里去》，第九、十合辑《上海的前途》，第十一辑《世界大战形势》，第十二辑《回顾与展望》，第十三、十四合辑《存亡的关键》，第十五辑《论统一战线》，第十六辑《论国民参政会》，第十七辑《论国际形势》，第十八辑《欧战与远东》，第十九辑《论大众化》，第二十辑《战争与革命的危机》，第二十一辑《论目前战局》，第二十二辑《论苏德战争》，第二十三辑《日美关系论》，第二十四辑《论施政纲领》，第二十五辑《论远东时局》，第二十六辑《苏德战争分析》，第二十七辑《在德国统治下》，第二十八辑《自由中国的写真》，第二十九辑《在团结的旗帜下》，第三十辑《国际新形势与远东危机》，第三十一辑《民主与专政》，刊载少量译文。

（37）1940.8.10—1940.8.30，《古谈》，旬刊，大众出版公司编辑出版。同月30日终刊，共出3期。综合性刊物，主要刊发评论、短篇创作、小幽默、生活常识、译文等内容。

（38）1940.8—1940.12，《世界杂志精华》，月刊，主编汪泱、吴乐欣，发行人汪泱、陈独举，世界文化出版社出版发行。同年12月终刊，共出5期。综合性翻译刊物，设有专篇、人物·传记、思想·文化、军备·战争、科学·自然、生活·修养、汉英对照、趣事·逸闻、动物·猎奇、卫生·健康、社会·人情、婚姻·职业、文艺·小品、长篇·连载等栏目。

（39）1940.8，《华光月刊》，月刊，华光月刊社编辑出版，共出1期。综合性通俗刊物，内容包括财政经济、生活百科知识、各地风俗民情、评论各种社会现象，也刊载文学作品、报道时事新闻，同时刊有转载、译文等。

（40）1940.9.1—1941.6，《西洋文学月刊》（第2期改名为《西洋文学》），月刊，顾问编辑林语堂，名誉编辑叶公超、李健吾、郭源新、巴金、赵家璧，编辑人张芝联、徐诚斌、周黎庵、林葆园、柳存仁、林憾庐，发行人林翊重，西洋文学社发行（1941年4月起改由林氏出版社发行）。1941年6月终刊，共出10期（第7期为乔易士特辑，第9期为叶芝特辑）。文学翻译刊物，主要栏目有小说、诗歌、批评、散文、戏剧、传记、书评等。

（41）1940.9.20—1941.11，《大陆》（*The Dah Loh Monthly*），月刊，王任叔主持，编辑人裘重（裘柱常），实为楼适夷，大陆月刊社出版发行。1941年11月终刊，第1卷第1期至第2卷5/6期，共出12

期。综合性通俗刊物，刊载少量译文。

(42) 1940.9—1940.10,《铁流》，月刊，编辑人杨克萍，五洲书报社出版发行。同年10月终刊，共出2期。文艺刊物，主要发表小说、散文、游记、诗歌等内容。

(43) 1940.9—1940.11,《上海文选》，月刊，主编叶心安，上海文选社编辑出版。同年11月终刊，共出2期。综合性文摘刊物，第一期"欧战特辑"，第二期"小说专号"，刊载有译文。

(44) 1940.9—1941.3,《风云》，月刊，大兴公司出版发行。1941年3月终刊，共出5期。文艺刊物，主要发表论说、通讯、游记、随笔、特写、人物传记等内容。

(45) 1940.10.1—1944.11.25,《小说月报》，月刊，主编顾冷观，名誉顾问严独鹤，发行人陆守伦，联华广告公司出版部出版发行。1944年11月25日停刊，共出45期。文学刊物，设有短篇译作、短篇小说、散文笔记、长篇连载、长篇译作、纪念征文、今人诗文等固定栏目。

(46) 1940.10.15—1941.1.15,《大众文艺》，月刊，大众文艺社编辑发行。1941年1月15日终刊，第1卷第1期至第1卷第4期，共出4期。综合性文艺刊物，主要栏目有小说、诗歌、漫笔、社谈、杂文等，刊载少量译文。

(47) 1940.10.15—1941.11.30,《海沫》，半月刊，海沫社编辑发行。1941年11月30日终刊，第1卷第1期至第2卷第10期，共出22期。文艺刊物，载文内容包括介绍文艺的理论、评论具有争议的社会现象、探讨人生百态的感悟，以及著作家发表的文学作品等，刊载少量译文。

(48) 1940.10—1941.1,《新文艺》，月刊，编辑人林智石，新文艺月刊社出版发行。1941年1月终刊，第1卷第1期至第1卷第3期(创作特辑)，共出3期。文艺刊物，刊载有译文。

(49) 1940.10—1941.2,《新女性》，刊期不详，新女性半月刊社出版发行。1941 年 2 月终刊，共出 3 期。妇女文学刊物，主要内容有摄影、妇女问题、生活常识、园艺、文学评论、独幕趣剧、创作、儿童园地等。

(50) 1940.10—1941.7,《知识文摘》，月刊，知识文摘月刊社编辑发现，1941 年 7 月终刊，创刊号至第 1 卷第 11/12 期，共出 12 期。文摘刊物，发表科学知识、自学研究、修养指导、时事剖析、技术常识、小工艺、职业指导、中英文对照侦探小说等。

(51) 1940.10—1941.12,《狼烟文艺丛刊》，不定期，主编李冰炉，编辑人柳木森，狼烟出版社出版发行。1941 年 12 月终刊，出 4 辑。文学刊物，第一辑《古羊堡》、第二辑《星之歌》、第三辑《情敌》、第四辑《夜之呗》，主要刊载有文学理论创作、诗歌、剧本、小说、散文、短论、杂文、诗剧、报告等，还翻译发表了许多外国文学与文学理论著作。

(52) 1940.11.12—1941.12,《半壁月刊》，月刊，编辑兼发行人石涵泽，半壁出版社出版发行。1941 年 12 月终刊，第 1 卷第 1 期至第 1 卷第 8/9 期，共出 10 期（包括冬季特大号 1 期）。综合性社科刊物，主要关注国内外动态，同时刊载大量欧美文学作品，刊载有译文。

(53) 1940.11.20,《文艺界丛刊》(创刊号《丽芒湖上》)，刊期不详，编辑人郑子先（唐弢)，发行人薛荣华，天一书店出版发行，共出 1 期。文艺刊物，主要刊登小说、散文、诗歌、随笔、杂感、批评、特写、人物素描、戏剧、诗论等各类文艺作品，及少量论文，刊载少量译文。该刊是青年唐弢编辑的第一份刊物，是研究唐弢编辑思想的重要资料。

(54) 1940.12.15—1941.8.15,《吼声文艺小丛刊》，月刊，吼声读书会编辑发行。1941 年 8 月 15 日终刊，共出 7 期。文艺刊物，发表短小精悍的小说、报告文学、杂文等。

（55）19?? —1940.1，《挺进》，刊期不详，挺进社编辑发行。综合性刊物，栏目有小言论、专著、特辑、文艺短评漫谈、文化街、旧事重提、读报拾零、幽默文选、传记等。

（56）1940—?，《战国策》，月刊，共出3期。发行人Miss Adeline Gray，战国策编辑部编辑。综合性时政刊物，以重建中国文化为宗旨，主张文化形态史观，提出文化重建构想，抨击官僚传统，检讨国民性，提倡民族文学运动，载文以政治论述为主。刊载少量译文。

5. 1941年

（1）1941.1.1，《作风》，季刊，上海作风社编辑发行，共出1期（春季创刊号）。文学翻译刊物，主要栏目有小说、戏剧、散文、诗、思想、人物专论、舞蹈等。

（2）1941.1.10—1941.11，《文综》（又名《文综文艺月刊》），月刊，主编兼发行人方培性，助理编辑林莺，竞进学艺社出版部出版发行（第2期后编辑人方培性、沈天鹤，发行人丁攸梅，联美出版公司出版发行）。1941年11月终刊，第1卷第1期至第2卷第3期，共出7期（第2卷第1期为革新号）。文学刊物，内容包括报告文学、小说、随笔等，刊载少量译文。

（3）1941.1.15—1941.7.30，《奔流文艺丛刊》，不定期，编辑人楼适夷、满涛（张逸侯）、林淡秋、钟望阳、石灵（孙大珂）、林珏、蒋锡金、洛蚀文（王元化）、蒯斯薰等，上海国文服务社主办。同年7月30日终刊，第1辑至第6辑，共出6辑（“决”“阔”“渊”“汛”“沸”“激”）。综合性文艺刊物，设小说、诗歌、散文、短评、论文、剧本等栏目，刊载有译文。

（4）1941.1.20—1941.7，《小说杂志》，月刊，编辑人巴雷，幸福书局出版发行。同年7月终刊，共出5期。

（5）1941.1，《杂草文艺丛刊》，刊期不详，杂草文艺社出版发行，共出1期（论普式庚）。

(6) 1941.2.15—1941.8,《海藻文艺丛刊》,海藻文艺丛刊社编辑发行。1941年8月终刊,共出5辑。文艺刊物,主要内容有文艺创作、散文、速写与诗歌等,第一辑《生的呐喊》,第四辑《被蛀蚀的生命》,第五辑《红风灯》。

(7) 1941.2.25—1943.10.25,《译丛》,月刊,中日文化协会译丛编译委员会编译,中日文化协会出版发行。1943年10月25日终刊,第1卷第1期至第6卷第3期,共出33期。文化刊物,汪伪政府时期刊物,宣扬日本文化,旨在文化上与日本大同,主要刊登日本的学术论著,选译日本各大杂志言论,研究日本文化,沟通中日文化,并发表介绍日本政治、外交、经济等各方面的重要资料。

(8) 1941.2—1941.11,《学风》(又名《学风月刊》),月刊,学风月刊社编辑发行。同年11月终刊,创刊号至第2卷第4期,共出10期。综合性社科刊物,主要栏目有社论、特载、专载、短评、时事选读、学生文坛、通讯等。

(9) 1941.3.9,《苗园》,半月刊,编辑人拾荒、瘦牛,共出1期。文艺刊物,主要发表短小文艺作品、大众习作等。

(10) 1941.3.10—1941.4.10,《海燕文艺丛刊》,月刊,海燕文艺丛刊社编辑发行。同年4月10日终刊,共出2辑(“怒潮”“拓荒”)。文艺刊物,内容有诗歌、短篇、杂感、散文、新闻等。

(11) 1941.3.15—1941.11.15,《正言文艺月刊》,月刊,主编胡山源,文艺月刊社编辑,美商联邦出片公司出版发行。同年11月终刊,第1卷第1期至第2卷第3期,共出9期。文艺刊物,主要刊登文艺性的创论、理论、翻译作品,包括诗歌、散文、话剧、日记、杂文等内容。

(12) 1941.3—1941.5,《破浪》,月刊,总编辑张仲荣,发行人陈大东、潘乃铭,业余出版社出版发行。同年5月终刊,第1卷第1期至第1卷第2期,共出2期。文艺刊物,发表人生、文艺、译作、科学作品，刊载大量译文。

（13）1941.3—1941.12，《知识与生活》，半月刊，知识与生活社出版发行。同年12月终刊，第1卷第1期至第2卷第3期，共出15期。综合性知识刊物，发表历史讲座，文艺作品的介绍与批评，反映战时日本社会内幕的译述，刊登青年学生工作经历的生活通讯等内容。

（14）1941.4.15—1941.11.16，《杂文丛刊》，不定期刊，编辑人钱今昔、吴弘远、王兴华、李澍恩、黄磐玉、钱朴、陈次园、葛正德、蒋伯申，杂文丛刊社编辑发行。同年9月停刊，共出6辑（游刃集：鱼藏，干将，莫邪，湛卢，纯钧，巨阙）；同年10月复刊，出3分册（棘林蔓草：紫荆，菖蒲，水莽）。文艺刊物，"孤岛"时期的最后一本杂文刊物，载有1篇译文。

（15）1941.4.18—1941.7，《青草》，月刊，青草文艺社编辑发行。同年7月终刊，创刊号至第1卷第4期，共出4期。文艺刊物，设置了创作、译作、现实谈和青草地等栏目，内容涉及散文、诗歌、随笔、报告文学、速写、生活记录、游记、各地通讯、木刻及漫画等。

（16）1941.4—1941.5，《青年文艺》，半月刊，青年文艺社编辑发行。同年5月终刊，创刊号至第1卷第3期，共出3期。文学刊物，以发表青年文学作品为主，刊登杂文、报告文学、诗歌等，并设有感言、丽水通讯、青年信箱等栏目。

（17）1941.4—1941.7，《译文丛刊》，月刊，译文丛刊社编辑出版。同年7月终刊，共出4辑（"良心丢了""祖国的土地""家庭神圣""孩子们的心声"）。文学翻译刊物，主要发表译自苏联、法国、南斯拉夫等国著名作家的文学作品。

（18）1941.4—1941.7，《生命之火》，月刊，总编辑吴国增，生命之火月刊社编辑发行。同年7月终刊，第1卷第1期至第1卷第4期，共出4期。综合性刊物，撰稿人主要为在校学生，栏目设有学术讲座、散文小品、大众论坛、文艺创作、诗歌锦集、征文揭晓、我的特写等。

（19）1941.4,《海风集》（副标题为《文艺月刊》），月刊，编辑人魏上吼，海风出版社出版发行，共出1期。

（20）1941.5.1—1942.4,《乐观》，月刊，主编周瘦鹃，乐观杂志社出版发行。1942年4月停刊，共出12期。文艺刊物，鸳鸯蝴蝶派代表性刊物之一，刊载作品以小说、散文、杂文为主，包括青年、妇女、儿童、家政、娱乐、体育、文艺、游记、滑稽小品、科学趣味、生活状况、社会素描、短篇小说、撰译等内容。

（21）1941.5.15-1941.10,《文林月刊》，月刊，文林月刊编委会编辑，联美出版公司出版发行，发行人丁攸梅。同年10月终刊，共出5期（第2期为革新号）。文艺刊物，有社会闲谈、散文随笔、短篇创作、长篇创作、生活素描、国际动态等内容，刊载少量译文。

（22）1941.5.25,《炼》，刊期不详，朝花丛刊社编辑发行，共出1期。文学刊物，主要发表杂文、翻译、诗词等内容。

（23）1941.5—1942.1，《凡言》，月刊。1942年1月终刊，第1卷第1期至第2卷第4期，共出9期。综合性社科刊物，主要刊登世界各国政治、经济、教育问题的译文，以及国人对时局及社会现象的论著、新闻人物述评、戏剧文艺、学校素描、社会镜头等。

（24）1941.6.1—1941.7.7,《述林文艺丛刊》，不定期，述林社编辑出版。同年7月7日终刊，共出2辑（“晨”“春雷”）。文学刊物，发表散文、诗歌、杂文、论文等内容，刊载大量译文。

（25）1941.6.5—1941.7.7,《每月诗丛》，月刊，每月诗丛社编辑发行。同年7月7日终刊，每月诗丛之一至每月诗丛之二，共出2期（“生命之车”“春已在笑”）。诗歌刊物，载有1首译诗。

（26）1941.6.15—1941.8.31,《新文丛》，月刊，新文丛社编辑出版。同年8月31日终刊，新文丛之一至新文丛之三，共出3期（“兽宴”“破晓”“割弃”）。文学刊物，发表小说、诗歌、杂文、散文等内容，刊载少量译文。

（27）1941. 6. 15—1941. 11. 25，《野玫瑰》，月刊，编辑人石硕，野玫瑰社出版发行。同年 11 月 25 日终刊，第 1 卷第 1 期至第 1 卷第 6 期，共出 6 期。文学刊物，以青年学生为对象，主要设有杂文、小说、诗歌、独幕剧、译文等栏目。

（28）1941. 6—1941. 10，《铁火文艺丛刊》，刊期不详，铁火文艺社编辑。同年 10 月终刊，共出 2 辑（“战斗在春天”“死灵魂”）。

（29）1941. 7. 1—1945. 6. 1，《万象》，月刊，主编陈蝶衣（第 2 卷第 11 期起由平襟亚任编辑兼发行人，第 3 卷第 1 期起由柯灵主编），万象书屋出版，中央书店发行。1945 年 6 月 1 日停刊，第 1 卷第 1 期至第 4 卷第 7 期，共出 44 期（号外 1 期）。综合性文学刊物，内容广泛、文字有趣，载文包括各类文学作品、医学新发明介绍、社会科学等问题讨论、新闻卡通、电影小说等，刊载有译文。

（30）1941. 7，《笔丛》，刊期不详，笔丛社编辑发行，共出 1 期（特刊“爝”）。文学刊物。

（31）1941. 7—1941. 9，《西洋杂志文观止》，半月刊，何文介、云玖、周霭华等人合译，发行人陶亢德，亢德书局编辑发行。同年 9 月终刊，共出 4 期。综合性文摘翻译刊物，摘译自美国《读者文摘》（*Reader's Digest*）。

（32）1941. 7—1941. 10，《青年写作丛刊》，季刊，主编兼发行人陈爱甫。同年 10 月终刊，共出 2 期。文学刊物，内容以文学创作、散记、中篇连载以及电影剧本为主。

（33）1941. 7—1943. 2，《经纶月刊》，月刊，经纶出版社编辑发行。1943 年 2 月终刊，第 1 卷第 1 期至第 4 卷第 1/2 期，共出 20 期。综合性刊物，内容有国内外政治、经济、学术、人物、军事、文选、小说、杂俎等。

（34）1941. 8. 20—1951. 8，《时代》，周刊（1950 年 1 月起改为半月刊），编辑人匝开莫，苏商时代杂志社发行。1942 年 12 月停刊，共出56期；1943年1月复刊，1944年停刊，第3卷第1期至第4卷第7期，共出58期；1945年复刊（卷期续前），1951年8月停刊，第5卷第1期至第11卷第16期，共出233期。时政刊物，刊登大量反映苏联人民工作、战斗、生活的文章，最新战事照片，描写苏联战斗英雄及著名将军的通讯报道，介绍苏德战局，苏联文化战线中作家在战争中的作用，萧洛霍夫访问记等内容，刊载大量译文。

（35）1941.9.10—1941.10.10，《读者文摘》，月刊，上海书报公司发行。同年10月10日终刊，共出2期。综合性文摘翻译刊物，主要刊发各种新出书报的摘要。

（36）1941.9.10—1941.12.1，《文苑》（又名《文苑月刊》）（马公愚题写刊名），月刊，编辑人张扬等，文苑出版社出版发行。1941年12月1日终刊，创刊号至第1卷第3期，共出3期。文艺刊物，发表文艺理论、小说、诗歌、杂谈等内容。

（37）1941.9.25—1941.11.15，《新流文丛》，不定期，新流文丛社编辑发行。同年11月终刊，共出2辑（“信号塔”“好男儿”）。文学刊物，刊有国内文学论著，国外作品译著等内容。

（38）1941.9—1941.11，《简报周刊》，周刊，简报社编辑发行。同年11月终刊，共出10期。综合性刊物，刊登时事及相关的历史、地理人物介绍、社会自然、生活的各种知识消息及各种文艺作品等。

（39）1941.9—1941.11，《儿童读物》，月刊，编辑人蒋山青，发行人陆秀松，儿童读物出版社出版发行。同年11月终刊，共出3期。儿童文学刊物，整体而言发表两大类内容，一类为时事和知识普及，另一类为故事、诗歌等文学作品。

（40）1941.9—1941.12，《人生》，月刊，主编刘龙光，发行人林鹤钦，艺文广告社出版发行。同年12月终刊，共出4期。综合性刊物，设有学术、卫生、漫谈、小说、妇女、儿童、逸事、电影、话剧、笔记、棋林等栏目。

（41）1941.10.1—1941.11.1，《文艺春秋》，月刊，文宗山、予且、丁谛等发起成立，洪荒文艺社出版发行。同年11月1日终刊，共出2期。文艺刊物，刊有评论、小说、诗歌、随笔、散文、译著、独幕剧等内容。

（42）1941.10—1941.11，《皆大欢喜》（副标题为《新型幽默半月刊》），半月刊，主编崔巍，发行人崔俊夫，金莺出版社出版发行。同年11月终刊，共出2期。文学刊物，主要刊载幽默小品类作品。

（43）1941.10—1941.12，《新生活》，月刊，新生活社出版发行。同年12月终刊，共出3期。时政刊物，反对汪伪政府"和平建国"的言论，以"笔杆力量"呼吁国民积极抗日救国。载文以批判汪伪政府，宣传抗日为主，主要栏目有讽刺小说、孤岛十二咏、国内音鸿、逸事、消息报道、修生讲座、小言、片段情报等。

（44）1941.10—1941.12，《天人集》（副标题为《小说文艺月刊》），月刊，天人集社小说文艺月刊社出版发行。同年12月终刊，第1卷第1期至第1卷第3期，共出3期。小说刊物，以刊载小说为主，兼有诗歌散文等其他文体创作刊载，小说以中文创作为主，也刊载英文小说的译著，以中短篇小说居多，长篇小说较少。

（45）1941.10，《新生》（副标题为《山林文艺丛刊之一》），刊期不详，编辑人敏，山林文艺社发行，共出1期。文艺刊物，主要栏目有小言论、小诗坛、小文艺等。

（46）1941.11.1—1941.12.1，《萧萧》，半月刊，编辑人金性尧，萧萧社编辑出版。同年12月1日终刊，共出3期。文艺刊物，主要栏目有杂文、漫谈、史料、书评、诗、速写、影评等。

（47）1941.11.16，《万人小说》，月刊，编辑人樊康（徐仁民），万人小说社出版发行，共出1期。小说刊物。

（48）1941.11.19—1941.12.8，《奔流新集》，不定期，主编楼适夷，奔流新集社出版发行。同年12月8日终刊，奔流新集之一至奔流新集之二，共出2辑（“直入”“横眉”）（奔流新集之三，有“要目预告”，未出）。文艺刊物。

（49）1941.12.1，《大地》（又名《大地月刊》）（李浩然题写刊名），月刊，大地社编辑发行，共出1期。文学刊物，该刊面向大中学生，投稿作者限于国内各大中小学教授、教员、学生，该刊所包括的文学体裁有小说、笔记、散文、译文、报告文学等。

（50）1941.12.1，《时代妇女》，月刊，主编钱今昔，时代妇女月刊社编辑出版，共出1期。妇女刊物，发表妇女问题的论著、散文、小说，有关国内外妇女生活的素描、报告通讯、诗歌、戏剧、漫画、翻译等。

（51）19?? —1941.5，《木兰月刊》，月刊，木兰月刊社编辑发行。1941年5月终刊，共出6期。妇女刊物，主要刊登青年对五四运动的感想和对妇女运动的感想，发表文艺作品等。

[说明]

（1）本附录主要基于下述文献史料整理：

曹正文、张国瀛：《旧上海报刊史话》，华东师范大学出版社1991年版。

刘增人等编著：《中国现代文学期刊史论》，新华出版社2005年版。

刘增人、刘泉、王今晖编：《1872—1949文学期刊信息总汇》，青岛出版社2015年版。

《全国报刊索引》，载晚清与民国期刊全文数据库，http：//ffhi981cea55c8fc4b8f9177cceab4891332spqfkc9vp0qpb6o5x. fbhf. oca. swupl. edu. cn/。

上海社会科学院文学研究所现代文学研究室、上海图书馆特藏部文献组编：《上海“孤岛”时期文学报刊编目》，上海社会科学出版社1986年版。

上海图书馆编：《上海图书馆馆藏近现代中文期刊总目》，上海科学技术文献出版社 2014 年版。

王建丰：《上海沦陷时期报刊翻译文学研究》，复旦大学出版社 2020 年版。

王鹏飞：《“孤岛”文学期刊研究》，社会科学文献出版社 2013 年版。

宋原放主编：《中国出版史料（现代部分补卷）》（中册·一九三七年七月—一九四九年九月），山东教育出版社、湖北教育出版社 2006 年版。

现代文学期刊联合调查小组编：《中国现代文学期刊目录（初稿）》，上海文艺出版社 1961 年版。

叶再生：《中国近代现代出版通史（第三卷）》，华文出版社 2002 年版。

中国国家数字图书馆·民国时期文献数据库，http://read.nlc.cn/allSearch/searchList?searchType=24&showType=1&pageNo=2&searchWord=%E7%A7%9F%E7%95%8C〉。

中国新文学大系编辑委员会编：《中国新文学大系（1937—1949）》（第二十集·史料索引），上海文艺出版社 1994 年版。

以及上海图书馆馆藏期刊资料，国家图书馆馆藏期刊资料，北京大学图书馆馆藏期刊资料，辅仁大学图书馆馆藏期刊资料。

（2）本附录的遴选，以第二章中对于“孤岛”时期文学期刊的界定为标准。

（3）本附录数据更新最终截止时间为 2020 年 6 月 16 日。

附录二

“孤岛” 时期翻译文学期刊分类目录

一、时政类宣传性翻译文学期刊

（1）1937.11.16，《前卫》，涉翻译文学期刊，共出1期。刊登各界发表的有关抗战发展趋势的分析文章，制订军事上的战略战术，报导国外舆论对中日战事的述评，刊有彭德怀《争取持久抗战胜利的先决问题》、郭沫若《关于华北战局所应有的认识》，译文《远东定命论》《八路军生长的路》《中日战争时两国精神物质之比较》等。

（2）1937.12.11—1938.2.19，《集纳》，纯翻译文学期刊，出9期。内容以同情中国抗战的外论、报道的译文为主，同时刊登美、英、法、苏等国的时论、小说等。设有世界论坛、小说、漫画一周等栏目。

（3）1938.3.1—1938.8.13，《孤岛》，涉翻译文学期刊，共出22期。刊登抗战期间国共两党领袖人物和高级将领的逸事，介绍国内各战场动态，分析国际形势动向。设有奇闻异事录、现代史料、一周大事记等栏目。

（4）1938.6—1939.2，《孤岛妇女》，涉翻译文学期刊，共出4期。内容有言论 、国际瞭望、时事解剖、各国妇女动态、国内妇女生活、各地妇运、职业生活、文艺、妇女呼声等。该刊在动员妇女运动时，积极投身于抗日宣传的事业中，刊登了大量报道国内外时局的文章，对于研究孤岛时期的妇女运动有着较高的史料参考价值。

（5）1938.10.10—1939.5.10，《文献》，涉翻译文学期刊，共出8期。该刊以刊载文献性资料为主，创刊旨趣在于保存抗战史料，以存永久。内容反映了抗战前期的政治、军事、经济、文化、社会生活、国际风云、日伪动向、沦陷区情况等各个方面。所载文章，主要来源于上海、大后方、各抗日民主根据地的报刊和一些外文报刊。

（6）1938.10.10—1939.6.22，《译报周刊》，纯翻译文学期刊，共出36期。载文宣传抗日，评论辛亥革命，报导国内抗战局势，分析国外战局，介绍中共抗日主张与活动。宣传抗日为其主旨，报道中共抗日主张和活动，除报道时事外，主要介绍“左翼”大众文化，刊载少量文学作品。

（7）1939.4—1939.9，《时论丛刊》，涉翻译文学期刊，共出6期。该刊站在中国共产党的立场上，大量刊载中国共产党及军队领导人的文章，也刊载国民党一些重要领导人的讲话稿和文章。

二、时政类综合性翻译文学期刊

（1）1937.12.22—1939.8.27，《译丛》，纯翻译文学期刊，共出80期。旨在评论国内外时事，介绍文学作品等，载文中英文对照，在当时具有重要影响。设有专论、小说、散文、长篇连载、漫画、每周要闻、报告文学、时论拔萃、编者的话等栏目。此外，它根据英、美报刊，陆续翻译刊登了斯诺的名著《红星照耀中国》。

（2）1938.4.23—1939.7，《华美》，涉翻译文学期刊，共出61期。报告一周间国内外大事，内容偏重于各战区战况报道、延安通讯等，以及英、德、意、日等大国的外交政策，密切关注国内外政局、战局。设有短评、论评选辑、国际一周、一周战况、漫画四家、随笔等栏目。此外，刊登鲁迅的遗著《嵇康集序》，同时也是研究民国时期国内战况、国际时事和外交政策的重要资料。

(3) 1938.5.3—1938.6.30，《文集》，涉翻译文学期刊，共出5期。该刊以抗日战争为主题，反映抗战时期中国的时局动向和社会面貌，设有十日译评专栏。

(4) 1938.5.10—1945.8.10，《杂志》，涉翻译文学期刊，共出89期。该刊自称“为办杂志而办杂志”，主要栏目有特稿、诗歌、照片、论文、连载、译著、小杂志、人物特辑、世界杂谈、特辑、书评、小品五章、小品六章等，载文除专稿和特译稿外，多采集于其他刊物，主要反映国内外政治形势，对第二次世界大战进行了仔细深入的分析，并对国共合作关系的发展与演变进行探讨，也对中日战争中的一些重大战役进行了分析和研究。

(5) 1938.6.17，《文汇周刊》，涉翻译文学期刊，共出1期。内容涵盖政论时评、文艺创作、诗歌、话剧等。

(6) 1938.8.13，《人民》，涉翻译文学期刊，共出1期。主要栏目有国际一周、战况一周、社会动向、译文、杂感、文艺、小言等。

(7) 1938.9.1—1939.3.1，《自由谭》，涉翻译文学期刊，出7期。该刊的固定栏目是“自由谭”，在内容上主要涉及讨论自由的概念、种类与实现形式，聚焦于国家与民族的自由问题，关注上海地区遭受日本帝国主义侵略的实际情况，号召上海各界联合起来支持抗战。除固定栏目外，该刊所刊专题文章在文体上以政论、日记、散文为主，在内容上侧重于刊登抗击外来侵略的历史事迹，针对敌我的实力对比提出具体的作战策略，描绘百姓在抗战时期的日常生活，鼓舞各地军民的抗战决心。此外，该刊还刊有大量插图、照片，所绘插图生动而富有感染力，照片真实，主要反映抗战时期的抗日游行集会、抗战军民的日常生活和军队作战的场景。

(8) 1939.4.15—1942.7，《更生》，涉翻译文学期刊，共出147期。主要栏目有时评、译丛、本周大事记等，主要对国内外发生的重大事件进行论述，评析各国政局变化动态，介绍历代学术、政治家及政治制度，反映国民政府方针政策。

（9）1939.7.25—1940.11，《现实》，涉翻译文学期刊，出18期。该刊内容丰富，以“全国各杂志报纸的菁华集”自诩，主要描写战时生活片断，揭露国际上德、意、日、法西斯的侵略战争，宣传救国及美英法苏人民反对帝国主义的英勇斗争，也有少量小说、诗歌、漫画、木刻等文艺作品。主要栏目有袖珍新闻、小统计、社会百相、杂拌儿、诗歌等。

（10）1940—?，《战国策》，涉翻译文学期刊，共出3期。该刊以重建中国文化为宗旨，主张文化形态史观，提出文化重建构想，抨击官僚传统，检讨国民性，提倡民族文学运动。

（11）1941.8.20—1951.8，《时代》，纯翻译文学期刊，共出233期。刊登大量反映苏联人民工作、战斗、生活的文章，最新战事照片，描写苏联战斗英雄及著名将军的通讯报道，介绍苏德战局，苏联文化战线中作家在战争中的作用，萧洛霍夫访问记等，激发民众抗日斗志，保卫祖国，载有《斯大林演说词》，第一期有纪念莱蒙托夫百年祭，第14期有纪念鲁迅逝世5周年以及介绍郭沫若的一系列文章。设有作家与战争、名人图画、报告文学、中篇连载、战争照片、影片介绍、诗歌、广告、漫画、歌曲、世界一周、纪念等栏目。

三、文学类专门性翻译文学期刊

（1）1938.9.15—1941.8，《侦探》，纯翻译文学期刊，共出57期。主要刊登侦探小说。

（2）1938.10.10—1939.1.10，《新诗刊》，涉翻译文学期刊，共出2期。主要刊登小诗、长诗、史诗、散文诗、译诗、剧诗等。

（3）1939.3.1—1941.12.1，《宇宙风（乙刊）》，涉翻译文学期刊，共出56期。主要刊登散文。

（4）1939. 3—1939. 4，《世界大侦探》，纯翻译文学期刊，共出 2 期。主要刊登侦探学初步与各种凶杀、情杀、谋杀以及抢掠类型的侦探故事。

（5）1939. 6，《诗人丛刊》，涉翻译文学期刊，刊期不详。主要刊登诗歌。

（6）1939. 11. 15—1940. 7. 15，《小说月刊》，涉翻译文学期刊，出 9 期。主要刊登小说，同时发表少量戏剧和诗歌。

（7）1940. 1. 27—1940. 4，《行列》，涉翻译文学期刊，共出 6 期。主要刊登诗歌。

（8）1940. 2. 1，《每月侦探》，纯翻译文学期刊，共出 1 期，主要刊登侦探杰作选集，遴选布局艰奇、情节紧凑的世界著名的侦探名作翻译出版，并让读者参与解答疑案。

（9）1940. 10. 1—1944. 11. 25，《小说月报》，涉翻译文学期刊，共出 45 期。主要刊登小说，设有短篇译作、短篇小说、散文笔记、长篇连载、长篇译作、纪念征文、今人诗文等栏目。

（10）1941. 4. 15—1941. 11. 16，《杂文丛刊》，涉翻译文学期刊，共出 9 辑。主要刊登杂文，该刊是民国时期重要的杂文刊物，被称作“孤岛”时期的最后一本杂文期刊。

（11）1941. 6. 5—1941. 7. 7，《每月诗丛》，涉翻译文学期刊，共出 2 期。主要刊登诗歌。

（12）1941. 10—1941. 12，《天人集》，涉翻译文学期刊，共出 3 期。主要刊登中短篇小说。

四、文学类纯文艺性翻译文学期刊

（1）1937. 1—1948. 1，《涛声》，涉翻译文学期刊，共出 19 期。该刊宣扬民族文化，反对封建土豪劣绅。载文包括小说、诗歌、戏剧、雕刻、美术、音乐、随笔、杂感、作家介绍等。主要栏目有短论、杂文、翻译、散文、随笔、剧本、我们的话、编后记等。

（2）1938. 1. 31—1939. 8. 1，《千字文》，涉翻译文学期刊，共出6期。旨在莫谈国是，不论是非，专载文学与艺术作品。该刊对于影视与戏剧行业颇为关注，对于研究这一时期影视业的发展有其史料价值。

（3）1938. 3. 15—1938. 4. 5，《纯文艺》，涉翻译文学期刊，共出3期。发表文艺评论、诗歌、小说、翻译等，介绍各国现实主义作品。该刊是当代学者研究民国时期文学发展以及名家成长的重要刊物。

（4）1938. 3. 20—1938. 4. 20，《戏言》，涉翻译文学期刊，共出3期。主要栏目有杂文、诗歌、画图、幽默等。

（5）1938. 3. 20—1938. 5. 16，《隽味集》，涉翻译文学期刊，共出4期。无明显政治倾向，除刊登中国作家作品外，较多使用译稿。该刊载有林语堂、马克·吐温、萧伯纳等人作品，每期还刊有世界漫画选。

（6）1938. 4. 23，《文会》，涉翻译文学期刊，共出1期。刊中作品多着眼于抗战中的重要人物和各地情形的描绘，载有大量介绍中国情形的译著，主要发表通讯、散文、杂文、论文、小说、译作等。

（7）1938. 5. 11，《旬报》，涉翻译文学期刊，共出1期。主要发表译文与散文。

（8）1938. 6. 5—1939. 9. 10，《文艺》，涉翻译文学期刊，共出16期。该刊为"左翼"文学青年的一块小阵地，其宗旨为服务抗战，推进文学大众化，内容上主要刊登文艺作品和讨论文艺问题的文章。文艺作品是该刊的主体内容，包括诗歌、散文、小说、报告文学、戏剧等多种文艺形式，其中不少作品围绕抗战主题展开，旨在鼓舞文艺工作者发挥抗战舆论宣传的作用，同时也为抗战时期的青年人提供一份精神食粮。该刊对"左翼"文学的研究具有重要价值，同时刊登的大量文艺作品和文艺问题的讨论文章也是研究抗战文艺的重要资料。

（9）1938. 6. 16—1939. 2. 16，《红茶》，涉翻译文学期刊，共出17

期。主要刊载小说、诗歌、散文等文艺作品，反映社会风貌，介绍名著。

（10）1938.7.15—1938.10，《青年作者》，涉翻译文学期刊，共出5期。内容包括新诗、译文、随笔、小品、特写、小说、诗歌、报告文学、剧论、独幕剧等。

（11）1938.10.16—1940.5.1，《文艺新潮》，涉翻译文学期刊，出19期。该刊每期的编辑特点和刊载主题均有所不同，类型丰富、引人入胜，是较为典型的“左翼”刊物，对于鼓舞士气、振奋民心、宣传抗日起到积极作用。该刊对于研究抗战时期的文艺创作具有一定史料价值。

（12）1939.1.1—1939.7.15，《绿洲》，涉翻译文学期刊，共出6期。中英文艺综合月刊，主要刊登诗歌、小说、散文、独幕剧、文艺杰作选刊、长篇译作、英文创作及少量通讯消息等。

（13）1939.1.11—1939.9.5，《鲁迅风》，涉翻译文学期刊，共出19期。文学刊物，主要栏目有杂文、小品、随笔、散文等。该刊以学习发扬鲁迅的斗争精神，抨击时弊，反对日本帝国主义侵华为宗旨，激发民众抗战斗志，成为刺向日本侵略者的匕首，同时也为研究近代文学史、社会史提供了重要的史料。

（14）1939.3.20，《蓓蕾》，涉翻译文学期刊，共出1期。主要内容有学术、文艺、翻译、诗歌与漫画等。

（15）1939.4—1939.6，《壹零集》，涉翻译文学期刊，共出3期。设有图画、杂文、小说、诗、译文、通讯、特载等栏目。

（16）1939.5.1—1939.7.5，《蒲公英》，涉翻译文学期刊，共出4期。主要刊登散文、诗歌、小说创作、译文等，内容涉及社会、家庭、职业、婚姻等各方面，反映当时社会状态和底层民众的疾苦。

（17）1939.5.1—1940.2，《新中国文艺丛刊》，涉翻译文学期刊，出4期。主要栏目有短论、小说、报告通讯、散文、诗歌、论著、杂文等。

（18）1939. 5. 15—1940. 2. 15，《南风》，涉翻译文学期刊，共出10期。主要刊登文学艺术方面的创作和译作，刊载的文体有诗歌、散文、小品、传记等。

（19）1939. 5. 20，《文友》，涉翻译文学期刊，共出1期。刊登的全是纯粹的文艺作品，包括诗歌、散文、漫画、论著、小说翻译等。

（20）1939. 6. 4—1940. 1. 5，《文笔》，涉翻译文学期刊，共出14期。刊登小说、诗歌、杂文、译文译诗等。

（21）1939. 6. 15—1939. 8. 10，《海啸》，涉翻译文学期刊，共出3期。主要栏目有论文、散文、特载、小说、译著等。

（22）1939. 7. 15—1940. 3. 16，《玫瑰》，涉翻译文学期刊，共出7期。栏目不固定，比较有代表性的栏目包括花前小语、中篇侦探、随笔、小花园等。该刊发刊时间较为连续，能在一定程度上反映当时文学界的文学创造风格，同时所刊的大量回忆性散文也有助于研究者了解和分析当时报人与作家之间的关系网络，颇具参考价值。

（23）1939. 8. 5—1949. 1，《人世间》，涉翻译文学期刊，共出44期。上海版内容包括短评、创作小说、读书笔记、纪实文学、翻译等，桂林版注重发表纯文学作品，内容包括创作、评论、作家作品研究、翻译等。

（24）1939. 8. 20—1940. 1. 15，《野火》，涉翻译文学期刊，共出5期。主要内容有木刻作品、散文、小说、诗歌、剧本、译文、文艺通讯等。

（25）1939. 10. 1—1940. 5. 1，《文学研究》，涉翻译文学期刊，共出8期。设有论著、创作、翻译、杂文等栏目。

（26）1939. 10. 28—1940. 2. 5，《语风》，涉翻译文学期刊，共出4期。主要研究文艺作品的时代思想，以及刊登小说、散文、随笔和翻译等。

（27）1939.11.15—1939.12.15，《新文苑》，涉翻译文学期刊，共出2期。主要发表文学创作、报告文学、小说、译文、随笔、诗歌、漫画、木刻、诗歌、歌曲创作及音乐美术的趣味介绍等。

（28）1939.12—1940.1，《贝壳》，涉翻译文学期刊，共出2期。主要栏目有特稿、而已集、海边遥望哨、儿童文学、译文等。

（29）193？—1940.9，《文学新潮》，涉翻译文学期刊，刊期不详。刊登论文、小说、散文、诗歌、通讯、长篇连载、外国译著等。

（30）1940.1.10—1940.4.20，《枫叶》，涉翻译文学期刊，共出4期。以介绍国内外优秀文学评论、文艺创作、翻译小说等内容为主，刊登有大量苏联的信息，对研究当时苏联国内的各方面情况有所帮助。

（31）1940.1.25—1940.6.12，《戏剧与文学》，涉翻译文学期刊，出4期。主要刊载剧本、小说、诗歌、散文、评论等。

（32）1940.1—1940.7，《翻译月刊》，纯翻译文学期刊，共出7期。主要刊登文学作品。

（33）1940.1—1941.5，《文艺新潮副刊》，涉翻译文学期刊，共出11期。刊登诗歌、散文、小说、译作等。

（34）1940.3—1941.9，《西书精华》，纯翻译文学期刊，共出7期。主要刊登文学作品。

（35）1940.4，《上海文艺丛刊·群鸟》，涉翻译文学期刊，共出1期。“行列社”刊物，主要发表新诗、诗论、译诗、翻译剧本等。

（36）1940.5.5，《译林》，纯翻译文学期刊，共出1期。主要刊登诗、小说、戏剧等。

（37）1940.5—1941.3.10，《艺风》，涉翻译文学期刊，共出10期。发表小说、散文、诗歌、文学评论、文学理论等。

（38）1940.7.1—1941.3.20，《天地间》，涉翻译文学期刊，共出9期。主要刊登或转载文学漫谈、散文、纪实文学、人物小传、地理人文知识等各类小品文。

（39）1940.7.1—1941.8.1，《大地女儿》，涉翻译文学期刊，共出14期。主要栏目有论文、学生生活、文艺小品、译文、诗歌小说戏剧、求智园地等。

（40）1940.7.15—1940.11.30，《文艺世界》，涉翻译文学期刊，共出5期。所载内容以学术研究为重点，涉及戏剧、文学史、文艺理论等方面，此外还发表小说、戏剧、随笔、散文、诗歌、译作等。

（41）1940.7.30，《燎原文艺丛刊》，涉翻译文学期刊，共出1期。主要发表小说、散文、诗歌、报告、通讯、译文、杂文等。

（42）1940.9.1—1941.6，《西洋文学月刊》，纯翻译文学期刊，共出10期。主要栏目有小说、诗歌、批评、散文、戏剧、传记、书评等。

（43）1940.10.15—1941.1.15，《大众文艺》，涉翻译文学期刊，共出4期。主要栏目有小说、诗歌、漫笔、社谈、杂文等。

（44）1940.10.15—1941.11.30，《海沫》，涉翻译文学期刊，共出22期。载文内容包括介绍文艺的理论、评论具有争议的社会现象、探讨人生百态的感悟，以及著作家发表的文学作品等。

（45）1940.10—1941.1，《新文艺》，涉翻译文学期刊，共出3期。主要刊登文学作品。

（46）1940.10—1941.12，《狼烟文艺丛刊》，涉翻译文学期刊，共出4辑。主要刊登文学理论、诗歌、剧本、小说、散文、短论、杂文、诗剧、报告等，还翻译发表外国文学与文学理论著作。

（47）1940.11.20，《文艺界丛刊》，涉翻译文学期刊，共出1期。主要刊登小说、散文、诗歌、随笔、杂感、批评、特写、人物素描、戏剧、诗论等各类文艺作品，以及少量论文。该刊是青年唐弢编辑的第一份刊物，是研究唐弢编辑思想的重要资料。

（48）1941.1.1，《作风》，纯翻译文学期刊，共出1期。主要栏目有小说、戏剧、散文、诗、思想、人物专论、舞蹈等。

(49) 1941.1.10—1941.11，《文综》，涉翻译文学期刊，共出7期。主要刊登报告文学、小说、随笔等。

(50) 1941.1.15—1941.7.30，《奔流文艺丛刊》，涉翻译文学期刊，共出6辑。设有小说、诗歌、散文、短评、论文、剧本等栏目。

(51) 1941.3.15—1941.11.15，《正言文艺月刊》，涉翻译文学期刊，共出9期。主要刊登文艺性的创论、理论、翻译作品，包括诗歌、散文、话剧、日记、杂文等。

(52) 1941.4.18—1941.7，《青草》，涉翻译文学期刊，共出4期。设有创作、译作、现实谈和青草地等栏目，内容涉及散文、诗歌、随笔、报告文学、速写、生活记录、游记、各地通讯、木刻及漫画等。

(53) 1941.4—1941.7，《译文丛刊》，纯翻译文学期刊，共出4辑。主要刊登苏联、法国、南斯拉夫等国著名作家的文学作品。

(54) 1941.5.1—1942.4，《乐观》，涉翻译文学期刊，共出12期。鸳鸯蝴蝶派代表性刊物之一，主要刊登小说、散文、杂文，内容涉及青年、妇女、儿童、家政、娱乐、体育、文艺、游记、滑稽小品、科学趣味、生活状况、社会素描、短篇小说、撰译等。

(55) 1941.5.25，《炼》，涉翻译文学期刊，共出1期。主要刊登杂文、翻译、诗词等。

(56) 1941.6.1—1941.7.7，《述林文艺丛刊》，涉翻译文学期刊，共出2辑。该刊侧重发表文学评论、国外文学作品鉴赏、国外名著翻译，也刊登文学常识、小说、短论、杂文、木刻、漫画、图片等。

(57) 1941.6.15—1941.8.31，《新文丛》，涉翻译文学期刊，共出3期。主要刊登小说、诗歌、杂文、散文等。

(58) 1941.6.15—1941.11.25，《野玫瑰》，涉翻译文学期刊，共出6期。主要设有杂文、小说、诗歌、独幕剧、译文等栏目。

(59) 1941.9.25—1941.11.15，《新流文丛》，涉翻译文学期刊，共出2辑。主要刊登国内文学论著，国外作品译著等。

（60）1941. 10. 1—1941. 11. 1，《文艺春秋》，涉翻译文学期刊，共出2期。主要刊登文论、小说、诗歌、随笔、散文、译著、独幕剧等。

（61）1941. 12. 1，《大地》，涉翻译文学期刊，共出1期。主要刊登小说、笔记、散文、译文、报告文学等。

五、文学类综合性翻译文学期刊

（1）1904. 3. 1—1948. 12，《东方杂志》，涉翻译文学期刊，共出819期。该刊内容多辑自国内外各种报刊，设谕旨、时论、社说、内务、军事、外文、教育、财政、实业、交通、商务、宗教、小说、文艺、时事日志、译件、丛谈、记载、现代史料等栏目。1911年杜亚泉兼任杂志主编后，对该刊从形式到内容进行了一次大的改革，大量刊登有关最新政治、经济、思想、学术、社会问题的撰述文章和翻译文章，增设了“科学杂俎”栏目以普及科学知识，增设了“谈屑”栏目以针砭时弊。五四运动后，胡愈之担任主编对该刊进行了又一次大的改革，采用白话文，增加时事评论、世界新潮、文苑等栏目，使之成为一个综合性杂志。该刊历经清末、辛亥革命、五四运动、抗日战争、解放战争等各个重大历史时期，成为我国近现代期刊史上影响最大、刊龄最长的综合性杂志，被称为“中国近现代史的资料库”“杂志界的重镇”“杂志的杂志”。

（2）1935. 9. 16—1947. 8，《宇宙风》，涉翻译文学期刊，共出152期。该刊以畅谈人生为主旨，以言必近情为戒约，主要刊登小说、杂文、评论及传记等文学作品，是论语派的主要阵地之一。

（3）1936. 9. 1—1949. 5，《西风》，纯翻译文学期刊，共出118期。该刊以“译述西洋杂志精华，介绍欧美人生社会”为宗旨，注重实际生活，力求接近人生，介绍欧美文学作品、家庭、社会风俗、科技等，尽力将欧美社会的全貌展现在世人面前。主要栏目有冷眼旁观、科学自然、心理教育、长篇连载、妇女家庭、传记人物、国际政治、游记冒险、军备战争、艺术戏剧、社会暴露、小品幽默、书评、西书精华等。

（4）1937.1.1—1948.9.1，《文摘》，涉翻译文学期刊，共出177期。内容涵盖政治、经济、史地、社会、文艺、语言、科学、技术等各方面，关注国家命运和政治局势，同时也报道学术界动态、介绍社会科学知识、探讨法律法规等。

（5）1937.7—1939.5，《学生生活》，涉翻译文学期刊，共出37期。主要刊登时事评论、社会素描、书报介绍、人物印象、读书方法、术语解释、文艺作品、学术研究及翻译等。

（6）1937.12.20，《离骚》，涉翻译文学期刊，共出1期。主要栏目有学术论著、地方通讯、人物素描、近代史话、散文杂感、小说、考证等。

（7）1938.1.15，《人生》，涉翻译文学期刊，共出1期。发表关于学术和时事方面的论文，报道国内外时事通讯、文化通讯、农村通讯，发表科学和文化知识小品文字，同时刊登译文、照片和漫画等。

（8）1938.1.17，《闲花》，涉翻译文学期刊，共出1期。

（9）1938.2.25—1938.5.1，《一般》，涉翻译文学期刊，共出5期。该刊无明确宗旨，主要刊登报道国内外时事的新闻、分析国际政治的中外著作、介绍各国国情动态的文章，以及报告文学、小说、散文、通讯等。

（10）1938.4.1—1938.7.21，《大地图文旬刊》，涉翻译文学期刊，共出12期。主要栏目有杂感、儒家思想与时代、论语新演、小说、文艺、常识、通讯等。

（11）1938.4.15—1939.3.15，《近代杂志》，涉翻译文学期刊，共出12期。发表对世界局势的看法，刊登社科方面的论著和译述，主要栏目有论著、时事摘要、译述、研究资料、杂组，也刊载国内外政治时事照片资料。

（12）1938.4.20—1940.6，《上海妇女》，涉翻译文学期刊，共出40期。该刊除以反映各地妇女的抗日活动、生存境况为目的外，对世界各国妇女的动态和地位亦加以关注，发表半月时事动态分析报道，同时也刊登介绍各国妇女名流的传记，妇女所作的随笔、杂记、小说、诗歌等。该刊是抗战初期国内影响最大的妇女刊物之一，其内容反映了“孤岛”各阶层的妇女生活，对于还原“孤岛”妇女生活的样貌具有重要参考价值。

（13）1938.4.22—1938.6.6，《新语》，涉翻译文学期刊，共出7期。内容涉及国内外时事、中国影坛新动向、文艺大众化问题等，发表评论、特写、散文、诗、短剧、译文等。

（14）1938.4.30—1938.5.7，《文美》，涉翻译文学期刊，共出2期。该刊旨在“以美丽的文字，调剂读者的生活”，载文评述时事、记录观光日记、刊发人物特写、介绍中国红军、发表杂感散文和小说等。该刊云集了当时一批著名作家政治家的作品，有许多对于当时国内、国际局势的深刻见解。刊物内容以文学类为主，结合抗日背景，载文有一定研究意义。

（15）1938.4—1938.7，《翻译批评》，纯翻译文学期刊，共出5期。英文学习刊物，摘译英文报纸和期刊，对英文原文进行翻译后，附有原译、改译、评语，刊登路透社译艾登辞职函、张伯伦覆函、伍光建译英文小说选等。

（16）1938.5.5—1938.5.12，《大众文化》，涉翻译文学期刊，共出2期。设“半月译评”栏目。

（17）1938.5—1938.7.20，《小刊物》，涉翻译文学期刊，共出4期。主要栏目有特写、学校生活、各地通讯、小园地、海外风光等。

（18）1938.6.12—1939.4.5，《学生时代》，涉翻译文学期刊，共出10期。主要栏目有文艺漫谈、评论、科学界突击队、故事演讲、图书馆消息等。

（19）1938.8.15—1938.9，《山海经》，涉翻译文学期刊，共出5期。刊载内容涉及时事政治、社会生活等，主要设有自由谈、社会百态、俱乐部、时代女性、文艺阵地等固定栏目。

（20）1938.8.20—1939.2.12，《自学旬刊》，涉翻译文学期刊，共出18期。载文包括译诗、哲学译文、译论等。

（21）1938.9.16—1942.1.16，《西风副刊》，纯翻译文学期刊，共出41期。该刊以介绍西方世界，尤其是欧洲各国的政治、经济、军事、科技、教育、文化、文艺、社会等方面的情况及局势动向为主，同时也关注远东、特别是日本的局势。

（22）1938.9.25—1938.10.10，《海风》，涉翻译文学期刊，共出2期。主要刊载世界大事及社会动态方面的短小评论，时事分析，有关国际、政治、经济、哲学、社会科学、文化、艺术等方面的研究报告及经验交流，介绍各阶层生活方面的资料等，也适当选登一些国外译著。

（23）1938.9—1940.4，《西风精华》，纯翻译文学期刊，共出3期。每年从《西风》月刊中选出最精彩的文章编辑而成。

（24）1938.9—1939.3，《翻译与评论》，纯翻译文学期刊，共出4期。设有短评、摘译等栏目，内容丰富，有讨论“二战”时期国内外政治、军事、经济、文化问题，分析帝国主义发动战争原因的文章，也有介绍国外名人及作品的内容。

（25）1938.9—1942.6，《小主人》，涉翻译文学期刊，共出139期。儿童刊物，设有图画、谈话、短篇小说、趣闻、连续趣画、新童话、小常识、社会、诗歌等。

（26）1938.10.9—1939.8，《青年大众》，涉翻译文学期刊，共出10期。内容多围绕青年、妇女问题展开，载有大量青年编译的文艺作品。栏目有短评、青年问题、通讯、文艺、书报介绍、大众服务、大众园地、大众信箱等。

（27）1938.10.10—1939.4.6，《橄榄》，涉翻译文学期刊，共出5期。内容围绕市井生活，刊登小说、漫画、集锦联话、谜格举例、诗谜简史、汉语语法讲解、数字游戏、诗谜、英文谜、讽刺画等，以及药品、化妆品、电影戏剧广告，同时设有有奖问题与市民互动等。

（28）1938.10.20，《中国文化》，涉翻译文学期刊，共出1期。内容以文化讨论为主。

（29）1938.11.1—1941.9.5，《文心》，涉翻译文学期刊，共出31期。主要栏目有修养讲座、经济讲座、文化讲座、科学讲座、文艺栏、家庭常识、百业动态、长篇创作、每月时事丛谈等。

（30）1938.11—1938.12，《学余周刊》，涉翻译文学期刊，共出6期。内容包括科学知识介绍、青年问题探讨、学术研究、历史小品、医学常识、书报评介、学生园地，刊登诗歌、随笔、译文、剧本等。

（31）1938.11—1939.3，《中国青年》，涉翻译文学期刊，共出12期。设有青年创作、青年问题、妇女园地、国防科学知识、新闻小说、译著、读者信箱等栏目。

（32）1938.12.1—1939.3，《编译月刊》，涉翻译文学期刊，共出4期。该刊旨在研究学术、介绍思想、指导自修、讨论问题，一方面从事编译工作，把各种有关政治、经济、社会、文学、艺术、科学等的理论和实际进行阐述；另一方面研讨编译的方法和技能，主要发表涉及学术思想、社会经济、政治相关问题的论说及研究，并设有文艺、通讯等栏目。

（33）1939.1.1—1941.6，《文哲》，涉翻译文学期刊，共出14期。载文专业性较强，侧重学术研究。

（34）1939.1—1942.6，《天下事》，纯翻译文学期刊，共出33期。所刊内容主要取自新出的英、法、美、日、德、苏等各国杂志书报，涉及政治、新闻、时事、生活文化、风土人情、文学艺术等。

（35）1939.4.1—1948.3，《名著选译》，纯翻译文学期刊，共出

35期。内容涉及国际政治、时论、小说名著、医药常识、传记人物、科学、电影、游记、生活等。

(36) 1939.4.15—1939.10.1,《清明》, 涉翻译文学期刊, 共出6期。该刊主要探讨国际问题, 进行学术研究, 介绍国内外新知识, 并选载各种著名文献资料, 主要设有时事评述、学术讲座、生活素描、上海话、短评等栏目, 同时也选登部分内地通讯、杂文、翻译、学术讲座等。

(37) 1939.4.16—1939.7,《中流》, 涉翻译文学期刊, 共出7期。该刊介绍“孤岛”上海的民众生活, 内容包括政治、历史、文化及文学艺术等方面, 设有现代评论、短篇小说、长篇小说等栏目。

(38) 1939.4—1939.6,《选萃》, 涉翻译文学期刊, 共出3期。主要刊登政治、经济、教育、社会、法律方面的论著和述评, 经济教育资料及各地通讯, 文艺有小说、散文、诗歌、翻译、剧本等。

(39) 1939.5.1—1940.5,《新知》, 涉翻译文学期刊, 共出22期。设有十日来、哲学讲座、经济学讲座、书报评介、短评、谈东说西、报告等栏目。

(40) 1939.5.1—1941.1,《青年文会》, 纯翻译文学期刊, 共出23期。主要刊登有益青年身心的知识、文艺、学术、科学、发明文章, 所有篇目均有中英文对照。

(41) 1939.5.15—1939.7.10,《兼明》, 涉翻译文学期刊, 共出2期。主要刊登史学评论、尚书讲话、通俗史话、大众讲话、书评、知识讲话、特写、旅行随笔等。

(42) 1939.6—1939.9,《幽默风》, 涉翻译文学期刊, 共出4期。除刊登译稿类文字外, 只转载中外刊物中之漫画、趣味及怪闻异说, 也少量转载有关小说、电影、游艺等的文章。

(43) 1939.6,《小评论》, 涉翻译文学期刊, 共出1期。设小言、杂感、随笔、短评、翻译、介绍等栏目。

（44）1939.7.20—1939.8.20，《国际月刊》，涉翻译文学期刊，共出2期。该刊旨在发扬民族精神，介绍世界新知识，研究国际各方动向。栏目有论著、译稿、文艺、插图、漫画、书评等。

（45）1939.7—1939.8，《岛风》，涉翻译文学期刊，共出2期。主要栏目有社论、评论、译著、报告、散文、文艺通讯、诗等。

（46）1939.7—1943.1，《金声》，涉翻译文学期刊，共出32期。发表经济金融论著和译述、研究银行实务、报道各国金融消息，也刊登大量修养品德、锻炼身心的演讲记录、世界伟人言行、工商名人成功事略，以及散文、诗歌、小说、随笔、游记、小统计、经验谈等。

（47）1939.8.15—1940.1.30，《国风》，涉翻译文学期刊，共出20期。主要刊登国际政治分析、半月杂谈、生活通讯、幽默小品、专著论文、欧美名著选译、工商国防、文学论略等。

（48）1939.9.1，《旋风》，涉翻译文学期刊，共出1期。

（49）1939.9.10—1939.12.10，《摩登》，涉翻译文学期刊，共出6期。主要栏目有科学界、海外文坛、上海趣味、零碎趣味、人物山水风土、秋新小品、文化与出版、半月来、影讯、报坛逸事、波澜、芳讯、文艺基金、国际秘话、战时的中国学生等。

（50）1939.9.15—1940.4.1，《上海评论》，涉翻译文学期刊，共出7期。主要栏目有上海风雨、国际了解、闲话上海、特译稿、时代知识、“红茶”文艺园地、道听途说等。

（51）1939.9.15—1940.4，《中行》，涉翻译文学期刊，共出7期。内容包括文字、图画、广告等，涉及政治、军事、社会、历史、文学、艺术、旅行休闲等。

（52）1939.9.15—1947.4，《英华文摘》，纯翻译文学期刊，共出20期。内容包括西洋文化、现代知识、国内外时政、国际形势等方面的介绍及评论。

（53）1939.9.23—1941.12，《中美周刊》，涉翻译文学期刊，共出

112 期。所刊内容主要有时事类、评论类、文艺类，其中时事类主要包括政治、经济、军事等，主要以欧洲战争和中国抗战为主，还有介绍日本人民的反战运动，评论类主要刊载中美两国各领域合作的分析比较类文章，文艺类主要是小说、散文、诗歌、剧本等文学作品。

(54) 1939.9—1941.12,《学习》，涉翻译文学期刊，共出 53 期。汪伪刊物，登载笔谈、学习之友、书评、文艺作品、学习生活、国外译文等。

(55) 1939.10.1—1940.2.15,《文艺新闻》，涉翻译文学期刊，共出 11 期。主要栏目有文艺的谈、文坛零讯、全国文艺通讯运动近讯、小言、戏剧与电影等，同时刊有一些国外作家的译作。

(56) 1939.10.10—1940.12,《青年》，涉翻译文学期刊，共出 20 期。刊登有关青年学术、修养、文艺等方面的内容。

(57) 1940.1.1—1940.4,《世界文粹》，纯翻译文学期刊，共出 4 期。该刊旨在用最低的代价，输入一些关于国际的精神食粮，使国人对于国际情势增加一些正确的认识，为研究这一时期的国际关系提供了一手史料。

(58) 1940.1.1—1940.8.1，《长风》，涉翻译文学期刊，共出 8 期。刊登政治、经济、文化、艺术等方面的论著与译述，并有国际时事评论、专论，介绍当代国际人物，发表书评、小说、剧本、游记、随笔等。

(59) 1940.1.15—1940.12.15,《世界杰作精华》，纯翻译文学期刊，共出 12 期。主要摘译、摘编英、法、美、德、俄等国知名作家及其他重要人士的著作，涉及政治、哲学、外交、军事、历史、社会、文学、艺术、医学、科技、地理等，也刊载一些传记和游记。

(60) 1940.1—1940.2,《文哲》，涉翻译文学期刊，共出 6 期。

(61) 1940.1—1940.6,《译刊》，纯翻译文学期刊，共出 6 期。译著原文作者多是日、欧、美等国著名报刊的记者、编辑、专栏作家及社会科学研究人员等，主要栏目有世界风云、国际文献、名著精髓、科学成果、文与艺等。

（62）1940.1—1949.12，《少年之光》，涉翻译文学期刊，共出24期。基督教刊物，主要栏目有编辑室、诗歌、故事、少年园地等。

（63）1940.5—1946.2，《世界文化》，纯翻译文学期刊，共出17期。主要设有政治、经济、民族与社会、教育与青年、军事、科学、文化事业与文化消息、历史与考古、人物、文学与戏剧等栏目。

（64）1940.7.1—1941.2，《中国与世界》，涉翻译文学期刊，共出6期。设有论著、专篇、散文、世界战争评论、世界史料、特辑、文化迹、书述等栏目。

（65）1940.7.5—1940.10.5，《四十年代》，涉翻译文学期刊，共出3期。设有社论、读者园地、来信简复等栏，并载有大量的学术论著。

（66）1940.8.5—1941.11.25，《求知文丛》，涉翻译文学期刊，共出31辑。该刊内容广泛，有教育心理，有小说散文等文艺作品，国际政治形势分析也是其重点，还有一些物理天文等自然科学方面的文章。

（67）1940.8.10—1940.8.30，《古谈》，涉翻译文学期刊，共出3期。主要刊登评论、短篇创作、小幽默、生活常识、译文等。

（68）1940.8—1940.12，《世界杂志精华》，纯翻译文学期刊，共出5期。设有专篇、人物·传记、思想·文化、军备·战争、科学·自然、生活·修养、汉英对照、趣事·逸闻、动物·猎奇、卫生·健康、社会·人情、婚姻·职业、文艺·小品、长篇·连载等栏目。

（69）1940.8，《华光月刊》，涉翻译文学期刊，共出1期。内容包括财政经济、生活百科知识、各地风俗民情、评论各种社会现象，也刊载文学作品、报道时事新闻，同时刊有转载、译文等。

（70）1940.9.20—1941.11，《大陆》，涉翻译文学期刊，共出12期。该刊以介绍一般知识，提倡高尚娱乐为宗旨，内容包括生活记录、人物特写、地方印象、社会杂评、科学小品、国外通讯、散文随笔、文艺短篇，以及古人新论、修养讲话、历史论说等。该刊每期体量较大，在文章种类上可以说达到了“包罗万象”的办刊宗旨，对于民国社会史、生活史、思想史等多个方面的研究均具有一定程度的史料参考价值。

（71）1940. 9—1940. 11，《上海文选》，涉翻译文学期刊，共出2期。

（72）1940. 10—1941. 7，《知识文摘》，涉翻译文学期刊，共出12期。刊登科学知识、自学研究、修养指导、时事剖析、技术常识、小工艺、职业指导、中英文对照侦探小说等。

（73）1940. 11. 12—1941. 12，《半壁月刊》，涉翻译文学期刊，共出10期。该刊主要关注国内外动态，同时刊载大量欧美文学作品。

（74）1941. 2. 25—1943. 10. 25，《译丛》，纯翻译文学期刊，共出33期。汪伪刊物，宣扬日本文化，旨在文化上与日本大同，主要刊登日本的学术论著，选译日本各大杂志言论，研究日本文化，沟通中日文化，并发表介绍日本政治、外交、经济等各方面的重要资料。

（75）1941. 3—1941. 5，《破浪》，涉翻译文学期刊，共出2期。刊登人生、文艺、译作、科学作品等。

（76）1941. 3—1941. 12，《知识与生活》，涉翻译文学期刊，共出15期。发表历史讲座，文艺作品的介绍与批评，反映战时日本社会内幕的译述，刊登青年学生工作经历的生活通讯等内容。

（77）1941. 5. 15-1941. 10，《文林月刊》，涉翻译文学期刊，共出5期。刊登社会闲谈、散文随笔、短篇创作、长篇创作、生活素描、国际动态等。

（78）1941. 5—1942. 1，《凡言》，涉翻译文学期刊，共出9期。主要刊登世界各国政治、经济、教育问题的译文，以及国人对时局及社会现象的论著、新闻人物述评、戏剧文艺、学校素描、社会镜头等。

（79）1941.7.1—1945.6.1，《万象》，涉翻译文学期刊，共出44期。刊登各类文学作品、医学新发明介绍、社会科学等问题的讨论、新闻卡通、电影小说等。

（80）1941.7—1941.9，《西洋杂志文观止》，纯翻译文学期刊，共出4期。摘译自美国《读者文摘》（*Reader's Digest*）。

（81）1941.9.10—1941.10.10，《读者文摘》，纯翻译文学期刊，共出2期。主要刊登各种新出书报的摘要。

（82）1941.12.1，《时代妇女》，涉翻译文学期刊，共出1期。主要刊登有关妇女问题的论著、散文、小说，以及国内外妇女生活的素描、报告通讯、诗歌、戏剧、漫画、翻译等。

[说明]

（1）本附录在“附录一”的范围内整理而成，主要参考文献同“附录一”。为了更加集中地描述以上文学期刊的翻译特性，较之于附录一，本附录对某些期刊的说明文字进行了增删。

（2）本附录的遴选，以第二章中对于“孤岛”翻译文学期刊的界定为标准。

（3）本附录数据更新最终截止时间为2020年6月24日。

致　谢

从初入“孤岛”时期期刊翻译史研究的园地至今，想来已十年有余。时间在弹指一挥间造就许多物是人非，所幸对学术的信念与执着不曾改变，进而有了这部小书的诞生。本书脱胎于笔者的博士论文，从选题、架构、初稿到最终成书，其间艰难凡此种种，感谢这一路上的师长、朋友和家人。

首先，感谢我的导师四川外国语大学胡安江教授，以及四川外国语大学廖七一教授和辅仁大学终身学术特聘教授杨承淑，三位恩师宛若暗夜中屹立不倒的灯塔，在我心灵困顿的不同时刻，给予了我学术与人生中最璀璨的光源。同时，感谢我的博士论文答辩专家组的各位老师，他们分别是：西南大学胡显耀教授、复旦大学王建开教授、西南政法大学张绍全教授以及四川外国语大学董洪川教授、祝朝伟教授、张旭春教授，此部书稿的完结，离不开各位老师的悉心指教。

其次，感谢一路陪伴我的朋友们，特别是刘嘉博士、郭聪博士、白桦博士、周厚娟博士、曾早垒博士、夏雪博士、孙林博士、王榕博士、丁彦婷女士和赵娅琴女士，你们之于我坚定而深厚的友谊，支撑我度过了写作过程中所遭逢的每一次困境。

再次，感谢西南政法大学外语学院各位领导的大力支持，特别是西南政法大学—重庆律蚁翻译硕士联合培养基地的资助，本书契合基地的发展方向，也借此希望本书的出版能够为学院联合培养基地的建设略尽绵薄之力。同时，感谢当代中国出版社的各位编审老师及工作人员，尤其是本书的责任编辑沈秋彤女士，没有你们的辛苦付出，此书恐难付梓。

最后，最深的谢意献给我的各位家人，感谢你们包容我的一切，是你们的爱，使我得以在学术理想的逐梦过程中，始终能够全力以赴。

胡晨飞

癸卯年孟秋于重庆

插图及附表清单

插　图

附　表